周本淳集

第七卷

唐音癸签

[明] 胡震亨 编撰

周本淳 校点

人民文学出版社

目　　录

前言 ………………………………………………………… 1

卷一　体凡 ………………………………………………… 1

卷二　法微一 ……………………………………………… 6
　　　　统论

卷三　法微二 ……………………………………………… 14
　　　　通论各体　四言　五言古　七言古　乐府　律诗　五言律
　　　　七言律　排律　绝句　咏史　咏物　和韵　联句　杂俳谐体

卷四　法微三 ……………………………………………… 24
　　　　用字　用句　俪对　篇法　用韵　用事　则古　砭疵

卷五　评汇一 ……………………………………………… 36

卷六　评汇二 ……………………………………………… 44

卷七　评汇三 ……………………………………………… 51

卷八　评汇四 ……………………………………………… 62

卷九　评汇五 ……………………………………………… 71

卷十　评汇六 ……………………………………………… 78

卷十一　评汇七 …………………………………………… 89

卷十二	乐通一	100
卷十三	乐通二	108
卷十四	乐通三	125
卷十五	乐通四	140
卷十六	诘笺一	146
卷十七	诘笺二	154
卷十八	诘笺三	162
卷十九	诘笺四	168
卷二十	诘笺五	176
卷二十一	诘笺六	185
卷二十二	诘笺七	192
卷二十三	诘笺八	199
卷二十四	诘笺九	208
卷二十五	谈丛一	218
卷二十六	谈丛二	226
卷二十七	谈丛三	232
卷二十八	谈丛四	238
卷二十九	谈丛五	248
卷三十	集录一	254
卷三十一	集录二	265
卷三十二	集录三	272
卷三十三	集录四	284
叙录		295
重版后记		299

前　言

在明朝后期研究唐诗的几位成就较高的学者中，胡震亨称巨擘。他的贡献远在杨慎、王世贞兄弟乃至胡应麟之上，成绩主要表现为一千多卷的巨著《唐音统签》，其中尤以《唐音癸签》为突出。可是胡震亨的生平，《明史》无传，又无行状志铭传世。今日所能凭借者只有有关方志、《四库全书总目》、胡氏所编各书题跋或他人序录和胡夏客《谷水集》等。可惜的是，胡震亨的《赤城山人稿》国内既无全帙，海外亦未见藏目。以我所见最多者仅上海图书馆藏明刊残本九至十一共三卷，而其中第十、十一两卷皆为《邑乘序说谱考文》，于生平行历无关。今就各书钩稽所得，略述其家世、生平、著述之大略，以供读《唐音癸签》知人论世之一助。

一

胡震亨是浙江省海盐县城内虹桥里人[一]，先世几代只有祖父有过功名，其馀多是布衣，教授里中。祖父胡宪仲，曾经受过著名学者郑晓[二]的教育，嘉靖二十九年（1550）中了进士，三十一年（1552）任南刑部主事，很有军事政治等方面的才能，可惜到南京第二年就死了。父亲胡彭述,喜欢读书藏书,曾经把家中藏书编了个《好古堂书目》,在序里说"予家世为塾师"。他们的事迹见于天启刻本《海盐县图经》十三、十四两卷。胡震亨的好学是和家庭传统分不开的。

胡震亨原字君鬯,取《周易·震》"震亨……震惊百里,不丧匕鬯"之义[三];后改字孝辕,自号赤城山人,学者称赤城先生[四],晚年自号遯叟。方志除《海盐续图经》有赤城一号外,馀皆脱略"君鬯"、"赤城"字号,当补正。

胡震亨生于明穆宗隆庆三年己巳(1569)。《读书杂录》卷上:"余生七岁,时为万历之乙亥(三年,1575)。"胡夏客《李杜诗通》识语:"迄于壬午(崇祯十五年,1642),时年七十有四。"据以推知胡氏当生于此年。

《读书杂录》卷下记载了甲申(崇祯十七年,顺治元年,1644)李自成破京师的事,又云:"今国家不幸,播迁江表,而立国之初,诸公讨贼之义未伸,固圉之计总缺,日惟讲门户,援党类,招货贿……"胡夏客《谷水集》卷七诗题有《甲申冬有从南都归言近事者余赋此呈家君一噱》,可见胡尚及见福王弘光时事。胡夏客《李杜诗通》识语又称:"旋遘改革,频嘱小子夏客藏稿本山寺,行遁不怿而卒。"按,顺治二年乙酉(1645)清兵南下,扬州十日,嘉定三屠,皆在此年。夏客所谓"行遁不怿而卒",则必死于避难途中。故定胡氏卒于此年。其生卒年为公元1569至1645年。

二

胡震亨十八岁中秀才,胡夏客《谷水集·曾祖母仇夫人颂》

说："问岁十八,榜名绳武。"二十九岁中了举人,时为万历二十五年丁酉(1597)。后来连续多次考进士未中,《海盐县志》说他"数上公交车不遇"。万历三十五年丁未(1607)三十九岁,选授故城县教谕,这是胡氏历官的开始。"故城",《嘉兴府志》、《海盐县志》及《四库全书总目》等书均误为"固城",当改正。《明史·地理志》无"固城县"。美国国会图书馆藏万历本《故城县志》卷二《教谕》有如下记载:

> 胡震亨,浙江海盐县人,由举人万历三十五年任。博综经史,富有词章;文学可振一方,行谊足模多士。升直隶合肥县知县。

《故城县志》未记胡氏离任之年,但记载了下一任教谕沈元昌为万历四十一年任。胡氏《留别甘陵诸生》诗有"一官五载瞥过眼"、"转眼春风花又开"及"明年六傅选乡士"的话。按万历四十年壬子恰逢乡试之年,故胡氏任满当在三十九年冬。按当时常例,一官满任,赴吏部候铨,然后赴新任,约需一年多时间,故疑胡氏赴合肥知县任约在万历四十一年(1613)。

终万历之世,合肥知县共十一人,胡为第十任,在任五年,"治状冠江北"。康熙本《庐州府志》卷二十四《名宦》记云:

> 聪察若神。顽梗至前,一瞩目,便能指数姓名。邑凤粮金民户领价食籴解,中产立尽。乃请为官解,以丞、簿、尉递主之,而于籴价外量增耗羡。官民称便。诸猾皆假近胥为因缘,廉得其状,痛榜之,曰:"某在治,有毒吾民者,载棺以俟。"一世家裔犯偷,资以钱米,卒为良。善政甚多。任五载,迁守德州;以母老,告归。

五年合肥知县,表现出胡震亨吏治的才能。特别是改革官粮运输问题。《合肥县志》卷三十五里,还有胡震亨的《兴革巨务议》一文,详细叙述改革的好处,后来上司采纳了,而且"立石县前,永为奉行"。

万历四十六年胡震亨迁升为德州知州,但他因为母老没有赴任。这一年辽东形势紧急,朝廷起用老将刘綎。胡震亨出于爱国热情,"驰谒论兵,老将心折"[五]。这是胡震亨第一阶段仕宦概况。朱大启在《李杜诗通序》里说胡震亨:"起家孝廉,领州牧,方资扬历,遽遂初衣,时时著书,斯以勤矣。"说明其后几年,胡震亨都在辛勤著书。首先是和姚士粦同撰《海盐县图经》,到天启二年(1622)告成。

崇祯即位后几年,朱大启曾经向朝廷举荐过胡震亨,但被别人破坏了。朱说:"会今天子诏访古公卿各举所知,储文武兼才牧民御众之选。余备员廷尉,职得荐吏,辄表副侧席之求。时戎事孔殷,大司马察茂才异等夙谙边务者,将擢以不次。齮齕者顾尼之,不竟其用。"朱大启所谓备员廷尉,当即指做刑部侍郎。按谈迁《国榷》卷九十六,崇祯十年(1637)七月"刑部右侍郎朱大殷致仕",举荐胡震亨为京官必在朱致仕之前。

崇祯十年起,胡震亨由于荐举做了定州知州。乾隆元年《定州志》卷三《名宦》说:

> 胡震亨,海盐举人,崇祯十年以荐举知定州。在任廉明,惠政多端。尝捐清俸三百金为唐河桥购稻田三十八亩七分以供常年桥渡之费,至今赖之。其文词古峭,亦擅名天下。

《赤城山人稿》卷九有《井陉道兵宪蔡公众春园嗣韩堂肖象

碑记》一文,也明提"崇祯十年""属吏知定州胡震亨",与《定州志》合。《定州志》未载胡震亨离任之年,《海盐县志》有"以城守功擢兵部职方司员外郎"的话。按《国榷》卷九十六崇祯十一年十一月"建虏犯定州",这次清兵(即建虏)大举入侵,到第二年三月"凡破七十餘城,爇掠杀伤,不可胜计",但定州未被攻破。陈光縡在《读书杂录序》里隐约其辞说:"洎乎荐守中山,登陴九拒,书勋天府,入佐枢曹。"这和《海盐县志》的说法一致。究竟那一年离任,估计在十二年下半年。《定州志》卷九有胡震亨《陆公名宦祠记》。陆文衡是崇祯十二年四月就任,十三年腊月离任。胡在文中自称"旧属吏震亨",可见胡的离任必在陆前。明末任定州知州者,胡氏之后尚有尚衍、唐铉、张淑浚三人,胡氏任期不会太久。陈光縡《谷水集序》说胡夏客"自戊寅(崇祯十一年,1638)随父仕中山,登陴墨守,浃月而解严。踰年告归……"亦可推想胡亦于十二年离定州,且十三年闰正月"命巡城御史煮粥赈饥,发帑八千金赈真定"[六]。胡震亨是良吏,有经济才,如果十二年秋大灾荒仍在定州,则必有善政可纪。《定州志》仅记修桥一事,可知秋后已擢升兵部职方司员外郎了。

胡震亨做兵部职方司员外郎的时间不长,胡夏客《叙感》诗说:"枢曹当借才,诸公与先后。危言曾痛哭,任事终引肘。"陈光縡说:"限于资格,未尽展其用。"就是说别人忌妒他,用资格做借口来加以阻挠,依照康熙二十一年《嘉兴府志》的说法,是跟当时的兵部尚书陈新甲合不来而告老,他大概就结束了仕宦生涯。朱大启说:"胡子以其才浮沉于世,亦足身致高位。遭时陷假,如橦摧牙折,不求更张,偃息林谷,托意于讽采。"[七]《海盐县志》说:"乞归,藏书万卷,日夕搜讨。"朱大启在崇祯十年七月致仕,胡震亨后来请他写《李杜诗通序》,朱在序里说:"先,余亦悬车归老,山居多暇,每有扬榷,时过从相欢甚。"可见两人晚年的交谊。朱大启《曼寄轩集》,国内外也未见藏目,至为可惜。朱大启卒于崇祯十五年六月[八],序文必写定在前。胡震亨任兵部职方司员外郎时间虽短,但这是他一生最高的官职,所以后人称他为"胡职方",以致他的孙子成之、曾孙顾在《刻戊签缘》后还用一方"郎官后裔"的图章。

三

海盐一带曾经是明清两代文士荟萃之区。张元济先生曾称胡震亨是"吾邑第一读书种子"。的确,胡震亨是嗜书如命的。他自己说:"余自幼好读书,老而念岁月无几,嗜读尤勤。每披卷,惟恐客至,妨吾所事也。"[九]陈光绰在《读书杂录序》里说:"余闻公少时与刘少彝、姚叔祥诸君子析疑赏异,以夜漏四下为率。诘旦必举所闻以参考焉。"由于勤奋苦读而又家藏万卷,加上姚士粦和刘世教(胡的舅父)也都富有藏庋,所以胡氏涉猎极广。他和明末大藏书家、刻书家汲古阁主人毛晋又是极好的朋友,他刻的《秘册汇函》就是和毛晋一同校刊的。《海盐县志》说:"凡海虞毛氏书,多震亨所编定也。"证之以《津逮秘书》、《宋六十名家词》等汲古阁很多大部头书,都有胡震亨的题跋,《海盐县志》的话是可信的。这些都是胡氏多读异书的条件。胡震亨的著述见于《明史·艺文志》的计有:

《靖康盗鉴录》一卷(史部·杂史类)
《读书杂录》三卷(子部·小说类,按原书实只上下二卷,有康熙刻本,又见于《豫恕堂丛书》,《明志》讹)

《秘册汇函》二十卷(子部·类书类)

《续文选》十四卷(集部·总集类)

《唐音统签》一千二十四卷(同上。按:《统签》甲至壬为一千卷,《癸签》三十三卷,合一千〇三十三卷。《明志》总数既讹,又以《癸签》为三十六卷,亦非是)

单看《明志》著录的,已可谓著作等身了。《四库全书总目·史部·地理类存目》尚有《海盐县图经》十六卷。以余所见,尚有《通考纂》二十四卷,《李诗通》二十一卷,《杜诗通》四十卷,《赤城山人稿》等,《明志》皆漏略。

陈光绎在《读书杂录序》里,列举胡氏著述之富,有如下一段话:

故公著述最富,非独《赤城山人集》摘藻如渊、云而已。其经世之学,则有《通考纂》;共启集林之秘,则有《续文选》;其裒辑乎诗苑,则有《唐音统签》;其预知绥寇之充斥也,则有《靖康盗鉴录》;其媲美乎《华阳国志》、《吴地记》者,则有《海盐图经》;其博综乎小说家,则有《秘册汇函》(按:《秘册汇函》首列《易解》及《严君平道德指归论》为经、子两部,陈氏概入于小说家,不如《明志》列之类书为确)。今诵是编,殆又嗣《秘册》而抒奇靡馨者耶?

陈光绎是胡震亨儿子夏客的学生,少时曾经从胡震亨问过业,"百问百应",对胡震亨的博闻强记,十分景仰。这一段话,不但看出胡的著述之富,而且看出方面之广。当然,在胡的所有著述中,《唐音统签》应是最重要的。《统签》以十干为纪,甲至壬纯粹辑录唐诗,略加评介,而《癸签》则为研究心得的总汇,所以尤为重要,首先有单刻本。《统签》因卷帙浩繁,人间罕睹,博学如王士禛亦未寓目。王士禛《分甘馀话》卷四说：

> 海盐胡震亨孝辕辑《唐音统签》，自甲至癸，凡千馀卷。卷帙浩汗，久未板行。余仅见其《癸签》一部耳。康熙四十四年，上命购其全书，令织造府兼理盐课通政使曹寅鸠工刻于广陵。胡氏遗书，幸不湮没。然板藏内府，人间亦无从而见之也。

王氏此言虽为一些方志所引用，而实为误记。曹寅所刻为《全唐诗》，《统签》迄无全刻。今故宫博物院图书馆藏有《统签》全帙，甲、乙、戊、癸四签为刻本，丙、丁两签刻而未全，其馀均为范文若钞配本。

四

《唐音癸签》是胡震亨研究唐诗心得的结晶。胡夏客说："先大夫孝辕府君搜集唐音，结习自少。至乙丑岁（天启五年，1625）始克发凡定例，撰《统签》一千卷。阅十年，书成。"[一〇]可见用力之勤。《统签》的命名，据杨鼐的解释是：

> 唐开元间列经、史、子、集为甲、乙、丙、丁四科，科各置牙签，殊以色。明之季，有海盐胡孝辕先生，学贯群书，仿其意而汇全唐三百年诗，次为一编，若初，若盛，若中，若晚，亦签区之，《戊签》其晚唐也。晚唐曷为乎戊签？甲以帝王诗，而后初、盛、中以次相及也。戊以下无诗乎？有己、庚、辛、壬矣。己、庚、辛、壬非唐人诗乎？唐人之不足名家并不足名诗，与异乎人之人，更兼夫非人之族之诗也。然则癸其遗乎？是用采古今之诗话、诗史，时参以己见，为之

殿也。〔一一〕

《统签》的前九签纯粹辑录诗作,间加评骘。当时搜集之功至巨,后来康熙朝刊《全唐诗》,即以季振宜《全唐诗》和胡氏《统签》为主要依据。有了《全唐诗》,前九签的重要性略为减色,然而于《唐音癸签》的价值,绝无影响。

《癸签》共三十三卷,计分:卷一为《体凡》,言诗之体裁变迁及声病等。卷二至四为《法微》。其中卷二为《统论》,主要言诗歌创作的比兴体格等各种体裁都必须运用的表现原则;卷三就各种体裁加以论述;卷四专谈字句、偶对、用事等利弊。卷五至十一为《评汇》,按时代、体裁、题材等几方面评论唐代著名的诗人和诗作。卷十二至十五为《乐通》,专谈诗和乐曲、舞曲等的种种关系。卷十六至二十四为《诂笺》,专门解决唐诗词语典故等疑难问题。卷二十五至二十九为《谈丛》,专谈唐诗人的遗闻轶事(按:《学海类编》收有单刻本,仅十数字小异)。卷三十至三十三为《集录》,其中卷三十为别集,三十一为选集,三十二为诗话,最后一卷则为墨迹和金石刻。

单看这三十三卷的目录,已可以谓之体大思精。它涉及唐诗的各个方面。清人章学诚对"诗话"曾经这样说:

> 唐人诗话,初本论诗,自孟棨《本事诗》出亦本《诗小序》,乃使人知国史叙诗之意,而好事者踵而广之,则诗话而通于史部之传记矣。间或诠释名物,则诗话而通于经部之小学矣《尔雅》训诂类也。或泛述闻见,则诗话而通于子部之杂家矣此二条,宋人以后较多。虽书旨不一其端,而大略不出论辞论事推作者之志,期于诗教有益而已矣。〔一二〕

《唐音癸签》除包括章氏所谈内容外,还涉及目录版本金石

9

之学,从诗话说,内容可谓广博。在指导思想上,他坚持"声音之道与政通"的观念,认为诗歌与社会政治、习俗、士风有密切关系。在《法微》里他就引用"诗发乎情,止乎礼义"的话作为一篇大旨。

胡震亨是以经济自负的人,很有用世之心,但是明朝末年政权落在宦官手里,和唐末的情况,颇为相似。科举制度,弊端百出,读书人为了做官,廉耻丧尽。胡震亨不肯从俗浮沉以求高官厚禄,退而著书,也不能忘情当世,在《唐音癸签》里常常借古讽今,抨击当时的士风习俗。试就卷二十六里略举一二:

> 晚唐人集,多是未第前诗,其中非自叙无援之苦,即訾他人成事之由。名场中钻营恶态,伎懱俗情,一一无不写尽。

> 唐士子应举,多遍谒藩镇州郡丐脂润,至受厌薄不辞。如平会"三缣恤旅途"之恨,张汾"二千贯出往还"之夸,鄙秽种种。至所干投行卷,半属诡辞,概出赝剿,若小说所称"百钱买自书铺"、"并荆南表丈一时乞取"者,真堪令人捧腹。士风凌夷至此,总科举为之流弊也。

> 进士科初采名望,后滋请托,至标榜与请托争途,朋甲共要津分柄,如所云"欲得命通,问瑝、峒、都、雍"等谚,更可骇诧矣。呜呼,今日得无类之!

我们还可从《读书杂录》卷下里抄出一段来相印证。

"崇祯癸未(1643)值大兵深入,计偕者多中途狼狈而返……未几兵退。八月补试,诸得第者至明年甲申三月李寇兵破京师,尽乞降伪职,殊少殉节之人,狗彘不若矣。呜呼,国家以甲科取士,号为第一等人物,而收效乃尔!原其读书应举初,早自算尽便宜,只顾身家,不顾朝廷故也。记唐末黄寇逼潼关,士子应举者,方流连曲中以待期,为诗云:'与君同访洞中仙,新月如眉拂户前。领取嫦娥攀取桂,更从陵谷一时迁。'士人不知好歹,胡说至此,科举何益人国!欲倚之得人,冀有少分济裨耶?"

胡震亨对黄巢、李自成等农民领袖的态度是错误的,这反映出他的地主阶级立场的局限性。而他对于当时士风的抨击,却是一针见血。明朝末年,政由阉宦,达官权贵,媕阿取容,不恤国事,内忧外患,风雨飘摇。胡震亨目击心伤,在本书卷二十六中,借谈唐诗,连及时事,如:

"一出纵知边上事,举朝谁信语堪听?"此李涉《连云堡》诗也。边上事,做不得,说不得,今古一揆。

杜诗云:"任转江淮粟,休添苑囿兵。由来貔虎士,不满凤凰城。"最曙天下大计矣。人主守在四夷,区区添兵京城,足救缓急乎?

椓人可畏,主兵柄尤可畏。唐人讽切及此辈者,自况之《囷》诗,居易之《司天台》歌,李商隐之《有感》二律外,无闻焉。即其诗旨,亦靡弗谲而晦也。使天下不敢言,而犹欲恃之以保危祚,何怪乎终为令孜诸奴所误哉?

世多以歇后郑五为笑柄,郑五未可笑也。渠尝有诗题中书堂云:"侧坡蛆蜦蜦,蚁子竞来拖。一朝白雨中,无钝无喽啰。"言国运且衰,旦夕有愚智同尽之祸也。若今人处此,则一切讳言矣。

就对诗歌的理解欣赏和创作来看,胡震亨用的仍然是《孟子》"知人论世"、"以意逆志"和前人评杜诗"读万卷书,行万里路"的观点。他认为首先要重人品,那些交结重臣的诗僧,"品格斯非,诗教何取?"不值一谈。而对忠义之士如司空图、韩偓等,则说:"此等吟人,未论工拙,要为无负昭陵。"他对于诗歌理解的独创性见解,主要表现在《李杜诗通》里,朱大启序列举了一些突出的例子。本书的《法微》、《评汇》、《诂笺》及《谈丛》几部分中,也时有表现。值得注意的是,他虽然对王世贞兄弟和胡应麟的诗歌主张很佩服,但能自出手眼,不是一味盲从。他认为李、杜两大家的风格不同,因此读法也应有区别。他说:

> 夫白亦诗酒自娱,跌宕一生者耳,安能顾语忌,拘教义,为是屑屑者哉?诗人各自写一性情,各自成一品局,固不得取锦袍豪翰,强绳以瘦笠苦藻,必同钥吹为善也。〔一三〕

> 凡诗,一人有一人本色。〔一四〕

> 且读白诗,与读杜诗自各一法,舍旃白诗中灵笔妙趣,顾作诗时日是求,何为?曾虽号为文章大家,吾未敢韪之。〔一五〕

他认为选诗也应该注意时代特点,反对只取形式的模袭。他批评高廷礼《唐诗品汇》"大谬在选中、晚必绳以盛唐格调,概取其肤立仅似之篇,而晚末人真正本色,一无所收"。〔一六〕

他强调读书还要有实际观察,曾借姚叔祥和自己的经验提出反问说:"人足迹不出门,能悉门外许许,尽拈为锦囊用乎?"〔一七〕

诸如以上各点,今日看来,还可算是不刊之论。

五

胡氏此书博稽群集,成一家言,三十三卷部帙井然,纲举目张,可谓体大思精。然亦有可指摘者:引用他书,漫无体例,或居条目之前,或注条目之后;或举书名,或称字号,如王世贞或称《艺苑卮言》,或称元美、弇州、长公等。推原其始,或由展转引用,随手编录,未能画一,其可讥者一。

更有甚者,计有功《唐诗纪事》采录唐人选本如《河岳英灵集》《中兴间气集》及说部诸书,时就行文有所删改,不尽忠于原作。明人引书,尤多逞臆改窜,胡氏曾批评杨慎"搜隐摘奇,往往任胸援引,非必尽确"〔一八〕,而胡氏亦自蹈此辙。所引各书,经细校原本,则改动者十七八,照录者十二三,剪裁颠倒,屡见不鲜;甚或断章取义,错会原意,展转引用,以甲为乙。若有改必录,则篇幅将半于全书,流为繁琐;今仅就其影响较大或与原书意有出入者作为枝记,分附各卷。

现引用数条,以见一斑。

胡氏改易原书亦有纠偏救失者。如胡应麟《诗薮·内编》卷五:"苏长公诗无所解,独二语绝得三昧……"胡氏改为:"苏长公论诗,有二语绝得三昧……"《诗薮》轻诋东坡,胡氏一改为之掩疵,然此种于《癸签》中究属少见。而改动原作失其旨趣,或并甲为乙,或节略过当令人费解者,则不乏其例。如卷三:

> 七言绝语半于近体,同其句格宛顺;节促于歌行,倍夫意味长永。

语殊晦涩,而检《诗薮·内编》卷六原文:

> 七言短歌,始于垓下……转换既迫,音调未舒。至唐诸子一变而律吕铿锵,句格稳顺。语半于近体,而意味深长过之;节促于歌行,而咏叹悠永倍之。遂为百代不易之体。

原书语义甚明,殊不费解。《困学纪闻》卷十八:

> 致堂云:古乐府者,诗之旁行也;词曲者,古乐府之末造也。陆务观云:倚声填词,超于唐之季世。

《癸签》卷十五删去"致堂云""陆务观云"七字而注《困学纪闻》于条末,遂将王氏转引胡、陆之语变为王作。卷七"长卿自称五言长城",误以为高仲武语,实为权德舆之言,亦属此类。又胡氏引用"郑良孺"之说十四条,实为程良孺《读书考定》之说,若非上海图书馆藏有程书,则此惑终不可解。凡此之属,具见各卷校记,兹不赘述。胡氏评《唐诗纪事》之小失,曾云:

> 亦其编录浩繁,故偶尔失检,不足为疵也。〔一九〕

亦可用之于胡书。且此书刻于胡氏身后,未及细订,至有自相矛盾者,如卷二十一明提王维《老将行》,而卷二十三却误属之张籍;卷二十八误钱珊为钱起之孙,卷三十二则正为曾孙。若此之类,或为抄手之误,非胡氏自身之失。"不以一眚掩大德",《癸签》一书终不失为研究唐诗之重要借鉴。

六

十签之中,《癸签》传刻最早,邵懿辰等一直认为是阴刻。就我所见南京图书馆、南京大学图书馆、上海图书馆、浙江天一阁和故宫博物院图书馆等所藏各木板式全同,其中以南京图书馆所藏前几页钞配者印时最早。各本首页有"金陵刘凤鸣刻",卷七卷八末有"戊戌秋刻"字样。按明末清初以戊戌纪年者有三:万历二十六年(1598)、顺治十五年(1658)、康熙五十七年(1718)。《癸签》万历时尚未成书,此不特胡夏客《李杜诗通》识语可为佐证,且书中引用程良孺《读书考定》为万历四十一年刊本,《徐氏笔精》则为崇祯四年刊本,更足发明。而此签于"玄晔"不避讳,不改字,不缺笔,与《戊签》之刻于康熙时者迥异,故必刻成于顺治十五年之后,康熙之前。《统签》各本板式均为半页十行,行十九字,白口,黑鱼尾,可知原有统一计划,但《癸签》每板注大小字数,犹存明末书板风格,他签则否,长期误认为明刻,或由于此。然此或刻工由明入清而致,不足为阴刻之根据。邵懿辰称康熙时江阴书肆有刻本,则未尝寓目。〔二〇〕

1957年古典文学出版社曾加标点排印,1959年中华书局上海编辑所又加订正再版。然校点方面讹误尚多。北京师范学院齐治平同志曾指出多处,颇有启发。此番重加校订,除校系领导多方支持外,上述各图书馆同志借阅善本,不惮其烦,南大、南师前辈教授启迪良多,出版社同志覆检原书,匡所不逮,使工作得以顺利完成,谨此致谢。前人云校书如扫落叶,如拂案尘。虽复竭其驽钝,诚恐讹误尚存,但期对读此书者有万一之助耳。尚望海内博雅有以教之。

周本淳写于淮阴师专中文系
1980年1月

注:

〔一〕 陈光绎《胡宣子先生传》。

〔二〕 郑晓,当时著名学者,《明史》卷一九九有传,查继佐《罪惟录》十三中列《谏议诸臣》。

〔三〕 《盐邑志林》卷之十五《吕氏笔记叙》。

〔四〕 孙耀祖《续文选笺评·凡例》。

〔五〕 《海盐县志》。

〔六〕 《国榷》卷九十七。

〔七〕 《李杜诗通序》。

〔八〕 《国榷》卷九十八。

〔九〕 《读书杂录》卷上。
〔一〇〕 《李杜诗通》识语。
〔一一〕 《唐音戊签序》。
〔一二〕 《文史通义·内篇五·诗话》。
〔一三〕〔一四〕 本书卷二十五。
〔一五〕〔一八〕 本书卷三十二。
〔一六〕〔一九〕 本书卷三十一。
〔一七〕 本书卷十一。
〔二〇〕 按《四库提要》于本书称:"旧无刊本,至国朝康熙戊戌江宁书肆乃得钞本刻行。"邵氏或即据此而误"宁"为"阴",非曾见刻本而标注也。

唐音癸签卷一

海盐　胡震亨遯叟著〔一〕

体凡〔二〕

诗自风、雅、颂以降,一变有《离骚》,再变为西汉五言诗,三变有歌行杂体,四变为唐之律诗。诗至唐,体大备矣。今考唐人集录,所标体名,凡效汉、魏以下诗,声律未叶者,名往体;其所变诗体,则声律之叶者,不论长句、绝句,概名为律诗、为近体;而七言古诗,于往体外另为一目,又或名歌行。举其大凡,不过此三者为之区分而已。至宋、元编录唐人总集,始于古、律二体中备析五七等言为次。于是流委秩然,可得其论:一曰四言古诗,有古章句及韦孟长篇二体,唐作者不多。一曰五言古诗,唐初体沿六朝,陈子昂始尽革之,复汉魏旧。一曰七言古诗,一曰长短句,全篇七字,始魏文。间杂长句,始鲍明远。唐人承之,体变尤为不一。当与后歌行诸类互参。一曰五言律诗,唐人因梁陈五言四韵之偶对者而变。一曰五言排律,因梁陈五言长篇而变。一曰七言律诗,又因梁陈七言四韵而变者也。唐一代诗之盛,尤以此诸律体云。一曰七言排律,唐作者亦不多,聊备一体。一曰五言绝句,一曰七言绝句。绝句即六朝人所名断句也。五言绝始汉人小诗,而盛于齐梁。七言绝起自齐梁间,至唐初四杰后始成调。又唐人多以绝句为乐曲。详后《乐通》内。外,古体有三字诗,李贺《邺城童子谣》。六字诗,《牧护歌》。三五七言诗,始郑世翼,李白继作。一字至七字诗;张南史及元、白等集有之,以题为韵,偶对成联。又鲍防、严维多至九字。骚体杂言诗;此种本当入骚,如李之《鸣皋歌》,杜之《桃竹杖引》,相沿入诗,例难芟漏。律体有五言小律、七言小律,严沧浪以唐人六句诗合律者称三韵律诗,昭代王弇州始名之为小律云。又六言律诗,《刘长卿集》有之。及六言绝句,《王维集》有。而诸诗内又有诗与乐府之别,乐府内又有往题、新题之别。往题者,汉、魏以下,陈、隋以上乐府古题,唐人所拟作也;诸家概有,而李白所拟为多,皆仍乐府旧名。李贺拟古乐府,多别为之名,而变其旧。新题者,古乐府所无,唐人新制为乐府题者也。始于杜甫,盛于元、白、张籍、王建诸家。元微之尝有云,后人沿袭古题,唱和重复,不如寓意古题,刺美见事,为得诗人讽兴之义者,此也。详后《乐通》内。其题或名歌,亦或名行,或兼名歌行。歌,曲之总名。衍其事而歌之曰行。歌最古。行与歌行皆始汉,唐人因之。又有曰引者,曰曲者,曰谣者,曰辞者,曰篇者。抽其意为引,导其情为曲,合乎俗曰谣,进乎文为辞,又衍而盛焉为篇。皆以其词为名者也。有曰咏者,曰吟者,曰叹者,曰唱者,曰弄者。咏以永其言,吟以呻其郁,叹以抒其伤,唱则吐于喉吻,弄则被诸丝管。此皆以其声为名者也。复有曰思者,曰怨者,曰悲若哀者,曰乐者。如李白之《静夜思》,王翰之《蛾眉怨》,杜甫之《悲陈陶》、《哀江头》、《哀王孙》,乐则如杜审言之《大酺乐》、白居易之《太平乐》、张祜之《千秋乐》,又皆以情为其名者也。凡此多属之乐府,然非必尽谱之于乐。谱之乐者,自有大乐、郊庙之乐章,梨园教坊所歌之绝句、所变之长短填词,以及琴操、琵琶、筝笛、胡笳、拍弹等曲,其体不一。而民间之歌谣,又不在其数。并详《乐通》。唐诗体名,庶尽乎此矣。

　　自古诗渐作偶对,音节亦渐叶而谐。宫体而降,其风弥盛。徐、庾、阴、何,以及张正见、江总持之流,或数联独调,或全篇通稳,虽未有律之名,已寖具律之体。四子承之,尚馀拗涩。神龙而后,音对俱谐,诸家概有合作,沈、宋尤为擅场。就中五字之谐差先,故珠英前彦,盇逗流美之径;七字之谐差晚,故开元右丞,犹存失粘之疵。若乃律既踵古以成律,则古自应追古以存古。故沈、宋未作于孝和之日,射洪已兴于天后之朝。是尤气机有先,情籁自启,匪人惟天,一变自不得不尽变者也。律体虽成于唐,实权舆沈约声病之说,今录之备考。

【四声】音韵之学,至齐、梁寖备。沈约撰《切韵》之书,名《四声谱》。后隋仁寿中,陆法言等尝加纂次。唐仪凤后,郭知玄又附益之,号《切韵》。天宝末,陈州司法孙愐复加刊正,名为《唐韵》。皆宗约之旧。宋景德以及元祐,先后重修,名《礼部韵略》,今承用者是也。宋濂云:唐以诗、赋设科,益严声律之禁,有宋因之,以礼部之掌贡举,名韵书曰《礼部韵略》,毫发弗敢违背。虽中经二三大儒,且谓承聋之久,不欲变更焉。

【双声叠韵】《宋·谢庄传》:王玄谟问庄:何者为双声?何者为叠韵?答曰:互护为双声,磝碻为叠韵。《学林新编》云:古人以四声为切,纽以双声叠韵,必以五音为定〔三〕。喉腭舌齿唇,配宫商角徵羽为五音。人声之出有渐,声始出于喉,直上出为宫;再出到腭,声上腾为商;又再出到舌中,声平出为角;又再出到齿,声斜降出为徵;又降出到唇为羽。双声者,同音而不同韵者也。叠韵者,同音而又同韵者也。互护同唇音,而二字不同韵,故谓之双声。磝碻同为牙音,而二字又同韵,故谓之叠韵。《广韵》曰:章灼、良略是双声,灼略、章良是叠韵。又曰:厅剔、灵历是双声,剔历、厅灵是叠韵。举此例,则诸音自此而纽之,可以定矣。

【八病】一曰平头,二曰上尾,三曰蜂腰,四曰鹤膝,五曰大韵,六曰小韵,七曰旁纽,八曰正纽。平头,谓第一字与第六字同声,第二字与第七字同。上尾,谓第五字与第十字同声。蜂腰,谓第二字与第四字同声,犯在一句内,如蜂身之中细。鹤膝,谓第五字与第十五字同声,两对同犯,如鹤膝之并大。大韵,谓与韵相犯也。如五言诗以新字为韵者,九字内更着津字人字等,为犯大韵。小韵,除韵外,但九字中有相犯同声[四]者是。旁纽,谓如十字中已有田字,不得着寅延字。正纽,如壬衽任入四字为一纽,一句之中,已有壬字,更不得安衽任字。

《南史》略云:初汝南周颙,善识声韵。永明中,吴兴沈约、陈郡谢朓、琅琊王融,以气类相推毂,为文皆用宫商,不可增减。颙著《四声切韵》,约撰《四声谱》。又以双声叠韵,分辨作诗八病。于《谢灵运传》著论云:"夫五色相宣,八音协畅,由乎玄黄律吕,各适物宜。欲使宫羽相变,低昂舛节,若前有浮声,则后须切响。一简之内,音韵尽殊;两句之中,轻重悉异。自灵均以来,多历年代,虽文体稍精,此秘未睹。妙达斯旨,始可言文。"

按史称约论四声,妙有诠辨,乃当时陆厥尝作书辨之,以为"情物文之所急,美恶犹且相半","何独宫商律吕,必责其如一?"钟嵘亦谓"文制本须讽读,不可蹇碍,但令清浊流通,口吻调利,斯为足矣"。"务为精密,襞积细微,使文多拘忌,伤其真美"。而约自有言云:八病惟上尾、鹤膝最忌,馀病皆通。所赋亦往往与声韵乖。是则此论不可尽拘,明矣。然有唐近律,自从声病回忌肇体,应复具溯其说,以善用夫变通。王弇州云:"休文之拘滞,正与古体相反,惟近律有关耳[五],然亦不免商君之酷。"诚哉是言!

校记

〔一〕 原刻板式:半页十行,行十九字,白口,黑鱼尾;目录骑缝作"唐音统签癸",正文骑缝均作"唐音癸签";作者均另行,目录无"著"字,正文均有"著"字。文津阁本半页八行,行二十一字,作者另行题"明胡震亨撰"。以下卷次,此行从略。

〔二〕 《四库全书总目提要》作"体裁"。

〔三〕 按:《丛书集成》本《学林》卷八:"观国按:古人以四声为切韵,纽以双声叠韵,必以五音为定。""切"下脱"韵"字,当据补。又王观国接下云"盖谓东方……"与胡氏所引文大异。参见《苕溪渔隐丛话前集》

卷二。

〔四〕 按:"同声"当为"同韵",日本遍照金刚《文镜秘府论》释此云"除本韵之外自相犯者",下文并举曹植"皇休扬天辉"之皇扬,陆机"嘉树生朝阳,凝霜谢其条"之阳霜,皆为同韵字,可证胡氏原刻之误。

〔五〕 按:各本《艺苑卮言》卷三"有"上有"差"字,语气轻重迥别。

〔补〕三页倒数第七行一"厅"字原作"斤",承无锡张观教先生据《学林新编》校示,谨此志谢。

唐音癸签卷二

法微一 统论

陆机曰:诗缘情而绮靡。

挚虞云:诗发乎情,止乎礼义。假象过大,则与类相过;逸辞过壮,则与事相违;辩言过理,则与义相失;靡丽过美,则与情相悖。〔一〕

范晔曰:情志所托,故当以意为主,以文传意。心意为主,则其旨必见;以文传意,则其辞不流。然后抽其芬芳,振其金石。

沈隐侯曰:文章当从三易:易见事,一也;易识字,二也;易诵,三也。

刘勰曰:怊怅〔二〕述情,必始乎风;沉吟铺辞,莫先于骨。故辞之待骨,如体之树骸;情之含风,犹形之包气。若丰藻克赡〔三〕,风骨不飞,则振采失鲜,负声无力。

钟嵘云:文有尽而义有馀,兴也;因物喻志,比也;直书其事,寓言写物,赋也。若专用比、兴,则患在意深,意深则词踬;但用赋体,则患在意浮,意浮则文散。弘斯三义,酌而用之,干之以风力,润之以丹彩,使味之者无极,闻之者动心,是诗之至也。

又云：夫属词比事，乃为通谈〔四〕。至乎吟咏情性，亦何贵于用事。"思君如流水"，既是即目；"高台多悲风"，亦唯所见；"清晨登陇首"，羌无故实；"明月照积雪"，讵出经史？古今胜语，多非补假，皆由直寻。迩来作者，辞不贵奇，竞须新事，牵挛补衲，蠹文已甚，自然英旨，罕遇其人〔五〕。叶石林云：诗家妙处，正在无所用意，猝然与景相遇，不假绳削而自成章，非常情能到耳。嵘数语，余每爱其简切，但观者未尝留意。自唐以后，既变以律体，固不能无拘局，然苟大手笔，亦自不妨削镰于神志之间，斲轮于甘苦之外也。

宋之问云：众辙同遵者摈落，群心不际者探拟。

王昌龄云：为诗在神之于心。处心于境，视境于心，莹然掌上，然后用思，了然境象，故得形似。

又云：诗思有三。搜求于象，心入于境，神会于物，因心而得，曰取思。久用精思，未契意象，力疲智竭，放安神思，心偶照境，率然而生，曰生思。寻味前言，吟讽古制，感而生思，曰感思。

释皎然云：夫诗虽非圣功，妙均于圣。其作用也，放意须险，定句须难。虽取由我衷，而得若神表。至如天真挺拔之句，与造化争衡，可以意会，难以言状，非作者不能知也。

又云：或以苦思丧自然之质。此不然。夫不入虎穴，焉得虎子？取境之时，须至难至险，始见奇句。成篇之后，观其气貌，有似等闲不思而得，此高手也。有时意静神王，佳句纵横，若不可遏，宛若神助。不然，盖由先积精思，因神王而得乎！

气象氤氲，由深于体势；意度盘礴，由深于作用；用律不滞，由深于声对；用事不直，由深于义类。虽欲废巧尚直，而思致不得寘；虽欲废词尚意，而典丽不得遗。

作者须知复变之道。反古曰复，不滞曰变。若惟复不变，则陷于相似之格，置于古集之中，使弱手视之眩目，何异宋人以燕石为玉璞,周客胡卢而笑也?近代陈子昂复多变少,沈、宋复少变多,馀不能尽举。又复、变二门,复忌太过;变若造微,不忌太过,苟不失正,亦何咎哉!

戴叔伦云:诗家之景,如蓝田日暖,良玉生烟,可望而不可置于目睫之间。

韩愈曰:和平之音淡薄,而愁思之声要妙。欢愉之辞难工,而穷苦之言易好。严沧浪云:"唐人好诗,多是征戍、迁谪、行旅、离别之作,往往能感动激发人意。"正愈所谓穷思愁苦之为诗者也。

白乐天云:为诗义在裨益,言意皆有所为。葛常之曰:自古工诗者,未尝无兴也。观物有感焉,则有兴。今之作诗者,以兴近乎讪也,故不敢作,而诗之一义废矣。作诗苟知兴之与讪异,始可以言诗矣。

刘禹锡曰:片言可以明百意,坐驰可以役万景,工于诗者能之。风雅体变而兴同,古今调殊而理冥[六],达于诗者能之。工生于才,达生于识,二者相为用,而后诗道备。

李德裕曰:古人辞高者,盖以言妙而工,适情不取于音韵;意尽而止,成篇不拘于只耦。故篇无定曲[七],词寡累句。又曰:譬如日月,终古常见,而光景常新。

皮日休曰:诗逮吾唐,切于俪偶,拘于声势,易其体为律,诗之道尽矣。吾又不知千祀之后,诗之道止于斯而已耶?后有变而作者,予不得以知之。夫才之备者,犹天地之气乎!气者,止乎一也,分而为四时,景色各异。夫如是,岂拘于一哉?亦变之而已。人之有才者,不变则已,苟变之,岂异于是乎!

司空图云:古今言诗多矣,愚以为辨于味而后可以言诗也。醯非不酸,止于酸而已;鹾非不咸,止于咸而已。人所以充食而遽辍者,知其咸酸之外,醇美者有所乏耳。诗贯六义,则讽谕抑扬,渟蓄渊雅,皆在其间矣。惟近而不浮,远而不尽,然后可以言韵外之致耳。

崔德符答人问作诗之要曰：但多读而勿使，斯为善。

梅圣俞曰：诗之工者，写难状之景，如在目前；含不尽之意，见于言外。〔八〕

沈存中云：诗虽末技，工之不造微，不足以名家。故唐人皆尽一生之力为之，至于字字皆炼，得之甚难，而观者灭裂，不知其工。若字字皆是无瑕可指，语音亦流丽，但细论无功，景意纵全，一读便尽，更无可讽味者，此类最易为人激赏，乃诗之《折杨》、《黄华》也。譬若三馆楷书，作字不可谓不精不丽，求其佳处，到死无一笔，此病最难为医也。

刘贡父云：管子曰："事无终始，无务多业。"此言学者贵能成就也。唐人为诗，量力致功，精思数十年，然后名家。杜工部云："更觉良工用心苦。"〔九〕不独画手为然。

叶石林云：古今论诗者多矣，吾独爱汤惠休称谢灵运为初日芙蕖，沈约称王筠为弹丸脱手，两语最当人意。初日芙蕖，非人力所能为，而精彩华妙之意，自然见于造化之表。灵运诸诗，可以当此者亦无几。弹丸脱手，虽是输写便利，动无留碍，然其精圆快速，发之在手，筠亦未能尽也。

作者审到此地，岂复更有馀事？韩退之赠张籍云："君诗多态度，霭霭春空云。"司空图记戴叔伦语云："诗人之辞，如蓝田日暖，良玉生烟。"亦是形似之微妙者，但学者不能味其言耳。

葛立方云：诗之有思、卒然遇之而莫遏，有物败之，则失之矣。郑綮〔一〇〕"诗思在灞桥风雪中驴子上"，潘大临"满城风雨近重阳"之句为催租人所败，亦可见诗思之难，而败之甚易也。
沈约云："天机启则六情自调，六情滞则音韵顿舛。"正此意。

严仪曰：诗之法有五，曰体制，曰格力，曰气象，曰兴趣，曰音节。须是本色,须是当行。下字贵响,造语贵圆。不必太著题,不必多使事。

又曰:诗有别才,非关书也;诗有别趣,非关理也。然非多读书多穷理,则不能极其至。又曰:盛唐诸公,惟在兴趣,羚羊挂角,无迹可求,故其妙处透彻玲珑,不可色相,言有尽而意无穷。若以文字为诗,以才学为诗,以议论为诗,夫岂不工,去之愈远。《诗法》云:唐人以诗为诗,宋人以文为诗。唐人主性情,故于《三百篇》为近;宋人主议论,故于《三百篇》为远。

又云:论诗如论禅。汉、魏、晋与盛唐之诗,则第一义也。大历以还之诗,则小乘禅也,已落第二义矣。晚唐之诗,则声闻辟支果也。学汉、魏、晋与盛唐诗者,临济下也。学大历以还之诗者,曹洞下也。大抵禅道惟在妙悟,诗道亦在妙悟。然悟有浅深,有分限;有透彻之悟,有但得一知半解之悟。汉魏尚矣,不假悟也。谢灵运至盛唐诸公,透彻之悟也。他虽有悟者,皆非第一义也。胡元瑞云:禅则一悟之后,万法皆空,棒喝怒呵,无非至理。诗则一悟之后,万象冥会,呻吟咳唾,动触天真。以禅喻诗,信有旨。然禅必深造,而后能悟。诗虽悟后,仍须深造。自昔瑰奇之士,往往有识窥上乘,业阻半途者。

杨仲弘云:诗不可凿塞强作,待境而生自工。

刘须溪云:作诗如作字,横眉竖鼻,所差几何,而清俗相去远甚。

又云:诗在灞桥风雪中驴子上,非也。寻常景色,时时处处,妙意皆可拾得。然此犹涉假借,若平生父子兄弟家人邻里间,意愈近而愈不近,著意政难,有能率意自道,出于孤臣怨女之所不能者,随事纪实,足称名家,即名家犹不可得,或一二语而止。如孟东野"慈母手中线","归书但云安",极羁旅难言之情。李太白"昨夜梁园雪,弟寒兄不知",小夫贱隶,谁不能道,而学士大夫,或愧之矣。如杜子美"问事竞挽须,谁能即嗔喝","欲起屡见肘"〔一一〕,"仍嗔问升斗",并与声音笑貌仿佛尽之。又如古人于奴婢猥下,写至"孤客亲僮仆",凄然甚矣。又云"僮仆生新敬",则出处世态,隐约可见。又云"犬因无主善",则俯仰犹有不忍言者。古今甚深密义,往往于浅易得之。

《诗眼》云:作诗之不必句句工。使其皆工,反峭急无古气。

《诗家一指》云:诗不历炼世故,不足名家。

李空同云:以我之情,述今之事,尺寸古法,罔袭其辞。古人之作,其法虽多端,大抵前疏者后必密,半阔者半必细,一实者必一虚,叠景者意必二。此所谓圆规而方矩者也。

何大复云:富于材积,使神情领会,天机自流,临景结构,不傍形迹。佛有筏喻,达岸则舍筏矣,舍筏则达岸矣。胡元瑞云:仲默此论,直指真源,最为吃紧。舍筏之云,亦以献吉多拟则前人陈句进规耳,非欲人废法也。李何二氏之旨,故当并参。

徐祯卿云:因情以发气,因气以成声,因声而绘词,因词而定韵。然情寔窈渺,必因思以穷其奥;气有粗弱,必因力以夺其偏;词难妥贴,必因才以致其极;才易飘扬,必因质以定其侈〔一二〕。若夫妙骋心机,随方合节,或约旨以植义,或宏文以尽心;或缓发如朱弦,或急张如跃括;或始迅以中留,或既优而后促;或慷慨以任壮,或悲怆而引泣;或因拙以得工,或发奇而似易:此轮扁之超悟〔一三〕,不可得而详也。

王弇州曰:才生思,思生调,调生格。思即才之用,调即思之境,格即调之界。又曰:才骋则驭之以格,格定则通之以变。气扬则沉之使实,节促则澹之使和。

又曰:诗以专诣为境,以饶美为材;师匠宜高,捃拾宜博。

胡元瑞云:作诗大要不过二端,体格声调、兴象风神而已。

体格声调,有则可循;兴象风神,无方可执。故作者但求体正格高,声雄调鬯。积习之久,矜持尽化,形迹俱融,兴象风神,自尔超迈。譬则镜花水月:体格声调,水与镜也;兴象风神,月与花也。必水澄镜朗,然后花月宛然;讵容昏鉴浊流,求睹二者?故法所当先,而悟弗容强也。

又曰:诗最可贵者清。然有格清,有调清,有思清,有才清。才清者,王、孟、储、韦之属是也。若格不清则凡,调不清则冗,思不清则俗。王、杨之流丽,沈、宋之丰蔚,高、岑之悲壮,李、杜之雄大,其才不可概以清言,其格与调与思,则无不清者。魏文帝《典论》云:"文以气为主,气之清浊有体,不可力强而致。"其论七子诗与文笔,未尝不并重清云。

又云:曰仙,曰禅,皆诗中本色。惟儒生气象,一毫不得着诗;儒者言语,一字不可入诗。

校记

〔一〕 此段引文见《艺文类聚》卷五十六、严可均辑《全晋文》卷七十七,又见《艺苑卮言》卷一。原文"相过"作"相远",按"过"字与上文重复,作"远"为是。"逸辞",《艺苑卮言》作"造辞"。

〔二〕 "怅",原刻误"惆",依《文心雕龙》校改。

〔三〕 此句上《文心雕龙·风骨篇》尚有:"结言端直,则文骨成焉;意气骏爽,则文风生焉。"(依范文澜注本)胡氏截去。

〔四〕 "乃为通谈"下《诗品序》尚有数句:"若乃经国文符,应资博古;撰德驳奏,宜穷往烈。"按:胡氏删去数语,下文"至乎"二字,似无着落。

〔五〕 此句《诗品序》作:"近任昉、王元长等,辞不贵奇,竞须新事,尔来作者,寖以成俗。遂乃句无虚语,语无虚字,拘挛补衲,蠹文已甚。但自然英旨,罕值其人。"(据陈延杰注本)按:此下夹注叶石林语亦见于《苕溪渔隐丛话前集》卷一,胡氏变动原文较多,文长不具录,可参看彼书。

〔六〕 见《刘禹锡集》卷十九《董氏武陵集纪》,"万景"作"万里",

"理冥"作"理异"。"冥",《艺苑卮言》作"一"。合上句观之,"变"与"同"对,"殊"与"一"对,"一"字似胜。

〔七〕 "定曲",《艺苑卮言》作"足曲",《唐诗纪事》卷四十八作"足尤"。按:"无定曲"强调其变化,"无足尤"强调其完美,均较"足曲"义长。

〔八〕 按:《六一诗话》云:"圣俞尝语余曰:诗家虽率意,而造语亦难,若意新语工得前人所未道者,斯为善也。必能状难写之景,如在目前;含不尽之意,见于言外。"《诗话总龟前集》(《四部丛刊》本,后同)卷六引文同,注见欧公诗话(《四部丛刊》影印明嘉靖本),《诗人玉屑》卷六"意在言外"条文同,惟注出《金陵语录》,疑误,当为《欧公诗话》。

〔九〕 按:胡氏系引自刘攽《中山诗话》。杜诗题为《题李尊师松树障子歌》,原联为:"已知仙客意相亲,更觉良工心独苦。"各本皆然。

〔一〇〕 "縈",原刻误"榮",依《唐诗纪事》校改。

〔一一〕 此句见杜甫《遭田父泥饮美严中丞》诗,各本均作"欲起时被肘"。

〔一二〕 "定其侈",《谈艺录》作"御其侈","御"字胜。

〔一三〕 "超悟",《历代诗话续编》本《谈艺录》同,《艺海珠丛》本作"超诣",义似长。

唐音癸签卷三

法微二

通论各体　四言　五言古　七言古　乐府　律诗　五言律　七言律
排律　绝句　咏史　咏物　和韵　联句　杂俳谐体

四言正体,雅润为本;五言流调,清丽居宗。《文心雕龙》。以下通论各体。

兴寄深微,五言不如四言,七言又其靡也,况束之以声调俳优哉！李白

七言律诗,难于五言律诗;五言绝句,难于七言绝句。严沧浪《诗薮》云:"五言绝调易古,七言绝调易卑。五言绝既拙匠易于掩瑕,七言绝虽高手难于中的。"可与此互参。

古乐府选体歌行,有可入律者,有不可入律者,句法字法皆然。惟近体必不可入古耳。王弇州

《风》、《雅》之规,典则居要。《离骚》之致,深永为宗。古诗之妙,专求意象。歌行之畅,必由才气。近体之攻,务先法律。绝句之构,独主风神。胡元瑞。下同。

七言律于五言律,犹七言古于五言古也。五言古衔辔有程,

步骤难展；至七言古错综开阖，顿挫抑扬，古风之变始极。五言律宫商甫协，节奏未舒；至七言律畅达悠扬，纡徐委折〔一〕，近体之妙始穷。

七言古差易于五言古，七言律顾难于五言律，何也？五言古意象浑融，非造诣深者，难于凑泊；七言古体裁磊落，稍材情赡者，辄易发舒。五言律规模简重，即家数小者，结构易工；七言律字句繁靡，纵才具宏者，推敲难合。

自五言古、律以至五、七言绝，概以温雅和平为尚，惟七言歌行、近体不然。歌行自乐府语已峭峻，李、杜大篇，穷极笔力，若但以平调行之，何能自拔？七言律声长语纵，体既近靡，字楷句联〔二〕，格尤易下；材富力强，犹或难之，清空文弱，可登此坛乎！

律诗句有必不可入古者，古诗字有必不可为律者。然不多熟古诗，未有能以律诗高天下者也。初学辈不知苦辣，往往谓五言古诗易就，率尔成篇，因自诧好古，薄后世律不为。不知律尚不工，岂能工古？徒为两失而已！词人拈笔成律，如左右逢源；一遇古体，竟日吟哦，常恐失却本相；乐府两字，到老摇手，不敢轻道。李西涯、杨铁崖都曾做过，何尝是来！王敬美

四言诗须本风雅，间及韦、曹，然各自为体，勿得相杂。弇州。四言。

四言简质，句短而调未舒。七言靡浮，文繁而声易杂。折繁简之衷，居文质之要，盖莫尚于五言。故两汉以还，文人艺士，平生精力，咸萃斯道。胡元瑞。下同。以下五言古。

五言古先熟读《国风》、《离骚》，源流洞彻，乃尽取两汉杂诗，陈王全集，及子桓、公幹、仲宣佳者，枕藉讽咏，工深日远，神动机流，一旦呓毫，天真自露。骨格既定，然后沿洄阮、左，以穷其趣；颉颃陆、谢，以采其华；傍及陶、韦，以澹其思；博考李、杜、

以极其变。超乘而上,可以掩迹千秋;循辙而趋,无忝名家一代。

作古诗先须辨体。无论两汉难至,苦心模仿,时隔一尘;即为建安,不可堕落六朝一语;为三谢纵极俳丽,不可杂入唐音。小诗欲作王、韦,长篇欲作老杜,便应全用其体,亦不得他杂[三]。词曲家非当家本色,虽丽语、博学无用,况此道乎! 王敬美

拟古乐府:拟汉不可涉魏,拟魏不可涉六朝,拟六朝不可涉唐。用本题事而不失本曲调,上也;调不失而题小舛,次也;题甚合而调或乖,则失之千里矣。 胡元瑞。以下乐府。

乐府诗妙在可解不可解之间。一涉议论,便是鬼道[四]。 弇州

七言古诗要铺叙,要有开合,有风度[五],迢递险怪,雄俊铿锵,忌庸俗软腐。须是波澜开合,如江海之波,一波未平,一波复起。又如兵家之阵,方以为正,又复为奇;方以为奇,忽复是正:出入变化,不可纪极。备此法者,唯李、杜也。开合灿然,音韵铿然,法度森然,神思悠然,学问充然,议论超然。 杨仲弘。以下七言古。

七言歌行,靡非乐府,然至唐始畅。其发也,如千钧之弩,一举透革;纵之,则文漪落霞,舒卷绚烂;一入促节,则凄风急雨,窈冥变幻,转折顿挫,如天骥下坂,明珠走盘;收之,则如柝声一击,万骑忽敛,寂然无声。 王弇州。下同。

歌行有三难:起调,一也;转节,二也;收结,三也。惟收结为尤难:如作平调舒徐绵丽者,结须为雅词,勿使不足,令有一唱三叹意;奔腾汹涌驱突而来者,须一截便住,勿留有馀;中作奇语峻夺人魄者,须令上下脉相顾,一起一伏,一顿一挫,有力无迹,方成篇法。

长歌但看其通篇大势。中间偶有拙句,不失大体;著一巧

句,最害正气。谢茂秦[六]

凡诗诸体皆有绳墨,惟歌行出自《离骚》、乐府,故极散漫纵横。初学当择唐人名篇,脉络分明,句调婉畅易下手者,模仿成家后,博取李、杜大篇,合变出奇,穷高极远,又上之两汉乐府,又上之楚人《离骚》,以求其源本,进于神化。[七]胡元瑞

律伤严,近寡恩[八]。大凡立意之初,必有难易二涂,学者不能强所劣,往往舍难而取易,文章罕工,每坐此也。唐子西。以下律诗。

律诗全在音节,格调风神尽具音节中。胡元瑞

律诗第二字侧入为正格,如"凤历轩辕纪,龙飞四十春"之类。第二字平入为偏格。如"四更山吐月,残夜水明楼"之类。唐名家诗多用正格,用偏格者概少。沈存中

《三百篇》以比兴置篇首,律诗则置在篇中,如景联所摹物色,或兴而赋,或赋而实比,皆其义也。范德机,参。

律诗不可多用虚字,两联填实方好。用唐以下事,便不古。赵孟頫

对句好可得,结句好难得,发句好尤难得。发端忌作举止,收拾贵在出场。严沧浪

五言如四十个贤人,着一字屠沽辈不得。觅句者若掘得玉合,有盖必有底[九]。但精心求之,必得其宝。刘昭禹。以下五言律。

李梦阳云:叠景者意必二,阔大者半必细。此最律诗三昧。如杜:"诏从三殿去,碑到百蛮开。野馆浓花发,春帆细雨来。"前半阔大,后半工细也。"浮云连海、岱,平野入青、徐。孤嶂秦碑在,荒城鲁殿馀。"前景寓目,后景感怀也。唐法律甚严惟杜,变化莫测亦惟杜。胡元瑞。下同。

作诗不过情景二端。如五言律体,前起后结,中四句二言

17

景,二言情,此通例也。唐初多于首二句言景对起,止结二句言情,虽丰硕,往往失之繁杂。唐晚则第三四句多作一串,虽流动,往往失之轻儇。俱非正体。惟沈、宋、李、王诸子,格调庄严,气象闳丽,最为可法。第中四句大率言景,不善学者凑砌堆叠,多无足观。老杜诸篇,虽中联言景不少,大率以情间之,故习杜者,句话或有枯燥之嫌,体裁绝无靡冗之病。此初学入门第一义,不可不知。若老手大笔,则情景混融,错综惟意,又不可专泥此论。

学五言律,毋习王、杨以前,毋窥元、白以后。先取沈、宋、陈、杜、苏、李诸集,朝夕临摹,则风骨高华,句语宏赡,音节雄亮,比偶精严;次及盛唐王、岑、孟、李,永之以风神,畅之以才气,和之以真澹,错之以清新;然后归宿杜陵,究竟绝轨,极深研几,穷神知化:五言律法尽矣。

五言律差易得雄浑,加以二字,便觉费力,虽曼声可听,而古色渐稀。七字为句,字皆调美,八句为篇,句皆稳畅,虽复盛唐,代不数人,人不数首。弇州。以下七言律。

七言律有起、有承、有转、有合。起为破题,或对景兴起,或比起,或引事起,或就题起,要突兀高远,如飙风初发,势欲卷浪。承为颔联,或写意,或写景,或书事,或用事引证,要接破题,如骊龙之珠,抱而不脱。转为颈联,或写意,写景,书事,用事引证,与前联之意相应、相避,要变化不穷,如鱼龙出没䲧涛,观者无不神耸。合为结句,或就题结,或开一步,或缴前联之意,或用事,必放一句作散场,如截奔马,辞意俱尽;如临水送将归,辞尽意不尽。知此,则七律思过半矣。杨仲弘,参。

七言律不难中二联,难在发端及结句耳。发端盛唐人无不佳者,结颇有之,然亦无转入他调及收顿不住之病。篇法有起、有束、有放、有敛、有唤、有应。大抵一开则一阖,一扬则一抑,一象则一意,无偏用者。句法有直下者,有倒插者。倒插最难,非老杜不能也。字法有虚有实,有沉有响,虚响易工,沉实难至。五十六字如魏明帝凌云台材木,铢两悉配乃可耳。篇法之妙,有不见句法者,句法之妙,有不见字法者,此是法极无迹,人能之至,境与天会,未易求也。有俱属象而妙者,有俱属意而妙者,有俱作高调而妙者,有直下不偶对而妙者,皆兴与境诣,神合气完使之然。五言可耳,七言恐未易能也。勿和韵,勿拈险韵,勿起结用傍韵,勿偏枯,勿求理,勿搜僻,勿用六朝强造语,勿用大历以后事。此诗家魔障,慎之!慎之! 弇州

七言律对不属则偏枯,太属则板弱。二联之中,必使极精切而极浑成,极工密而极古雅,极严整而极流动,乃为上则。然二者理虽相成,体实相反,故古今文士难之。要之,人力苟竭,天真必露。非荡思八荒,游神万古,功深百炼,才具千钧,不易语也。胡元瑞。下同。

古诗之难,莫难于五言古。近体之难,莫难于七言律。五十六字之中,意若贯珠,言如合璧。其贯珠也,如夜光走盘,而不失回旋曲折之妙;其合璧也,如玉匣有盖,而绝无参差扭捏之痕。綦组锦绣相鲜以为色,宫商角徵互合以成声;思欲深厚有馀而不可失之晦,情欲缠绵不迫而不可失之流;肉不可使胜骨,而骨又不可太露;词不可使胜气,而气又不可太扬。庄严则清庙明堂,沉着则万钧九鼎,高华则朗月繁星,雄大则泰山乔岳,圆畅则流水行云,变幻则凄风急雨:一篇之中,必数者兼备,乃称全美。故名流哲匠,自古难之。

高、岑明净整齐,所乏远韵。王、李精华秀朗,时觉小疵。学者步高、岑之高调[一〇]、含王、李之风神,更加以工部之雄深变幻,庶尽七言能事尔。

作七言拗体者,必以意兴发端,神情傅合,浑融疏秀,不见穿凿之迹,顿挫抑扬,自出宫商之表可耳。虽老杜以歌行入律,亦是变风,不宜多作,作则伤境。弇州

诗一题一首,自为起合无论。其一题数首者,则合数首为起合,易而置之便不可,盖起句在前首,而合句在后首故也。范德机

作排律法,虚韵不如实韵堪押,顺联不如逆联有情。遯叟。以下排律。

作排律先熟读宋、骆、沈、杜诸篇,仿其布格措词,则体裁平整,句调精严;益以摩诘之风神,太白之气概;既奄有诸家,美善咸备,然后究极杜陵,扩之以闳大,浚之以沉深,鼓之以变化。胡元瑞

七言排律,创自老杜,然亦不得佳。盖七字为句,束以声偶,气力已尽矣,又欲衍之使长,调高则难续而伤篇,调卑则易冗而伤句,合璧犹可,贯珠益艰。弇州

绝句固自难,五言尤甚,离首即尾,离尾即首,而腰腹亦自不可少。妙在愈小而大,愈促而缓。吾尝读《维摩经》得此法,一丈室中置恒河沙诸天宝座,丈室不增,诸天不减。又一刹那定作六十小劫。须如是乃得。弇州。以下绝句。

顾华玉云:"五言绝以调古为上乘,以情真为得体。调古则韵高,情真则意远。"华玉标此二者,则雄奇俊亮,皆所不贵。论虽稍偏,自是五言绝第一义。胡元瑞。下同。

七言绝语半于近体,同其句格宛顺;节促于歌行,倍夫意味长永。[一一]

七绝盛唐诸公用韵最严,无旁出者。命意得句,以韵发端,突然而起,意到辞工,不暇雕饰,通首自混成无迹。宋人专重转合,刻意精炼,或难于起句,借用旁韵,牵强成章。此所以不同

也。谢茂秦

　　五言绝尚真切，质多胜文。七言绝倚高华，文多胜质。五言绝昉于两汉，七言绝起自六朝，源流迥别，体制自殊。至意当含蓄，语务春容，则二者一律也。胡元瑞。下同。

　　对结者须意尽，如王之涣"欲穷千里目，更上一层楼"，高达夫"故乡今夜思千里，霜鬓明朝又一年"，添著一语不得，乃可。永嘉薛韶云：老杜诗虽多至百韵，亦首尾相应无间断。绝句或不然，四句句各为对，不贯穿者为多，另是一体，不足多学。

　　绝句之法，要婉曲回环，删芜就简，句绝而意不绝，多以第三句为主，而第四句发之。有实接，有虚接，承接之间，开与合相关，反与正相依，顺与逆相应，一呼一吸，宫商自谐。大抵起承二句固难，然不过平直叙起为佳，从容承之为是。至如宛转变化工夫，全在第三句。若于此转变得好，则第四句如顺流之舟矣。杨仲弘

　　诗人咏史最难，妙在不增一语，而情感自深。若在作史者不到处别生眼目，固自好，然尚是第二义也。《诗法》。咏史。

　　咏物固要逼真，但恐注精点写，闲澹之气易至偏失。要在不相谋而两得始佳。方秋崖。以下咏物。

　　诗固忌用巧太过，然缘情体物，自有天然工妙，虽巧而不见刻削之痕。老杜"细雨鱼儿出，微风燕子斜"，及"穿花蛱蝶深深见，点水蜻蜓款款飞"等语，读之浑然，全似未尝用力，此所以不碍其气格超胜，与晚唐诸家之体物者迥别也。咏物者宜于此细参。雨细着水面为沤，鱼常上浮而淰〔一二〕，若大雨，则伏而不出矣。燕体轻弱，风猛则不能胜，惟微风乃受以为势，故又有"轻燕受风斜"之语。此十字殆无一字虚设。至蛱蝶蜻蜓一联，又妙在穿字点字，若深深无穿字，款款无点字，亦不能唤出如此精微来。叶石林

　　诗固有以切为工者，不伤格，不贬调，乃可。咏物着题，亦自

无嫌于切。第单欲其切,亦易易耳。不切而切,切而不觉其切,此一关前人不轻拈破也。胡元瑞。 坡公云:诗人有写物之功,"桑之未落,其叶沃若",他木殆不可以当此。林逋《梅花》诗云:"疏影横斜水清浅,暗香浮动月黄昏。"决非桃李诗。皮日休《白莲》诗云:"无情有恨何人见?月冷风清欲坠时。"决非红莲诗。此乃写物之功。若石曼卿《红梅》诗云:"认桃无绿叶,辨杏有青枝。"此村学中至陋语也。

和韵联句,皆易为诗害而无大益。偶一为之,可也。然和韵在于押字浑成,联句在于才力均敌,声华情实中不露本等面目,乃为贵耳。弇州。 联句始《柏梁》,人赋一句。至唐韩愈、孟郊有错举上句,博下句联对者。和诗用来诗之韵曰用韵,依来诗之韵尽押之不必以次曰依韵,并依其先后而次之曰次韵。盛唐人和诗不和韵,晚唐人至有次韵者。洪迈曰:古人酬和诗,必答其来意,非如今人为次韵所局也。如高适寄杜云:"草玄今已毕,此外更何求?"杜和云:"草玄吾岂敢?赋或似相如。"韦迢寄杜云:"相忆无南雁,何时有报章?"杜和云:"虽无南去雁,看取北来鱼。"只以其来意往覆,趣味自深,何尝和韵?至大历中,李端、卢纶野寺病居酬答,始有次韵。后元、白二公次韵益多,皮、陆则更盛矣。今人仿效,至往返数四不止。诗以道性情,一拘韵脚,性情果可得而见耶?和韵联句。

杂诗。自孔融《离合》、鲍照《建除》、温峤《回文》、傅咸《集句》而下,字谜、人名、鸟兽、花木,摹仿日烦,不可胜数。至唐人乃有以婢仆诗登第、孩儿诗取祸者。诗文不朽大业,学者雕心刻肾,穷昼夜致功,犹惧弗窥奥眇,暇役志及此?皆诗道之下流,学人之大戒也。胡元瑞。 杂俳谐体。〔一三〕

校记

〔一〕 "折",《诗薮》作"宛"。

〔二〕 按:《诗薮·内编》卷三作"字栉句此",义长。

〔三〕 "亦不得他杂",《艺圃撷馀》原作:"第不可羊质虎皮,虎头蛇尾。"

〔四〕 此条《艺苑卮言》卷一作:"拟古乐府,如《郊祀》、《房中》,须极古雅,发以峭峻;《铙歌》诸曲,勿便可解,勿遂不可解,须斟酌浅深质文之

22

间……近事毋俗,近情毋纤;拙不露态,巧不露痕;宁近无远,宁朴无虚。有分格,有来委,有实境,一涉议论,便是鬼道。"

〔五〕 按:杨载《诗法家数》"迢递"上有"要"字。又"开合灿然"以下数语,原文所无,胡氏错综各节,益以己意而成。

〔六〕 此条《四溟诗话》卷一原文作:"长篇之法,如波涛初作,一层紧于一层;拙句不失大体,巧句最害正气。"

〔七〕 此二句《诗薮》作:"镕乐府之气习,而直接商、周,七言能事毕矣。"

〔八〕 按:《宋诗钞·眉山诗钞·遣兴》云:"酒经自得非多学,诗律伤严近寡恩。田里歌呼无籍在,朝廷议论有司存。"又按:《苕溪渔隐丛话前集》卷八《唐子西语录》云:'诗在与人商论,深求其疵而去之,等闲一字放过则不可,殆近法家,难以言恕矣,故谓之诗律。东坡云'敢将诗律斗深严',余亦云'诗律伤严近寡恩'。"《诗人玉屑》卷八"求其疵而去之"条同。《唐子西文录》(《历代诗话》本)作"予亦云律伤严近寡恩",《艺苑卮言》卷一作"唐庚云律伤严近寡恩",均脱"诗"字,胡氏亦沿其误。

〔九〕 此句《唐诗纪事》作"有底必有盖"。

〔一〇〕 "高调",《诗薮·内编》卷五作"格调",似胜。

〔一一〕 按:此节胡氏剪裁《诗薮·内编》卷六之文,晦涩难解。《诗薮》原文节录如下:"七言短歌始于《垓下》……转换既迫,音调未舒。至唐诸子一变而律吕铿锵,句格稳顺。语半于近体,而意味深长过之;节促于歌行,而咏叹悠永倍之。遂为百代不易之体。"

〔一二〕 "淰",原刻作"念",依《石林诗话》校改。

〔一三〕 按:此条见《诗薮·外编》卷二,原文如下:"诗文不朽大业,学者雕心刻肾,穷昼极夜,犹惧弗窥奥妙,而以游戏废日,可乎?孔融《离合》、鲍照《建除》、温峤《回文》、傅咸《集句》,亡补于诗,而反为诗病。自兹以降,摹放实繁。字谜、人名、鸟兽、花木,六朝才士集中不可胜数。诗道之下流,学人之大戒也。"胡氏颠倒改窜过甚。

23

唐音癸签卷四

法微三 用字　用句　俪对　篇法　用韵　用事　则古　砭疵

改章难于造篇,易字艰于代句。《文心雕龙》。以下用字。

用字一避诡异,谓字体瓌怪,如古诗"褊心恶訽呶"之类。二省联边,谓半字同文,如偏旁从山从水之类。不获免,可至三接。三接外,同字林矣。三权重出,谓同字相犯也。诗验适会,若两字俱要,则宁在相犯。为文者富于万篇,贫于一字。唐宣宗尝问中书舍人李藩:"考试之中,重用字如何?"又问:"孰诗重用字?"对曰:"钱起《湘灵鼓瑟》诗有二不字。"上诵其诗,仍称善相属,盖亦知其相避为难云。四调单复。谓字形之肥瘠也。瘠字累句,则纤疏而行劣;肥字积文;则黯黮而篇暗。

诗有隐一字而意自见者。"纠纠葛屦,可以履霜",言不可也。"海水知天寒",言不知也。皆隐一不字在。白乐天

李长吉咏寒:"百石强车上河水。"换冰字作水,寒意自跃。此用字之最有意者。遯叟。下同。

律诗忌犯叠音字,固也。然杜甫之卑枝、接叶《何将军园》诗,白乐天之嫌甜、笑小,量大嫌甜酒,才高笑小诗。李群玉之崎岖诘曲、钩輈格磔,崎岖诘曲双声,钩輈格磔叠韵。非故用叠音以示巧乎?知用

字活法,非可一端尽。

诗用助语字,非法也。惟排律长篇或间有之。如杜老"馀力浮于海,端忧问彼苍",尚不觉用语助字。至王、孟"畅以沙际鹤,兼之云外山"及"依止此山门,谁能效丘也"之类,则恶矣。岂可妄效?

体物叠字,本之《风》、《雅》,诗所不能无;如刘驾之"夜夜夜深闻子规",吴融之"摵摵凄凄叶叶同",则多事矣。然未有叠至七联,如韩退之《南山》诗者。岂以"青青河畔草"亦用叠字三联,有前例与?作法于凉,虽汉人,吾不能无馀憾云。

作诗要健字撑拄,活字斡旋。如"红入桃花嫩,青归柳叶新","弟子贫原宪,诸生老伏虔",入与归字,贫与老字,乃撑拄也。"生理何颜面,忧端且岁时","名岂文章著,官应老病休",何与且字,岂与应字,乃斡旋也。撑拄如屋之有柱,斡旋如车之有轴。罗大经

好诗句法浑涵,不可以一字求。句中有一字可摘为眼,非诗之至也。才有此,句法便不浑涵。昔人谓石之有眼,为研之一病,余亦谓句中有眼,为诗之一病。如"地坼江帆隐,天清木叶闻",故不如"地卑荒野大,天远暮江迟"也。如"返照入江翻石壁,归云拥树失山村",故不如"锦江春色来天地,玉垒浮云变古今"也。此最诗家三昧,不可不知。胡元瑞 又云:审言"风光新柳报,宴赏落花催",摩诘"兴阑啼鸟换,坐久落花多",皆佳句也,然报与催字,极精工而意尽语中;换与多字,觉散缓而韵在言外。观此可知初盛次第。又云:老杜用字入化者,古今独步。中有太奇巧处,然巧而不尖,奇而不诡,犹不失上乘。如"孤灯然客梦,寒杵捣乡愁",则尖矣;"流星透疏木,走月逆行云",则诡矣。用字者,此二则尤宜合参。

诗在与人商论,深求其疵而去之。等闲一字放过则不可。诗自有称当字,第思之未到耳。王贞白尝以诗谒贯休,休指其《御沟》诗云:"此波涵圣泽",波字未称。王作色而去。休度其

必来,书"中"字掌中以待,王果来云:欲更"中"字如何? 休展手示之,遂定交。要当如此乃是。《唐庚文录》。 又欧阳公云:陈舍人从易偶得杜集旧本,至《送蔡都尉》诗"身轻一鸟"下脱一字,陈因与数客各用一字补之,或云疾,或云落,或云起,或云下,莫能定。其后得一善本,乃是"身轻一鸟过",陈大叹服,以为虽一字,我辈never不能到。杨用修云:孟集有"待到重阳日,还来就菊花"之句,刻本脱一就字,有拟补者,或作醉,或作赏,或作泛,或作对,皆不安。后得善本,是就字,盖出于汉乐府"就我求清酒""就"字也,乃益知其妙。以此二则合贞白事观之,知选字故不易言矣。

《三百篇》四言定体,间出二三五六七言。"祈父"二言,"振振鹭"三言,"谁谓雀无角"五言,"我姑酌彼金罍"六言,"交交黄鸟止于桑"七言。亦有八言,如"我不敢效我友自逸"之类。西汉诗五言定体,间出二三四五六七言,甚有至九言者。乐府《上陵》错用三四五六等言,《战城南》《君马黄》《有所思》错用三四五七等言,《上邪》错用二三四五六七等言。始用五七等言成篇,陈琳《饮马长城窟》;始用三五七九等言成篇,鲍照《拟行路难》是也。凡句减于三字则喑,增于九字则吃。遡叟。以下用句。

叠字为句,不过合者析之,顺者倒之,便成法。如"委波金不定",合者析之也。本言草碧,却云"碧知湖外草";本言獭趁鱼而喧,却云"溪喧獭趁鱼",所谓顺者倒之也。举此可类其馀。

五字句以上二下三为脉,七字句以上四下三为脉,其恒也。有变五字句上三下二者,如元微之"庾公楼怅望,巴子国生涯",孟郊"藏千寻布水,出十八高僧"之类。变七字句上三下四者,如韩退之"落以斧引以墨徽",又"虽欲悔舌不可扪"之类。皆蹇吃不足多学。

只此五七字叠成句,万变无穷,如人面只眼耳口鼻四尔,不知如何位置来无一相肖者。诗人工巧,真侔造化哉! 古人所以有句图之作,令学者触类而长也。然究竟法变非句图所能尽。

音律乃人声之所同,对偶亦文势之必至。《诗法源流》。以下俪对。

或疑今人不及古者,病于俪词,余谓不然。"昔我往矣,杨柳依依。今我来斯,雨雪霏霏。"非俪耶？但古人后于语,先于意。皎然《诗式》

言对为易,事对为难。正对为劣,反对为优。双比空辞为言对,并举人验为事对,事异义同为正对,理殊趣合为反对。《文心雕龙》

假对 如沈云卿"牙绯"对"齿录",杜子美"怀君"对"饮子","侍中貂"对"大司马",杜牧之"当时物议朱云小,后代声名白日悬"之类。

当句对 杜"小院回廊春寂寂,浴凫飞鹭晚悠悠",李嘉祐"孤云独鸟川光暮,万里千山海气秋"〔一〕,皆当句对也。

流水对 严羽卿以刘眘虚"沧浪千万里,日夜一孤舟"为十字格,刘长卿"江客不堪频北望,塞鸿何事又南飞"为十四字格。谓两句只一意也,盖流水对耳。

蹉对 沈存中以《九歌》之"蕙肴蒸"、"奠桂酒"为蹉对之祖。唐人七言起结对者,多用此法。其中联如刘长卿"离心日远如流水,回首川长共落晖",亦蹉对之类。

扇对 又谓之隔句对。五言律如李白"白鹭洲前月,天明送客回；青龙山后日,早出海云来"。七言律如郑谷"昔年共照松溪隐,松折碑荒僧已无；今日还思锦城事,雪消花谢梦何如"〔二〕是也。排律中尤多有之。

续句对 律诗如老杜"待尔鸣乌鹊,抛书示鹡鸰。枝间喜不去,原上急曾经"；排律如老杜"神女峰娟妙,昭君宅有无。曲留明怨惜,梦尽失欢娱"之类。一顺续,一例续。又如《赠张山人》："草书应甚苦,诗兴不无神。曹植休前辈,张芝更后身。数篇吟可老,一字买堪贫。"续至三联。白乐天以为诗有连环文藻,隔句相解者,起于鲍照之"扰扰游宦子,营营市井人。怀金近从利,负剑远慈亲"。其来有自云。

凡诗对,下句不妨胜上句,古人所云：吟咏滋味,流于下句,是也。

因情立体,即体成势。 刘勰。下同。以下篇法。

规范本体谓之镕,剪截浮词谓之裁。裁则芜秽不生,镕则纲领昭畅。

**因字生句,积句为章,积章成篇。句之清英,字不妄也。章之明靡,句无玷也。篇之彪炳,章无疵也。

启行之辞,逆萌中篇之意;绝笔之言,追胜[三]前句之旨。

一诗之中,妙在一句,为诗之根本。根本不凡,则花叶自然殊异。如君子在位,善人皆来。《诗家一指》

句中无馀字,篇中无长语,非善之善者也。句中有馀味,篇中有馀意,善之善者也。《白石诗说》

作诗必先命意,意正则思生,然后择韵而用,如驱奴隶。此乃以韵承意,故首尾有序。今人迁意就韵,因韵求事,所以失之。《室中语》。以下用韵。

刘勰云:"改韵从调,所以节文辞气。""两韵辄易,则声韵微燥[四];百句不迁,则唇吻告劳。"七古改韵,宜衷此论为裁。若五言古毕竟以不转韵为正。汉魏古诗多不转韵,《十九首》中亦只两首转韵耳。李青莲五古多转韵,每读至接换处,便觉体欠郑重。惟杜少陵虽长篇亦不转韵,如《北征》六十五韵,只一韵到底。一韵五言正体,转韵五言变体也。遯叟。下同。

近体诗即不得押古韵,然欲从事古诗,古韵叶自当讲求。李沧溟云:古者字少,宁假借必谐声韵,无弗雅者。古字自是足用,第患不博古耳。今之作者,限于学之所不精,苟而之俚;或屈于才之所不健,更掉而之险:而雅均病。然险可使安,俚偏累雅。"聊用布亲串",孰与"风物自凄紧"?"云霞肃川涨",孰与"金壶启夕沦"?夫韵,歌诗之输也,失之一字,全舆有所不行,职此故矣。

《柏梁》押重韵者,人占一句,故犯重韵以争胜也。《焦仲卿妻》重韵为多者,长篇叙事,无庸简择,重犯正见滔莽之致也。此二诗外,有重押者,当属偶误。杜子美《饮中八仙歌》押二船字、二眠字、二天字、三前字,体正类《柏梁》,故重用韵耳。若韩退之诸诗,以今裁而效往例,屡押重韵,正如东眉故蹙颦痕,增丑有之,益妍则未也。

退之诗云:"横空盘硬语,妥贴力排奡。"盖言能杀缚事实,与意义合也。此最用事妙手。《许彦周诗话》。以下用事。

诗自模景述情外,则有用事而已。用事非诗正体,然景物有限,格调易穷,一律千篇,祇供厌吐[五]。欲观人笔力材诣,全在阿堵中。且古体小言,姑置可也。大篇长律,非此何以成章?胡元瑞。下同。

用事患不得肯綮。得肯綮则一篇之中,八句皆用;一句之中,二事串用,亦何不可?宛转清空,了无痕迹,纵横变幻,莫测端倪。此全在神运笔融,犹斲轮甘苦,心手自知,难以言述。

世岂有国号、国姓可入诗者哉?然如"人歌小岁酒,花舞大唐春"卢照邻,"但经春色还秋色,不觉杨家是李家"李山甫咏隋堤柳,非佳句乎?观此,事无不可使,只巧匠少耳。遯叟

用事不可著迹,只使影子可也。虽死事亦当活用。杨仲弘。如杜牧《赠李中敏》:"元礼退归纶氏学,江充来见犬台宫。"中敏尝论郑注,以注比江充,以中敏之归颍阳,比李膺之归纶氏教授,可谓极切。只为纶氏恰属颍阳,反觉死相,必易他地才活。又如赵嘏《双鹤寄兄》诗[六]:"茅固枕前秋对舞,陆云溪上夜同鸣。"用二茅君兄弟并乘白鹤,人见鹤在帐中,及机、云兄弟同游郊墅闻鹤唳二事也,岂不之切,然正厌其切耳。

诗家使事,必仍其事之本字,其常也。然亦不尽然。如老杜"玉衣晨自举,铁马汗常趋",非用昭陵石马汗出事乎?却更为铁马。"但使闾阎还揖让,敢论松竹久荒芜",非用陶潜"三径就荒,松菊犹存"语乎?却更为松竹。但细读全篇,觉仍之不稳,必更之才合者,则颊上三毛之谓也。于此参究,可悟使事活法。石字凹,铁字满。得归茅屋言松竹合,言松菊远在。遯叟,下同。

体物用乾坤字最多者杜甫。"乾坤万里眼","乾坤日夜浮",及"日月低秦树,乾坤绕汉宫"之类。用元气二字最多者刘长卿。如登塔之"盘梯接

元气",洞庭湖之"叠浪浮元气",望海之"元气远相合,太阳生其中",凡数四见。境穷于睫量,语亦穷于吻量,非此等字不足副之。后学用此为袭腐,触此堪反隅。

诗惟情格并高,可称上品。其虽有事非用事者,若论其功合入上格,至有三字物名之句,仗语而成,用功殊少。如孟浩然云:"气蒸云梦泽,波撼岳阳城。"自天地二气初分,既有此六字,假孟生之才,加其四字,何功可伐,即欲索入上流耶?彼情格极高,则不可屈;若稍下,吾请降之于高等之外,以惩彼滥。又宫阙之句,或壮观可嘉,虽有功而情少,谓无含蓄之意也。宜入直用事中,不入上格,无作用故也。皎然

吟家虽忌疏学,然如诗料平时收拾太多,不能割爱,往往病堆垛,更不如寡学人作诗有情韵也。谓不信者,请看《箧中集》诸公胸中,有几多书在?遯叟。下同

诗家拈教乘中题,当即用教乘中语义,旁撷外典补凑,便非当行。在古如支公辈,亦有杂用老、庄语者。至今时则迥然分途,取材不可混矣。唐诸家教乘中诗,合作者多,独老杜殊出入,不可为法。如《慈恩塔》一诗,高、岑终篇皆彼教语,杜则杂以望陵寝、叹稻粱等句,与法门事全不涉。他寺刹及赠僧诗皆然。

今人作诗,必入故事。有持清虚之说者,谓盛唐诗既景造意,何尝有此。是则然矣,然亦一家言,未尽古今之变也。古诗两汉以来,曹子建出,始为宏肆,多生情态,此一变也。自此作者多入史语,然不能入经语。谢灵运出,而《易》辞、庄语,无所不为用矣,剪裁之妙,千古为宗,又一变也。中间何、庾加工,沈、宋增丽,而变态未极,七言犹以闲雅为致。杜子美出而百家稗官,都作雅音;马浡牛溲,咸成郁致,于是诗之变极矣。子美之后,而欲令人毁靓妆〔七〕,张空拳,以当市肆万人之观,必不能也。其援

引不得不日加而繁。然病不在用事,顾所以用之何如耳。善使事者,勿为事所使。如禅家云:"转法华,勿为法华转。"使事之妙,在有而若无,实而若虚,可意悟不可言传,可力学得,不可仓卒得也。宋人使事最多,而最不善使,故诗道衰。我朝越宋继唐,正以有豪杰数辈,得使事三昧耳。第恐数十[八]年后,必有厌而扫除者,则其滥觞末弩为之出。王敬美

学诗者以识为主,入门须正,立志须高[九],以汉、魏、晋、盛唐为师,不作开元、天宝以下人物。若自退屈,即有下劣诗魔,入其肺腑之间,由立志之不高也。行有未至,可加工力;路头一差,愈骛愈远,由入门之不正也。严沧浪。以下取则。

古诗三百,可以博其源;遗篇十九,可以约其趣;乐府雄高,可以厉其气;《离骚》深永,可以裨其思。徐祯卿

《诗》云:"有物有则。"又曰:"无声无臭。"昔人有步趋华相国者,以为形迹之外学之,去之弥远。又人学书,日临《兰亭》一帖,有规之者云:从此[一〇]门而入,必不成书道。然则情景妙合,风格自上,不为古役堕蹊径者,最也。随质成分,随分成诣,门户既立,声实可观者,次也。或名为闰继,实则盗魁,外堪皮相,中乃肤立,以此言家,久必败矣。王弇州

诗上自苏、李,下迄六代。汉、魏骨气虽雄,而菁华不足。晋祖玄虚,宋尚条畅。齐、梁以下,但务春华,殊欠秋实。唯李唐作者,可谓大成。然贞观尚习故陋,神龙渐变常调。开元、天宝间,神采声律,粲然大备,学者故当以是为楷式。林鸿

元和而后,诗道浸晚,而人才故自横绝一时,若昌黎之鸿伟,柳州之精工,梦得之雄奇,乐天之浩博,皆大家才具也。今人概以中、晚束之高阁。若根脚坚牢,眼目精利,泛取读之,亦足充扩襟灵,赞助笔力。胡元瑞。下同。

宋初诸子,多祖乐天;元末诗人,竞师长吉。

语、意、势为三。偷语最为钝贼,郑侯造律,不暇及诗,致使弱手芜才,公行劫掠,片言可折〔一一〕,此辈无处逃刑。其次偷意,事虽可罔,情不可原,若欲一例平反,诗教何设?其次偷势,才巧意精,若无朕迹,盖诗人偷狐白裘于阛阓中之手,吾亦赏俊,从其漏网。皎然

剽窃模拟,诗之大病。亦有神与境触,师心独造,偶合古语者,如"客从远方来","白杨多悲风","春水船如天上坐",不妨俱美,定非窃也。其次衷览既富,机锋亦圆,古语口吻间,若不自觉,间亦有之,未致足厌。乃至割缀古语,痕迹宛然,斯丑方极,皆不免为盗跖、优孟所訾。弇州

唐明皇令僧教康昆仑琵琶,僧云:"且遣昆仑不近乐器十年,使忘其本领,然后可教。"有乡人请学诗者,余以此语之。方采山

诗有古人所不忌而今人以为病者,摘瑕者因而酷诋之,将并古人无所容,非也。然今古宽严不同,作诗者既知是瑕,不妨并去。古人诗有误用重韵、重字者〔一二〕,皆是失点检处,必不可借以自文。又如风雨云雷有二联中接用者,一二三四有八句中六见者,今可以为法邪?此等病,盛唐常有之,独老杜最少,盖其诗即景后必下意也。又其最隐者,如云卿《嵩山石淙》前联云"行漏"、"香炉",次联云"神鼎"、"帝壶",俱压末字。岑嘉州"云随马"、"雨洗兵"、"花迎盖"、"柳指旌"四言一法。摩诘"独坐悲双鬓","白发终难变",语异意重。《九成宫避暑》,三四"衣上"、"镜中"、"林下"、"岩前"〔一三〕。在彼正自不觉,今用之能无受人揶揄?至于失严之句,摩诘、嘉州特多,殊不妨其美。然就至美中亦觉有微缺陷,不为可也。至于首句出韵,晚唐作俑,

宋人滥觞,尤不可学。王敬美。以下砭疵。

苏长公论诗,有二语绝得三昧,曰:"作诗必此诗,定知非诗人。"〔一四〕盖诗惟咏物,不可汗漫,至于登临、燕集、寄忆、赠送,惟以神韵为上〔一五〕,使句格可传,乃为上乘。今于登临则必名其泉石,燕集则必纪其园林,寄赠则必傅其姓字〔一六〕,真所谓田庄牙人、点鬼簿、粘皮骨者。汉、唐人何尝如此?最诗家下乘小道。既一二大家有之,亦偶然耳,可为法乎?元瑞。下同。 按诗中用姓,即老杜亦不免,如赠贾至、严武云:"长沙才子远,钓濑客星悬。"又"贾笔论孤愤,严君赋几篇。"又饮张氏隐居:"杜酒偏劳劝,张梨不外求。"此法今吟人概用以救急矣。

嘉、隆学杜善矣,而犹未尽。"迁转五州防御使,起居八坐大夫人",本常语,而一时模尚,遂令大夫、使者,填塞奚囊;太尉、中丞,类被差遣。至不佞"扶风汉大藩"之类,亦后学之前车也。

诗者,人之情性也,怨怼忿诉,怒邻骂坐之为也。其人抱道而居,与时乖违,情所不堪,因发于呻吟调笑,抒其胸次,闻者亦有所劝戒,是诗之善也。其发于讪谤侵陵,引颈以承戈,披襟而受矢,以快一时之忿,而罹诗之祸,是失诗之旨,非诗之过也。山谷〔一七〕

诗家虽刺讥中要带一分含蓄,庶不失忠厚之旨。杜甫《秋兴》:"同学少年多不贱,五陵裘马自轻肥。"着一自字,以为怨之,可也;以为羡之,亦可也。何等不露!王维《喜祖三至留宿》:"蚤岁战友者,高车何处归?"似乎言战友者之薄,然亦借之以明祖之过我者为厚,其意未尝不婉。若使他人为之,则露矣,直矣。虽取快唇吻,非所以自占地步也。遯叟

少陵故多变态,其诗有深句,有雄句,有老句,有秀句,有丽句,有险句,有拙句,有累句,然无露句。其意何尝不自高、自任,

然其诗曰:"文章千古事,得失寸心知。"曰:"新诗句句好,应任老夫传。"温然其辞,而自负意隐然言外,何尝有所谓吾道主盟代兴哉! 自少陵逗漏此趣,而大智大力者发挥毕尽,至使吠声之徒,群肆捊剥,唐音永不可复,噫嘻,惧之!《诗薮》

郑谷云:"举世何人肯自知,须逢精鉴定妍蚩。若教嫫母临明镜,也道不劳红粉施。"吾谓凡今作诗者宜读此。杜甫云:"杨、王、卢、骆当时体,轻薄为文哂未休。尔曹身与名俱灭,不废江河万古流。"吾谓今之好讥议前辈诗者宜读此。张祜云:"等闲缉缀闲言语,夸向时人唤作诗。昨日偶拈庄、老读,万寻山上一毫厘。"吾谓前辈如王、李二公,惜亦未尝读此。遯叟

校记

〔一〕 此句《诗人玉屑》作"万井千山海气秋",《全唐诗》作"万井千山海色秋"。按"万里"当作"万井"始成对。"气""色"不妨两存。

〔二〕 按:郑谷此诗见于《全唐诗》卷六七六,题为《将之泸郡,旅次遂州,遇裴晤员外谪居于此,话旧凄凉,因寄二首》,此为第二首之首四句,原文作:"昔年共照松溪影,松折溪荒僧已无;今日重(一作同)思锦城事,雪销(一作铺)花谢梦何殊。"原刻"隐"字必误。

〔三〕 "胜",谢兆申校改为"賸",范文澜注本从谢改作"賸"。

〔四〕 "燥",《文心雕龙》作"躁"。

〔五〕 "厌吐",《诗薮·内编》卷四作"厌饫",义似长。

〔六〕 按:赵诗见《全唐诗》卷五百四十九,题为《山阳卢明府以双鹤寄遗,白(一作伯)氏以诗回答,因寄和》。非赵氏以鹤寄兄也。胡氏误。

〔七〕 "妆",原刻误"粧",径改。

〔八〕 "数十",原刻作"二十",据《艺圃撷馀》校改。

〔九〕 "立志须高",原刻作"立意须高",《沧浪诗话》作"立志须高",与下文"由立志之不高也"相应,故据改。

〔一〇〕 "从此",原刻作"此从",依《艺苑卮言》校乙。

〔一一〕 "片言可折",皎然《诗式》上有"若评质以道"一句,语意始足。

〔一二〕 按:此下《艺圃撷馀》列举大量诗例,胡氏概从删削,而以"古人诗有误用重韵、重字者"一句概括之,非原文也。

〔一三〕 此句《艺圃撷馀》作"三四衣上、镜中,五六林下、岩前",胡氏脱"五六"二字。又"前",《全唐诗》及《王右丞集》均作"间"。

〔一四〕 按:此诗为《书鄢陵王主簿所画折枝二首》,集作"定非知诗人"(古香斋《施注苏诗》卷二十六)。诗话引用多误倒,应从原集义长。《诗薮·内编》卷五首句原作"苏长公诗无所解,独二语绝得三昧"对东坡轻加抹杀,胡氏删改,大胜原作,可为元瑞掩疵。

〔一五〕 "神韵为上",《诗薮》原作"神韵为主",义长。

〔一六〕 "姓字",《诗薮》原作"姓氏",义长。

〔一七〕 按:所引山谷语见《苕溪渔隐丛话前集》卷四十八,原文如下:"山谷云:诗者人之性情也,非强谏争于廷,怨忿诟于道,怒邻骂座之为也。其人忠信笃敬,抱道而居,与时乖违,遇物悲喜,同床而不察,并世而不闻,情之所不能堪,因发于呻吟调笑之声,胸次释然,而闻者亦有所劝勉,比律吕而可歌,列干戚而可舞,是诗之美也。其发为讪谤侵陵,引颈以承戈,披襟而受矢,以快一朝之忿者,人皆以为诗之过,是失诗之旨,非诗之过也。"胡氏齱括此段,而原刻"怨怼"上脱"非"字,语义全失。(《诗人玉屑》卷九"戒讪谤"条"性情"作"情性"。)

唐音癸签卷五

评汇一

太宗方形间出,首辟吟源。宸藻概主丰丽,观集中有诗《敩庾信体》,宗向微旨可窥。然如"一朝辞此地,四海遂为家","昔乘匹马去,今驱万乘来",与风起云扬之歌,同其雄盼,自是帝者气象不侔。逊叟

唐初惟文皇《帝京篇》,藻赡精华,最为杰作。视梁、陈神韵少减,而富丽过之。无论大略,即雄才自当驱走一世。然使三百年中律有馀,古不足,已兆端此矣。胡元瑞

明皇藻艳不过文皇,而骨气胜之。语象,则"春来津树合,月落戍楼空";语境[一],则"马色分朝景,鸡声逐晓风";语气,则"翠屏千仞合,丹嶂五丁开";语致,则"岂不惜贤达,其如高尚心"。虽使燕、许[二]草创,沈、宋润色,亦不过此。弇州

德宗诗尚雅正。"松院静苔色,竹房深磬声",最有称。远则王籍《耶溪》,近则常建《破山》,可与论其幽致。而气体自穆,故非吟士可伦。逊叟

虞永兴世南师资野王,嗜慕[三]徐、庾,而意存砥柱,拟浣宫艳

之旧。故其诗洗濯浮夸,兴寄独远;虽藻彩萦纡,不乏雅道。治世之音,先人而兴者也。徐献忠

李安平百药藻思沉郁,尤长五言,如"柳色迎三月,梅花隔二年",含巧于硕,才壮意新,真不虚人主品目。逊叟。下同。

贞观、永徽吟贤,褚亮、杨师道、李义府、许敬宗、上官仪,其最也。吉光片羽,仅传人口。仪"鹊飞山月曙,蝉噪野风秋",音响清越,韵度飘扬,齐、梁诸子,咸当敛衽矣。

四杰词旨华靡,沿陈、隋之遗,气骨翩翩,意象老境,故超然胜之,五言遂为律家正始。弇州

王子安虽不废藻饰,如璞含珠媚,自然发其彩光。盈川视王微加澄汰,清骨明姿,居然大雅。范阳较杨微丰,喜其领韵疏拔,时有一往任笔不拘整对之意。义乌富有才情,兼深组织,正以太整且丰之故,得擅长什之誉,将无风骨有可窥乎!当年四子先后品序,就文笔通论,要亦其诗之定评也欤!逊叟

陈子昂初变齐、梁之弊,一返雅正,其诗以理胜情,以气胜辞。《吟谱》子昂卓立千古,横制颓波,天下翕然,质文一变。《感遇》之篇,感激顿挫,微显阐幽,庶几见变化之朕,以接乎天人之际。卢藏用

唐人推重子昂,自卢黄门后,不一而足。如杜子美则云:"有才继骚雅","名与日月悬。"韩退之则云:"国朝盛文章,子昂始高蹈。"独颜真卿有异论,真卿尝云:"沈隐侯之论谢康乐也,乃云'灵均已来,此秘未睹'。卢黄门之序陈拾遗也,而云'道丧五百岁,而得陈君'。"若激昂颓波,虽无害过正;摧其中论,亦伤于厚诬。僧皎然采而著之《诗式》。近代李于鳞,加贬尤剧。玩鳞序唐诗云:"唐无五言古诗而有其古诗。陈子昂以其古诗为古诗,弗取也。"余谓诸贤轩轾,各有深意。子昂自以复古反正,于有唐一代诗功为大耳。正如鼜涉为王,殿屋非必沉沉,但

大泽一呼,为群雄驱先,自不得不取冠汉史。王弇州云:"陈正字淘洗六朝铅华都尽,托寄大阮,微加断裁,第天韵不及。"胡元瑞云:"子昂削浮靡而振古雅,虽不能远追魏晋,然在唐初,自是杰出。"〔四〕斯两言良为折衷矣。遯叟

唐初无七言律,五言亦未超然。二体之妙,杜审言实为首倡。五言则"行止皆无地","独有宦游人";排律则"六位乾坤动","北地寒应苦";七言则"季冬除夜","毘陵震泽":皆极高华雄整。少陵继起,百代模楷,有自来矣。元瑞

魏建安后,讫江左,诗律屡变。至沈约、庾信,以音韵相婉附,属对精密。及沈佺期、宋之问,又加靡丽,回忌声病,约句准篇,如锦绣成文。学者宗之,号为沈、宋。《唐书》

汉、魏之间,虽已朴散为器,作者犹质有馀而文不足。以今揆昔,则有朱弦疏越、太羹遗味之叹。沈詹事、宋考功始裁成六律,彰施五彩,使言之而中伦,歌之而成声,缘情绮靡之功,至是始备。虽去雅寖远,其利有过于古,亦犹路鼗出于土鼓,篆籀生于鸟迹。独孤及

沈七言律高华胜宋,宋五言排律精硕过沈。元瑞。下同。 按之问本传云:"尤〔五〕善五言诗"佺期本传云:"尤长七言之作。"二家定评久矣。

沈、宋固是并驱,然沈视宋稍偏枯,宋视沈较缜密,沈制作亦不如宋之繁富。

汉称苏、李,唐亦曰苏、李。峤、味道,乂、颋。以今论之,巨山五言,概多典丽,将味道难为苏;廷硕七言,尤富风华,亦复乂难为李尔。遯叟。下同。

张燕公说诗率意多拙,但生态不痴。律体变沈、宋典整前则,开高、岑清矫后规。

张曲江九龄五言以兴寄为主,而结体简贵,选言清泠,如玉磬

含风,晶盘盛露,故当于尘外置赏。

开元彩笔,无过燕、许。许之应制七言,宏丽有色,而他篇不及李峤。燕之岳阳以后,感慨多任务,而实际不如始兴。弇州

王湾词翰蚤著。"海日生残夜,江春入旧年。"诗人已来,少有此句。张燕公手题政事堂示楷式[六]。又《捣衣篇》云:"月华照杵空随妾,风响传砧不到君。"非张、蔡之曾见,觉颜、谢之弥远。殷璠。下同。

崔颢少年为诗,属意浮艳,名陷轻薄。晚节忽变常体[七],风骨凛然。一窥塞垣,为戎旅间语,壮采欲埒鲍家。徐献忠云:颢风格[八]奇俊,大有佳篇。太白虽极推《黄鹤楼》,未足列于上驷。

储光羲诗格高调逸,趣远情深,削尽常言;挟风雅之道,得浩然之气。

储诗高处似陶渊明,平处似王摩诘。苏子由

王昌龄诗饶有风骨,与储光羲气同体别,而王稍声俊[九],多惊耳骇目之句。殷璠

少伯天才流丽,音唱疏越。七言绝句[一〇],几与太白比肩。当时乐府采录,无出其右。徐献忠

王右丞维词秀调雅,意新理惬,在泉成珠,着壁成绘,一句一字,皆出常境。殷璠

摩诘以淳古澹泊之音,写山林闲适之趣,如辋川诸诗,真一片水墨不著色画。及其铺张国家之盛,如"九天阊阖开宫殿,万国衣冠拜冕旒","云里帝城双凤阙,雨中春树万人家",又何其伟丽也!《震泽长语》

右丞诗自有二派:绮丽精工者,沈、宋合调;幽闲古澹者,储、孟同声。元瑞

孟浩然诗祖建安,宗渊明,冲澹中有壮逸之气。《吟谱》

浩然诗彩茸[一一]，半遵雅调，全削凡体。至如"众山遥对酒，孤屿共题诗"，无论气象[一二]，兼复故实。又"气蒸云梦泽，波撼岳阳城"，亦为高唱。殷璠。　按，孟氏洞庭一联皎然谕诗，降居中驷，良有深指，见前《法微》之三。

浩然诗遇思入咏，不钩奇抉异龌龊束人口，若公输氏当巧而不巧者。萧悫有"芙蓉露下落，杨柳月中疏"，孟则有"微云淡河汉，疏雨滴梧桐"；谢朓有"露湿寒塘草，月映清淮流"，孟则有"荷风送香气，竹露滴清响[一三]"，与古人争胜毫厘。皮日休

襄阳气象清远，心惊孤寂，故其出语洒落，洗脱凡近，读之浑然省净，真彩自复内映。虽[一四]藻思不及李翰林，秀调不及王右丞，而闲澹疏豁，翛翛自得之趣，亦有独长。徐献忠

浩然韵高而才短，如造内法酒手而无材料。东坡浩然四十字诗，后四句率觉气索，如《岳阳楼》、《岁莫归南山》之类。陆放翁孟襄阳才不足半摩诘，特善用短耳。其景色恒傅情而发，故小胜也；其气先志而索，故大不胜也。然偏师而出者，犹轻当于众志而脍炙艺林。弇州

高常侍适性拓落，不拘小节。其诗多胸臆语，兼有风骨，故朝野通赏其文。殷璠

常侍诗气骨琅然，词峰峻上[一五]，感赏之情，殆出常表。徐献忠。下同。

岑嘉州参以风骨为主，故体裁峻整，语多造奇。

高、岑一时不易上下。岑气骨不如达夫遒上，而婉缛过之，选体时时入古。岑尤陡健，歌行磊落奇俊；高一起一复，取是而已，尤为正宗。弇州

高適诗尚质主理，岑参诗尚巧主景。《吟谱》王、孟闲澹自得，高、岑悲壮为宗。[一六]《诗薮》

常建诗似初发通庄,却寻野径,百里之外,方归大道,所以其旨远,其兴僻,佳句辄来,唯论意表。如"松际露微月,清光犹为君";又"山光悦鸟性,潭影空人心"。此例十数句并可称为警策。殷璠。下同。

李颀诗发调既新,修辞亦秀,杂歌咸善,玄理最长。论其数家[一七],往往高于众作。

刘眘虚情幽兴远,思苦语奇,忽有所得,便惊众听。唯气骨稍不逮诸公。惜其不永天年,陨碎国宝。[一八]

陶翰既多兴象,复备风骨。虑象雅而平素,得士之风。

祖咏剪刻省净,用思尤苦。气虽不高,调颇凌俗。

崔国辅诗婉娈清楚,深宜讽味。乐府数章,古人不及。

崔曙[一九]诸多叹词要妙,情意悲凉。送别、登楼,俱堪泪下。

綦毋拾遗潜诗,举体清秀,萧萧跨俗。桑门之役,于己独能。至如"松覆山殿冷",不可多得;又如"钟声和白云",历代未有。借使若人加气质,减雕饰,则高视三百年外也。[二〇]

张谓《代北州老翁答》及《湖中对酒行》,并在物情之外,但众人未曾说耳。亦何必历遐远,探古迹,然后始为冥搜?

薛据为人骨鲠有气魄,其文亦尔。自伤不早达,怨愤颇深。如[二一]"寒风吹长林,白日原上没",可谓旷代佳句。

元次山结诗,辞义幽约,譬古钟磬,不谐里耳,而有可寻玩。晁公武

沈千运刊落文言,冶然独写真意,元次山甚推重之。其同调有王季友、于逖、孟云卿、张彪、赵微明、元融数人。而季友、云卿尤胜。遇叟

季友诗爱奇务险,远出常情之外。观画一篇,甚有新意。殷璠

云卿诗祖述沈千运,调气伤苦,怨者之流[二二]。如"虎豹不相食,哀哉人食人",方干《七哀》"路有饥妇人,抱子弃草间",则云卿[二三]深矣。虽较之[二四]陈、沈,才能升堂,犹未入室;然当今古调无出其右者[二五]。高仲武。　杜甫称云卿云:"一饭未尝留俗客,数篇今见古人诗。"观集中《哀哉行》、《古挽歌》、《途中寄友》诸篇,尤惬杜句。

校记

〔一〕"语境",《全唐诗说》作"语景"。

〔二〕"燕、许",《全唐诗说》作"曹、刘",似误。按:《旧唐书》卷一百九十《文苑》作"如燕、许之润色王言"。

〔三〕"慕",初印本亦较模糊,据明翻宋本《唐百家诗》前附刻《唐诗品》补。此条原文为:"虞监师资野王,嗜慕徐、庾,髫卯之年,婉缛已著;琚玛之美,绮藻并丰……其诗在隋,则洗濯浮夸,兴寄已远;在唐,则藻思萦纡,不乏雅道。殆所谓圆融整丽,四德具存,治世之音,先人而兴者也。"

〔四〕　胡元瑞语见《诗薮·内编》卷二,原文如下:"子昂《感遇》,尽削浮靡,一振古雅,唐初自是杰出。盖魏、晋之后,惟此尚有步兵馀韵,虽不得与宋、齐诸子并论,然不可概以唐人。近世故加贬抑,似非笃论。"

〔五〕"尤",原刻作"其",据《旧唐书·文苑》校改。

〔六〕"示楷式",《河岳英灵集》作:"每示能文,令为楷式。"

〔七〕"常体",《唐诗品》作"常调",义长。

〔八〕"风格",《唐诗品》作"气格",义似优。徐氏原文如下:"颢诗气格奇俊,声调蒨美……李白极推《黄鹤楼》之作,然颢多大篇,实旷世高手,《黄鹤》虽佳,未足上列。"

〔九〕"俊",《河岳英灵集》作"峻"。

〔一〇〕"绝句",《唐诗品》作"小诗"。

〔一一〕　此句《河岳英灵集》作:"浩然诗文彩茸,经纬绵密。"《唐诗品》同。

〔一二〕"气象",《河岳英灵集》、《唐诗品》并作"兴象",义长。

〔一三〕"响",原刻误"声",依孟集校改。

〔一四〕 "虽"上七字,《唐诗品》作"而采秀内映,虽悲感谢绝,而兴致有馀"。

〔一五〕 "词峰峻上",《唐诗品》作"词峰华润"。

〔一六〕 此二句《诗薮·内编》卷二互倒,下有"其格调整一也"五字。

〔一七〕 按:"论其数家",毛斧季、何义门校本《河岳英灵集》均作"故其论家",汪宗尼校订本《唐诗品汇》卷十一引作"论其家数",义较长。

〔一八〕 此二句胡氏全依《唐诗纪事》卷二十五所引。《河岳英灵集》、《唐诗品》均作"惜其不永,天碎国宝"。

〔一九〕 "崔曙",《河岳英灵集》、《唐诗品》均作"崔署"。

〔二〇〕 胡氏此条全用《唐诗纪事》卷二十之文,与《河岳英灵集》迥异。"役"作"说"。

〔二一〕 按:"如"上,《唐诗品》有"至"字,文气较从容不迫,准之"綦毋"条,似亦应有。

〔二二〕 按:《四部丛刊》本《中兴间气集》逸去孟云卿评语。孙毓修据何义门校本补者,与此小异,此二句作"渔猎陈拾遗,词意伤怨"。

〔二三〕 "云卿"下孙补有"之句"二字。

〔二四〕 "较之",孙补作"效于",义较长。

〔二五〕 "者",孙补作"一时之英也"。

唐音癸签卷六

评汇二

　　李白脱屣轩冕,释羁缰锁,自放宇宙间。饮酒非嗜其酣乐,取其昏以自秽;好神仙非慕其轻举,欲耗壮心、遣馀年;作诗非事其文律,取其吟咏以自适[一]。范传正

　　太白耻作郑、卫语,其言多似天仙之辞,凡所著述,每多讽兴。自《风》、《骚》之后,驰驱屈、宋,鞭挞杨、马。千载独步,唯太白一人。李阳冰

　　白性倜傥,善赋诗,尤工古歌。才调逸迈,往往兴会属辞,古人之善诗者亦不逮[二]。刘全白

　　李白才逸气高。其论诗云:"兴寄深微,五言不如四言,七言又其靡也,况使束于声调俳优哉!"又称:"梁、陈以来,艳薄斯极,沈休文又尚以声律。将复古道,非我而谁?"故其集律诗殊少。孟棨

　　李白诗祖风、骚,宗汉、魏,下至徐、庾、杨、王[三],亦时用之。善掉弄,造出奇怪,惊动心目,忽然撇出,妙入无声。其诗家之仙者乎?格高于杜,变化不及。陈绎曾

读太白诗者,要识真太白处。太白天才豪逸,语多率然而成者。学者于每篇中要识其安身立命处,可也。严沧浪

杜子美上薄《风》、《骚》,下该沈、宋;言夺苏、李,气吞曹、刘;掩颜、谢之孤高,杂徐、庾之流丽;尽得古今之体势,兼人人之所独专[四]。诗人已来,未有如子美者。元稹

唐兴,诗人承陈、隋风流,浮靡相矜。至宋之问、沈佺期等,研揣声音,浮切不差,而号律诗,竞相沿袭[五]。逮开元间,稍裁以雅正,然恃华者质反,好丽者壮违,人得一概,皆自名所长。至甫浑涵汪茫,千汇万状,兼古今而有之。他人不足,甫乃厌馀。残膏剩馥,沾丐后人多矣。甫又善陈时事,律切精深,至千言不少衰,世称[六]"诗史"。宋祁　按,孟棨《本事诗》云:"杜甫逢禄山之难,流离陇、蜀,毕陈于诗,推见至隐,殆无遗事,当时以为'诗史'[七]。"知"诗史"之评,原出唐人也。

杜子美大篇,江河转怪不测,虽太白、退之,天才罕及。至五言七言律,微有拙处,然时时得风雨鬼神之助,不在可解。若七言宏丽,或更入于古野,而不为俚,亦惟作者自知,虽大家数不能评也。此笔绝于世久,纷纷一花一叶,饰姿弄鬟,徒乱人意。刘须溪

杜诗正而能变,变而能化,化而不失本调,不失本调而兼得众调,故绝不可及。元瑞。下同。

大概杜有三难:极盛难继,首创难工,遭衰难挽。汉、魏至唐[八],诗家能事都尽,杜后起,集其大成,一也。排律近体,前人未备,伐山导源,为百世师,二也。开元既往,大历系兴[九],砥柱其间,唐以复振,三也。

盛唐一味秀丽雄浑,杜则精粗巨细,巧拙新陈,险易浅深,浓淡肥瘦,靡不毕具。参其格调,实与盛唐大别,其能会萃前人在

此,滥觞后世亦在此。且言理近经,叙事兼史,尤诗家绝睹。其集不可不读,亦殊不易读。

近体盛唐至矣,充实辉光,种种备美,所少者曰大、曰化耳;故能事必老杜而后极。杜公诸作,真所谓正中有变,大而能化者。今其体调之正,规模之大,人所共知;惟变化二端,勘核未彻。故自宋以来,学杜者什九失之。不知变主格,化主境;格易见,境难窥。变则标奇越险,不主故常,化则神动天随,从心所欲。宋以后诸人竞相师袭者,皆其变也[一〇];然化境殊不在此。

子美诗妙处在无意而意已至,非广之以《国风》、《雅》、《颂》,深之以《离骚》、《九歌》,安能咀嚼其意味,闯入其阃阈?后生辈自求之,则得之深矣。彼喜穿凿者,弃其大旨,取其发兴,于所遇林泉、人物、草木、鱼虫,以为物物皆有所托,如世间商度隐语者,则子美之诗委地矣。黄山谷。　胡元瑞云:唐人赋兴多而比少,惟杜则比时时有之。然杜所以胜诸家,殊不在此。后人穿凿附会,动发笑端。

杜少陵平生之诗千四百五篇,以年谱考之,四十献赋之前传者少矣。诗信非老不工也。李卓吾

人多说杜子美夔州诗好,此不可晓。夔州却说得郑重烦絮,不如他中前有一节诗好。今人只见鲁直说好,便都说好,如矮人看场耳。朱晦庵

凡诗初年多骨格未成,晚年则意态横放,故惟中岁工力并到,神情俱茂,兴象谐合之际可嘉赏。如老杜之入蜀,篇篇合作,语语常行,初学所当法也。夔峡以后,过于奔放,视其中年精华雄杰,如出二手。盖或视之太易,或求之太深,或情随事迁,或力因年减,虽大家不免。世反以是为工者,非余所敢知也。元瑞。下同。

元微之以杜之"铺陈终始,排比故实,大或千言,小犹数百,

为非李所及"。白乐天亦云:"杜诗贯穿古今,觐缕[一一]格律,尽善尽美,过于李。"二公盖专以排律及五言大篇定李、杜优劣,不知杜句律之高,自在才具兼该,笔力变化,亦不专在排比铺陈,贯穿觐缕也。深于杜者,要自得之。元遗山有诗云:"排比铺张特一途,藩篱如此亦区区。少陵自有连城璧,争奈微之识碔砆。"此论所自出也。

长篇最难。晋、魏以前诗,无过十韵者。盖尝侠人以意逆志,初不以序事倾尽为工。至老杜《述怀》、《北征》诸篇,穷极笔力,如太史公纪传,此固古今绝唱;然《八哀》八篇,本非集中高作,世多尊称之不敢议,此乃揣骨听声耳,其病盖伤于多也。其中累句,须痛刊去方尽善[一二]。然此语不可为不知者言之。叶石林。 按,杜《八哀》源出颜延年《五君咏》。颜篇止四韵,张说效颜咏五君,亦止五韵,以促节寄哀思,语不长也。试并阅,利钝自见。

郑善夫有批点杜诗,其指摘疵颣,不遗馀力,然实子美之知己。馀子议论虽多,直观场之见耳。尝记其数则。一云:诗之妙处,不必说到尽,不必写到真,而其欲说欲写[一三]者,自宛然可想,虽可想而又不可道,斯得风人之义。杜公往往要到真处、尽处,所以失之。一云:长篇沉著顿挫,指事陈情,有根节骨格,此杜老独擅之能,唐人皆出其下;然诗正不以此为贵,但可以为难而已。宋人学之,往往以文为诗,雅道大坏,由杜老启之也。一云:杜陵只欲脱去唐人工丽之体,而独占高古。盖意在自成一家,不肯随场作剧也。然诗终以兴致为宗,而气格反为病。善夫之诗,本出子美,而其持论如此,正子瞻所谓"知其所长,而又知其敝"者也。《焦氏笔乘》

李、杜二公,正不当优劣。太白有一二妙处,子美不能道;子美有一二妙处,太白不能作。子美不能为太白之飘逸,太白不能为子美之沉郁。太白《梦游天姥吟》、《远离别》[一四]等,子美不能道；子美《北征》等篇，太白不能作。少陵诗法如孙、吴，太白诗法如李广。李、杜二人，如金翅擘海，香象渡河，下视郊、岛辈，直虫吟草间耳。严沧浪

杨诚斋论李、杜，谓：无待者神于诗，有待而未尝有待者圣于诗。余谓此之于文，太白则《史记》，少陵则《汉书》也。杨用修

李、杜光焰千古，人人知之。沧浪并极推尊，而不能致辨。元微之独重子美，宋人以为谈柄。近时杨用修为李左袒，轻俊之士，往往传耳。要其所得，俱影响之间。五言古《选》体及七言歌行，太白以气为主，以自然为宗，以俊逸高畅为贵；子美以意为主，以独造为宗，以奇拔沉雄为贵。其歌行之妙，咏之使人飘扬欲仙者，太白也；使人慷慨激烈，欷歔欲绝者，子美也。《选》体，太白多露语、率语，子美多稚语、累语，置之陶、谢间，便觉面目有异〔一五〕，乃欲使之夺曹氏父子位耶？五言律、七言歌行，子美神矣；七言律，圣矣。五七言绝，太白神矣；七言歌行，圣矣；五言次之。太白之七言律，子美之七言绝，皆变体，间为之可耳，不足多法也。弇州。下同。

十首以前，少陵较难入；百首以后，青莲较易厌。扬之则高华，抑之则沉实；有色有声，有气有骨，有味有态；浓淡深浅，奇正开阖，各极其则：吾不能不伏膺少陵。

唐人才超一代者，李也；体兼一代者，杜也。李如星悬日揭，照耀太虚；杜若地负海涵，包罗万汇。李惟超出一代，故高华莫并，色相难求；杜惟兼总一代，故利钝杂陈，巨细兼蓄。元瑞。下同。

李、杜二家，其才本无优劣，但工部体裁明密，有法可寻；青莲兴会标举，非学可至。又唐人特长近体，青莲缺焉。故诗流习杜者众也。

太白笔力变化，极于歌行；少陵笔力变化，极于近体。李变

化在调与词，杜变化在意与格。然歌行无常骥，易于错综；近体有定规，难于伸缩。调词超逸，骤如骇耳，索之易穷；意格精深，始若无奇，绎之难尽。此其稍不同者也。

　　偏精独诣，名家也；具范兼镕，大家也。然又当视其才具短长，格调高下，规模宏隘，阃域浅深。有众体皆工而不免为名家者，右丞、嘉州是也；有律绝微减而不失为大家者，少陵、太白是也。清新秀逸，冲远和平，流丽精工，庄严奇峭，名家所擅，大家之所兼；浩瀚汪洋，错综变幻，浑雄豪宕，闳廓沉深，大家所长，名家之所短。元瑞

校记

〔一〕　范传正《唐左拾遗翰林学士李公新墓碑并序》原文如下："因肆性情，大放宇宙间。饮酒非嗜其酣乐，取其昏以自富；作诗非事于文律，取其吟以自适；好神仙非慕其轻举，将不可求之事求之，欲耗壮心，遣馀年也。"（王琦注《李太白文集·附录一》）

〔二〕　刘全白《唐故翰林学士李君碣记》原文作："君名白，广汉人，性倜傥，好纵横术，善赋诗，才调超迈。往往兴会属辞，恐古人之善诗者亦不逮，尤工古歌。"（同上）

〔三〕　此句陈绎曾《吟谱》作"下至鲍照、徐、庾"。

〔四〕　按："兼"上应依元文补"而"字，下"诗"上应依元文补"自"字，语气始完。元文见仇注附录。

〔五〕　"沿袭"原误倒，依《新唐书》乙正。

〔六〕　按："称"，《新唐书·杜甫传赞》作"号"，义长。

〔七〕　此句孟棨《本事诗·高逸第三》作"故当时号为'诗史'"。

〔八〕　按：此句《诗薮·内编》卷五作"子建以至太白"，胡氏妄改，与下文"杜后起"句矛盾，当从《诗薮》原文，因杜接李后可通，杜承唐后则谬矣。

〔九〕　"系兴"，《诗薮》作"继兴"。

〔一〇〕 此二句《诗薮·内编》卷五原文如下:"如五言咏物诸篇,七言拗体诸作,所谓变也。宋以后诸人竞相师袭者也。"

〔一一〕 "觑缕",原刻作"腼觑",系沿《诗薮》之误,依《白集》校改。下同。

〔一二〕 此则所引见《石林诗话》卷上,此句原文作:"如李邕、苏源明诗中极多累句,余尝痛刊去,仅各取其半方尽善"。

〔一三〕 "妙处"下,《笔乘》卷三有"正在"二字。"欲写",原刻误作"欲想",径依笔乘校改。

〔一四〕 《远离别》,《河岳英灵集》、《诗人玉屑》卷二、太白本集及本书卷九均作"远别离",惟《沧浪诗话》作"远离别",疑误倒。

〔一五〕 "面目有异",《艺海珠丛》及《历代诗话续编》本《艺苑卮言》卷四均作"伧父面目"。

唐音癸签卷七

评汇三

韦苏州应物五言诗高雅闲淡,自成一家体。今之秉笔者,谁能及之? 白乐天

苏州诗无一字造作,直是自在,气象近道。其高于王维、孟浩然诸人者,以无声色臭味也。朱晦庵

韦应物居官自愧,闵闵有恤人之心。其诗如深山采药,饮泉坐石,日晏忘归。孟浩然如访梅问柳,遍入幽寺。二人意趣相似,然入处不同:韦诗润者如石;孟诗如雪,虽淡无彩色,不免有轻盈之意。刘须溪《馀评互见·柳子厚下》。

顾况逸歌长句,往往骏发踔厉,出意外惊人语为快。皇甫湜

秦隐君系诗气过其文,遂乏华秀,然亦可谓跨俗之致。徐献忠

刘长卿最得骚人之兴,专主情景。《吟谱》

长卿自称"五言长城"[一],诗体虽不新奇,甚能炼饰。大抵十首已上,语意稍同,落句尤甚,思锐[二]才窄也。其"得罪风霜苦,全生天地仁",可谓伤而不怨,足以发挥风雅。高仲武

长卿诗细淡而不显焕,当缓缓味之,不可造次一观而已。

方回

钱员外起体格新奇,理致清赡,芟削浮游,迥立莫群。如"鸟道挂疏雨,人家残夕阳";又"牛羊上山小,烟火隔林疏";又"长乐镜钟花外尽,龙池柳色雨中深":皆特出意表,标雅古今。又"穷达恋明主,耕桑亦近郊",则礼义克全,忠孝兼著,足可弘长名流,为后楷式。高仲武。下同。

郎员外士元与钱起齐名,自丞相以下,出使作牧,二公无诗祖饯,时论鄙之。体调大抵欲同,就中郎公稍更闲雅。如"荒城背流水,远雁入寒云","去鸟不知倦,远帆生暮愁";又"萧条夜静边风吹,独倚营门向秋月":可以齐衡古人,掩映时辈。

士元诸诗,殊洗炼有味。虽自浓景,别有淡意。刘辰翁

李袁州嘉祐中兴高流,与钱、郎别为一体,往往涉于齐、梁,绮靡婉丽,盖吴均、何逊之敌。如"野渡花争发,春塘水乱流","朝霞晴作雨,湿气晚生寒",文章之冠冕也。

刘结体不如钱厚,写韵自婉;钱选言似逊刘密,树骨故超。郎藻变非富,具有钱之遒上;李笔势欲酣,终乏刘之沉深。当时四子齐名,吾谓斥李令粤佗自帝,存郎附蕞蜀三都,可乎?遯叟。下同。

二包艺苑连枝,何七字馀有片藻,佶五排概多完什。

皇甫补阙冉巧于文字。发调新奇,远出情外。巫山诗终篇奇丽,独获骊珠。侍御曾体制清洁,华不胜文。高仲武

大历十才子,并工五言诗。卢郎中纶辞情捷丽,所作尤工。《旧史》卢诗开朗,不作举止,陡发惊彩,焕尔触目。篇章亦富垺钱、刘。以古体未遒,屈居二氏亚等。遯叟。下同。

李司马端任胸多疏,七字俊语亮节,开口欲佳,故当以捷成表长。

韩员外翃诗,匠意近于史,兴致繁富,一篇一咏,朝士珍之。如"星河秋一雁,砧杵夜千家";又"客衣筒布润,山舍荔枝繁";又"疏帘看雪卷,深户映花关":方之前代,芙蓉出水,未足为多。高仲武

君平高华之句,几夺右丞之席,无奈其使事堆垛堪憎。见珍朝士以此,见侮后进亦以此。遯叟。下同。

司空虞部曙婉雅闲淡,语近性情,抗衡长文不足,平视茂政兄弟有馀。

耿拾遗㳊诗举体欲真。"家贫僮仆慢,官罢友朋疏",浅言偏深世情。《上第五相公》八韵,宛致可怜,时讶其不当作,何也?

崔拾遗峒文彩炳然,意思大雅。如"清磬度山翠,闲云来竹房";又"流水声中视公事,寒山影里见人家":斯亦披沙拣[三]金,往往见宝。高仲武

李君虞益生长西凉,负才尚气;流落戎旃,坎壈世故。所作从军诗,悲壮宛转,乐人谱入声歌,至今诵之,令人凄断。遯叟

张继诗体清迥,有道者风。如"女停襄邑杼,农废汶阳耕",可谓事理双切。又"火燎原犹热,风摇海未平",此兴深矣。高仲武

世谓五言道丧齐、梁,以建安不用事,齐、梁用事也。此可言体变,不可言道丧。大历中词人刘长卿、李嘉祐、两皇甫等,窃占青山白云,春风芳草,以为己有。吾知诗道初丧,正在于此。末年诸公改辙,盖知前非也。皎然

详大历诸家风尚,大抵厌薄开、天旧藻,矫入省净一涂。自刘、郎、皇甫,以及司空、崔、耿,一时数贤,窍籁即殊,于喁非远,命旨贵沉宛有含,写致取淡泠自送,玄水一酙,群酝覆杯,是其调之同。而工于浣濯,自艰于振举,风干衰,边幅狭,尚诣五言,擅

场饯送,外此无他大篇伟什尚望集中,则其所短尔。遯叟

郑常省静婉靡,虽未洪深,如"儒衣荷叶老,野饭药苗肥",翩翩然有士气。[四]高仲武

严维诗时出俊语。如"柳塘春水慢,花坞夕阳迟","野烧明山郭,寒更出县楼",(昔)皆可诵。伤马长篇,综组尤密。[五]刘贡父摘柳字尚属牵补,评尤精。[六]徐献忠。下同。

于鹄习隐,多高人之意,故其诗能有景象。《山中访道》诸大篇,泠泠独远[七],不疑世外人作。

朱湾诗体幽远,兴用涵深,于咏物尤工。如"受气何曾异,开花独自迟",所谓哀而不伤,《国风》之深者也。高仲武。下同。

戴叔伦骨气稍轻,故诗亦少[八],然"廨宇经山火,公田没海潮",亦指事造形之工者。

章八元学诗于严维,如"雪晴山脊见,沙浅浪痕交",得山水状貌。

武相元衡宦达后工诗,虽致理未绵,时复露鲜华之度。遯叟

权文公德舆诗有绝似盛唐者,或有似韦苏州处、刘随州处者。严沧浪

贞元后近体既繁,古声渐杳。权相诗[九]先气格而后词藻,然风候[一〇]既至,藻亦自丰。其在开元名手,亦堂奥之间。徐献忠

韩公愈茹古涵今,无有端涯。及其酣放,豪曲快字,凌纸怪发,鲸铿春丽,惊耀天下。皇甫湜 韩吏部歌诗驱驾气势,若掀雷掣电,抉于天地之垠。司空图

昌黎博大而文,其诗横骛别驱,崭绝崛强,汪洋大肆而莫能止。《秋怀》数首,及《暮行河堤上》等篇,风骨颇逮建安,但新声不类,盖正中之变也。高棅

韩公挺负诗力,所少韵致,出处既掉运不灵,更以储才独富,故犯恶韵斗奇,不加拣择,遂致丛杂难观。得妙笔汰用,瓌宝自出。第以为类押韵之文者过。遯叟　王荆公云:吟诗各有所得:"清水出芙蓉,天然去雕饰",此李白所得也;"或看翡翠兰苕上,未掣鲸鲵碧海中",此杜甫所得也;"横生盘硬语,妥帖力排奡",此韩愈所得也。胡应麟云:太白有大家之材,而局量稍浅,故腾踔飞扬之意胜,沉深典厚之风微。昌黎有大家之具,而神韵全乖,故纷拏叫噪之途开,蕴藉陶镕之义缺。杜陵氏差得之。

孟郊诗思苦奇涩,有理致。本传郊诗剧目鉥心,神施鬼设,间见层山。韩公志文东野五言琢削不暇,苦吟而成观〔一一〕。《隐居诗话》孟郊诗憔悴枯槁,其气局促不伸。诗道本正大,郊自为之艰阻耳。又曰:高、岑之诗悲壮,读之使人感慨;孟郊之诗刻苦,读之使人不欢。严沧浪。　按,韩公甚重郊诗,评者亦尽以为韩不及郊。独苏长公有诗论郊云:"未足当韩豪。"后元遗山诗亦云:"东野悲鸣死不休〔一二〕,高天厚地一诗囚。江山万古潮阳笔,合卧元龙百尺楼。"详二公之指,盖亦论其大局欤!不可不知。

大历以还,乐府不作。独张籍、王建二家体制相近,稍复古意。或旧曲新声,或新题古义,词旨通畅,悲欢穷泰,慨然有古歌谣之遗,亦唐世流风之变,而不失其正者。高棅

张籍祖《国风》,宗汉乐府,思难辞易。王建似张籍,古少今多。陈绎曾

文章穷于用古,矫而用俗,如《史》、《汉》后六朝史之入方言俗语是也。籍、建诗之用俗亦然。王荆公题籍集云:"看是〔一三〕寻常最奇崛,成如容易却艰辛。"凡俗言俗事入诗,较用古更难。知两家诗体,大费铸合在。遯叟

贾浪仙岛产寒苦地,立心亦苦,如不欲以才力气势,掩夺情性;特于事物理态,毫忽体认,深者寂入,峻者迥出。不但人口数联,于劫灰上冷然独存,寻咀馀篇,芊葱佳气,瘦隐秀脉,其妙一

一徐露,无可厌斁。方秋崖

浪仙诚有警句。观其全篇,意思殊馁。大抵附于寒涩,方可致才,亦为体之不备也。司空图

李贺辞尚奇诡,所得皆惊迈,绝去翰墨畦径。本传

贺诗祖《骚》宗谢,反万物而覆取之。《吟谱》

长吉天才奇旷,又深于南北朝乐府古词,得其怨郁博艳之趣,故能镂剔异藻,成此变声。使幽兰未萎,竟其大业,自铲诡芜,归于大雅,亦安能定其所诣![一四]徐献忠

李长吉师心故尔作怪,多有[一五]出人意表者。然奇过则凡,老过则稚,此君所谓不可无一,不可有二。弇州 太白仙才,长吉鬼才。宋景文 长吉险怪,虽儿语自得,然太白亦滥觞一二。胡元瑞 贺以哀激之思,作晦僻之调,喜用鬼字、泣字、死字、血字。幽冷谿刻,法当得夭[一六]。王思任

元轻白俗,郊寒岛瘦。东坡

李贺鬼仙,郊、岛寒衲,卢仝乡老。元瑞。 按,自张文昌、郊、岛、长吉以至卢仝、刘叉,并一时游韩公门,长声价。公首推郊诗,与籍游燕无间,岛、贺亦指诱勤奖[一七],若仝与叉,第以好奇,姑收之尔,非真许可若籍辈也。宋人取仝诗与长吉同评,谓"天地间欠此体不得",亦失其伦矣。

柳宗元诗与王摩诘、韦应物相上下,颇有陶家风气。陈氏直斋

子厚诗雄深简淡,回拔流俗,至味自高,直揖陶、谢;然似入武库,但觉森严。《西溪诗话》

柳子厚诗,世与韦应物并称;然子厚之工致,乃不若苏州之萧散自然。刘履

韦左司平淡和雅,为元和之冠。然欲令之配陶凌谢,宋人岂知诗者?[一八]柳州则刻削虽工,去之远矣[一九]!近体尤卑凡不称。弇州

古诗轨辙殊多,大要不过二格:其一以和平浑厚,悲怆婉丽为宗;其一以高闲旷逸,清远玄妙为宗。高闲一宗,在古则陶,在府则王、孟、常、储、韦、柳诸家。但其格本一偏,体靡兼备,宜短章,不宜巨什;宜古选,不宜歌行;宜五言律,不宜七言律。历考各集,靡不然者。中惟右丞才高,时能旁及,至于本调,反劣诸子。馀虽深造自得,然皆守端长而阙全诣。将无才之所趋,力故难强耶〔二〇〕?元瑞

杨巨源在元和间,不为新语,体律务实,功夫为深。赵璘

刘言史歌诗美丽恢赡,世以比之李贺。皮袭美

张众父〔二一〕婉媚绮错,巧用文字,时得讽兴之要。高仲武。下同。

于侍御良史诗清雅,工于形似,如"风兼残雪起,河带断冰流",吟之未终,皎然在目。

李希仲诗轻靡,华胜于实,此所谓才力不足,务为清逸。然"前军飞鸟落,格斗尘沙昏",亦出塞实录。

白居易讽谕诗长于激,闲适诗长于遗,感伤诗长于切,律诗百言而上长于赡,古诗百言而下长于情。《集序》

乐天善长篇,但格制不高,局于浅切,又不能变风操,故读而易厌。东坡。 子由尝举《大雅·绵》之八九章事文不相属而脉络自一者,最得为文高致。乐天拙于纪事,寸步不遗,犹恐失之,由不得诗人遗法,附离不以凿枘也。此正大苏不能变风操之意。

乐天用语流便,使事平妥,固其所长。少年〔二二〕角靡逞博,意在警策痛快。晚更作知足语,千篇一律。轻看〔二三〕最能易人心手。弇州

元稹少有才名,与白居易友善,为诗善状咏风态物色,当时称元、白。两人所作,号为"元白体"〔二四〕。本传

白诗祖乐府,务欲为风俗之用。元与白同志。白意古词俗,元词古意俗。陈绎曾。　按,乐府古与俗正可无论,患在易晓易尽,失风人微婉义耳。白尝规元:乐府诗意太切理,欲稍删其繁而晦其义。亦自知诗病概然故云。

元、白诗纤艳不逞,流于民间,疏于屏壁,子父女母,交口教授,淫言媟语,冬寒夏热,入人肌骨,不可除去,非庄人雅士,多为其破坏。杜牧引李戡语。　按,此似指两家所作艳辞而言。

刘禹锡诗以意为主,有气骨。《吟谱》

梦得诗雄浑老苍,尤多感慨之句[二五]。刘后村

禹锡有诗豪之目。其诗气该今古,词总华实,运用似无甚过人,却都惬人意,语语可歌,真才情之最豪者。司空图尝言:禹锡及杨巨源诗各有胜会,两人格律精切欲同;然刘得之易、杨却得之难,入处迥异尔。遯叟

窦氏五昆,皆能诗,友封巩尤长绝句,为元、白所称。《集序》

羊士谔风格不落卑调,然例之能品,亦萧然微尔。徐献忠

李涉为人倾斜,无大异。《井栏》、君子诸绝,间有可观。古风概多疏莽。严沧浪深取之,不知何解?遯叟。下同。

李公垂绅追昔游诗,大是宦梦难醒;然其揽笔写兴,曲备一生穷泰之感,亦令披卷者代为怃然。

陆畅贵主催妆句,捷成得誉,观他绝兼亦兴豪。

李存博约贵公子,亦豪亦恬,虽篇什无多,疏野可赏。

费征君冠卿尚隐九华,有长律为兹山写状,碎金堪摘,馀可无讥。

施肩吾学道西山,自诧群真之一;而章句尚艳硕,乏韵致,未稔何以御风?

沈亚之意尚新奇,风骨未就。以当时有学其体者,故论之。

殷尧藩诗有葩艳,微嫌肉丰。鹳鹊楼一律,独茂硕而婉,不

愧初盛遗则。

姚秘监合诗洗濯既净，挺拔欲高。得趣于浪仙之僻，而运以爽亮；取材于籍、建之浅，而媚以蒨芬：殆兼同时数子，巧撮其长者。但体似尖小，味亦微醨，故品局中驷尔。

张承吉祜五言律诗，善题目佳境，不可刊置他处。当时以乐府得名，未是定论。

周贺沉郁有骨力，写像痛切，音旨融变〔二六〕。徐献忠

李歙州敬方才力周备，兴、比之间，独与前辈相近。顾陶

朱庆馀学诗于张籍，具体而微。"旅雁捉〔二七〕孤岛，长天下四维"，猛句亦水部所少。遐叟。下同。

章孝标殊有蒨饰，七字尤爽朗。"云领浮名去，钟撞大梦醒"，何其伟也！

顾尉非熊生自桑环，隐袭茅岫，近体俊婉可讽，垩削功似多于真逸翁，补灶釜所乏矣。

李武宁廓宰相子，才藻翩翩。《少年行》字字取新，冶游趣事，碎小毕备，老人读之亦狂。

校记

〔一〕《中兴间气集》无此句。《苕溪渔隐丛话后集》卷十六："权德舆曰：'长卿自以为五言长城，系（秦系）用偏师攻之，虽老益壮。'"《唐才子传》误为高仲武语，胡氏盖仍其失。权语见《文苑英华》卷七一六《秦征君校书与刘随州唱和诗序》。

〔二〕"锐"，原刻作"钝"，依《中兴间气集》校改。

〔三〕"拣"，原刻误"炼"，依《中兴间气集》校改。

〔四〕孙校钞本《中兴间气集》本条如下："常诗婉靡，虽未弘远，已入文流。如'儒衣荷叶老，野饭药苗肥'，足见丘园之趣也。"

〔五〕《唐诗品》此条如下："维诗错综亦密，时出俊语，澄除泾渭，亦可远致。如……皆有自然之态，神情疏畅，自不可少。"

〔六〕 按：事见刘攽《中山诗话》。《诗话总龟前集》卷五："梅圣俞爱严维诗有'柳塘春水慢，花坞夕阳迟'，善矣，夕阳迟固系花，而春水慢不系柳也。"阮一阅注出《古今诗话》。又按：此非徐献忠语，应移在"下同"之后，眉目始清。

〔七〕 此四字《唐诗品》原作"遂与松桧同幽，云霞混迹"。

〔八〕 "轻"、"故诗亦少"，《中兴间气集》作"软"、"故诗家少之"。

〔九〕 "权相诗"，《唐诗品》原作"公乃独专其美，取隆高代，五言近体亦"十五字。

〔一〇〕 "风候"，《唐诗品》作"气候"。

〔一一〕 按：《苕溪渔隐丛话前集》卷十九："《隐居诗话》云：孟郊诗蹇涩穷僻，琢削不暇，真苦吟而成，观其句法，格力可见矣。"据此，"观"应属下文，胡氏误衍。

〔一二〕 此句元好问"《论诗绝句》"作"东野穷愁死不休"，见施国祁《元遗山诗集笺注》卷十一。

〔一三〕 "看是"，《王荆文公诗笺注》卷四十五"《题张司业诗》"作"看似"。

〔一四〕 此条《唐诗品》原文如下："长吉陈诗藻缋，根本六代，而流调宛转；盖出于古乐府，亦中唐之变声也。盖其天才奇旷，不受束缚；驰思玄黄，莫可驾御：故往往超出蹊径，不能俯仰上下。然以中声求之，则其浮薄太清之气，扬而过高；附《离骚》、《雅》之波，潜而过幻；虽协云韶之管，而非感格之音，亦可知矣。向使幽兰未萎，竟其大业，自铲靡芜，归于大雅；则其高虚之气，沉以平夷，朗畅之才，齐以流美，虽太白之天藻，亦何擅其芳誉哉？"

〔一五〕 "多有"，《艺苑卮言》卷四作"亦有"，"多"字较胜。

〔一六〕 此句王琦注引王氏原序作"法当夭乏"。

〔一七〕 "勤奖"，疑当作"劝奖"。

〔一八〕 此条《艺苑卮言》卷四原文："至如《拟古》……此不敢与文通同日，宋人乃欲令之配陶凌谢，岂知诗者？"

〔一九〕 按:《艺苑卮言》卷四作"去之稍远",语气较轻。

〔二〇〕 按:此条取自《诗薮·内编》卷二,前面字句出入较多,结语《诗薮》作"才之所趋,力故难强",为肯定语气。

〔二一〕 "张众父",《中兴间气集》作"张众文"。

〔二二〕 "少年"下,《艺苑卮言》卷四有"与元稹"三字。

〔二三〕 "轻看"上原文有"诗道未成,慎勿"六字。当于"看"字逗断。

〔二四〕 "元白体",新、旧《唐书》本传皆作"元和体"。

〔二五〕 按:《适园丛书·后村诗话·前集》卷一:"刘梦得五言如《蜀先主庙》云……《八阵图》云……《中秋》云……七言如《洛中寺北楼》云……《西塞山怀古》云……《哭吕温公》云……《金陵怀古》云……皆雄浑老苍,沉著痛快,小家数不能及也。"

〔二六〕 "骨力"、"音旨",《唐诗品》作"格力"、"意旨"。

〔二七〕 "捉",当依《全唐诗》作"投"。

唐音癸签卷八

评汇四

杜牧诗主才,气俊思活。《吟谱》

杜紫微才高,俊迈不羁,其诗有气概,非晚唐人所能及。陈氏《书录》

牧之诗含思悲凄,流情感慨[一],抑扬顿挫之节,尤其所长。以时风委靡,独持拗峭,虽云矫其流弊,然持情亦巧矣。徐献忠

李义山商隐博学强记,俪偶繁缛,长于律诗,尤精咏史之作,后人号为"西昆体"。本传[二]

义山诗用事深僻,以其所长成所短,然合处信有过人。《古今诗话》

义山诗精索群材,包蕴密致,味酌之而愈出。杨大年

世人但称义山巧丽,俗学只见其皮肤耳,高情远意,皆不识也。杨用修

温飞卿庭筠与义山齐名,诗体丽密概同,笔径较独酣捷。七言乐府,似学长吉,第局脉紧慢稍殊,彼愁思之言促,此淫思之言纵也。遯叟。下同。

段成式诗与温、李同号"三十六体",思庞而貌瘠,故厥声不扬。

许郢州浑诗觉烟云风鸟之思,揉弄亦已尽态。[三]徐献忠

世谓许浑诗不如不做,言其无才藻,鄙其无教化也。孙光宪浑诗工有馀而味不足,如人形有馀而韵不足,诗岂专在对偶声病而已?方回浑句联多重用,其诗似才得一句便挈捉一句为联者,所以无自然真味。又

杜牧、许浑同时,然各为体。牧于律中常寓少拗峭,以矫时弊;浑诗圆稳,律切丽密或过杜牧,而抑扬顿挫不及也。刘后村

俊爽若牧之,藻绮若庭筠,精深若义山,整密若丁卯,皆晚唐铮铮者。其才则许不如李,李不如温,温不如杜。今人于唐,专论格不论才;于近,则专论才不论格,皆中无定见而任耳之过也。元瑞

赵渭南嘏才笔欲横,故五字既窘,而七字能拓。蘸毫浓,揭响满,为稳于牧之,厚于用晦。若加以清英,砭其肥痴,取冠晚调不难矣。为惜"倚楼"双句摘赏,掩其平生。逸叟。下同。

李文山群玉有才健之目,而笔才实拙,通卷难觅全瑜。

雍简州陶矜负好句,为客所窥。此公工于造联,奈屡于送结,落晚调不振。

喻凫五言闲远朗秀,选句功深,自称无罗绮铅粉,殆亦实语。

方干诗炼句,字字无失,固应有高坚峻拔之目;但嫌其微带经籍气,村貌棱棱尔。

姚居云鹄吟笔,见甄李赞皇,如"入河残日雕西尽",又"雪坛当醮月孤明",清拔不可多得。

刘威弱调多悲。"酒无通夜力,事满五更心",尤入情。

马虞臣戴"猿啼洞庭树,人在木兰舟",风致自绝;然未如"空

流注大荒"为气象。七言"东谷笑言西谷应,下方云雨上方晴",虽得法于右丞,各自擅胜,但骨力概孱,不堪通检尔。

项子迁_斯与朱可久并见赏张水部,清调颇同,而朱犹含重,项即驶轻,中晚分派以此。

刘得仁诗思深,合处尽可味,奈笔笨难掉何!天子甥为一名终日哀吟,何自苦?

韩成封琮[四]咏物,七字著色巧衬,是当行手。有同姓喜者与同调,皆可诵。

崔侍御珏与李义山善。《岳麓》长歌、《鸳鸯》近体,分有义山馀艳,岂亦三十六体之一耶?

李楚望郢调亦溜亮,不甚弱。《钱塘西斋》一篇,置之卢纶、李端集中,难别泾、渭。

刘沧诗长于怀古,悲而不壮,语带秋意,衰世之音也欤?

凡七言律作拗峭语者,智有所不足也。杜牧之非拗峭不足振其骨,刘蕴灵非拗峭不足宕其致。材愈降,愈借以盖其短。岂唯二子;既少陵之拗体,亦盛唐之变风,大家之降格,而非其正也。

李建州频诗松活似姚监,其不全似者,意思少,更率于选琢也。然亦可谓才倩矣。

于邺诗小小有致,拟项斯、马戴未足,方储嗣宗、司马札有馀。

晚季以五言古诗鸣者,曹邺、刘驾、聂夷中、于濆、邵谒、苏拯数家。其源似并出孟东野,洗剥到极净极真,不觉成此一体。初看殊难入,细玩亦各有意在。就中邺才颖较胜,夷中语尤关教化,驾、濆、谒三子亦多有惬心句堪击节,惟拯平平,为似学究耳。李于鳞云:"唐无古诗,而有其古诗。"为初盛言则过,以施此数子恰可。

薛许昌能末季名手，其诗借异色为景，寄别兴写情，尽废前观，另辟我境；而排奡之笔，浩荡之襟，复足沛赴之，不病雕弱。晚调自浪仙一变僻异，声色犹存；此则洗剥过净，邻乎孤子；再进则离斯空界，便入魔天，措手又难矣。山谷尝言少时曾诵薛能诗云："青春背我堂堂去，白发欺人故故生。"孙莘老问曰：此何人诗？对曰：老杜。莘老云：杜诗不如此。后山谷语传师云：庭坚因莘老之言，遂晓老杜诗高雅大体。

薛陶臣逢殊有写才，不虚俊拔之目。长歌似学白氏，虽以此得名，未如七律多警。

张乔咸通骑驴之客，吟价颇高。如《听琴》之幽淡、《送许棠》之惊耸，亦集中翘英。

许文化棠致语楚楚，《洞庭》一律，时人多取以题扇。"四顾疑无地，中流忽有山"，视老杜"乾坤日夜浮"，愈切愈小。

李昌符存藻不多。"四座列吾友，满园花照衣"，善写赏席乐兴，语不在饰。"树尽禽栖草，冰坚路在河"，虽未目塞垣者，亦颔之。

曹尧宾唐诗能用多句，调颇亢伟，为复类其仪质邪？

李山甫求名不远，满腔怨毒，语不忌俚，如"麻衣尽举一双手，桂树只生三十枝"。既知成事概难，何必佐奋鸡泊憯刃[五]？

罗邺名场无成，无一题不以寄怨。"买栽池馆恐无地，看到子孙能几家？"人以为牡丹警句也，那知从忮求本怀中发出来！

崔涂"渐与骨肉远，转于僮仆亲"，人谓[六]不及王维"孤客亲僮仆"，固然。然王语虽极简切，入选尚未；崔语虽觉支离，近体差可。要在自得之。弇州

秦韬玉调似李山甫，《咏手》押"髶"字诗，尤矫痴可喜。递叟。下同。

周朴从苦思中得猛句，陡目欲惊，其不合者亦多可憎，是贯

65

休一流诗。

皮袭美曰休未第前诗，尚朴涩无采。第后游松陵，如《太湖》诸篇，才笔开横，富有奇艳句矣。律体刻画堆垛，讽之无音，病在下笔时先词后情，无风骨为之干也。

陆鲁望龟蒙江湖自放，诗兴宜饶，而墨彩反复黯钝者，当繇多学为累，苦欲以赋料入诗耳。陶潜诗胸中若不着一字者。弘景识字多，吮毫弥拙矣。参三隐君得失，可证林下吟功。

郑都官谷诗非不尖鲜，无奈骨体太孱，以其近人，宋初家户习之。

谷有"诗无僧字格还卑"之句，故其诗入僧字者甚多，昔人尝以为讥。然大历已后，诸公借阿师作吟料久矣。

吴子华融诗亦大松浅，与郑都官同一衰体，未易置优劣。

唐彦谦诗律学温、李，"下疾不成双点泪，断多难到九回肠"，何减"春蚕"、"蜡烛"〔七〕情藻耶？又《盆稻》篇亦咏物之俊者。

唐山人球一生苦吟，诗思游历不出二百里。孙光宪

李洞瓣香浪仙，执而不弘，捧心过甚，空圆萧散之气，不复少有，岂非不善学下惠者耶！方秋崖

才江虽学贾岛，要为自具生面，所恨刻求新异，艰僻良苦耳。《终南》一篇，句与韵斗险，中叶来长律仅觏，恐阆翁亦未办也。遯叟

裴说诗以苦吟难得为工，时出意外句耸人观；《寄边衣》〔八〕长歌，亦绵宛中情，不嫌格下。

王贞白《御沟》一律，吟家喜谈其事，亦繇微含比、兴，故佳。咏苇排句，轻趣可追姚监，馀概少快心。

司空表圣自评其集，"撑霆裂月，劼作者之肝脾"，夸负不

浅。此公气体，不类衰末，但篇法未甚谙，每每意不贯浃，如炉金欠火未融。坡公云：表圣"绿树连村暗，黄花入麦稀"，此句最善。又云："棋声花院静，幡影石坛高。"〔九〕吾尝游五老峰，入白鹤院，松阴满庭，不见一人，惟闻棋声，然后知此句之工，但恨其寒俭有僧态。

　　韩致尧偓冶游情篇，艳夺温、李，自是少年时笔。翰林及南窜后，顿趋浅率矣。

　　表圣纶阁旧臣，诡隐瞻乌之日；致尧闽南逋客，完节改玉之秋。读其诗，当知其意中别有一事在。此等吟人，未论工拙，要为无负昭陵。

　　曹秘书松致语似项斯，壮言间似李洞。五字如"白浪吹亡国，秋霜洗太虚"，"盘蹙陵阳壮，孤标建邺瞻"；七字如"吸回日月过千顷，铺尽星河剩一重"，"城头早角吹霜尽，郭里残潮荡月回"：点缀末运，赖此名场一叟。

　　五代十国诗家最著者，多有唐遗士。韦端己〔一〇〕庄体近雅正，惜出之太易，义乏闳深。杜彦之荀鹤俚浅，以衰调写衰代，事情亦自真切。黄文江滔力屡韵清，妮妮如与人对语。罗昭谏隐酣情饱墨，出之几不可了，未少佳篇，奈为浮渲所掩，然论笔材，自在伪国诸吟流上。馀即不乏片藻，付之自郐。《西清诗话》云：人才高下，各有分限。少陵，太白，当险阻艰难，流离困踬，杰然出语自高。至罗隐诸人，向用偏伯之国，夸雕逞奇，虽欲高而意未尝不卑。譬之秦武阳气盖全燕，见秦王则战掉失色；淮南王虽为神仙，谒帝犹轻其举止。此岂由素习哉？天禀自然，不可强力至也。

　　释灵一诗，刻意精妙，有"泉涌阶前地，云生户外峰"之句。
高仲武

　　灵彻诗如"经来白马寺，僧到赤乌年"，入作者阃域。《集序》

　　皎然《杼山集》清机逸响，闲澹自如，读之，觉别有异味在咀嚼之表，当繇雅慕曲江，取则不远尔。集中读《曲江集》诗可证。邂叟下同。

无可诗与兄岛同调,亦时出雄句,咄咄火攻。

广宣应制诸篇,气色高华,允哉紫衣名衲。

尚颜诗不入声相,直以清寂境构成,当时人叹其功妙旨深,非诬也。

齐己诗清润平淡,亦复高远冷峭。一经都官点化,《白莲》一集,驾出云台之上,可谓智过其师。

贯休诗奇思奇句,一似从天坠得;无奈发村,忽作恶骂,令人不堪受。

释子以诗闻世者,多出江南。灵一导其源,护圃袭之;清江扬其波,法振沿之。风习渐盛,背篋筍,怀笔牍,挟海沂江,独行山林间,翛翛然模状物态,搜伺隐隙,凄怆超忽,游其心以求胜语,若有程督之者。嗜吟憨态,几夺禅诵。嗣后转噉膻名,竞营供奉,集讲内殿,献颂寿辰,如广宣、栖白、子兰、可止之流,栖止京国,交结重臣,品格斯非,诗教何取？诸衲大历间独吴兴昼公能备众体,缀六义清英,首冠方外;文、宣之代,可公以雅正接绪;五代之交,己公以清赡继响:篇什并多而益善。馀则一联一什,非无可观,概如幺弦孤韵,瞥入人耳,非大音之乐,不能缕骘云。羽流惟吴筠、杜光庭诗较多。筠尝与李白游,史遂云诗亦与白相甲乙,殊谬。光庭格下,尤无足称。

宫嫒前有上官昭容,后有宋若华姊妹五人。昭容,仪之孙。若华,之问裔孙。诗固有种耶？其他闺秀,杨盈川侄女临镜晓妆诗,齐、梁遗则;吉中孚妻张氏《拜月》七言古,籍、建新调:尤彤管之铮铮者。

李冶、鱼玄机、薛涛,女德正同。李"远水浮仙棹,寒星伴使车",及《听琴》一歌,并大历正音。薛工绝句,无雌声,自寿者相。鱼最淫荡,诗体亦靡弱。其集附见有威、光、衮三粲句,尤姱丽胜鱼,惜姓里不著。

又按,张说论上官昭容云:中宗景龙之际,辟修文之馆,搜英猎俊,豫游宫观,行幸河山,雅颂之盛,与三代同风。岂惟圣后之好文,抑亦奥主之协赞。然则汉代楚声,得自房中女萝〔一一〕;唐年近律,成诸彩楼雌秤。事倘有同,功难忘始者欤!

校记

〔一〕 此句下《唐诗品》尚有"下语精切,含声宛转,而"九字,《唐音统签》卷五百五十三、《戊签》一同。此处截去。

〔二〕 《旧唐书·文苑》、《新唐书·艺文》均无此数语,仅《旧书》有"博学强记",《新书》有"俪偶长短,而繁缛过之"之语。按"西昆体"以《西昆酬唱集》得名,始见于刘攽《中山诗话》:"祥符、天禧中,杨大年亿、钱文僖惟演、晏元献殊、刘子仪筠以文章立朝,为诗皆宗尚李义山,号西昆体。"胡氏此条,未悉何据。

〔三〕 此条《唐诗品》作:"虽未登于珪璋之列,而烟云风鸟之思,形容揉弄,殆已尽其华态。"

〔四〕 按:《唐诗纪事》卷五十八云韩琮"字代封",《全唐诗》两存其字。

〔五〕 按:事见《新唐书》卷一八五《王铎传》,节录如下:"铎世贵,出入裘马鲜明,妾侍且众。过魏,乐彦祯子从训心利之。李山甫者,数举进士被黜,依魏幕府,内乐祸,且怨中朝大臣,导从训以诡谋,使伏兵高鸡泊劫之。铎及家属吏佐三百馀人皆遇害。"孙光宪《北梦琐言》卷十三云"俟铎至甘陵"。地名"高鸡泊","奋"或为"高"字之误,或胡氏略去"高"字以求句法整饬。卷二十六亦作"高鸡泊"。

〔六〕 《艺苑卮言》作"昔人谓崔涂……远不及……"。

〔七〕 此指李商隐"春蚕到死丝方尽,蜡炬成灰泪始干"。"烛",似应作"炬"。

〔八〕 "寄边衣",《唐诗纪事》卷六十五作"闻砧",《全唐诗》卷七百二十同,附注:"一作寄边衣。"

〔九〕 "高",《全唐诗》卷六百三十四断句亦作"高",《唐诗纪事》卷六十三作"幽",仅此一联,只可两存。

〔一〇〕 "韦端己",原刻作"韦正己",径改。

〔一一〕 "女萝",影宋本及《四部丛刊》本《乐府诗集》均作"女罗"。

唐音癸签卷九

评汇五

柳州之《平淮西》,最章句之合调;昌黎之《元和圣德》,亦长篇之伟观。一代四言有此,未觉风雅坠绪。遯叟

古诗浩繁,作者至众,虽风格体裁,人以代异,支流原委,谱系具存。炎刘之制,远绍《国风》;曹魏之声,近沿枚、李。陈思而下,诸体毕备,门户渐开。阮籍、左思,尚存其质;陆机、潘岳,首播其华。灵运之词,渊源潘、陆;明远之步,驰骤太冲。有唐一代,拾遗草创,实阮前踪;太白纵横,亦鲍近媲。少陵才具,无施不可,而宪章汉、魏,融冶六朝〔一〕,洵风雅之大宗,艺林之正朔已。其他诸家,亦概多合作,截长絜短,上方魏、晋不足,下视齐、梁有馀。猥云唐无五言,未是定论〔二〕。元瑞。下同。

唐初五言古殊少佳者。王、杨、沈、宋集中,一二仅存,皆非合作。无论汉、魏,远却齐、梁。此时古意垂烬,而律体骤开,诸子当强弩之末,鼎革之初,故自不得超也。

唐初承袭梁、隋,陈子昂独开古雅之源,张子寿首创清澹之派。盛唐继起,孟浩然、王维、储光羲、常建、韦应物,本曲江之清

澹,而益以风神者也;高适、岑参、王昌龄、李颀、孟云卿,本子昂之古雅,而加以气骨者也。

常侍五言古深婉有致,而格调音节,时有参差。嘉州清新奇逸,大是俊才,质力造诣,皆出高上。然高黯淡之内,古意尤存;岑英发之中,唐体大著。[三]

仲默云:右丞他诗甚长,独古作不逮。读其集,大篇句语俊拔,殊乏完章;小言结构清新,所少风骨。孟五言秀雅不及王,而闲澹颇自成局。

孟诗澹而不幽,时杂流丽,闲而匪远,颇觉轻扬;可取者一味自然。常建"清晨入古寺"、"松际露微月",幽矣。王维"清川带长薄"、"中岁颇好道",远矣。

古诗自有音节。陆、谢体极排偶,然音节与唐律迥不同。唐人李、杜外,惟嘉州最合。襄阳、常侍,虽意调高远,至音节时入近体矣。

储光羲闲婉真至,农家者流,往往出王、孟上。常建语极幽玄,读之使人泠然,如出尘表,然过此则鬼语矣。韦左司大是六朝馀韵,宋人目为流丽者,得之。仪曹清峭有馀,闲婉全乏,自是唐人古体,大苏谓胜韦,非也。

五言至元和后,几绝响矣。破暝别续幽灯,吾爱东野;倾家快斗碎宝,吾并存昌黎。馀子无庸齿已。避叟

乐府则太白擅奇古今,少陵嗣迹《风》、《雅》。《蜀道难》、《远别离》等篇,出鬼入神,惝怳莫测;《石壕吏》、《新婚别》、《哀王孙》等作,述情陈事,恻恻如见。张籍、王建,卑浅相矜;长吉、庭筠,怪丽不典。所谓差之厘毫,谬于千里[四]。元瑞

太白于乐府最深,古题无一弗拟,或用其本意,或翻案另出新意,合而若离,离而实合,曲尽拟古之妙。尝谓读太白乐府者

有三难：不先明古题辞义源委，不知夺换所自；不参按白身世遭遇之概，不知其因事傅题、借题抒情之本指；不读尽古人书，精熟《离骚》、《选》赋及历代诸家诗集，无繇得其所伐之材与巧铸灵运之作略。今人第谓太白天才，不知其留意乐府，自有如许功力在，非草草任笔性悬合者。不可不为拈出。邋叟。下同。

拟古乐府，至太白几无憾，以为乐府第一手矣。谁知又有杜少陵出来，嫌模拟古题为赘剩，别制新题，咏见事，以合风人刺美时政之义，尽跳出前人圈子，另换一番钳锤，觉在古题中翻弄者仍落古人窠臼，未为好手。"尽道胡须赤，又有赤须胡"，两公之谓矣。

籍、建、长吉之不能追李、杜，固也。但在少陵后仍咏见事讽刺，则诗为谤讪时政之具矣。此白氏讽谏，愈多愈不足珍也。所以张文昌只得就世俗俚浅事做题目，不敢及其他。仲初亦然。文昌乐府，只伤歌行咏京兆杨凭者是时事。建集并无。至长吉又总不及时事，仍咏古题，稍易本题字就新。如《长歌行》改为《浩歌》，《公无渡河》改为《公无出门》之类。及将古人事创为新题，便觉焕然有异。如《秦王饮酒》、《金铜仙人辞汉歌》之类。递相救不得不然，英雄各自有见也。

《燕歌》初起魏文，实祖《柏梁》体，《白苎词》因之，皆平韵也。至梁元帝"燕赵佳人本自多，辽东少妇学春歌；黄龙戍北花如锦，玄兔〔五〕城头月似蛾"，音调始协。萧子显、王子渊制作浸繁，但通章尚用平韵转声，七字成句，故读之尤未大畅。至王、杨诸子歌行，韵则平仄互换，句则三五错综，而又加以开合，傅以神情，宏以风藻，七言之体，自是〔六〕大备。要惟长篇巨什，叙述为宜；用之短歌，纤缓寡态。于是高、岑、王、李出，而格又一变矣。元瑞。下同。

唐七言歌行，垂拱四子词极藻艳，然未脱梁、陈也。张、李、沈、宋,稍汰浮华,渐趋平实,唐体肇矣,然而未畅也。高、岑、王、李,音节鲜明,情致委折,浓纤修短,得衷合度,畅矣,然而未大也。太白、少陵,化而大[七]矣,能事毕矣。降而钱、刘,神情未远,气骨顿衰。元相、白傅,起而振之,敷演有馀,步骤不足。昌黎而下,门户竞开:张籍、王建之真澹,李贺之幽奇,变风犹未失古;卢仝之拙朴,马异之庸猥,刘叉之狂谲,旁蹊更伤大雅。下至庭筠之流,绮绘渐入诗馀;贯休之辈,俚鄙几同俗谚:古意于焉尽矣。

初唐七言古以才藻胜,盛唐以风神胜,李、杜以气概胜,而才藻风神称之,又加以变化灵异,故遂为大家。于鳞尝评太白七古,强弩之末出长句为英雄欺人。愚谓句之有长短,始自《三百篇》,及《楚骚》、汉乐府《铙歌》《相和》等曲。白亦用古法,有所本也。其长句,《日出入行》错用篇中,《蜀道难》突用篇首,何尝尽出弩?于鳞意在防滥则可,若以论白非衷。[八]

歌行太白多近《骚》,王、杨多近赋,子美多近史。

王勃《滕王阁》、卫万《吴宫怨》自是初唐短歌,婉丽和平,极可师法。中唐继作颇多,第八句为章,平仄相半,轨辙一定,毫不可逾,殆似歌行、律体矣。

古诗窘于格调,近体束于声律,惟歌行大小短长,错综阖辟,素无定体,故极能发人才思。李、杜之才,不尽于古诗,而尽于歌行。孟襄阳辈才短,故歌行无复佳者。

五言律体,兆自梁、陈。唐初四子,靡缛相矜,时或拗涩,未堪正始。神龙以还,卓然成调。沈、宋、苏、李,合轨于先;王、孟、高、岑,并驰于后;新制迭出,古体攸分。实词章改革之大机,气运推迁之一会也。

子昂"野戍荒烟断,深山古木平","城分苍野外,树断白云限"等句,平淡简远,王、孟二家之祖。审言"楚山横地出,汉水接天回","飞霜遥渡海,残月回临边"等句,闳逸浑雄,少陵家法宛然。宋人掇其"牵风紫蔓"小语,以为杜所自出[九],陋哉!

二张五言律,大概相似于沈、宋、陈、杜。景物藻绘中,稍加以情致,剂以清空。学者间参,则无冗杂之嫌,有隽永之味。然气象便觉少隘,骨体便觉稍卑。品望之雌,职此故耶?

孟五言不甚拘偶者,自是六朝短古,加以声律,便觉神韵超然,此其占便宜处。英雄欺人,要领未易勘也。

五言律体,极盛于唐。要其大端,亦有二格:陈、杜、沈、宋,典丽精工;王、孟、储、韦,清空闲远,此其概也。然右丞赠送诸什,往往阑入高、岑;鹿门、苏州,虽自成趣,终非大手。太白风华逸宕,特过诸人,而后之学者,才匪天仙,多流率意。惟工部诸作,气象巍峨,规模宏远,当其神来境诣,错综幻化,不可端倪。千古以还,一人而已。

"飞星过水白,落月动沙虚",吴均、何逊之精思;"春色浮山外,天河宿殿阴",庾信、徐陵之妙境。"山河扶绣户,日月近雕梁;碧瓦初檐[一〇]外,金茎一气旁",高华秀杰,杨、卢下风;"冠冕通南极,文章落上台;诏从三殿去,碑到百蛮开",典重冠裳,沈、宋退舍;"耕凿安时论,衣冠与世同;在家常早起,忧国愿年丰",寓神奇于古澹,储、孟莫能为前;"片云天共远,永夜月同孤;落日心犹壮,秋风病欲苏",含阔大于沉深,高、岑瞠乎其后;"退朝花底散,归院柳边迷","花动朱楼雪,城凝碧树烟",王右丞夭[一一]其秾丽;"地平江动蜀,天阔树浮秦","日月低秦树,乾坤绕汉宫",李太白逊其豪雄。至"岸花飞送客,樯燕语留人",则钱、刘圆畅之祖;"两行秦树直,万点蜀山尖",则元、白平易之宗。"两边山木合,终日子规啼",卢仝、马异之浑成;"山寒青兕叫,江晚白鸥饥",孟郊、李贺之瑰僻。"冻泉依细石,晴雪落长松"，岛、可幽微所从出；"竹斋烧药灶，花屿读书床"，籍、建浅显所自来。"雨抛金锁甲，苦卧绿沉枪"，义山之组织纤新；"圆荷浮小叶，细麦落轻花"，用晦之推敲密切。杜集大成，五言律尤可见者。"山随平野阔，江入大荒流"，太白壮语也；杜"星垂平野阔，月涌大江流"，骨力过之。"九衢寒雾敛，万井曙钟多"，右丞壮语也；杜"星临万户动，月傍九霄多"，精彩过之。"气蒸云梦泽，波撼岳阳城"，浩然壮语也；杜"吴楚东南坼，乾坤日夜浮"，气象过之。"弓抱关西月，旗翻渭北风"，嘉州壮语也；杜"北风随爽气，南斗避文星"，风神过之。读唐诸家至杜，辄令人自失。

唐五言多对起，沈、宋、王、李，冠裳鸿整，初学法门；然未免绳削之拘。要其极至，无出老杜。如"国破山河在，城春草木深"，"战哭多新鬼，愁吟独老翁"，"冠冕通南极，文章落上台"，"死去凭谁报，归来始自怜"，"城晚通云雾，亭深到芰荷"，"秋月仍圆夜，江村独老身"，"四更山吐月，残夜水明楼"，"江汉思归客，乾坤一腐儒"，"路出双林外，亭窥万井中"，"满目悲生事，因人作远游"之类，对偶未常不精，而纵横变幻，尽越陈规；浓淡浅深，动夺天巧。百代而下，当无复继。

校记

〔一〕 此二句《诗薮·内编》卷二作"宪章祖述汉魏六朝"。

〔二〕 "其他诸家"以下，《诗薮·内编》卷二作："世多诮唐无五言古，笃而论之，才非魏、晋之下，而调杂梁、陈之际，截长絜短、盖宋、齐之政耳。如……皆六朝之妙诣，两汉之馀波也。"

〔三〕《诗薮·内编》卷二作"犹"，义长。

〔四〕 按：《诗薮·内编》卷二原文如下："《兵车行》、《新婚别》等作，述情陈事，恳恻如见。张、王欲以拙胜，所谓差之厘毫；温、李欲以巧胜，所谓谬于千里。"

〔五〕 "玄兔",《乐府诗集》卷三二作"玄菟"。

〔六〕 "自是",《诗薮》作"至是",义较长。

〔七〕 按:当从《诗薮》用《孟子》原文作"大而化"。又此则后半与《诗薮·内编》卷三出入甚大,文繁,不具录。

〔八〕 此条之夹注《诗薮》原无,乃胡氏所加,应加"按"以别之。

〔九〕 按:所评见《诗人玉屑》卷八"有家法"条,节录如下:"杜审言,子美之祖也……其诗有'绾雾青条弱,牵风紫蔓长'。……若子美'林花著雨胭脂落(淳按当为湿),水荇牵风翠带长'……虽不袭取其意,而语脉盖有家法矣。"

〔一〇〕 "檐",《全唐诗》及杜诗各本、《诗薮》均作"寒"。

〔一一〕 "夭",《诗薮》作"失",义较显豁。

唐音癸签卷十

评汇六

自景龙始创七律,诸学士所制,大都铺扬景物,宣诩燕游,以富丽竞工,亡论体变未极,声病亦多未调。开、天以还,喆匠迭兴,研揣备至,于是后调弥纯,前美益凿,字虚实互用,体正拗毕摄,七言能事始尽。所以溯龙门之派者,必求端沈、宋;穷沧海之观者,还归大杜陵。遯叟。下同。

"宫阙星河低拂树,殿庭灯烛上熏天",必简之宏概也,然已有"梅花落处疑残雪,柳叶开时任好风"之闲婉矣。"风射蛟冰千片断,气冲鱼钥九关开",云卿之秾采也,然已有"山出尽如鸣凤岭,池成不让饮龙川"之澄朗矣。"初年尽帖宜春胜,长命先浮献寿杯",廷硕之庄调也,然已有"云山一一看皆美,竹树萧萧画不成"之疏野矣。至"忽排花上游天苑,却坐云边看帝京"之写景空活;"当轩半落天河水,绕径全低月树枝"之用事浑融;"黄莺未解林闲啭,红蕊先从殿里开"之属对圆贴:虽椎轮初斲,而仍几已雕;睹此先程,允资后躅已。

盛唐名家称王、孟、高、岑,独七言律祧孟,进李颀,应称王、李、岑、高云。

七言律独取王、李而绌老杜者,李于鳞也。夷王、李于岑、高而大家老杜者,高廷礼也。尊老杜而谓王不如李者,胡元瑞也。谓老杜既不无利钝,终是上国武库;又谓摩诘堪敌老杜,他皆莫及者,王弇州也〔一〕。意见互殊,几成诤论。虽然,吾终以弇州公之言为衷。

王以高华胜,李以韶令胜。李如琼蕊浥露,含质故鲜;王如翠岭冠霞,占地特贵。王间有失严,无心内游衍自如;李即无落调,有意中补凑可摘。不独斤两微悬,正复色香亦别。《闻梵》颔联之偏枯,《寄卢司勋》通篇之春事,《璿公山池》之一起,綦毋、李回之二结,皆李之补凑处血。

岑词胜意,句格壮丽,而神韵未扬;高意胜词,情致缠绵,而筋骨不逮。岑之败句,犹不失盛唐;高之合调,时隐逗中唐。

王风调正似云卿,岑茂采堪追廷硕。李存藻不多,既同考功;高裁体欲变,亦类左相。以盛配初,约略不远。惟杜子美无一家不备,亦无一家可方尔。

杜公七律,正以其负力之大,寄惊之深,能直抒胸臆,广酬事物之变而无碍,为不屑屑色声香味间取媚人观耳。中间尽有涉于倨诞,邻于愤怼,入于俚鄙者,要皆偶趁机绪,以吐唫精神,材料一无拣择,义谛总归情性,令人乍读觉面貌可疑,久咀叹意味无尽。其夺爱王、李,生异论以此;虽有异论,竟不渻千古定论,亦以此。

或问:杜公律句,何者为人所不能道?余曰:是讵易悉数哉?聊举一联:"二仪清浊还高下,三伏炎蒸定有无?"登楼者试拟来看。

少陵七律与诸家异者有五:篇制多,一也;一题数首不尽,二也；好作拗体，三也；诗料无所不入，四也；好自标榜，既以诗入诗，五也。此皆诸家所无。其他作法之变，更难尽数。不善学者，多歧为惑，每至失步；善学者一体各占，尽足成家。

早朝四诗，名手汇此一题，觉右丞擅场，嘉州称亚，独老杜为滞钝无色。富贵题出语自关福相，于此可占诸人终身穷达，又不当以诗论者。胡元瑞云：岑作精工整密，字字天成。景联绚烂鲜明，虽朝意宛然在目；独颔联虽绝壮丽，而气势追促，遂致全篇音韵微乖。王起语意偏，不若岑之大体；结语思窘，不若岑之自然；景联甚活，终未若岑之骈切；独颔联高华博大，而冠冕和平，前后映带宽舒，遂令全首改色，称最当时。但服色太多，为病不小。而岑之重两春字，及曙光、晓钟之再见，不无微颣。信七律全璧之难。开天七律，自前数公外，其可举数者亦无多。如贾曾之《春苑瞩目》、崔颢之《行经华阴》、祖咏之《望蓟门》、崔曙之《九日望仙台》、张谓之《别韦郎中》，其最著也。余如太白、孟浩然，并非其长。太白仅得《鹦鹉洲》及《送贺监》二结，孟仅得《春晴》、《除夜》、《登安阳城楼》三结耳。李《鹦鹉洲》结实效颦《黄鹤楼》，王敬美以为崔下使字稳，李下使字似添入，较勘最为入细。吾更爱万楚《五日》一结，情语不妨险诨，似从沈佺期"独不见"结意得来。弇州公怪于鳞严刻，不应收此诗，此非诗家外道，实六朝正法眼藏也，于鳞安得不收？王敬美云：日暮乡关，烟波江上，本无指著，登临者自生愁耳，故曰使人愁。烟波使之愁也。浮云蔽日，长安不见，逐客自应愁，宁须使之乎？

七言律压卷，迄无定论。宋严沧浪推崔颢《黄鹤楼》，近代何仲默、薛君采推沈佺期"卢家少妇"，王弇州则谓当从老杜"风急天高"、"老去悲秋"、"玉露凋伤"、"昆明池水"四章中求之。今观崔诗自是歌行短章，律体之未成者，安得以太白尝效之遂取压卷？沈诗篇题原名"独不见"，一结翻题取巧，六朝乐府变声，非律诗正格也,不应借材取冠兹体。若杜四律,更尤可议。"风急天高"篇,无论结语胜重,既起处"鸟飞回"三字亦勉强属对无意味。"老去悲秋"篇,本一落帽事,又生冠字为对,无此用事法,"蓝水"一联尤乏生韵,类许用晦塞白语;仅一结思深耳,可因之便浪推耶?"玉露凋伤"篇,较前二作似匀称,然斤两自薄,况"一系"对"两开",一字甚无著落,为瑕不小。"昆明池水"前四语故自绝,奈颈联肥重,"坠粉红"尤俗。况律诗凡一题数篇者,前后皆有微度脉络,此《秋兴》八首,首咏夔府,二三从夔府渐入京华,四方概言长安,五六七八又各言长安一景,八首只作一首,若相次相引者;通读之始知其命篇之意,与一切贯穿映带之法,未有于中独摘其第一首及第六首能悉其妙,可诧为压卷者。取及此,尤无谓也。吾谓好诗自多,要在明眼略定等差,不误所趋足耳。"转益多师是汝师",何必取宗一篇,效痴人作此生活!

　　七言律以才藻论,则初唐必首云卿,盛唐当推摩诘,中唐莫过文房,晚唐无出中山[二]。不但七言律也,诸体皆然。繇其才特高耳。《诗薮》。下同。

　　刘长卿《献淮宁节度》一篇,如[三]"家散万金酬士死,身留一剑答君恩",李端、韩翃之先鞭也;"渔阳老将多回席,鲁国诸生半在门",王建、张籍之鼻祖也。结语更得王维、李颀风调,起语亦自大体,几欲上薄盛唐。然细按之,自是中唐诗。[四]

　　钱员外"轻寒不入宫中树,佳气常浮仗外峰",当是其最得意句。然上句秀而过巧,下句宽而不称。弇州

　　钱"长信宜春"句于晴雪妙极形容,脍炙人口。其源得之初唐,然从初竟落中唐,了不与盛唐相关。何者?愈巧则愈远。
《艺圃撷馀》

七言难于气象雄浑,句中有力,而纡徐不失言外之意。自老杜后,韩退之笔力最为杰出,然每苦意与语俱尽。《贺[五]裴晋公破蔡州回》所谓"将军旧压三司贵,相国新兼五等崇",非不壮也,然意亦尽于此矣。不若刘禹锡《贺裴晋公留守东都》云:"天子旌旗分一半,八方风雨会中州。"远而得大体也。叶石林

初唐体质浓厚,格调整齐,时有近拙近板处。盛唐气象浑成,神韵轩举,时有太实太繁处。中唐淘洗清空,写送流亮,七言律至是殆于无指摘,而体格渐卑,气韵日薄,衰态未免毕露[六]。《诗薮》

唐七言律自杜审言、沈佺期首创工密。至崔颢、李白,时出古意,一变也。高、岑、王、李,风格大备,又一变也。杜陵雄深浩荡,超忽纵横,又一变也。钱、刘稍加流畅,降为中唐,又一变也。大历十才子,中唐体备,又一变也。乐天才具泛澜,梦得骨力豪劲,在中、晚间自为一格,又一变也。张籍、王建,略去葩藻,求取情实,渐入晚唐,又一变也。嗣后温、李之竞事组织,薛能之过为芟刊,杜牧、刘沧之时作拗峭,韦庄、罗隐之务趋条畅,皮日休、陆龟蒙之填塞古事,郑都官、杜荀鹤之不避俚俗,变又难可悉纪。律体愈趋愈下,而唐祚亦告讫矣。参[七]

沈、宋前排律殊寡,惟骆宾王篇什独盛,流丽雄浑,独步一时。[八]

初唐四十韵,惟杜审言送李大夫作,实自少陵家法。杜《八哀·李北海》云"次及吾家诗,慷慨嗣真作",是也。

沈、宋虽并称,沈排律工者不过三数篇,宋集中篇篇平正典重,赡丽精严,不独《昆明》一什胜沈也。初学入门,所当熟习。右丞韵度过之,而典重不如;少陵闳大有加,而精严略逊。

初唐沈、宋外,苏、李诸子,未见大篇,独曲江诸作,含清拔于

绮绘之中,寓神俊于庄严之内,如《度蒲关》、《登太行》、《和许给事》、《酬赵侍御》等作,同时燕、许皆莫及。

排律沈、宋二氏藻赡精工,太白、右丞明秀高爽,然皆不过十韵,且体在绳墨之中,调非畦径之外。惟杜陵大篇巨什,雄伟神奇,阖辟驰骤,如飞笼行云,鳞鬣爪甲,自中矩度;又如淮阴用兵,百万掌握,变化无方。虽时有险朴,无害大家。

读盛唐时排律,延清、摩诘等作,真如入万花春谷,光景烂熳,令人应接不暇,赏玩忘归。太白轩爽雄丽,如明堂黼黻,冠盖辉煌,武库甲兵,旌旗飞动。少陵变幻闳深,如陟昆仑,泛溟渤,千峰罗列,万汇汪洋。

常侍篇什空澹,不及王、李之秀丽豪爽,而《信安王幕府》三十韵,典丽整齐,精工赡逸,特为高作。嘉州格调整严,音节宏亮,而集中排律甚稀。襄阳时得大篇,清空雅淡,逸趣翩翩,然自是孟一家,学之必无精采。

凡排律起句极宜冠裳雄浑,不得作小家语。唐人可法者,卢照邻"地道巴陵北,天山弱水东";骆宾王"二庭归望断,万里客心愁";杜审言"六位乾坤动,三微历数迁";沈佺期"閶阖连云起,岩廊拂雾开";玄宗"钟鼓严更曙,山河野望通";张说"礼乐逢明主,韬钤用老臣";李白"独坐清天下,专征出海隅";高适"云纪轩皇代,星高太白年":此类最为得体。

次则过接为难。骆宾王《边城怀京邑》篇"季月炎初尽,边庭草早枯";沈佺期《扈从出长安》篇"是节严阴始,寒郊散野蓬"。初唐转接法,不过如是。逮老杜法乃益精,如述怀入往事云:"得丧初难识,荣枯划易该。"赠人入自叙云:"勋业青冥上,交亲气概中。"融洽中兼之顿挫,又不知费几许炉锤矣!至结语关锁全篇,尤为吃紧,亦惟杜尽善。诸篇不作郑重语收煞,即作

洒逸语送之,似先拣下好韵,留为押尾者,细参自见。遯叟

大概中唐以后,稍厌精华,渐趋澹静,故五七言律清空流畅,时有可观。至排律亦仿此,则颠矣。排律自杨、卢以至王、李,靡不丰硕浑雄,盖其体制应尔。惟老杜大篇,时作苍古,然其才力异常,学问渊博,述情陈事,错综变化,转自不穷。中唐无杜材力学问,欲以一二致语撑拄其间,庸讵可乎!元瑞

唐大历后五七言律尚可接翅开元,惟排律大不竞。钱、刘以降,气味总薄;元、白中兴,铺叙转凡。所见中唐杨巨源,晚唐李商隐、李洞、陆龟蒙三家,杨则短韵不失前矱,三家则长什尤饶新藻。将无此体限于材既难,曙于法亦自易乎?惟深于诗者知之。遯叟

七言排律,唐人不多见。如太白别山僧、高适宿田家等作,虽联对精密,而律调未纯,终是古诗体段。惟崔融《从军行》,言从字顺,音响冲和,堪备一体。高棅

唐人之诗,乐府本效古体,而意反近;绝句本自近体,而意实远。故求风雅之仿佛者,莫如绝句,唐人之所偏长独至,而后人力追莫嗣者也。擅场则王江宁,骖乘则李彰明,偏美则刘中山,遗响则杜樊川。少陵虽号大家,不能兼善,以拘于对偶,且泥于典故,乏性情尔。〔九〕杨升庵。 按唐乐府五言绝句法齐、梁,然体制自别。七言亦有作乐府体者,然如《宫词》、《从军》、《出塞》等,虽用乐府题,自是唐人绝句,与六朝不同。

唐初五言绝,子安诸作,已入妙境。七言初变梁、陈,音律未谐,韵度尚乏;惟杜审言《渡湘江》、《赠苏绾》二首结皆作对,而工致天然,风味可掬。至张说《巴陵》之什,王翰《出塞》之吟,句格成就,渐入盛唐矣。元瑞

太白五七言绝句,实唐三百年一人,盖以不用意得之,既太

白不自知其所至,而工者顾失焉。李于鳞

七言绝句,王江宁与太白争胜毫厘,俱是神品。王弇州

太白诸绝句,信口而成,所谓无意于工而无不工者。少伯深厚有馀,优柔不迫,怨而不怒,丽而不淫。余尝谓古诗、乐府乐,惟太白诸绝近之;《国风》、《离骚》后,惟少伯诸绝近之。体若相悬,调可默会。元瑞

五言无名氏"打起黄莺儿",不惟语意高妙,其篇法圆紧,中间增一字不得,著一意不得,起结极斩绝,而中自纡缓[一〇],无馀法而有馀味。弇州

太白五言,如《静夜思》、《玉阶怨》等,妙绝古今,然齐、梁体格;他作视七言绝句觉神韵小减,缘句短逸气未舒耳。右丞辋川诸作,却是自出机轴,名言两忘,色相俱泯,另是一家体裁[一一]。元瑞

王少伯七绝,宫词闺怨,尽多诣极之作;若边词"秦时明月"一绝,发端句虽奇,而后劲尚属中驷。于鳞遽取压卷,尚须商榷。遯叟

"峨眉山月半轮秋,影入平羌江水流。夜发清溪向三峡,思君不见下渝州。"二十八字中有峨眉山、平羌江、清溪、三峡、渝州,使后人为之,不胜痕迹矣。益见此老炉锤之妙。弇州

自少陵绝句对结,诗家率以半律讥之,然绝句自有此体,特杜非当行耳。如岑参凯歌"丈夫鹊印摇边月,大将龙旗掣海云","排兵鱼海云迎阵,秣马龙堆月照营"等句,皆雄浑高华,后世咸所取法,即半律何伤?若杜审言"红粉楼中应计日,燕支山下莫经年","独怜京国人南窜,不似湘江水北流",则词竭意尽,虽对犹不对也。元瑞。下同。

七言绝,开元之下,便当以李益为第一。如从军诸篇,皆可

与太白、龙标竞爽,非中唐所得有也。又张仲素《秋闺曲》"梦里分明见关塞,不知何处向金微","欲寄征人问消息,居延城外又移军",皆去龙标不甚远。

中唐绝如刘长卿、韩翃、李益、刘禹锡,尚多可讽咏。晚唐则李义山、温庭筠、杜牧、许浑、郑谷,然途轨纷出,渐入宋、元。多歧亡羊,信哉!

盛唐绝句,兴象玲珑,句意深婉,无工可见,无迹可寻。中唐遽减风神,晚唐大露筋骨。

晚唐诗萎薾无足言,独七言绝句,脍炙人口,其妙至欲胜盛唐。愚谓绝句觉妙,正是晚唐未妙处;其胜盛唐,乃其所以不及盛唐也。绝句之源,出于乐府,贵有风人之致,其声可歌,其趣在有意无意之间,使人莫可捉著。盛唐惟青莲、龙标二家诣极,李更自然,故居王上。晚唐快心露骨,便非本色。议论高处,逗宋诗之径;声调卑处,开大石之门。《艺圃撷馀》

"一将功成万骨枯",是疏语。"可怜无定河边骨",是词语。又如"公道世间惟白发","只有春风不世情","争似尧阶三尺高","刘项原来不读书"等句,搀入议论,皆仅去张打油一间。人皆盛称为工,受误不浅。〔一二〕元瑞

七言绝句,盛唐主气,气完而意不尽工;中、晚唐主意,意工而气不甚完。然各有至者,未可以时代概訾之〔一三〕。弇州

联句诗,唐惟颜真卿、韩退之为多。颜杂诙谐;韩与孟郊为敌手,各极才思,语多奇崛,尤可喜。遯叟

校记

〔一〕 按:《艺苑卮言》卷四:"有一贵人时名者,尝谓予:'少陵伧语,不得胜摩诘,所喜摩诘也。'予答言:'恐足下不喜摩诘耳,喜摩诘又焉能失少陵也? 少陵集中不啻有数摩诘,能洗眼静坐三年读之乎?'其人意不怿

去。"(《全唐诗说》同)又云:"盛唐七言律,老杜外,王维、李颀、岑参耳。李有风调而不甚丽,岑才甚丽而情不足,王差备美。"综上观之,弇州实未"谓摩诘堪敌老杜",胡氏似未细参。

〔二〕 按:此则见《诗薮·外编》卷四,"中山"应为"义山"之误。"中山"指刘禹锡,例入中唐,本卷后文可证。"义山"指李商隐,晚唐七律,当推首选。

〔三〕 《诗薮·内编》卷五无此上十一字。

〔四〕 "结语更",《诗薮》作"独结语绝",又无"几"以下十五字。按:其前数条评此诗云"既盛唐难之,然自是中唐诗",盖既胡氏此十五字所本。《四部丛刊》本《刘随州文集》卷九《献淮宁军节度李相公》:"建牙吹角不闻喧,三十登坛众所尊。家散万金酬士死,身留一剑答君恩。渔阳老将多回席,鲁国诸生半在门。白马翩翩春草细,少陵西去猎平原。"《诗薮》评诗,尊盛唐而抑中唐。对此诗中二联微寓贬辞,"独结语绝"云云乃转而褒其起结两联,胡氏改为"结语更"云云,似评中二联亦为褒义,未能细味《诗薮》本旨。

〔五〕 "贺",《石林诗话》作"和"。按:《全唐诗》及世彩堂本韩集题均为《晋公破贼回重拜古司以诗示幕中宾客愈奉和》,当以"和"为是。

〔六〕 "无指摘",《诗薮·内编》卷五作"无可指摘","未免毕露"作"毕露矣",语气较长。

〔七〕 按:本书体例,改动太多则注一"参"字。此则取自《诗薮·内编》卷五,"嗣后"以下,与《诗薮》迥异。

〔八〕 按:以下数则并出《诗薮》,依前例,似应注"元瑞,下同",或注"下同"于前二则《诗薮》之后,眉目始清。

〔九〕 杨慎《唐绝增奇序》,"汩于典故"下二句为:"拘则未成之律诗而非绝体,汩则儒生之书袋而乏性情。"

〔一〇〕 "纡缓",《全唐诗说》作"抒缓",义较允。

〔一一〕 "另是一家体裁",《诗薮·内编》卷六作:"于鳞论七言遗少伯,五言遗右丞,俱所未安。"

〔一二〕 按:此条虽取自《诗薮·内编》卷六,然出入甚大,依前例,句末似应注一"参"字。

〔一三〕 "概訾之",《艺苑卮言》卷四及《全唐诗说》均作"优劣也",义较长。

唐音癸签卷十一

评汇七

老杜诗好用自字，如"寒城菊自花"，"故园花自发"，"风月自清夜"之类，不一而足。**受字**，"修竹不受暑"，"吹面受和风"，"轻燕受风斜"，"野航恰受两三人"。**进字**，"树湿风凉进"，"山谷进风凉"。**逗字**，如"残生逗江汉"，"远逗锦江波"。阴铿诗有"行舟逗远树"，其所本也。**俯字**，"傲睨俯峭壁"，"展席俯长流"，"杖藜俯沙渚"，"此邦俯要冲"，"四顾俯层巅"，"旄头俯涧瀍"，"层台俯风渚"，"游目俯大江"，"江槛俯鸳鸯"，"悬江〔一〕路熟俯青郊"，凡十数处。**坐字**，"枫树坐猿深"，又"黄莺并坐交愁湿"，萤火"帘疏巧入坐人衣"。以坐字体物，颇奇。然北齐刘逖诗"无由似玄豹，纵意坐山中"，张说诗"树坐参猿啸，沙行入鹭群"，皆本汉乐府"乌生八九子，端坐秦氏桂树间"，非始杜也。邂叟。下同。

杜又用俗字，黄〔二〕常明云：数物以〔三〕个，谓食为吃，甚近鄙，独杜屡用。"峡口惊猿闻一个"，"两个黄鹂鸣翠柳"，"却绕井栏〔四〕添个个"；"临歧意颇切，对酒不能吃"，"楼头吃酒楼下卧"，"但使残年饱吃饭"，"梅熟许同朱老吃"。篇中大概奇特，用俗字更可映带益妍耳。**用方言里谚**。孙季昭云：杜子美善以方言、里谚点化入诗句中。如云："吾家老孙子，质朴古人风。""客睡何曾著，秋天不肯明。""枣熟从人打，葵荒欲自锄。""一夜水高二尺强，数日不可更禁当。""不分桃花红胜锦，生憎柳絮白于绵。""负盐出井此溪女，打鼓发船何处郎。"此类尤多，不可殚述。

89

太白诗押宜字韵者凡五见,而韵致俱胜。如"山将落日去,水与晴空宜","月色望不尽,空天交相宜","谑浪偏相宜","置酒正相宜","春风与醉客,今日乃相宜"。刘梦得云:为诗用僻字,须有来处。宋考功云:"马上逢寒食,春来不见饧。"〔五〕常疑之。因读《毛诗》郑笺说吹箫处注云:"既今卖饧者所吹。"六经惟此中有饧字。吾缘明日重阳,欲押一糕字诗,寻思六经竟未有糕字,不敢为之。按,梦得亦有饧字诗,《历阳书事》:"湖鱼香胜肉,官酒重于饧。"盖效宋也,较宋押得更稳。又按,《隋书·五行志》载谣语有"七〔六〕月刘禾伤早,九月食糕正好"。糕字入诗,始见此。诗有出自可用,何必尽本之六经耶?王弇州云:刘用字谨严如此,然其答乐天〔七〕有"笔底心犹毒,杯前腑不豯"。豯,呼关切;此何谓也?

元微之赠周先生诗云:"寥寥空山岑,泠泠风松林。流月垂鳞光,悬泉扬高音。希夷周先生,烧香调琴心。神功盈三千,谁能还黄金?"四十字用平声字至三十九。古有四声诗纯用平声者,此则偶然犯之,而调叶步虚,殊锵然可诵。

韩愈最重字学,诗多用古韵,如《元和圣德》及《此日足可惜》诗,全篇一韵,皆古叶兼用。其《赠张籍》诗云"时来问形声",知籍亦留心韵学者。乃籍诗独不甚用古韵,惟祭愈诗七阳用至八十三韵,古韵几于用尽,却无一韵不押得稳帖,视愈之每每强押者过之。宋吴才老推韩愈为唐一代字学冠,下及白傅、柳州,而未满于籍。夫识字贵善用耳。籍用古韵,即仅此一篇,韵学之深可知矣。才老或未足语此也。

九日用茱萸,杜子美云:"醉把茱萸仔细看。"王右丞云:"遍插茱萸少一人。"朱仿云:"学他年少插茱萸。"刘梦得以为更三诗人道之,子美为优。

一菊诗也,陈叔达云:"但令逢采摘,宁辞独晚荣!"婉厚乃尔。朱湾云:"受气何曾异,开花独自迟。"费较量矣。李山甫云：“栽处不容依玉砌，要时还许上金樽。”更似毒口骂将来。岂非时代为之？

僧与鸟，自浪仙后，几成一副应急对子。诸家概有，惟姚合"夜钟催鸟绝，积雪阻僧期"，差不落夹。

"前逢锦车使，都护在楼兰"，虞世南用为起句，殊未安；不若王摩诘"萧关逢候吏，都护在燕然"，改作结句较妥也。

上官仪"鹊飞山月晓[八]，蝉噪野风秋"，率尔出风致语，佳耳。张说"雁飞江月冷，猿啸野风秋"，似有意学之，那得佳？欧公力拟温飞卿警联不及，亦同此。

王维"积水不可极，安知沧海东"，亦可谓工于发端矣。谢灵运《登海口盘屿山》诗："莫辨洪波极，谁知大壑东？"良自有本。皇甫子循

太白"人分千里外，兴在一杯中"，达夫"功名万里外，心事一杯中"，似皆从庾抱之"悲生万里外，恨起一杯中"来。而达夫较厚，太白较逸，并未易轩轾。遐叟。下同。

孟浩然"万壑归于汉，千峰划彼苍"，杜子美"馀力浮于海，端忧问彼苍"，对法正同。

王昌龄《龙潭》诗："百泉势相荡，巨石皆却立。""昏为蛟龙怒，清见云雨入。"杜甫《万丈潭》诗："前临洪涛宽，却立苍石大。""黑知湾澴底，清见光炯碎。"语不制而肖，而通篇杜尤雄拔尽善，名家、大家之分也。

子昂"古木生云际，归帆出雾中"，即玄晖"天际识归舟，云中辨江树"也。子美"薄云岩际宿，孤月浪中翻"，即仲言"白云岩际出，清月波中上"也。四语并极精工，卒难优劣。然何、谢古体，入此渐启唐风；陈、杜近体，出此乃更古意。不可不知。元瑞。下同。

又杜"山青花欲燃",出沈约"山樱花欲燃"。"江流静犹涌",出阴铿"大江静犹浪"。"绣段装檐额,金花帖鼓腰",出庾信"细缕缠钟格,圆花钉鼓床"。"春水船如天上坐,老年花似雾中看",出沈佺期"人如天上坐,鱼似镜中悬";沈复出陈释慧标"舟如实里泛,人似镜中行"。冰、蓝递有从来。

韦苏州《对残灯》诗云:"独照碧窗久,欲随寒烬灭。幽人将遽眠,解带翻成结。"梁沈氏满愿《残灯》诗云:"残灯犹未灭,将尽更扬辉。惟馀一两焰,犹得解罗衣。"韦诗实出于沈,然韦有幽意,而沈淫矣。《升庵外集》

司空曙:"乍见翻疑梦,相悲各问年。"戴叔伦:"一年将尽夜,万里未归人。"一则久别乍逢,一则客中改岁之绝唱也。李益"问姓惊初见,称名忆旧容",绝类司空;崔涂"乱山残雪夜,孤烛异乡人",绝类戴作。皆可亚之。元瑞。按,戴句元出梁简文"一年夜将尽,万里人未归"。但颠倒用之,而字无一易。[九]

刘文房:"已是洞庭人,犹看灞陵月。"孟东野:"长安日下影,又落江湖中。"语意相似,皆寓恋阙之意,而刘为蕴藉[一〇]。杨升庵

白香山"醉貌如霜叶,虽红不是春",出尹式"衰颜倚酒红"。尹悲叹有含蓄,白故是翻案佳语,气则索然矣。《闲耕馀录》

读姚少监"侯门月色少于灯"句,每叹富贵家光景,真复如此俗耶!然王摩诘《山池夜燕》诗"山月少灯光",已道过矣。遯叟。下同。

卢仝《月蚀诗》,生于李白之《古朗月行》。李白《古朗月行》,生于《天问》"夜光何德,死则又育;厥利维何,而顾菟在腹"数语。始则微辞含寄,终至破口发村,灵均氏亦何料到此!

杜甫有句云:"诗尽人间兴[一一],兼须入海求。"非深于搜索

者,无此想头。李克恭《吊孟郊》诗"海底也应搜得尽",正祖此意。

韦庄诗"静极却嫌流水闹,闲多翻笑野云忙",本于老杜之"水流心不竞,云在意俱迟",但多着一嫌字、笑字,觉非真闲、真静耳。

白居易咏老柳树:"但见半衰临此路,不知初种是何人。"罗隐咏长明灯:"不知初点人何在,只见当年火至今。"语似祖述,而用法一顺一倒不同。

刘长卿《馀干旅台》云:"摇落暮天迥,丹枫霜叶稀。孤城向水闭,独鸟背人飞。渡口月初上,邻家渔未归。乡心正欲绝,何处捣征衣?"张籍《宿江上馆》云:"楚驿南渡口,夜深来客稀。月明见潮上,江静觉鸥飞。旅宿今已远,此行殊未归。离家久无信,又听捣寒衣。"两诗韵同,而意调亦同。《诗话总龟》

韩退之《赠张道士》诗:"臣有平贼策,狂童不难治。恨无一尺棰,为国笞羌夷。臣有胆与气,不忍死茆茨。天空日月高,下照理不遗。宁当不竦报,归袖风披披。霜天熟柿栗,收拾不可迟。"杜牧亦有《书怀》诗云:"北虏坏亭障,闻屯千里师。牵连久不解,他盗恐旁窥。臣实有长策,彼可徐鞭笞。如蒙一召议,食肉寝其皮。斯乃庙堂事,尔微非尔知。向来蹰等语,长作陷身机。行当腊欲破,酒齐不可迟。且想春候暖,瓮间倾一卮。"并以排调语抒孤愤,意象如一,未知紫微有意祖述,抑或偶尔暗合也?紫微吊赵将军落句"谁知我亦轻生者,不得君王丈二殳",与前"恨无一尺棰",意亦正同。遯叟。下同。

"信惟饿隶,布实黥徒",班固史赞语也。王维诗有"亥为屠肆鼓刀人,嬴乃夷门抱关者"。"慨然叹曰,道固不同",潘岳诔辞也。李白诗有"秦人相谓曰,我触可去矣"。虽未必相模仿,而语格恰同。诗既有韵之文,在所善用耳。

诸家怀古感旧之作,如"年年春色为谁来","惟见江流去不回","惟有年年秋雁飞","只今惟有西江月,曾照吴王宫里人"等句,非不脍炙人口,奈词意易为仿效,责成悲吊海语,不足贵矣。诸贤生今,不知又作如何洗刷?

余友姚叔祥尝语余云:"余行黄河,始知'孤村几岁临伊岸,一雁初晴下朔风'之为真景也。余家海上,每客过,闻海唑声必怪问,进海味有疑而不下箸者,益知'潮声偏惧初来客,海味惟甘久住人'二语之确切。"人足迹不出门,能悉门外许许,尽拈为锦囊用乎?唑,方言,比海声如人器声也。

长孙正隐《高氏林亭》:"细雨犹开日,深池不涨沙。"上句人皆能领其景,下句则非北人习风土者,不能知其妙也。薛能诗有"池中水是前秋雨,陌上风惊自古尘"。二句之妙,亦非北人不能知。

盛唐诗:"以文常会友,惟德自为邻。"今以为头巾语,非知者也。而学此等句,未有不头巾者也。其得失乃在作者寸心知耳。方采山

"游鱼逆水上,宿鸟向风栖",最诗之识物理者。鱼逆水鳞顺,鸟向风羽顺也。然一说破,则似《尔雅》诂,不复似诗。邈叟。下同。

诗亦要占些地步。退之赠李愿〔一二〕云:"往取将相酬恩雠。"达夫赠王彻云:"吾知十年后,季子多黄金。"岂理耶?惟杜老有斟酌,此等语不肯轻下,然如"何日沾微禄,归山买薄田"等,亦未能陶洗净尽,为有识者所微窥云。

扈从应制诗自有体。王维《早朝》诗:"仍闻遣方士,东海访蓬瀛。"明以秦皇、汉武讥其君矣;不若宗楚客"幸睹八龙游阆苑,无劳万里访蓬瀛",为有含蓄。

杜"长安城头头白乌"云云,乘舆西山不堪纪,此最得体。又"沾衣问行在",亦自好。"烟尘昏御道,耆旧把天衣",虽略做不妨。"遥闻出巡狩,早晚遍遐荒",过矣。"下殿走",尤不可。"夺马悲公主,登车泣贵嫔",不堪叙。"嵇绍血",太甚。方采山

老杜《北征》咏马嵬事云:"忆昔狼狈初,事与古先别。奸臣竟菹醢,同恶随荡析〔一三〕。不闻夏、商衰,中自诛褒、妲。"若明皇鉴夏、殷事,畏天悔祸,自赐杨妃死,官军无预者,可谓深识君臣大体。刘禹锡乃云:"官军诛佞幸,天子舍妖姬。"白乐天云:"六军不发无奈何,展转〔一四〕蛾眉马前死。"此则为明皇不得已诛贵妃,虽曰纪其实,岂臣子所忍言、所宜言?魏泰〔一五〕

至德初,岑参与子美同为谏职。子美诗:"避人焚谏草,骑马欲鸡栖。"又:"明朝有封事,数问夜如何。"参诗则云:"圣朝无阙事,自觉谏书稀。"时安史之乱未夷,上皇在蜀,朝野骚然,可云无阙事耶?亦语病也。《老杜补遗》

或问《长恨歌》与《连昌宫词》孰胜?余曰:元之词微著其荒纵之迹,而卒章乃不忘箴讽、若白作止叙情语颠末,诵之虽柔情欲断,何益劝戒乎?《墨庄漫录》。 宋王楙又云:歌中有"夕殿萤飞思悄然,孤灯挑尽未成眠"句。兴庆宫中夜不点烛,明皇自挑灯耶?观此更可发一笑!

今世所道俗语,多唐以来人诗。当时原说得太俚,后来便作俗谚相举。如"公道世间惟白发","不知辛苦为谁甜"之类,难悉举。陆游。宋人以王季友《观壁画山水》诗"于公大笑向予说,小弟丹青能尔为"等语为浅陋类儿童幼学者,一拈出便欲喷饭。唐初题画诗未凿窍,故以此等语为工。今则老杜语亦稍稍退位矣。下笔正难。遯叟

赵嘏"一千里色中秋月,十万军声半夜潮",唐人称壮,而苏公以为寒俭。杨蟠"八十丈虹晴卧影,一千顷玉碧无瑕",宋人

推壮,而欧公以为粗豪。二公虽此道未彻,此等议论自具眼。然粗豪易见,寒俭难知,学者细思之。元瑞

杜甫武侯庙柏诗云:"霜皮溜雨四十围,黛色参天二千尺。"沈存中以四十围乃是径七尺,讥此柏无乃太细长,此犹郑康成注《毛诗》,一一要合周礼也。昔文与可为东坡画竹,有"扫取寒梢万丈长"之句,坡戏谓与可,竹长万丈,当用绢二百五十匹,已复从而实之曰:"世间亦有千寻竹,月落空庭〔一六〕影许长。"与可会坡意,即写修竹数竿遗坡曰:"此竹数尺耳,而有万丈之势。"观二公谈笑之语如此,可默会诗人之意矣。存中恶足知之耶?陈善《新语》〔一七〕

自宋有田庄牙人之说,诗流往往惑之,此大不解事者。盛唐"窗中三楚尽,林外九江平";中唐"东屯沧海阔,南瀼洞庭宽";晚唐"到江吴地尽,隔岸越山多":皆一时警句。杜如"地利西通蜀,天文北照秦",尤不胜数,何用为嫌?惟近时作者,黏带皮骨太甚,乃反觉有味斯言耳。元瑞。下同。

唐轻薄子弹摘人诗句,若卫子、鹧鸪、失猫、寻母之类,至今笑端。余谓此不必泥,顾其句何如耳。数诗浅俗鄙夷,既与所讥不类,宁免大雅卢胡?如孟浩然"春眠不觉晓"二十字,清新婉约,纵轻薄姗侮万端,亦何害其美耶?无名子以浩然《春眠》一绝为盲子诗。

唐诗须分三节看:盛唐主辞情,中唐主辞意,晚唐主辞律。《诗谱》

盛唐诗格极高,调极美。但不能多,不足以酬物而尽变,所以又有中、晚诗。弇州

大历以前,分明别是一副言语;晚唐分明别是一副言语。盛唐人诗,亦有一二滥觞晚唐者;晚唐人诗,亦有一二可入盛唐者:

要当论其大概耳。大历诗,高者尚未失盛唐,下者渐入晚唐矣。晚唐之下者,间亦堕野狐、外道、鬼窟中。严沧浪

唐律初、盛、中、晚[一八]时代声调,故自必不可同。然亦有初而逗盛,盛而逗中,中而逗晚者,何也?逗者,变之渐,非一逗故无繇变也。如四诗之有变风、变雅,便是《离骚》远祖。子美七言律之有拗体,非既犹四诗之有变风、变雅乎?唐律之繇盛而中,极是盛衰之介。然王维、钱起,实相倡酬。子美全集,半是大历以后所作[一九],逗漏实有可言。今观诸家[二〇],如右丞"明到衡山"篇,嘉州"函谷"、"磻溪"句,隐隐钱、刘、卢、李间矣。至于大历十才子,其间岂无盛唐之句?盖声气犹未相隔也。学者固当严于格调,然必谓盛唐人无一语落中,中唐人无一语入盛,则亦固哉其言诗矣。王敬美

两汉以质胜,六朝以文胜。魏稍文,所以逊两汉;唐稍质,所以过六朝。胡元瑞。下同。

古体至陈,本质亡矣。隋之才不若陈之丽,而稍知尚质,故隋末诸臣,即为唐风正始。近体至宋,性情泯矣。元之才不若宋之高,而稍复缘情,故元季诸子,即为昭代先鞭。

汉、魏、六朝,递变其体为唐,而唐体迄于今自如。譬之水:《三百篇》,昆仑也;汉魏六朝,龙门、积石也;唐则溟渤尾闾矣,安所取益?故后唐而诗衰莫如宋,有出于中、晚之下;后唐而诗盛莫如明,亦无加于初、盛之上。李本宁

校记

〔一〕 "悬江",《全唐诗》及杜集各本通作"缘江"。

〔二〕 "黄",原刻误"葛",按此则见黄彻《䂬溪诗话》,彻字常明,故据改。

〔三〕 "以",原刻误"一",依《䂬溪诗话》卷七校改。

〔四〕 "栏",原刻作"边",据《苕溪诗话》卷七及杜集校改。

〔五〕 按:此则原出《刘宾客嘉话录》,所引诗实乃沈佺期作,见《全唐诗》卷九十六,题为《岭表逢寒食》。诗云:"岭外无(一作逢)寒食,春来不见饧。洛阳新甲子,何日是清明?花柳争朝发,轩车满路迎。帝乡遥可念,肠断报亲情。"《苕溪渔隐丛话前集》卷二十三引此诗首句作"海外无寒食",并云:"考其题意,似是云卿之诗。盖沈、宋同仕武后朝,故所传容有讹缪,所未详也。"可参看。

〔六〕 "七",胡氏原刻作"八",依《隋书·五行志》校改。

〔七〕 《全唐诗说》"乐天"下有"而"字,语气较重。

〔八〕 "晓",《唐诗纪事》卷六作"曙"。

〔九〕 按:《全梁诗》卷一梁武帝《子夜冬歌》:"一年漏将尽,万里人未归。"非梁简文诗。《徐氏笔精》卷二"唐诗蹈袭"条误作梁武帝,疑胡氏亦沿其误。

〔一〇〕 按:《升庵诗话》卷十三"刘文房诗"条,此句原作:"然总不若王仲宣云'南登灞陵岸,回首望长安',涵蓄蕴藉,自然不可及也。"胡氏改为"而刘为蕴藉",失原意矣。

〔一一〕 "兴",杜集"兴"一作"意",见仇注《西阁二首》。

〔一二〕 按此句实为韩愈《刘生》诗末句。胡氏沿费衮《梁溪漫志》卷六之误。

〔一三〕 "析",原刻误"折",依杜集校改。

〔一四〕 "展转",《白香山集》卷十二《长恨歌》作"宛转"。

〔一五〕 "魏泰",原刻作"魏泰之"。按:此则见《苕溪渔隐丛话前集》卷十二所引魏泰《隐居诗话》。泰字道辅,"之"字衍区删。

〔一六〕 "空庭",《苕溪渔隐丛话前集》卷三十九以及苏诗各本均作"庭空"。

〔一七〕 按:陈善书名《扪虱新话》,"语"当作"话"。

〔一八〕 按:《艺圃撷馀》作"唐律由初而盛,由盛而中,由中而晚"。

〔一九〕 "所作",《艺圃撷馀》作"其间",属下读。又按:原刻将"唐律之繇盛……"以下误分为二,今依原书合之。胡氏于分处未注所出,可知为抄刻者误分,非胡氏意也。

〔二〇〕 "今观诸家",《艺圃撷馀》作"聊指一二"。

唐音癸签卷十二

乐通一

雅乐调

唐乐律吕主旋宫之法，以五音加二变，一宫、二商、三角、四变徵、五徵、六羽、七变宫，各十二调，为雅乐八十四调。《唐书·乐志》[一]云：旋宫之法，因五音生二变，因变徵为正徵，因变宫为清宫。七音起黄钟，终南吕，迭为纲纪。黄钟之律，管长九寸，王于中宫土，半之四寸五分，与清宫合，五音之首也。加以二变，循环无间。其声繇浊至清为一均，凡十二宫调，皆正宫也。正宫声之下，无复浊音，故五音以宫为尊。十二商调，调有下声一，谓[二]宫也。十二角调，调有下声二，宫商也。十二徵调，调有下声三，宫商角也。十二羽调，调有下声四，宫商角徵也。十二变徵调，居角音之后，正徵之前。十二变宫调，在羽音之后，清宫之前。雅乐成调，无出七声，本宫递相用。乐章则随律定均，合以笙磬，节以钟鼓云。[三]

俗乐调

唐俗乐，其源亦本于雅乐。宫调七，曰正宫、高宫、中吕宫、道调宫、南吕宫、仙吕宫、黄钟宫。商调七，曰越调、大食调、高大食调、双调、小食调、歇指调、林钟商。角调七,曰大食角、高大食角、双角、小食角、歇指角、林钟角、越角。羽调七,曰中吕调、正平调、高平调、仙吕调、黄钟羽、般涉调、高般涉。是为俗乐二十八调。《乐志》云:俗乐调皆从浊至清,迭更其声。下则益浊,上则益清。慢者过节,急者流荡。其宫调应夹钟之律。〔四〕

十二和

雅乐之曲,曰十二和。和云者,取大乐与天地同和也。十二,法天成数也。一曰《豫和》,以降天神。冬至祀圜丘,上辛祈谷,孟夏雩,季秋享明堂,朝日,夕月,巡狩告于圜丘,燔柴告至,封祀泰山,类于上帝,皆以圜钟为宫,三奏;黄钟为角,太簇为徵,姑洗为羽,各一奏。五郊迎气:黄帝以黄钟为宫,赤帝以函钟为徵,白帝以太簇为商,黑帝以南吕为羽,青帝以姑洗为角。二曰《顺和》,以降地祇。夏至祭方丘,孟冬祭神州地祇,春秋巡狩告社,宜于社,禅社首,皆以函钟为宫,太簇为商〔五〕,姑洗为徵,南吕为羽,各三奏。望于山川,以蕤宾为宫,三奏。三曰《永和》,以降人鬼。时享,禘祫,有事而告谒于庙,皆以黄钟为宫,三奏;大吕为角,太簇为徵,应钟为羽,各二奏。祀先农、皇太子释奠,皆以姑洗为宫,送神各以其曲。蜡兼天地人,以黄钟奏豫和,蕤宾、姑洗、太簇奏《顺和》,无射、夷则奏《永和》以降神;而送神以《豫和》。四曰《肃和》,登歌以奠玉帛。天神以大吕为宫,地祇以应钟为宫,宗庙以圜钟为宫〔六〕。祀先农、释奠,以南吕为宫。望于山川,以函钟为宫。五曰《雍和》,凡祭祀以入俎。天神之俎,以黄钟为宫;地祇之俎,以太簇为宫;人鬼之俎,以无射为宫。又以彻俎。〔七〕凡祭祀,俎入之后,接神之曲亦如之。六曰《寿和》,以酌献、饮福。以黄钟为宫。七曰《太和》,以为行节。凡祭祀,天子入门而即位,与其升降,至于还次,行则作,止则止。其在朝廷,天子将自内出,撞黄钟之钟,右五钟应,乃奏之。礼毕,兴而入,撞蕤宾之钟,左五钟应,乃奏之。皆以黄钟为宫。又皇帝驾出太极门,奏《采茨》,至嘉德门止。还亦然。八曰《舒和》,以出入二舞及朝贺皇太子王公之出入。以太簇之商。九曰《昭和》,皇帝、皇太子以举酒。十曰《休和》,皇帝以饭,以肃拜三老,皇太子亦以饭。皆以其月之律为宫[八]。十一曰《正和》,皇后以受册受朝[九]。十二曰《承和》,皇太子在其宫,有会则奏之。凡四十八曲。开元中又造《祴和》,三公升殿会讫,下阶屦行奏,《丰和》享先农。《宣和》祀孔宣父、齐太公庙奏[一〇]。《煌煌》、《冲和》,玄元太清宫奏。大历中以《豫和》同国讳,改曰《元和》。

二舞

二舞:一曰治康,文舞也;一曰凯安,武舞也。舞八佾六十四人。凯安六变:一变象龙兴参墟;二变象克定关中;三变象东夏宾服,四变象江淮平,五变象狝犹伏[一一],六变复位以崇,象兵还振旅。后以治康犯高宗讳,改化康。以用之郊庙燕飨,各有曲。郊庙初献,作文舞。亚献、终献作武舞。太庙降神以文舞。每室酌献,各用其庙之舞,详后。凡元正、冬至、大朝会、设飨,二舞并陈于庭,以次作。

庙舞

献祖庙舞曰光大,懿祖曰长发,太祖曰大基,后改大政世祖曰大成,高祖曰大明,太宗曰崇德,高宗曰钧天,中宗曰太和,睿宗曰景云,玄宗曰广运,肃宗曰惟新,代宗曰保大,德宗曰文明,顺宗曰大顺,宪宗曰象德,穆宗曰和宁,敬宗曰大钧,文宗曰文成,武宗曰大定,昭宗曰咸宁,各有曲。懿、僖二庙阙不著。玄元太清宫舞《混成紫极曲》。

十部伎

十部伎,燕飨设之,所以备华夷也。一曰燕乐伎,二曰清乐伎,三曰西凉伎,四曰天竺伎,五曰高丽伎,六曰龟兹伎,七曰安国伎,八曰疏勒伎,九曰高昌伎,十曰康国伎,各有曲。初唐仍隋旧,燕飨设九部伎。贞观中伐高昌,得其乐,增为十部。燕乐,隋旧乐也。清乐,即清商曲,南朝旧乐也。《乐志》云:清商曲,武后时犹存六十三曲,后存有辞者三十七曲。 白雪 公莫 巴渝 明君 凤将雏 明之君 铎舞 白鸠 白纻 子夜吴声 四时歌 前溪 阿子及欢闻 团扇 懊侬 长史 督护 读曲 乌夜啼 石城 莫愁 襄阳 栖乌夜飞 估客 杨伴 雅歌骁壶 常林欢 三州 采桑 春江花月夜 玉树后庭花 堂堂 泛龙舟 明之君雅歌 四时歌四 有声无辞七曲 上林 凤雏 平调 清调 瑟调 平折 命啸 共四十四曲 西凉伎以下详夷乐内。郭茂倩云:天宝已后燕乐,西凉龟兹部著录者二百馀曲,而清乐天竺诸部不在焉。

鼓吹曲

鼓吹,军乐也。唐用以备卤簿之仪。一鼓吹部,二羽葆部,三铙吹部,四大横吹部,五小横吹部。凡八十五曲。今书云七十五曲,或字之误。

鼓吹部三十六曲 掆鼓十曲 一惊雷震[一二] 二猛兽骇 三鸷鸟击 四龙媒蹀 五灵夔吼 六雕鹗争 七壮士奋怒 八熊罴哮吼[一四] 九石坠崖 十波荡壑《开元礼义罗》曰:掆鼓,小鼓也。先作之以引大鼓,犹雅乐之有楺。《六典》:掆鼓夹金钲。《律书乐图》云:曲辞今无传。大鼓十五曲 一元驎合逻 二元驎他固夜 三元驎跋至虑 三曲严用。晨曰严。一元咳大至游 二阿列乾 三破逴析利纥[一五] 四贺羽真 五鸣都路跋 六他勃鸣路跋 七相雷析追 八元咳赤赖 九赤咳赤赖 十吐咳乞物真 十一贪大讦 十二贺粟胡真 十二曲警用。夜曰警。《通考》曰:大鼓,即古鼖鼓。《六典》:晨严三通,夜警众一曲,转次而振晨严之曲。按,诸曲名似奚契语。考《隋志》大鼓亦十五曲,其词本之鲜卑,意唐仍其旧尔。小鼓九曲 一渔阳 二鸡子 三警鼓 四三鸣 五合节 六覆参 七步鼓 八南阳会星 九单摇陈氏《乐书》唐乐图:小鼓,一大鼓上负一小鼓,卧之。《律书》:小鼓九曲。一曲马上用,八曲严用。长鸣一曲 中鸣一曲长鸣、中鸣,角也。《乐书》:唐卤簿，角或以竹木，或以皮，非有定制。长鸣一曲三声　一龙吟声　二彪吼声　三阿声[一六]　中鸣一曲三声　一荡声　二牙声　三送声　郭茂倩云：唐大角曲，有大单于、小单于、大梅花、小梅花。其声犹有存者。

羽葆部十八曲　一太和　二休和　三七德　四驺虞　五基王化　六纂唐风　七厌炎精　八肇皇运　九跃龙飞　十殄马邑　十一兴晋阳　十二济渭险　十三应圣期　十四御宸极　十五宁兆庶　十六服遐荒　十七龙池　十八破阵乐《乐书》：羽葆鼓，五彩重盖，架垂流苏，植羽。《六典》：羽葆鼓，夹歌箫笳。按，柳子厚尝以魏晋后代有铙歌鼓吹曲，纪受命功德，唐独无有，补撰曲十二，表上之。今诸曲自基王化[一七]至服遐荒，高祖太宗功德具在，何言无也？龙池，玄宗潜邸瑞应。破阵乐，在龙池后，意亦玄宗小破阵乐曲。观二曲缀末，则知此十八曲者，开元帝所定无疑矣。其先之太和休和者，唐雅十二和，其七用以祀，其二后及太子用之，惟昭和及此二和用之天子。或因而袭其名为曲，未可知。驺虞者，古训驺御、虞人。礼，天子教于田猎，命七驺咸驾，射则歌以为节，宜用为卤簿曲名。而七德一曲，即神功破阵乐，武舞之名。太宗所用得天下，歌之，尤以昭功德也。诸曲伦次之目，或未必为魏晋以来所传者之整比，然遵用久矣，一代典制，故自无阙也。子厚之曲虽表上，未闻施用。盖所谓虽善不尊，不尊不信者。而至谓有司本无其曲，为之补撰，非夫偶疏于考据，则亦其急于自衒而姑为之说尔，安得以言出柳州遂信之乎？[一八]

铙吹部七曲　一破阵乐　二上车　三行车　四向城　五平安　六欢乐　七太平《律书乐图》：铙，军乐。《六典》曰：铙鼓，夹歌箫笳。《乐书》又曰：七曲各有乱。

大横吹部二十四曲　一悲风　二游弦　三问弦明君　四吴明君　五古明君　六长乐声　七五调声　八乌夜啼　九望乡　十跨鞍　十一间君　十二瑟调　十三止息　十四天女怨　十五楚客　十六楚妃叹　十七霜鸿引　十八楚歌　十九胡笳[一九]声　二十辞汉　二十一对月　二十二胡笳明君　二十三湘妃怨　二十四沉湘《六典》曰：大横吹，有节鼓、夹笛、箫、觱篥、笳、桃皮觱篥。陈氏《乐书》引唐乐图所载二十四曲名，与此不同，附记。《乐图》云：大横吹二十四曲，内三曲马上警严用之:一曰权乐树,二曰空口莲,三曰贺六浑。其馀二十一曲,备拟所用:一曰灵泉崔,二曰达和若轮空,三曰白净王子,四曰他贤逸勤,五曰鸣和罗纯羽瑭,六曰叹度热,七曰吐久利饨比伦,八曰玄比敦,九曰植普离,十曰胡笛尔笛,十一曰鸣罗特罚,十二曰比久汰大汗,十三曰于理真斤,十四曰素和斛律,十五曰鸣缆真,十六曰乌铁甘,十七曰特介汗,十八曰度宾衰,十九曰阿若干楼达,二十曰大贤真,二十一曰破阵乐。

小横吹部曲与大横吹同。《六典》曰:小横吹,夹笛、箫、觱篥、笳、桃皮觱篥,无节鼓。《仪卫志》云:有角,其曲失传。郭茂倩疑以为与大横吹同,故不见。

大射乐章

大射:皇帝射,《驺虞》,二奏;王公射,《狸首》,一奏;迎送皇帝入阁,奏《太和》。凡四曲。

乡饮酒乐章

乡饮酒:《鹿鸣》三奏,《南陔》一奏,《嘉鱼》四奏,《崇丘》一奏,《关雎》五奏,《鹊巢》三奏,凡十七曲。二礼曲,唐用古诗名别制,非即用古诗。

侲子之唱

大傩有侲子之唱。《开元礼》所载辞与刘昭志汉辞同,盖沿其旧也。

凯歌

大征伐有功,奏凯入,其歌曰破阵乐,曰应圣期,曰贺圣欢[二〇],曰君臣同庆乐,凡四曲。《乐志》云:前二曲太常旧有其辞,后二曲大和中补造。今检《刘禹锡集》,四曲实并其所撰,志难尽据。

论唐初乐曲散佚

初,太宗命祖孝孙等定雅乐,寻诏褚亮等分制乐章。高宗上元中,复令太常少卿韦万石与(惟)太史令姚元辩增损当时郊庙燕会乐曲。洎则天称制,改易典章,歌辞多是内出。开元中,诏中书张说复行厘正,上自定声度,说为之辞,中间杂用贞观旧辞为多。太常卿韦縚尝铨叙为五卷,付大乐[二一]、鼓吹两署习之。此一代乐章刊定始末也。奈旧史不能考遵前代史例,于《乐志》中只录郊庙,而无朝会燕射等曲。《新志》则并郊庙不录。其辞因日就亡佚。《旧史》书序云:燕乐歌辞,太常先有宫商角徵羽五调,调各一卷,是贞观中侍中杨仁恭[二二]妾赵方等辑近代词人杂诗为之者。韦縚亦尝令太乐令孙玄成整比为七卷,以辞多不经,不录。今考《会要》,殿庭元日、冬至朝会乐章七,元日迎送皇帝奏《太和》,开元中源乾曜作;群官行奏《舒和》,上公上寿奏《休和》,皇帝受酒登歌奏《昭和》,显庆中李义府作[二三];中宫朝会乐章四,东宫朝会乐章五,亦义府作。此固雅乐曲也,何以亦不录乎?辞之近郑、卫,既尽为之删,其稍近雅者,又复不亟存一二,唐乐章之挂漏独甚,史家固不能辞其责也。

校记

〔一〕 "《唐书·乐志》",应为《新唐书·礼乐志》。下同。

〔二〕 "谓",原刻作"为",依《新唐书》校改。

〔三〕 《新唐书》"乐章"上有"惟"字,句末无"云"字。

〔四〕 《新唐书》"应"上有"乃"字。

〔五〕 "为商",新、旧《唐书》皆作"为角"。

〔六〕 《新唐书》每句首均有"于"字,义较显豁。

〔七〕 "又以彻俎",《新唐书》作"又以彻豆",《旧唐书·音乐志》作"彻豆用雍和气"。

〔八〕 "为宫",《新唐书》作"均"。

〔九〕 此句《新唐书》作"皇后受册以行",《旧唐书》作"皇后助享,皇后行用正和"。

〔一〇〕 按:《乐府诗集》卷七引《通典》曰:"开元中又造三和乐:一曰祴和,三公升降及行则奏之;二曰丰和,享先农则奏之;三曰宣和,祭孔宣父、齐太公则奏之。"

〔一一〕 按:此依《新唐书》。《旧唐书·音乐志》"参墟"作"参野","克定"作"克靖","江淮平"作"江淮宁谧"。"狳狖伏",《旧唐书》作"狳狖耆伏",《新唐书》作"狳狖伏从"。

〔一二〕〔一三〕〔一四〕〔一五〕 《新唐书·仪卫志》作:"警雷震"、"壮士怒"、"熊罴吼"、"破达析利纯"。

〔一六〕 "阿声",《新唐书·仪卫志》作"河声"。

〔一七〕 "化",原刻误"业",依上文校改。

〔一八〕 按:《乐府诗集》卷二十:"唐鼓吹铙歌十二曲,柳宗元作,以纪高祖、太宗功德及征伐勤劳之事……按此诸曲史书不载,疑宗元私作而未尝奏,或虽奏而未尝用,故不被于歌,如何承天之造宋曲云。"可互参。

〔一九〕 "笳",原刻误"筠",依《新唐书·仪卫志》校改。

〔二〇〕 "贺圣欢",新、旧《唐书》并作"贺朝欢"。

〔二一〕 "大乐",《旧唐书·音乐志》三作"太乐"。

〔二二〕 "杨仁恭",新、旧《唐书》并作"杨恭仁"。

〔二三〕 按:《唐会要》卷三十三"昭和"下注云:"检撰人未获"。胡氏与舒和、休和同归之李义府,盖未细参故也。

唐音癸签卷十三

乐通二

唐各朝乐

太宗　神功破阵乐初太宗为秦王，破刘武周，军中相与作《秦王破阵乐》曲。及既位，宴会必奏之，示不忘本。因制舞图，左圆右方，先偏后伍，交错屈伸，以象鱼丽鹅鹳。用乐工百二十八人，披银甲，执戟而舞。凡三变，每变为四阵，象击刺往来。歌者和，曰《秦王破阵乐》。后令魏徵、褚亮、虞世南、李百药等更制歌辞，名《七德舞》。永徽中，更名为《神功破阵乐》。**功成庆善乐**太宗生武功庆善宫，贞观六年幸之，宴从臣，赏赐闾里，帝欢甚，赋诗，命吕才按律，被之管弦，名曰《功成庆善乐》。以童儿二十四人[一]，冠进德冠，紫袴褶，长袖，漆髻，屣履而舞，名《九功》之舞，进蹈安徐，以象文德洽而天下安乐也。初太宗时，凡至正享燕，及国有大庆，二舞偕奏于庭。高宗时用之郊庙，代《治康》、《凯安》。寻以《神功破阵乐》不入雅乐，《功成庆善乐》不可降神，复用《治康》、《凯安》旧舞，而二舞罢。

高宗　上元舞其乐有上元、二仪、三才、四时、五行、六律、七政、八风、九宫、十洲、得一、庆云等十四曲[二]，皆帝自制。舞用百八十人，衣画云五色衣，以象元气。大祠享皆用之。后诏惟郊庙用，馀皆罢。**一戎大定乐**帝将伐高丽，燕洛阳城门，观屯营教舞，按亲征用武之势，名曰《一戎大定乐》。舞者百四十人，被五采甲，持槊而舞。歌者和之,曰《八弦同轨乐》。象高丽平而天下大定也。**六合还淳舞**调露二年,幸洛阳城南楼宴群臣,太常尝奏此舞,其容制不传。**景云河清燕乐**初,贞观中景云见,河水清,张文收采古谊为《景云河清歌》。高宗既位,制乐上之。其乐二十五色,每工一人,歌二人,舞者二十人。分四部:一景云舞,八人;二庆善舞,四人;三破阵舞,四人;四承天舞,四人。名曰燕乐。元会第一奏之。杜佑云:近惟景云舞存,馀亡。按,唐燕乐有二十部伎之燕乐,隋旧乐也。此燕乐则唐之新乐,后列坐部伎中。《玉海》疑以为一,误。

武后 **圣寿乐**舞用百四十人,制"圣超千古,道泰百王,皇帝万年,宝祚弥昌"十六字舞之。行列每变成一字。凡十六变而毕。**天授乐**天授年造,舞四人。**神宫大乐**长寿二年正月享万象神宫,后自制此乐,舞用九百人。**长寿乐**亦长寿年造,舞十二人。**鸟歌万岁乐**时宫中养鸟,能人言,又常称万岁,因为乐象之。舞三人,画冠为鸟象。**圣主回銮舞**大足元年,天后幸京师,同州刺史苏瓌进,命编之乐府。

中宗 **桑条歌乐**永徽后,人唱"桑条韦也"之歌,神龙中,佞者以为韦后之应,作《桑条歌乐》辞十馀首以进,皆被之乐府。

玄宗 **龙池乐**帝为王王时,赐第隆庆坊之南,坊人所居忽变为池,望气者异焉。后正位,以坊为宫。池水逾大,弥漫数里,名其池曰龙池,命群臣为《龙池乐》十章歌其祥,以祀龙神。舞用七十二人。**小破阵乐**生于太宗之《破阵乐》。舞四人,金甲胄。**文成乐**帝作。此与《小破阵乐》更奏。**光圣乐**舞八十人,鸟冠,五彩画衣,兼似上元圣寿之容,以歌王业所兴。**又分前代及本朝乐为二部**

立部伎八 安乐 太平乐 破阵乐 庆善乐 大定乐 上元乐 圣寿乐 光圣乐 **坐部伎六** 燕乐 长寿乐 天授乐 鸟歌万岁乐 龙池乐 小破阵乐《安乐》舞,亦名城舞。用八十人,作羌胡状。行列方正,象城郭。《太平乐》,亦名《五方师子舞》,依方色为师子习弄,用百四十人,作昆仑象,舞太平乐曲并周隋遗音也。馀乐唐本朝及帝所自制,详前。《立部伎》,堂下立奏;《坐部伎》,堂上坐奏。太常阅乐,《坐部伎》无性识者,退入《立部伎》;《立部伎》无性识者,退入雅乐部。

代宗 **宝应长宁乐**帝鼷广平王复二京,梨园供奉官刘日进作以献,十八曲,宫调。**广平太一乐**大历元年,司马滔作以进。

德宗 **定难乐**河东节度马燧作以献。本纪:贞元三年,上御文德殿[三],试《定难乐》曲。其后方镇多制乐以献者。**继天诞圣乐**天长节,昭义节度王虔休献。其曲以宫为调,表五音之奉君;以土为德,知五运之居中也。凡二十五遍,法二十四气,而足成一岁;每遍一十六拍,象八元、八凯之登庸于朝。**中和乐**帝改二月一日为中和节。贞元十四年是节,制中和乐舞。舞中成八卦,其乐辞帝御撰。《会要》云:因继天诞圣乐而成。**奉圣乐**初,韦皋节度剑南,南诏异牟寻请献夷中歌曲,皋因之作南诏《奉圣乐》以献。用正律黄钟之均,宫微一变,角羽终变,舞六成,序曲二十八叠。舞南字,歌圣主无为化;舞诏字,歌南诏朝天乐;舞奉字,歌海宇修文化;舞圣字,歌雨露覃无外;舞乐字,歌辟土丁零塞。皆一章三叠而成。字舞毕,又舞辟四门之舞。遽舞入遍两叠。舞终,又舞亿万寿之舞,歌天南滇越俗四章。歌舞七叠六成而终。**顺圣乐**山南节度使于頔献,其乐令女妓为俯舞,声态雄俊,又号《孙武顺圣乐》。頔因韦皋献《奉圣乐》,作此进。韦乐中有丈夫一人独舞,頔乐曲将半,行缀皆伏,亦一人舞于中。时幕客韦绶观之笑曰:"何用穷兵独舞?"虽诙谐,亦有为也。

按唐乐惟十二和、二舞为雅乐。自太宗以功德之盛,复造破阵、庆善二乐舞,于是后世相循,竞制乐以侈观听。舞佾制度,各以意为增减,不合古经。而臣下亦复撰乐献媚,女倡夷舞,同俳优戏剧之观,则已渐流为散乐,而远雅益甚矣。诸乐曲叠非一,马氏端临用高氏《纬略》之说,误以一乐为一曲,总计为五十有五曲。当时韦万石请奏《上元》等舞,有二十九雅者,有五十二雅者,有五十雅者;而韦皋《奉圣》一乐,曲之多尤备载正史,固未可数计也。今第总述乐名,稍为之疏释,存大凡云。

唐曲

二台 急三台古今解"三台"者不一。冯鉴《续事始》曰:"汉蔡邕三日之间,周历三台。乐府以邕晓音律,为制此曲。"刘禹锡《嘉话录》:"邺中有曹公铜雀、金虎、冰井三台。北齐高洋毁之,更筑金凤、圣应、崇光三台。宫人拍手呼上台送酒,因为其曲为三台。"李氏《资暇录》曰:"三台,三十拍促曲名。昔邺中有三台,石季龙常为宴游之所,而造此曲以促饮。"今按诸说,李氏说似可据。《乐苑》云:"唐三台,羽调曲。"**调笑词** **转应词** **宫中调笑词**三曲与《三台》同一调,有此异名。白乐天云:"《调笑令》,乃《抛打曲》也。"有诗云:"打嫌调笑易,饮讶卷波迟。"**宫中三台** **江南三台** **上皇三台** **怨陵三台** **突厥三台**大曲 **广陵散**本嵇叔夜琴操名,后人以为曲。**采桑**晋清商西曲,羽调。唐有大曲。**杨下采桑**出于采桑**乌夜啼**杜佑云:"本宋临川王义庆所作。今所传歌,似非义庆本旨。"教坊谢大善歌此,明皇尝亲御筌篌和之。**舞媚娘** **大舞媚娘**舞亦作武。并羽调曲。永徽后,民间多歌此曲,史以为天后之谶。今按《隋·李纲传》有谏止太子勇奏《舞媚娘》曲事,梁庾信、陈后主并有《舞媚娘》辞,则曲本不作武字。意后来谶家为妖孽献谀,改作《武媚娘》耳。**长相思**古曲。梁张率始以长相思三字为句发端。陈后主及徐陵、江总辈袭其调,益工之。唐李白诸家多有作。**采莲子**梁清商曲江南弄有《采莲曲》。唐曲本此曲,和声曰:"举棹,年少。"**茱萸女**梁简文咏采茱萸女为人所挑,大抵与《陌上桑》同。唐万楚有其诗。**玉树后庭花**陈后主作,唐有大曲。**后庭花**小曲。**阿滨回**本北魏《阿那瓌》曲。《阿那瓌》者,蠕蠕国主名,用为曲,后讹为《阿滨回》,唐沿之为名。那,乃可切。滨,典可切。瓌,即瑰,姑回切。以音相近,故讹。颜真卿诗"莫唱阿滨回,应云夜半乐"是也。杨用修以为即笛曲之《阿滥堆》,此自明皇时曲,失之远矣。**兰陵王**北齐兰陵王长恭以假面威敌,后人因以入歌。唐有此曲名。**伴侣**北齐后主作,音韵窈窕,极于哀思。唐有大曲。**太平乐**即五方师子乐曲,周、隋间遗音。**圣明乐** **大圣明乐**初,隋开皇中高昌献此乐曲,文帝令知音者窃听,番使至,先奏之,大惊[四]。后唐开元中,太常乐工马顺儿复造此,并商调曲也。**行天**贞观中,侯尚书姜方等善唱之。后有郝三宝者,亦能歌此,自谓不及。考《隋·乐志》,太庙送神五言象行天,知为旧曲矣。**七夕子**隋炀帝有《七夕相逢乐》,唐曲《七夕子》疑本此。**安公子**隋炀帝幸扬州[五],乐工王令言闻其子弹新翻《安公子》曲,流涕曰:"此曲宫声往不返。宫为君,尔不须扈从,大驾必不回矣。"已而果然。唐有《安公子》大曲。**河传** **水调歌** **新水**

调《脞说》："《水调》、《河传》，隋炀帝幸江都时所制，曲成奏之，声韵怨切，王令言闻而知其不返。"《海录碎事》云："隋炀帝开汴河，自造水调。"按，《水调》及《新水调》，并商调曲也。唐曲凡十一叠，前五叠为歌，后六叠为入破。其歌第五叠五言，调声最为怨切，故白居易诗云："五言一遍最殷勤，调少情多似有因。不会当时翻ami意，此声肠断为何人？"明皇幸蜀，有听歌《水调》"山川满目泪沾衣"之辞，问知为李峤作，感叹。事见《本事诗》。泛龙舟 隋炀帝作。唐有《泛龙舟》大曲。望江南《海山记》："隋炀帝为西苑，凿池泛龙凤舸，制望江南八阕。"后唐李德裕用其句拍，改为《谢秋娘》。刘、白亦有作，详后。摩多楼子 郭茂倩《乐府》载有古词，似北朝及隋时边塞曲，难定为何代。唐李白有其词，亦见李贺集。堂堂 隋乐府有《堂堂》曲，明唐再受命也。调露初，民间有"侧堂堂，挠堂堂"之谣，侧不正，挠不安，故武后戕宗室，易唐为周，而孝和复反正为唐。《乐苑》曰：唐《堂堂》曲，角调也。

右前三十七曲，并周、隋以前之曲，在唐犹盛行者。史称唐时清商旧曲存者止四十四曲。今自《乌夜啼》、《采桑》、《玉树后庭花》、《堂堂》、《泛龙舟》五曲在存目重复之内，馀三十二曲则史所未载也。岂古曲行用于唐尚多，史或未尽收乎？用首录之，以存乐曲之旧。

太和 乐府载有七言五叠，郭茂倩以为羽调曲，盖即十二和中之太和，以为行节者是也。破阵乐 破阵子 唐人乐曲多名子，后遂名曲子，教坊俗语然。小秦王 即小破阵乐也。上元子 大定乐 奉圣乐 十二时 万宇清 月重轮

以上乐曲，出前雅乐及各朝乐中，而十二时以下三曲，亦含元殿熊罴部十二按所奏雅乐也，故别著之，合凡十曲云。

倾杯曲 乐社乐曲 英雄乐曲 太宗内宴，诏长孙无忌制《倾杯》曲，魏徵制《乐社》乐曲，虞世南制《英雄》乐曲，并宫调。黄骢叠曲 太宗破窦建德，乘马名黄骢骠。及征高丽，死于道，颇哀惜之，命乐工制《黄骢》叠曲四曲，宫调。《黄骢》叠曲，后一名《急曲子》。打球乐 魏徵制 大酺乐 商调曲，张文收造。火凤 真火凤 并羽调，始贞观初。穆护子 即《穆护砂》也，犯角。姚宽《丛语》云：波

斯国奉火祆神。贞观初,有传法穆护何禄[六]以其教入长安,作歌祀祆祠,其赛神曲也。《崇文书目》有李燕《牧护词》,《传灯录》有苏溪和尚《穆护歌》,并六言。又黄山谷云:黔中闻赛神者,夜歌五七十语,初云听说侬[七]家牧护,末云奠酒烧钱归去,长短不同。**道调曲**高宗自以李氏为老子之后,命乐工制。**祈仙曲　望仙曲　翘仙曲**高宗敬礼嵩山道士潘师正,造此诸曲。**春莺啭**帝晓音律,晨坐闻莺声,命乐工白明达写为此曲。**夷来宾**[八]**曲**辽东平,李勣作之以献。**宝庆曲**章怀太子作。李嗣贞闻之,谓人曰:"宫不召商,君臣乖也;角与徵戾,父子疑也;死声多且哀,若国家无事,太子任其咎。"俄而太子废。**越古长年曲**则天延载元年作。**如意娘曲**商调,盖闺辞也。宋张君房以为如意年中,后为淫毒男子作,说近俚,不取。**挈芯儿**[九]垂拱后京都唱此歌,皆淫辞。后张易之兄弟并内侍,易之小字挈芯云。**突厥盐**龙朔来,里歌有此,后则天遣阎知微入突厥,突厥挟之入寇,为《突厥盐》之应。**黄麞**如意年已来唱《黄麞》歌,无几,曹仁师等与契丹战,覆师于硖石黄麞谷。**离别难**武后朝有一士人陷冤狱,籍其家,妻配入掖庭,善吹觱篥,撰此曲以寄哀情。初名《大郎神》,盖取良人第行也。畏人知,三易其名,曰《悲切子》,终号《怨回鹘》。**石州**中宗景龙初,知太史事迦叶志忠表称:受命之初,天下先歌英王《石州》。《石州》,商调曲也。**桃花行**景龙四年春,宴桃花园,群臣毕从,学士李峤等各献桃花诗,上令宫女歌之。辞既清婉,歌仍妙绝,献诗者舞蹈称万岁,上敕太常简二十篇入乐府,号曰《桃花行》。**回波词**商调曲,盖出于曲水引流泛觞。后为舞曲。中宗朝内宴,群臣多撰此词献佞及自要荣位,最盛行。然考《朝野佥载》杨廷玉一词,则天时已先有之矣。《教坊记》又有大曲《回波词》。**合生歌**中宗宴内殿,胡人袜子、何懿等唱此歌,或言妃主情貌,或列王公名质,词至秽媟,武平一谏宜禁止,不纳。**夜半乐曲　还京乐曲**玄宗初自潞州还京师,举兵夜半诛韦后,制此二曲。**君臣相遇乐曲**商调,太常卿韦绍作。**千秋子　千秋乐**大曲　玄宗八月五日生,开元十七年是日,赐宴花萼楼下,百僚表请以每年是日为千秋节,王公以下献镜及承露囊,天下咸令燕乐,著为令。曲名以此。**舞马倾杯曲**玄宗尝命教舞马四百蹄,各为左右,分部目,衣以文绣,络以金珠,每千秋节舞于勤政楼下,赐燕设酺,其曲谓之《倾杯乐》,凡数十叠。马闻声奋首鼓尾,纵横应节。又施三层板床,乘马而上,抃转如飞。或命壮士举榻,马舞其上,岁以为常。**踏歌** 缭踏歌并元夕歌名。玄宗尝命张说撰元夕御前《踏歌》词。**苏摩遮**泼寒胡戏所歌,亦张说撰进,详后舞曲下。**感皇恩** 《南部新书》:天宝十三载,始改金风调苏莫遮为感皇恩。**于蔿**[一〇]玄宗在东洛大酺,命三百里内守令率声乐赴阙下较胜负。鲁山令元德秀遣乐工敷十人联袂歌《于蔿》,其所自为曲也。帝叹以为仁人之言。**得宝子 得鞊子 胡鞊子**《国史补》云:玄宗得太真,谓宫人曰:"朕得贵妃,如得至宝。"乃制曲子曰《得宝子》,自是六宫无复进幸者。《乐府杂录》云:曲一名《胡鞊子》。《海录碎事》云:又名《得鞊子》。鞊,方孔反。**得至宝 康老子**《乐府杂录》云:长安富家子名康老子,落魄不事生计,常与国乐游处,家荡尽;偶得一旧锦褥,波斯胡识是冰蚕所织,酬之千万,还与国乐追欢,不经年复尽。寻卒,乐人嗟惜之,遂制此曲,名《得至宝》,亦名《康老子》也。**淂体歌 得宝歌**先是,民间多唱淂体歌,有"潭里船车闹,扬州铜器多"之句。及陕州得宝符,又歌弘农得宝。后天宝初,转运使韦坚穿广运潭,通吴楚诸郡货,陕县尉崔成甫乃翻之为歌,其辞用淂体,其曲名《用得宝》,于船头唱之。玄宗临观大悦,下诏褒赏。淂,傍从水,丁纥反。体从人从本,都董反。事见正史。按,得宝子、得鞊子、胡鞊子、得至宝、康老子与得宝歌,其源似皆起于《淂体歌》,正史可据。《国史补》、《乐府杂录》所解俚鄙,姑存之备考。**荔枝香**玄宗幸骊山,杨贵妃生日,命小部张乐长生殿,因奏新曲,未有名,会南方进荔枝,因名曰《荔枝香》。**清平调**帝与贵妃幸兴庆宫沉香亭,会木芍药初开,梨园弟子奏乐,上曰:"赏名花,对妃子,焉用旧曲?"宣李白进《清平调》三章,令李龟年等约略调抚丝竹,上自吹玉笛倚曲。《清平调》为三调中之清调平调,古《房中》遗声也。《宫中行乐词》亦命李白撰。**一斛珠**初,梅妃极承宠爱,后为太真所夺,迁上阳宫,妃怨慕,帝亦每念之。一日,有夷使贡珠,命封一斛赐之;妃不受,献诗,上览之怅然,令乐府以新声度其诗,号《一斛珠》曲。**春光好**明皇制,互见羯鼓内。**金华洞真**[一一]**流水芳菲**[一二]《会要》:天宝十三载,改诸乐名,有此诸曲,立石刊太常寺。**王昭君 五更转 万岁长生 饮酒 斗百草 思归乐**商调,亦犯角。《会要》:太常梨园别教院法曲有此六曲。**赤白桃李花 望瀛府 献仙音 听龙吟 碧天雁 献天花**按,明皇尝制法曲四十馀。以上六曲见陈氏《乐书》。法曲本隋乐,其音清而近雅,炀帝厌其声澹,曲终复加解音。明皇酷爱之,选子弟教之梨园,当时称梨园法曲也。**婆罗门**商调曲。开元中,西凉府节度杨敬述进。**霓裳羽衣曲**《乐苑》:玄宗制《霓裳羽衣曲》十二遍。凡曲终必遽,唯《霓裳羽衣曲》将毕,引声益缓。《逸史》:帝与术士罗公远游月宫,见仙女数百,皆素练霓裳羽衣舞,问其曲,曰《霓裳羽衣》,帝默记其音而还,故作是曲。郑嵎《津阳门诗》注:帝月宫闻仙乐,但记其半,于笛中写之,会西凉进《婆罗门》曲,与其声调相符,遂以月中所闻为之散序,用敬述所进曲作为腔,名《霓裳羽衣曲》云。**望月婆罗门 拂霓裳**二曲见《教坊记》。**凉州**宫调大曲。有大遍、小遍。西凉府都督郭知运撰进。初,凉州进新曲,明皇命诸王于便殿观之。曲终,诸王皆称万岁,独宁王不贺。明皇询其故,宁王曰:"夫曲者,始于宫,散于商,成于角徵羽。臣见此曲宫离而少徵,商乱而加暴。宫者君也,商者臣也;宫不胜则君体卑,商有馀则臣事僭。臣恐异日臣下有悖乱之事,陛下有播越之祸,兆于斯曲矣。"其先见如此。**伊州**商调大曲,前五叠,入破五叠。开元中西凉节度盖嘉运进。**甘州子 甘州大曲**羽调 **胡渭州**商调曲。唐有两渭州,一属关内,一属陇右。此出陇右渭州,为近边地,故以胡渭州别之。开元中,乐工李龟年、鹤年兄弟,尤妙制《渭州》。《五行志》云:天宝乐曲,多以边地为名,其曲遍繁声名"入破"。安、史乱,西幸后,其地尽为吐蕃所没破,乃其兆也。洪容斋曰:今乐府所传大曲,皆出于唐,而以州名者五:伊、凉、熙、石、渭也。凉州今转为梁州,唐人已多误用。按《唐·地理志》,凉州属陇右道,尽古雍、梁二州之境。用之非误。**陆州**曲有大遍、小遍。又有《簇拍陆州》。按,唐边地无陆州。岭南虽有其州名,与此不合。惟宁朔境所置降胡州,鲁、丽、含、塞、依、契,时称为六胡州,陆字或六之误也。宋人警曲,用《六州》大遍,疑即此。俟博识者审之。**玄真道曲 大罗天曲 紫清上圣道曲 景云曲 九真曲 紫极曲 小长寿曲 承天乐曲 顺天乐曲**玄宗末年,寖好神仙之事,诏道士司马承祯制玄真道曲,茅山道士李会元制《大罗天曲》,工部侍郎贺知章制《紫清上圣道曲》。太清宫成,太常韦绍又制《景云》等六乐曲。**凌波曲**《太平广记》:玄宗东都昼寝,梦凌波池中龙女拜床下,帝为鼓胡琴,拾新旧之声,为《凌波曲》,龙女再拜而去。及觉,命禁乐习而翻之,奏池上,龙女复见,因置庙岁祀之。按:此似附会兴庆祀龙池之事者,说未可据,姑存备考。**谪仙怨**玄宗幸蜀，行次骆谷，谓高力士曰："吾不用张九龄之言，至此。"索长笛吹一曲，潸然流涕。后有司录成谱以进，且请曲名，上曰："吾因思九龄，可名此曲为《谪仙怨》。"其音怨切，诸曲莫比。人自西川传得者，无由知其本事，但呼为剑南神曲。**雨霖铃**帝幸蜀，入斜谷栈道，属霖雨弥旬，闻铃声与山相应，悼念贵妃，因采其声为《雨霖铃》曲以寄恨。时独梨园善觱篥乐工张徽从至蜀郡，以其曲授之。洎至德中，复幸华清宫，从宫嫔御，皆非昔人，帝于望京楼令徽奏此曲，不觉凄怆流涕。后入法部，有大曲。**渭城　阳关**本王维送人使安西诗，后被于歌。所云"更与殷勤唱渭城"与"听唱阳关第四声"是也。**想夫怜**羽调曲。白居易诗"尝爱夫怜第二句，倩君重唱夕阳开"，王维"秦川一半夕阳开"是也〔一三〕。又有《簇拍想夫怜》。《国史补》云：司空于頔以乐曲有想夫怜，其名不雅，将改之，客曰："南朝相府曾有瑞莲，故歌为相府莲，后人语讹耳。"《乐府解题》遂用其说。按：此亦客之曲逢頔指，妄为之说耳。假果名相府莲，岂不尤为不雅乎？**山鹧鸪**《韵语阳秋》：李白有听此曲诗："清风动窗竹，越鸟起相呼。"盖其曲效鹧鸪之声为之。**九曲词　营州歌**并高適作，歌塞上事。九曲，取黄河九曲为名。汉李尤、晋傅玄《九曲》歌七言二句者，大指自叹年岁晚暮，非適词所本也。**河满子**河一作何。白乐天云：开元中，沧州何满犯罪系狱，撰此曲进，四辞八叠，其声宛断，鞫狱者为奏，明皇不许，竟坐刑。元微之《何满子歌》云："何满能歌能宛转，天宝年中世称罕。婴刑系在囹圄间，下调哀音歌愤懑。梨园弟子奏玄宗，一唱承恩羁网缓。便将何满为曲名，御谱亲题乐府纂。"与白说稍殊。**长命女**羽调曲，亦名《长命西河女》。大历中，有乐工加减其节奏为新声，将军韦青令家姬张红红暗记其拍。红红后入宜春院，宫中号"记曲娘子"。闻青死恸绝。**渔父引**玄真子张志和作。**欸乃曲**欸音哀。乃，如字读。棹船相应声。元次山有欸乃曲。**永新妇　御史娘　柳青娘**《桂苑丛谈》〔一四〕云：国乐有永新妇、御史娘、柳青娘，皆一时之妙。今按，永新乃开元中宜春院内人许和子，御史娘乃贞元时宫中御史娘子田顺，皆以善歌闻，详见《乐府杂录》。柳青娘者，岂亦歌妓之名，后遂沿为曲名欤？**章台柳**韩翃从辟淄青，姬柳氏置都下，值盗覆两京，数岁，翃遣使间行求之，以练囊盛金，题此词为寄，柳亦和其词酬。柳后陷身番将沙咤利，翃入朝，复取得完聚。**成德乐**大历中王表有其词。**乐世　急乐世　六幺**乐世，羽调曲。初，唐人贺朝诗，有"上客无劳散，听歌乐世娘"。张说集亦有《乐世词》。初，贞元中，乐工进曲，德宗命录出要者，因名为《录要》，《唐书》所谓《录要杂曲》是也。后语讹为《绿腰》，又作《六幺》。白乐天听《六幺》诗云："管急丝繁拍渐稠，六幺宛转曲终头。诚知乐世声声乐，老病人听未免愁。"观此知乐世亦《录要》中一曲也。**团雪散雪曲**贞元中，驸马王士平与义阳主反目，帝两幽之，不令相见。举子蔡南史、独孤申叔为义阳子歌词，有二曲，言其离处之状。上闻而恶之，欲罢科举，后流南史而止。**拜新月**吉中孚妻张氏有词。**皇帝感**《教坊记》有此曲名。《卢纶集》有《皇帝感词》。《**天长地久词**》亦见《卢纶集》。其和声云："天长久，万年昌。"**万岁乐曲**宪宗朝汴州刘弘撰《圣朝万岁乐谱三百首》进。**金缕衣**李锜常唱此词。**杨柳枝**即古之《折杨柳》。段安节以为始于白傅者，以其词至白盛行也。白诗云："六幺水调家家唱，白雪梅花处处吹。古歌旧曲君休听，听取新翻杨柳枝。"而永丰一阕，至达禁中，为尤著云。**桂华曲**居易感苏州东城古桂作，音韵怨切，听辄动人。**浪淘沙**居易与刘禹锡并有作。**卷白波**居易云：饮酒曲也。**扫市舞**杨虞卿善歌此词，[一五]白乐天哭之，有"何日重闻扫市歌"之句。宋潘阆谪信州，戏为扫市舞词云："出砒霜，价钱可，赢得拨灰兼弄火，畅杀我。"其遗调也。**罗唝曲**一名《望夫歌》。罗唝，古楼名，陈后主所建。元稹廉问浙东，有妓女刘采春，自淮甸而来，能唱此曲，闺妇行人，闻者莫不涕泣。**竹枝子**《竹枝》本出巴渝，其音协黄钟羽，末如吴声。有和声，七字为句。破四字，和云"竹枝"；破三字，又和云"女儿"。后元和中，刘禹锡谪其地，为新词，更盛行焉。**三阁词**刘禹锡作，咏陈后主起临春、结绮、望仙三阁置三妃嫔事，吴声曲也。**杜韦娘**《教坊记》有其曲名。刘禹锡诗："春风一曲杜韦娘。"言妓人歌杜韦娘曲，非指妓人名也。**抛球乐**酒筵中抛球为令，其所唱之词也。禹锡亦有作。**纥那曲**亦见《禹锡集》。按：《纥那》乐府不著所出，今考天宝中崔成甫所翻浔体歌，有"浔体纥那也，纥囊浔体那"之句，岂其所本欤？**文叙子**长庆中，俗讲僧文叙善吟经，其声宛畅，感动里人，乐工黄米饭状其念四声观世音菩萨，乃撰此曲。**思帝乡**令狐楚有《坐中闻思帝乡有感》诗。**花游曲**《李贺集》，寒食日诸王妓游，贺赋此曲，与妓弹唱。按贺本传，乐府数十篇，云韶诸工皆合之弦管。是知贺曲辞入乐府为多，惜不能明，姑录此以例其馀。**刮骨盐**权德舆诗："含羞敛态劝君住，更奏新声刮骨盐。"按，盐曲自六朝人有《昔昔盐》，后曲称盐者不一，详后

117

西戎乐注。**仙韶法曲　上云　自然　真仙　明□难思　平珠　无为　有道　调元　立政　献寿　高明　闻天　仪凤　同和　闲雅　多稼　金镜**文宗好雅乐,鄙郑卫之音,尝采开元雅乐,制《云韶》乐章、《上云》等二十曲,及《霓裳羽衣舞曲》。后改云韶院为仙韶院,曲亦以仙韶名。尝按乐,谓大臣曰:"笙磬同音,沉吟忘味,不图为乐,一至于斯〔一六〕。"自是臣下功高者辄赐之。**忆秦郎　忆秦娥**一名《秦楼月》,一名《双荷叶》。文宗宫人阿翘善歌,出宫嫁金吾卫长史秦诚。诚出使新罗,翘思念,撰小词名《忆秦郎》,诚亦于是夜梦传其曲拍,归日合之无异。后有《忆秦娥》,或即出此。《庄岳委谈》云:诗馀中《忆秦娥》、《菩萨蛮》称最古,以词出太白也。余谓太白在当时,直以风雅自任,即近体盛行,七言律鄙不肯为,宁屑事此?且二词虽工丽,而气衰飒,于太白超然之致,不啻穹壤。殆晚唐人词,嫁名于白耳。《菩萨蛮》见后。**万斯年曲**会昌初,宰相李德裕制献,即《天仙子》调也。**谢秋娘　梦江南　忆江南　江南好**李德裕镇浙西日,悼亡妓谢秋娘,用隋炀所作《望江南》调撰《谢秋娘》曲,后仍从本名。亦曰《梦江南》。白乐天作此词,改为《忆江南》。后人又因乐天首句,以"江南好"名之。刘禹锡亦有作。凡曲名递改换,多如此。**闲中好**会昌中段成式与郑符、张希复游长安永寿寺,尝同作此词。**播皇猷曲　葱岭西曲　新霓裳羽衣曲　泰边陲曲**宣宗妙音律,内殿赐燕,多自裁新曲,俾禁中女伶,递相教授。有曰播皇猷者,率高冠、方履、褒衣、博带,趋走俯仰,皆合规矩,于于然有唐、虞之风焉。有曰葱西士女踏歌队者,率言葱岭之士,乐河、湟故地归国,复为唐民也。霓裳曲者,皆执节幡,被羽服,态度凝澹,飘飘然,有翔云舞鹤见左右。如是数十曲,流传民间。《泰边陲曲》有辞云:"海岳晏咸通。"后懿宗继统,年号适纪咸通,人以其为谶云。**菩萨蛮**《杜阳杂编》云:大中初,女蛮国入贡。其人危髻金冠,璎珞被体,人谓之菩萨蛮。当时倡优遂制《菩萨蛮》曲,文士亦往往声其词。温庭筠传亦有宣宗爱唱《菩萨蛮》之说。知此词出于唐之晚季。今《李太白集》有其词,后人妄托也。按:《杜阳》谓倡优见《菩萨蛮》制曲,其说亦未尽,当是用其乐调为曲耳。考南蛮骠国尝贡其国乐,其乐人冠金冠,左右珥珰,绦贯花鬘,珥双簪,散以毳,如女饰,而其国亦在女王蛮西南,故当时或以为女蛮。且其曲多佛曲,具在后简夷乐部。则其称为《菩萨蛮》,尤可信。凡曲名有称女王国、穿心蛮、八拍蛮者,皆出蛮中曲调,以意求之可得。此词后一名《重叠金》,一名《子夜歌》。**新添声杨柳枝**温庭筠作。时饮筵竞歌,独女优周德华以声太浮艳不取。**感恩多**李群玉诗:"惟有管弦知客意,分明唱出感恩多。"**道调子**懿宗解音律,一日命乐工吹觱篥,初弄道调,上谓是曲误,拍之。乐工乃依其节奏撰曲,名为道调子。**叹百年曲**懿宗笃爱同昌公主,薨后思念不已,伶人李可及造此曲。馀详舞曲内。**别赵十 忆赵十**李可及能歌《别赵十》、《忆赵十》。可及转喉为新声,须臾变态百数,京师效之,呼为拍弹。**升平乐**商调。见《薛能集》。**金锁曲**僖宗朝,内制袍千领,赐塞外吏士。神策将军马直于袍絮中得金锁一枚[一七],诗一首,为人所告,奏闻,帝令直赴阙,以宫人赐为妻。有情者为《金锁曲》,流于世。**赞成功曲**昭宗刘季述之变,盐州雄毅军使孙德昭有反正功,光化四年正月宴保宁殿,上自制此曲以褒之。**永遇乐**杜秘书工小词,邻女酥香能讽才人歌曲,悦而奔之。事发,杜流河朔,述此决别。女□附持纸三唱而死。见《锦绣万花谷》,云唐人[一八]。**百年歌**《五代史》:晋王克用破孟方立还,置酒三垂冈,伶人奏《百年歌》,至于衰老之际,声辞甚悲,坐上皆凄怆,克用慨然捋须,指其子存勖而叹:"后二十年,其能代我战于此乎?"后存勖果于三垂冈破梁军,凯旋告庙。**如梦令**唐庄宗修内苑,掘得断碑,有词云:"曾宴桃源深洞,一曲舞鸾歌凤。长记别伊时,和泪出门相送。如梦,如梦,残月落花烟重。"名《宴桃源》。庄宗使乐工入律歌之,又使翰林作数篇,后人改为《如梦令》。按:庄宗知音,能度曲,自为优,名曰李天下。至今汾、晋之俗,往往能歌其声,通谓之"御制曲"。**檀来歌**周世宗伐南唐,军中制。**念家山 念家山破 邀醉舞破 恨来迟破**南唐后主翻旧曲为《念家山破》,其音焦杀,名尤不祥,识者以为亡征。后周氏,尤善音,复作《邀醉舞》、《恨来迟新破》,皆行于时。**嵇康**江南曲,后主所制。国亡后,有薛九能歌之,见王铚《侍儿小名录》。**醉妆词**蜀后主衍,宫中裹小巾,其尖如锥。宫女多衣道服,簪莲花冠,施胭脂夹脸,号醉妆。作此词。**银汉曲**衍舟巡阆中,自制水调《银汉曲》,命工歌之。又尝自制《甘州词》,令宫人歌之。其词哀怨,闻者凄怆。**还乡歌**吴越钱镠游衣锦军制。**道家步虚词**唐以前多五言,其破为长短句,自李德裕始。并附。

以上大小曲一百七十九曲,有年代题义可考。略著其说如右。

祓禊曲　叹疆场宫调　濮阳女羽调　回纥商调　柘枝引羽调　柘枝大曲　团乱旋三曲互见舞曲内　戎浑　塞姑　镇西乐　镇西子　盖罗缝盖一作合　双带子　昆仑子　金殿乐　墙头花　战胜乐　剑南臣　征步郎　水鼓子鼓一作沽　浣沙女　醉公子　一片子　南歌子　八拍蛮　达摩支　凤归云以上曲名见《乐府诗集》　和风柳　美唐风　透碧空　巫山女　度春江　众仙乐　龙飞乐　长庆乐　庆云乐　绕殿乐　泛舟乐　放鹰乐　放鹘乐　天下乐　大明乐　同心乐　黄钟乐　贺圣朝　泛玉池　迎春花　凤楼春　负阳春　帝台春　绕池春　满园春　柳含烟　替杨柳　倒垂柳　浣溪沙　撒金沙　纱窗恨　金蓑岭　隔帘听　恨无媒　望梅花　好郎君　红罗袄　摘得新　北门西　煮羊头　河渎神　二郎神　醉乡游　醉花间　灯下见　醉思乡　太白星　剪春罗　会嘉宾　当庭月　归国遥　恋皇恩　忆先皇　圣无忧　恋情欢　恋情深　忆汉月　定风波　木兰花　更漏长　破南蛮　芳草洞　守陵宫　临江仙　虞美人　映山红　献忠心　卧沙堆　怨黄沙　遐方怨　怨胡天　送征衣　送行人　望梅愁　阮郎迷　牧羊怨　罗裙带　同心结　一捻盐　阿也黄　劫家鸡　绿头鸭　下水船　留客住　喜长新　羌心怨　女王国　天外闲　贺皇化　五云仙　满堂花　南天竺　定西番　西国朝天　荷叶杯　感庭秋　月遮楼　西江月　上行杯　喜春莺　大献寿　鹊踏枝　万年欢　曲玉管　谒金门　巫山一段云　西河狮子　西河剑气〔一九〕　儒士谒金门　武士朝金阙　掺工不下　麦秀两岐《摭言》载朱梁封舜卿使蜀，好唱麦秀两岐事，亦不言何调〔二〇〕　金雀儿　泸水吟　玉搔头　鹦鹉杯　路逢花　初漏满　相见欢　游春苑　诉衷情　折红连　洞仙歌　喜回銮　喜秋天　静戎烟　普恩光　苏合香　七星管　朝天天竺伎有朝天舞曲，不知即此否？　看月

宫　宫人怨　驻征游　泛涛溪　胡相问　帝归京　喜还京　游春梦　留诸错　黄羊儿　花黄发　望远行　思友人　唐四姐　上韵　中韵　下韵　木笪　八拍子　渔歌子　十拍子　措大子　风流子　吴吟子　生查子　胡醉子　山花子　水仙子　绿钿子　金钱子　赤枣子　心事子　胡蝶子　沙碛子　酒泉子　迷神子　得蓬子　刬碓子　麻婆子　红娘子　历刺子　北庭子　剑器子　狮子　女冠子　仙鹤子　赞普子　蕃将子　回戈子　带竿子　摸鱼子　南乡子　大吕子　南浦子　拨棹子　曹大子　引角子　队踏子　化生子　金娥子　舍麦子　多利子　毘砂子　西溪子　剑阁子　稽琴子　莫〔二一〕壁子　胡攒子　唧唧子　玩花子　大曲踏金莲　薄媚　贺圣乐　胡僧破　平翻　相馳逼　大宝　吕太后　一斗盐　羊头神　大姊　舞大姊　急月记　断弓弦　碧霄吟　穿心蛮　罗步底　千春乐　龟兹乐　醉浑脱　映山鸡　四会子　昊破　舞春风　迎春风　看江波　寒雁子　又中春　玩中秋　迎仙客　同心结以上曲名见《教坊记》　双吹管　东飞凫　花成子　月成弦　孤独怨　金吾子六曲见《甫里集》　玉楼春　蕃女怨　玉蝴蝶　更漏子四曲见《温庭筠词》。更漏子疑即前更漏长。　应天长　江城子一名江神子。　喜迁莺　小重山四曲见《韦庄词》。　薄命女一名长命女。　采桑子一名罗敷令，一名丑奴儿令。二曲见《和凝词》。　捣练子　阮郎归一名醉桃源，一名碧桃春。　卖花声即浪淘沙，亦名曲冥。　蝶恋花四曲见《李后主词》。　归国谣　薄命妾　点绛唇　思越人　金错刀一名醉瑶瑟　芳草渡　寿山曲七曲见冯延巳《阳春集》。又《蜀梼杌》云：蜀主衍尝执板自唱思越人词。　满宫花见《张泌词》。　醉花间　中兴乐　月宫春　接贤宾四曲见《毛文锡词》。　望江怨见牛峤词　三字令　贺明朝二曲见《欧阳炯词》。　杏园芳见尹鹗词。　南柯子一名风蝶令，一名望秦川。见《毛熙震词》。　撷芳词《古今词话》以为唐曲。　**后庭怨**宋建隆中掘得石刻有此词。《花草粹编》以为唐曲。

右二百九十七曲,题义无考。其录自《乐府诗集》者,多谱初、盛唐人绝句诗为曲。录自《教坊记》者,律绝诗及填词为曲者互有之。录自温、韦以下集者,并止是填词。先后撰曲年代,似约略可推,然亦不敢妄为定云。*

校记

〔一〕 按:当依《新唐书》作"六十四人"。《旧唐书》作"童儿八佾",亦六十四人也。

〔二〕 上文实止十二曲,《新唐书》同,末书"十四"之数,未知胡氏何据。

〔三〕 按:《旧唐书·德宗纪》及《唐会要》均作"辚德殿",本书卷三十三亦有德宗"麟德殿宴群臣诗",当以"麟"为是。

〔四〕 按:《隋书·音乐志》:"炀帝不解音律,略不关怀;后大制艳篇,辞极淫绮,令乐正白明达造新声……帝悦之无已……六年,高昌献圣明乐曲,帝令知昔者于馆所听之,归而肄习;及客方献,先于前奏之,胡夷皆惊焉。"据此,"帝"当指炀帝,"六年"当指大业六年,非文帝开皇中事也。疑胡氏未及细审史文。

〔五〕 "扬州",原刻误"杨州",径改,下同,不另出校。

〔六〕 "禄",原刻作"录",依姚宽《西溪丛语》校改。

〔七〕 "侬",原刻作"农",据《豫章黄先生文集》校改。

〔八〕 "夷来宾",《新唐书·礼乐志》作"夷美宾"。

〔九〕 "挈芯儿",新、旧《唐书·五行志》均作"契芯儿",注亦作"契芯"。《朝野佥载》作"芯挈儿"、"芯挈"。

〔一〇〕 "于蔿",《新唐书》本传作"于蔿于",《太平广记》作"于蔿"。

〔一一〕 按:原刻误分为二,据《唐会要》卷三十三天宝十三载"龟兹佛曲改为金华洞真","急龟兹佛曲改为急金华洞真",则明为一曲,故并之。

〔一二〕 原刻误脱"水"字,据《唐会要》校补。

〔一三〕 按:王维诗题为《和太常韦主簿五郎温汤寓目》,全文如下:"汉主离宫接露台,秦川一半夕阳开。青山尽是朱旗绕,碧涧翻从玉殿来。新丰树里行人度,小苑城边猎骑回。闻道甘泉能献赋,悬知独有子云才。"按《蔡宽夫诗话》:"乐天《听歌》诗:'长爱夫怜第二句,请君重唱夕阳开。'注云:'谓王右丞辞,秦川一半夕阳开,此句尤佳。'今《摩诘集》此诗,所谓'汉主离宫接露台'是也,题乃是《和太常韦主簿温汤寓目》,不知何所指为想夫之辞。大抵唐人歌曲,不随声为长短句,多是五言或七言,取其辞与声相叠成音耳。岂非当时文人之辞为一时所称者,皆为歌人窃取而播之曲调乎?"可参。

〔一四〕 "谈",原刻误"集",径改。

〔一五〕 按:《唐诗纪事》卷四十六云:"虞卿醉后善歌扫市词;又有小妓工琵琶,虞卿死,遂辞去。乐天哭处卿诗云:'何日重闻扫市歌,谁家收得琵琶妓?'"

〔一六〕 "一至于斯",《新唐书·礼乐志》作"至于斯也"。

〔一七〕 "枚",原刻误"枝"。按:《唐诗纪事》卷七十八云:"僖宗自内出袍千领赐塞外吏士。神策军马真,于袍中得金锁一枚,诗一首,云:'玉烛制袍夜,金刀呵手裁。锁寄千里客,锁心终不开。'真就市货锁,为人所告。主将得其诗,奏闻。僖宗令赴阙,以宫人妻真。""将军"疑为"军将",小头目也,或衍"将"字。

〔一八〕 南京图书馆藏嘉靖本一百二十卷《锦绣万花谷·前集》卷三十七"妓妾·酥香"条云:"唐杜秘书工于小词。邻翁有女,小字酥香,凡才人所为歌曲,悉能讽之。一夕,踰墙而至,杜始望不及此。邻翁失女所在。后半年,仍有过,杜答之,窜而闻官。杜流河朔,临行,述《永遇乐》一词决别。女持纸三唱而死(并《白乐天集》)。"按:白集实无此事,故胡氏不取而止云唐人。《四库》本无"云"字。文中"口附"二字均为衍文,当删。又会通馆一百卷本《锦绣万花谷》未见此则。

〔一九〕 "剑气",当作"剑器",杜诗《观公孙大娘弟子舞剑器行》可证。

〔二〇〕 此事见《碧鸡漫志》引《文酒清话》。"卿"作"臣","使蜀"作"使湖南"。又《太平广记》亦载此条,引自《王氏见闻》,"岐"作"歧"。《摭言》不载。

〔二一〕 按:"莫"字以下,《四库》文津阁本曲名全空,知馆臣所据亦非完整之初印本也。

＊按原刻此卷仅于本页末行尾注"卷终"二小字,与他卷异。

唐音癸签卷十四

乐通三

琴曲

　　高宗白雪曲_{显庆中,帝以琴曲失传,令有司修习。太常丞吕才言:琴曲本宜合歌,请依琴中旧曲,以御制雪诗为《白雪》歌辞。又古今乐府奏正曲后,复有送声,亦君唱臣和之义,请以群臣长孙无忌、于志宁、许敬宗等所和诗为送声,合〔一〕十六节。帝善之。乃命太常著于乐府。才复《讌琴歌》、《白雪》等曲,帝亦制歌词十六,皆著乐府。}　**玄宗金风乐　黄钟羽调曲**_{《崇文书目》:帝有《金风乐弄》一卷,载琴音第一、第二、第三拍宫调指法。又黄钟羽调一首附卷。}　**卢照邻明月引　沈佺期霹雳引　张说凤归来**_{集称琴歌,不著其名所自。}　**李白雉朝飞操　双燕离**_{《琴历》:河间新歌,有其曲名。}　**飞龙引　山人劝酒　幽涧泉　顾况幽居弄**_{蔡邕五弄之一也。}　**龙宫操**_{况自叙大历初在滁州大水作。}　**刘商胡笳十八拍**_{自序:拟董庭兰《胡笳弄》作。李颀有《听庭兰弹胡笳歌》。}　**韩愈拘幽操　越裳操　岐山操　履霜操　雉朝飞操　猗兰操　将归操　龟山操　残形操　别鹤操　鲍溶湘妃列女操　孟郊列女操　李贺《走马引》**_{即樗里牧恭所造《天马引》。}　**渌水辞**

蔡邕五弄之一。　刘禹锡《飞鸢操》　李约东杓引约患琴家无角声,乃造东杓引七拍,有麟声绎声,以备五音。　张祜《思归引》即卫贤女邵所造《离居操》也。　李群玉《升仙操》

陈康士琴曲一百章　宫调二十章　商调十章　角调五章　徵调七章　楚调五章　黄钟二十章　离忧七章　沉湘七章　侧蜀七章　缦角七章　玉女五章康士字安道,以善琴知名。进士姜阮、皮日休皆为序以述其能。　萧祜无射商九调祜因胡笳创。　僧皎然《风入松》操始嵇康。　郎大家宋氏《宛转歌》王敬伯所遇神女所歌曲。

琴曲在古有五曲、九引、十二操、二十一杂歌,作者相继,名目寖繁。唐自高宗制曲以来,文士所作操引,多拟古曲为名,可考见者有此。其他名同琴曲,非必谱于琴者,不概录。于时楚、汉旧声,传授犹存,一代精此艺者,自赵耶利、董庭兰、贺若夷、若夷,文宗时琴待诏。文宗尝听其曲,嘉赏之,赐绯。人因称其曲为赐绯调。郑宥以及杨子儒、王敬邀之辈,不可指数。而斲制之妙,京师樊、路,蜀雷、郭,吴沈、张诸氏外,汧公之响泉、韵磬,晋公之大、小忽雷,尤擅爨焦珍誉,聊用附记云。

羯鼓曲

太簇宫曲　色俱腾　耀日光　乞婆娑　大勿　大通　舞山香　罗犁罗　苏莫赖耶　俱伦仆　阿个盘陀　苏合香　藏钩乐　春光好　无首罗　鵽岭盐　疏勒女　要杀盐　通天乐　万载乐　景云　紫云　承天乐　顺天乐

太簇商曲　苏罗　㮇利梵　大借席　耶婆色鸡　堂堂　半社渠[二]　君王盛神武　赫赫君之明[三]　大钵乐背　大沙野婆　破阵乐　黄骏蹄　放鹰乐　英雄乐　思归　忆新院　西楼送落月　擽霜风　九成乐　倾杯乐　百岁老寿　还城乐[四]　打毬乐　饮酒乐　舞厥麼赋　太平乐　大酺乐　大宝乐　圣明乐

婆罗门　尅加那　万岁乐　秋风高　回婆乐　夜半击羌兵　香山　优婆师　匝天乐　禅曲　渡积破虏回　五更啭　黄莺啭　大定乐　越殿　须婆　钵罗背　大秋秋盐　栗时　突厥盐　踏蹄长

太簇角曲　大苏赖耶　大春杨柳　大东祗罗　大[五]郎赖耶　即渠沙鱼　大达幺支[六]　俱伦毗　悉利都　移都师　阿鹔䴇鸟[七]歌　飞仙　杨[八]下采桑　西河师子　三台　舞石州[九]　破勃律

徵羽调与胡部失载[一〇]

诸佛曲调　九仙道曲　卢舍那仙曲　御制三元道曲　四天王　半阁磨奴[一一]　失波罗辞见柞　草堂富罗二曲　于门烧香宝头伽[一二]　菩萨阿罗地舞曲　阿弥陀大师曲

大食曲　云居[一三]　九巴鹿　阿弥罗众僧曲　无量寿　真安曲　云星曲　罗利儿　芥老鸡　散花　大燃灯　多罗头尼摩诃钵　婆娑阿弥陀　悉驮低　大统　蔓度大利香积　佛帝利　龟兹大武　僧个支婆罗树　观世音　居麽尼　真陀利　大与永宁贤者　恒河沙　江盘无始　具作　悉家牟尼　大乘　毗沙门　渴农之文德　菩萨缑利陀　圣主兴　地婆拔罗伽　南山起云　北山起雨二曲宋璟造。[一四]

按，羯鼓，龟兹、高昌、疏勒、天竺部之乐，状如漆桶，下承以牙床，用两杖击之，其声焦杀鸣烈，合太簇一均。玄宗素达音律，尤善于此，称之为八音领袖。尝遇春旦初晴，柳杏将吐，叹曰："对此景物，岂可不与他判断？"取羯鼓纵击《春光好》一曲，顾柳杏皆已发拆矣，笑谓嫔嫱内官："此一事不唤我作天公，可乎？"又制《秋风高》，每至秋空迥彻，纤翳不起，即奏之，必远风徐来，庭叶纷下，其妙绝如此。时汝阳王琎，帝兄宁王子，帝爱而以羯鼓授之。琎尝戴砑绢帽打曲,上自摘红槿花一朵,置于帽上,奏《舞山香》一曲,而花不坠,帝夸赏其能。盖羯鼓难在头项不动。宋开府璟尝与帝论之云:"头如青山峰,手如白雨点。"山峰取不动,雨点取碎急,正此。前诸曲调,载《南卓录》,内九十二曲帝所亲制,馀亦并开元、天宝时曲。缘此乐本出戎羯,故以夷语为名者居多,大半有声无辞,其谱然也。是器所重,在桊与杖。桊铁贵精炼至匀,开元供御者,人多传宝。亦有养杖木脊沟中二十年,取其绝湿气复柔腻者。一时人主好尚,达官雅士,相效求精工至此。后曲调寖失传,如务本里乐工打《耶婆色鸡》曲失结尾之类,时有之。至宋而古曲益不存,唯邠州一父老能之,中有《大合蝉》、《滴滴泉》之曲。其人死,羯鼓遗音遂绝。

琵琶曲

胜蛮奴　火凤　倾杯乐贞观中,裴神符作此三曲,声度清美,太宗深悦之,盛行于时。　**郁轮袍**王维觅解,岐王引入公主第弹此曲。　**八十四调**贺怀智谱。怀智,开元梨园弟子。《连昌宫辞》:"夜半月高弦索鸣,贺老琵琶定场屋。"　**西凉州**段和尚制。即道调《凉州》也,亦谓之《新凉州》。段,庄严寺僧,名善本,为唐琵琶第一艺。　**新翻羽调绿腰　枫香调**贞元中,有康昆仑善琵琶,因两市祈雨斗乐,昆仑登东街彩楼,弹一曲新翻羽调《绿腰》,必谓无敌。街西亦于彩楼上出一女郎,抱乐器,先云:我亦弹是曲,兼移在枫香调中。下拨,妙绝入神,昆仑骇愕,即拜请为师。女郎更衣出,乃段师也。翌日,德宗召入内,因令教授昆仑。段师奏曰:"且遣昆仑不近乐器十馀年,候忘本态,然后可教。"诏许之。后果尽段师之艺。　**玉宸宫调**凉州宫调,有大遍、小遍。小者,贞元初康昆仑翻入琵琶,以初奏玉宸殿,故有此名。　合诸乐即黄钟宫调也。　**蕤宾调　散水调**《白集》谢曹供奉琵琶新调谱寄家妓诗云:"蕤宾掩抑娇多怨,散水玲珑峭更清。"　**薄媚**刘禹锡诗:"一听曹刚弹薄媚,人生不合出京城。"　**杨下采桑**昭宗末,内供奉关小红为梁祖强弹之,意不得而狙。　　雀啅蛇　胡王调　胡瓜苑_{王沂生不解}弦管,忽旦睡,至夜乃寤,索琵琶弦之,成诸曲,人不识闻,听之者莫不流涕。其妹请[一五]学之,总不成。事见《朝野佥载》。　　道调宫　玉宸宫　夷则宫　神林宫　蕤宾宫　无射宫　玄宗宫　黄钟宫　散水宫　仲吕宫　商调　独指泛清商[一六]　好仙商　侧商　红绡商　抹商　玉仙商　角调　双调角　醉吟角　大吕角　南吕角　中吕角　高大殖角　蕤宾角　羽调　凤吟羽　背风香　背南羽　背平羽　应圣羽　玉宫羽　玉宸羽　风香调　大吕调□曲　凉州　伊州　胡渭州　甘州　绿腰　莫靼　倾杯乐　安公子　水牯子　阿滥泛　湘妃怨　哭颜回_{王蜀节使王保义女,适荆南高从诲子保节,尝梦异人授琵琶诸调,其曲自凉州下二百馀,因刊石以传,事见《北梦琐言》}[一七]。意王素善琵琶,托诸梦以神之,如前王沂耳。所异者徵调中有《湘妃怨》《哭颜回》。世人琵琶多不弹徵调,未解为何。

　　琵琶始自乌孙公主造,马上弹之,自下逆鼓曰琵,自上顺鼓曰琶。旧皆用木拨。贞观中,裴洛儿始废拨用手,所谓搊琵琶者是也。开元中,贺怀智以鹍鸡筋作弦,用铁拨弹之,而段师善本亦云用皮弦,拨声如雷。自后则曹保有子善才,善才有子纲,皆习此艺。次有裴兴奴,与纲同时。曹善运拨,兴奴长拢捻,诗人多咏之者。其琵琶曲调,沈存中云:"怀智有谱,以为八十四调内,黄钟、太簇、林钟三宫声,弦中弹不出,须管色定弦。其馀八十一调,皆以此三调为准,更不用管色。元稹诗有"琵琶宫调八十一,三调弦中弹不出",谓此也。"今聊录唐人传记所见曲名,备大略云。_{沈云:如今之调琴,须先用管色合字定宫弦,乃以宫弦下生者,隔二弦,上生者,隔一弦取之。凡弦声皆当如此。今人苟简,不复以弦管定声,故其高下无准,出于临时。怀智琵琶谱,调格与今乐全不同。唐人乐学精深,尚有雅律遗法。}

<h3 style="text-align:center">筝曲</h3>

迎君乐_{正商调二十八叠}　槲林叹_{分丝调四十四叠}　秦王赏金歌_小

石调二十八叠　广陵散正商调二十八叠　行路难正商调二十八叠　上江虹正商调二十八叠　晋城仙小石调二十八叠　丝竹赏金歌小石调二十八番　红窗影双柱调四十叠　思归乐

唐善筝者,开元中内人薛琼琼,元和至太和李青青、龙佐,大中以来有常述本及史从、李从周。惟曲名不概见。此则大和中广陵倡崔氏女梦其亡姨菡奴所传者,见《冥音录》。岂亦如琵琶梦授故事,借托之以神其艺也欤？何事之恰符而叠见也！

笛曲

悲风等二十四曲　欢乐树等二十四曲　关山月　折杨柳　落梅花　紫云回明皇游月宫[一八],闻上清乐曲,归而以玉笛写之,因名。载乐章,令太常刻石。　阿滥堆骊山有禽,名阿滥堆。明皇御玉笛,采其声翻为曲,远近效之。张祜诗"至今风俗骊山下,村笛犹吹阿滥堆"是也。

笛有雅笛、羌笛。唐所尚,殆羌笛也。其乐与觱篥、箫、筓列横吹部者同。有悲风、欢乐树等四十馀曲,见前鼓吹曲内。乃如《关山月》、《折杨柳》、《落梅花》,唐人咏吹笛多用之。而横吹部曲名独亡述者,知当时笛曲尚多,入乐署行用者亦非全耳。玄宗雅好斯乐,传记称其御玉笛为贵妃倚曲者不一,而其时笛工孙处秀始作犯声,人以新异竞相效习。曲有犯调,则曲益繁多,当不可复纪矣。乃谈者独称李谟,谟尝吹笛江上,寥亮逸发,能使微风飒至,舟人贾客有怨叹悲泣之声,感蛟龙出听,或有之。至谓玄宗按乐上阳,谟傍宫墙窃得其谱,见元稹及张祜诗。稹以谟为长安少年。世岂有天家屋垣,仅如窗隔,能属耳得声调宛悉者哉？考之谟本教坊子弟,隶吹笛第一部,明皇尝召之与永新娘逐曲者。乐谱正所有事,何须窃听？好事者姑为说,诧天上乐不易流传尔。惟谟所论笛一声出入九息,一叠十二节,一节十二敲；笛

材一岁伐,过期伐音窒,未期伐音泛,遇至音必裂;为深得笛理可取。盖谟之外孙许云封,为韦刺史应物述云。〔一九〕

觱篥曲

别离难天后朝士人妻作,详见前杂曲内。后乐家以其族宫转器以应律管,因谱其音为众器之首。至今鼓吹,教坊用之,以为头管。　雨霖铃曲明皇造,乐工张野狐善觱篥,吹之。详见前明皇乐曲内。野狐即徽也。　杨柳枝曲　新倾杯曲宣宗善吹觱篥,自制此二曲。有数拍不均,尝命俳优辛骨骷拍,不中,因瞋目视之,骨骷忧惧,一旦而毙。　道调懿宗尝命史敬约吹,因撰道调子曲,详见前道调子下。　勒部羝曲将军尉迟青素善觱篥,时有王麻奴,河北推第一手,后访尉迟,于高般涉调中吹《勒部羝》。曲终,尉迟曰:"何必高般涉也!"即自取银字管于平般涉中吹之,麻奴恭听愧谢,不敢复言音律。

觱篥一名悲篥,以竹为管,以芦为首,出于胡中,其声悲。人亦称为芦管。曲名见于唐故实中者止此,其馀多与笛同。朱崖李相有家僮薛阳陶,少精此艺,后为小校,至咸通犹存。淮南李相蔚召试赏之,元、白及罗昭谏集中有其赠诗。

舞曲

软舞曲　垂手罗古舞曲有《大垂》、《小垂手》,此其遗也。　兰陵王　回波乐　春莺啭　乌夜啼　半社渠　借席　凉州　屈柘枝《柘枝》,羽调。《屈柘枝》,又是商调也。　团乱旋一作团圆旋　甘州　绿腰　苏合香

健舞曲　拂菻西域国名。菻,力稔切。　黄麞　柘枝一说云:本《拓枝》,讹为《柘枝》。沈亚之有赋,似谓戎夷之舞。今舞人衣冠类蛮服,疑出南蛮诸国也。用女童舞,胡帽施金铃,绣罗宽袍,银带。白乐天诗"带垂钿胯花腰重,帽转金铃雪面回"是也。其曲为羽调。有《屈柘枝》,为角调。又有《五天柘枝》、《那胡柘枝》。其舞也,先藏女童二莲花中,以鼓招之,花拆而后见,对舞相占,实舞中之雅妙

者。故唐人诗有云："三敲画鼓声催急,一朵红莲出水迟。"又云："白雪慢回抛旧态,黄莺娇啭唱新词。"其舞若歌之大略,亦可得矣。　**大渭州**　**达磨支**　**大杆阿连**大杆,一作秧大。　**阿辽**　**剑器**舞衣五色。曲中吕宫。段安节云:即公孙大娘所舞。然唐人用此,多有作"剑气"者,岂字之误欤?　**胡旋**本出康居。舞者立球上,旋转如风。　**胡腾儿**出安西。珠帽、桐布衫、双靴,及[二〇]手叉腰,应曲节舞。李端诗云:"洛下词人抄曲与。"知舞曲非一矣。

杂舞曲　**打球乐**舞衣四色,窄绣罗襦,银带簇花,折上巾,顺风脚,执球杖。贞观初,魏郑公奉诏造,其调存焉。　**玉兔浑脱**舞衣四色,绣罗襦,银带,玉兔冠。中宗时,吕元泰尝上书谏都市坊邑相率为《浑脱》,骏马胡服,名为《苏莫遮》,旗鼓相当,腾逐喧噪,战争之象,不为雅乐云云。泼寒胡戏有《苏莫遮》曲,岂《浑脱》舞同出海西,亦歌此曲调欤? 先此,武后末年,《剑气》[二一]入《浑脱》,始为犯声。《剑气》[二二],宫调。《浑脱》,角调。为以臣犯君也。　**英王石州**商调,互见中宗乐曲内。　**婆罗门舞**舞衣绯紫色,执锡环杖。开元中,西凉节度杨敬述进。

霓裳羽衣舞明皇梦游月宫,写天乐作舞曲,调黄钟商。《韵语阳秋》云:舞用女人一人。《齐东野语》云:奏乐女人三十人,每番十人迭奏。《乐志》云:曲凡十二遍,他曲终必遽,唯此曲将毕,引声益缓。白乐天诗云:"散序六奏未动衣,中序擘騞初入拍。"又云:"繁音急节十二遍,唳鹤曲中长引声。"大略可考者此。《梦溪笔谈》云:《国史补》言:"客有以按乐图示王维,维曰:此霓裳第三叠第一拍也。引工按曲果信。"此未然。霓裳曲凡十二[二三]叠,前六叠无拍,至第七叠方谓之叠遍,自此始有拍而舞作,故白乐天诗有"中序擘騞初入拍"之句。中序即第九[二四]叠也,第三叠安得有拍?但言第三叠第一拍,即其妄矣。"　**伊州**　**五天**开元《教坊记》云:"教坊诸宫人,唯舞此二曲。"宫人、内人之辨,详乐署注。　**鼓舞曲**开元时,邠王家冯正正、心儿,薛王家高大山、李不藉,岐王家江张生,俱以善鼓闻。以其鼓变轻小,取便易,调高声尖。是时宋娘、祁娘,俱称善鼓。宋能作曲及舞鼓,祁工落花吹笛,李阿八善鼓架。凡棚车上打鼓,非《火袄》即《阿辽破》也。《阿辽》见前,《火袄》即《穆护砂》曲。　**凌波曲**天宝中,女伶谢阿蛮善舞此曲,常入宫中,杨贵妃遇之甚厚。

莲花铤舞本出北同城。岑参诗云:"慢脸娇娥纤复秾,轻罗金缕花葱茏。回裾转袖若飞雪,左铤右铤生旋风。忽作出塞入塞声,翻身入破如有神。"　**字舞**以舞人亚身于地,布成字,为字舞。合成花字者,又为花舞,则亦字舞也。大和中,王建《宫词》云:"罗衫叶绣重重,金凤银蛾[二五]各一丛。每遇[二六]舞头分两向,太平万岁字当中。"自武后圣寿乐舞"圣超千古"十六字,德宗奉圣乐舞"南诏奉圣乐"五字,历朝制字舞,未可详记。　**新霓裳羽衣舞**文宗时教坊进舞女三百人,舞《新霓裳羽衣》。　**叹百年舞**懿宗与郭妃悼念同昌公主,李可及为《叹百年》曲及舞。舞人皆盛饰珠翠,仍画鱼龙地衣以列之。曲终乐阕,珠翠覆地,调语凄恻,闻者流涕。上益厚赐之。　**菩萨蛮舞**舞衣绛绘[二七],窄砌衣,卷冠。李可及尝于安国寺作此舞。　**河传舞**乾符中,绵竹王俳优能腰背一船,船中载十二人,舞《河传》一曲。舞遍最长。　**儿童解红舞**用两童,衣紫绯绣襦,银带,花凤冠,缦带。亦《柘枝》之类。五代和凝有歌。

　　唐舞惟文武二舞,宪古佾数,而歌雅歌。自太宗复制《七德》、《九功》,佾数较古有倍,而声容亦渐多可议矣。其后历朝相沿,各制乐舞,臣下更多撰献。虽名托雅正,而事归矜侈,具在前简,概无足讥。此则零杂舞名,纯远乎雅者,然以考其曲题,而求其声度,不可废而无纂。其《霓裳》、《柘枝》二曲,唐人多所歌咏,故复备释焉。

散乐

歌舞戏　**大面**一名代面,出北齐。兰陵王长恭,胆勇善战,以其颜貌无威,每入阵即着面具,后乃百战百胜。戏者衣紫腰金执鞭。唐相沿弄此,亦入歌曲。**钵头**昔有人父为虎所伤,遂上山寻其父尸,山有八折,故曲有八叠。戏者披发素衣,面作啼状。　**踏谣娘**北齐有人姓苏,鲍鼻,实不仕而自号为郎中。嗜饮酗酒,每醉辄殴其妻,妻衔悲诉于邻里。时人弄之,丈夫着妇人衣,徐步入场行歌,每一叠旁人齐声和之云:"踏谣和来,踏谣娘苦和来。"以其且步且歌,故谓之《踏谣》。以其称冤,故言苦。及其夫至,则作殴斗之状,以为笑乐。今则妇人为之,遂不呼郎中,但云阿叔子;调弄又加典库,全失旧旨。或呼为《谈容娘》,又非。　**苏中郎**后周士人苏葩嗜酒落魄,自号中郎,每有歌场辄入独舞。今为戏者,着衣戴帽,面正赤,盖状其醉也。　**傀儡子**一作窟礧子。相传陈平为木偶美人示冒顿阏氏,解平城围。后乐家翻为戏。其引歌舞有郭郎者,发正秃,善优笑。后魏人凡戏场办在俳儿之首也。《通考》云:李勣破高丽,献傀儡子戏。　**参军戏**《乐府杂录》云:参军戏,旧说始自汉馆陶令石耽,有赃犯,和帝令遇宴衣白夹衫,命优伶戏弄辱之,经年,释为参军,误也。开元中,李仙鹤善此戏。帝授韶州同正参军,以食其禄,是以陆鸿渐撰词言韶州,盖踩此矣。按,鸿渐少尝为优人,此云撰词者,谓其授官制词,为人所暗讥也。用证《参军》始于李仙鹤耳。　**假妇人**大中以来,孙乾饭、刘璃瓶、郭外春、孙有态善弄此戏。僖宗幸蜀时,有刘贞尤能之,后籍教坊。　**弄贾大猎儿**《乐府杂录》载此戏,隶清乐部。　**排闼戏**昭宗光化中,孙德昭之徒,刃刘季述。帝反正,命乐工作樊哙排闼戏以乐焉。

杂戏　**天竺断手足刳剔肠胃伎**高宗恶其惊人,尝敕禁。　**泼寒胡戏**冬月,为海西胡人裸体,寒水泼之。自则天末年始。中宗尝因蕃夷入朝,作此戏御楼观之,所歌曲即《苏摩遮》也。　**倒舞伎**睿宗时,婆罗门献乐,舞人倒行,以足舞于极铦刀锋,倒植于地,低目就刃以历脸中,又植于背下,吹觱篥者,立其腹上,终曲而无伤。又伏伸其手,两人蹋之,旋身绕手,百转无已。　**拔河戏**玄宗时,尝作此戏。御制诗,仍令宰相张说等和。说诗略云:"今岁好拖钩,横街敞御楼。长绳系日住,贯索挽河流。"俗传此戏必致年丰,故帝命北军作之,以求岁稔。　**竿木伎**明皇时教坊有王大娘,善戴百尺竿,竿上施木山,状瀛洲方丈,仍令小儿持绛节,出入其间,而舞不辍。时刘晏以神童召,尝令赋诗,有"楼前百戏竞争新,唯有长竿妙入神"之句。　**羊头浑脱**　**九头狮子**　**弄白马**　**益钱**　**寻橦**　**跳丸**　**吐火**　**吞刀**　**旋盘**　**筋斗**诸戏属鼓架部。史云:明皇每赐宴,设酺会,教坊大陈山车、旱船、寻橦、走索、丸剑、戏马、斗鸡诸戏,其名不一。《乐书》云:明皇在藩,先有散乐一部,平逆韦实赖其力。后即位设戏,辄分两朋较优劣,使人心意勇,亦谓之热戏焉。　**蹴球戏**唐变古蹴鞠戏为蹴球,其法植两修竹,高数丈,络网于上为门,以度球。球工分左右朋,以角胜负。　**击鞠**宣宗特善此戏,所御马趫捷特异,每持鞠杖乘势奔跃,运鞠于空中,连击至数百,而马驰不止,迅若流电。二军老鞠手,咸伏其能。　**角力戏**凡陈诸戏毕,左右两军挥大鼓,引壮士裸袒相搏较力,以分胜负。　**瞋面戏**其戏以手举足加颈上。唐优人刘吃陀奴能不用手而脚自加颈。　**五方狮子**每一狮子用十二人，执绋弄之，名狮子郎，属龟兹部。　**骨鹿舞　胡旋舞**《乐府杂录》云：夷部乐有此二舞，俱于小圆球子上舞，纵横腾踏，两足终不离于球子，即所谓踏球戏也。　**舞盘伎**以下见《通典》，云前代之伎至唐尚存者。　**长蹻**[二八]**伎　跳铃伎　掷倒伎　跳剑伎　舞轮伎　透三峡伎　高絙伎　弥猴缘竿伎　弄椀珠伎**

　　右散乐有二种，或写象人物谐弄，或逞炫艺绝角剧，并俳优所肄，非部伍之声。然其陈也，必佐以致语篇唱，优人辞捷者谓之研拨。则亦皆乐曲之馀，不可遗也，故复识其目以备考。其互见前舞部及后之夷乐部者，亦因当时行用之旧两存云。

四夷乐

　　东夷四　高丽乐起自后魏得其乐，唐仍隋，列于十部伎。乐器十七色，工十八人，紫罗帽，饰以鸟羽，长袖，双双并立而舞。歌曲有芝栖，舞曲有歌芝栖[二九]。武后时尚馀二十五曲，贞元末止存一曲。　**百济乐**贞观中灭其国，尽得其乐，中宗时工人亡散，开元中岐王范复奏置之。歌曲入般涉调。　**新罗乐**贞观中尝遣使献女乐。　**日本乐**大中七年献。

　　南蛮三　扶南乐隋有其乐器，以天竺乐转写之。王维有《扶南曲》。**南诏乐**贞元中，南诏异牟寻因西川押云南八国使韦皋献夷中歌曲，皋因之以作奉圣乐。详前各朝乐内。　**骠国乐**贞元中，骠国王雍羌，因南诏重译献其国乐。其国与天竺相近，故乐多演释氏经论之词。曲十有二：一曰佛印，骠云没驮弥，国人及天竺歌从事王也；二曰赞娑罗花，骠云咙莽第[三〇]，国人以花为衣服，能净其身也；三曰白鸽，骠云苔都，美其飞止遂情也；四曰白鹤游，骠云苏谩底哩，谓翔则摩空，行则徐步也；五曰斗羊胜，骠云来乃，昔有人见二羊斗海岸，强者则见[三一]，弱者入山，时人谓之"来乃"，来乃者，胜势也；六曰龙首独琴，骠云弥思弥，此一弦而五音备，象王一德以畜万邦也；七曰禅定，骠云掣览诗，谓离俗寂静也，七曲唱舞皆律应黄钟商；八曰甘蔗王，骠云遏思略，谓佛教民如蔗之甘，皆悦其味也；九曰孔雀王，骠云桃台，

135

谓毛采光华也;十曰野鹅,骠云□□[三二],谓飞止必双,徒侣毕会也;十一曰宴乐,骠云咙聪网摩[三三],谓时康宴会嘉也;十二曰涤烦,亦曰笙舞,骠云匙那,谓时涤烦瞖,以此适情也,五曲律应黄钟两均:一黄钟商伊越调,一林钟商小植调。初奏乐,有赞者一人先导乐意,其舞容随曲。用人或二、或六、或四、或八、至十,两两相对,为赴节之状,有类中国柘枝舞焉。《玉海·国史志》有《骠国乐颂》一卷,今亡。

西戎七 **高昌乐** 乐器十二色,舞人白袄、赤带、红抹额。贞观中伐其国,尽得其乐,列于十部伎。 **龟兹乐** 起自吕光破龟兹,因得其声。流传至隋,有西国龟兹、齐朝龟兹、土龟兹三部。唐仍隋,列十部伎。乐器十五色,工二十人。其歌曲有《善善摩尼》,解曲有《婆伽儿》,舞曲有《小天》,又《疏勒盐》。 **疏勒乐** 自后魏通西域,得其乐,唐仍隋,列十部伎。乐器十色,工十二人。歌曲有《兀利死让乐》,舞曲有远服,解曲有盐曲。曲调有《昔昔盐》、《一台盐》。洪迈曰:《昔昔盐》,羽调曲。《玄怪录》载篷篨三娘工唱《阿鹊盐》。又有《突厥盐》、《黄帝盐》、《白鸽盐》、《神雀盐》、《疏勒满座盐》、《归国盐》。唐诗"媚赖吴娘唱是盐","夏奏新声刮骨盐"。然则歌诗之盐者,亦如吟行曲引之类尔。 **康国乐** 起自周代得其乐,唐仍隋,列十部伎。乐器四色,工七人。歌曲有戢殿农和[三四]正,舞曲有《贺兰钵鼻始》、《末奚波地》、《农慧钵鼻始》、《前拔地慧地》等四曲。其舞急转如风,俗谓之胡旋。 **安国乐** 后魏通西域得之,唐列十部伎。乐器十色,工十二人。歌曲有《附萨单时》,舞曲有《末奚》,解曲有《居和祗》。 **天竺乐** 起自张重华据凉州日贡乐,后国子为沙门来游,又传其方音乐。器九色,工十二人。唐仍隋,列十部伎。《隋书》云:歌曲有《沙石疆》[三五],舞曲有《朝天曲》[三六]。陈氏《乐书》云:曲调有普光佛曲、弥勒佛曲、日光明佛曲、大威德佛曲、如来藏佛曲、药师琉璃光佛曲、无威感德佛曲、龟兹佛曲,并入婆陀调。释迦牟尼佛曲、宝花步佛曲、观法会佛曲、帝释幢佛曲、妙花佛曲、无光意佛曲、阿弥陀佛曲、烧香佛曲、十地佛曲,并入乞食调。大妙至极曲,解曲并入越调。摩尼佛曲,入双调。苏密七俱陀佛曲、日光腾佛曲,入商调。邪勒佛曲,入徵调。观音佛曲、永宁佛曲、文德佛曲、婆罗树佛曲,入羽调。迁星曲,入般涉调。提梵,入移风调。 **西凉乐** 起苻氏之末,吕光、沮渠蒙逊等据有凉州,变龟兹声为之,号为秦汉伎,盖凉人所传中国旧乐,杂以羌胡之声也。其乐器声调并出自西域,唐仍隋,列十部伎。乐器十九种,工二十七人。其歌曲有《杨泽新声》、《神白马》、《永世乐》,解曲有《万世丰》,舞曲有《于阗佛曲》。

北狄乐北狄之乐,本马上乐。自汉以来,总归鼓吹部。后魏乐府,始有北歌。周、隋世与西凉乐杂奏。至唐存者五十三章,名目可解者六章:《慕容可汗》、《吐谷浑》、《部落稽》、《巨鹿公主》、《白净王太子》、《企喻》也。其不可解者,咸多可汗之辞。金吾所掌有大角,此即后魏世所谓《簸逻回》者是也,其曲亦多可汗之辞。北虏之俗,皆呼主为可汗也。开元中,歌工长孙元忠,自其祖贞观中受业侯将军贵昌,世习北歌,声调相授,虽译者不能通知其辞义。

周官鞮鞻氏掌四夷之乐与其声歌,祭祀及燕飨,作之门外,美德广之所及也。自南北分裂,音乐雅俗不分,西北胡戎之音,揉乱中华正声。降至周、隋,管弦杂曲,多用西凉;鼓舞曲多用龟兹;燕享九部之乐,夷乐至居其七。唐兴,仍而不改。开元末,甚而升胡部于堂上,使之坐奏,非惟不能厘正,更扬其波。于是昧禁之音,益流传乐府,浸渍人心,不可复浣涤矣。今采唐太常所隶夷乐,附于诸乐曲之后,以俟正乐者考焉。

乐署

太常寺,其属有协律郎掌和六律六吕,其署曰**太乐署**掌教乐人调合钟律,曰**鼓吹署**掌鼓吹、**梨园院**掌俗乐,在太常寺内西北。

内教坊掌俗乐,武德末置。 **云韶府**武后改称。 **左右教坊 宜春北院**并明皇增置。 上精晓音律,以太常不应典杂伎,更置左右教坊,命中官为之,使教新声散乐倡优之伎。又选坐部子弟三百,教于梨园,号皇帝梨园弟子院,因改名别教院。宫女数百,亦为梨园弟子,居宜春北院。梨园法部更置小部音声三十馀人。其云韶教坊妓女称宫人,宜春妓女称内人,声色尤殊。文宗朝复改云韶院为仙韶院云。

校记

〔一〕"合",《旧唐书》及《唐会要》均作"各"。

〔二〕"半社渠",《羯鼓录》作"半社梁"。(《羯鼓录》据《丛书集成》影印守山阁本,后同。)

〔三〕 此二曲《羯鼓录》作"君王盛神武赫赫　君之明",未知孰是。

〔四〕 "还城乐",《羯鼓录》作"还成乐"。

〔五〕 "大",《羯鼓录》作"火"。

〔六〕 "支",《羯鼓录》作"友"。

〔七〕 "鸟",《羯鼓录》作"乌"。

〔八〕 "杨",《羯鼓录》作"凉"。

〔九〕 此三曲《羯鼓录》作"西河师子三台舞　石州"二曲,未详孰是。

〔一〇〕 末四字《羯鼓录》作"蕃部不载"。

〔一一〕 "奴",《羯鼓录》作"那"。

〔一二〕 此二曲《羯鼓录》连作一曲。

〔一三〕 此二曲《羯鼓录》作"食曲　云居曲"。

〔一四〕 此二曲《羯鼓录》不载。

〔一五〕 "请",原刻作"清",据《朝野佥载》、《西阳杂俎》及《太平广记》校改。

〔一六〕 "独指泛清商",原刻误分为"独指泛　清商"。

〔一七〕 按:今本《北梦琐言》此条已佚,仅载《太平广记》,其中"抹商"作"凤抹商","大吕调□曲"原作"大吕调,其曲名一同人世"。据此,"□曲"二字当衍。

〔一八〕 按:《太平广记》引《开天传信记》作"明皇梦游月宫",义似长。下文"舞曲"此条亦有"梦"字。

〔一九〕 按.事见《太平广记》卷二百四引甘泽谣。节录如下:"许云封,乐工之笛者。贞元初,韦应物……轻舟东下,夜泊灵壁驿……忽闻云封笛声,嗟叹良久。韦公洞晓音律,谓其笛声酷似天宝中梨园法曲李謩所吹者。遂召云封问之,乃是李謩外孙也……韦公曰:'我有乳母之子,其名千金。尝于天宝中受笛李供奉,艺成身死,每所悲嗟。旧吹之笛,即李君所赐也。'遂囊出旧笛。云封跪捧悲切,抚而观之,曰:'信是佳笛,但非外祖所吹者。'乃为韦公曰:'竹生云梦之南,鉴在柯亭之下。以今年七月望前生,明年七月望前伐。过期不伐,则其音窒;未期而伐,则其音浮。浮者,外泽中干;干者,受气不全;气不全,则其竹夭。凡发扬一声,出入九息。古之至音者,一叠十二节,一节十二敲,今之名乐也。至如落梅流韵,感金谷之游人;折柳传情,悲玉关之戍客。诚为清响,且异至音,无以降神而祈福也。其已夭之竹,遇至音必破。所以知非外祖所吹者。'韦公曰:'欲旌而鉴,笛破无伤。'云封乃捧笛吹《六州遍》一叠,未尽,騞然中裂。韦公惊叹久之。遂礼云封于曲部。"据此,笛理乃云封所论也。

〔二〇〕 "及",疑当作"反"。

〔二一〕〔二二〕 "剑气",当作"剑器",说见卷十三注〔一九〕。

〔二三〕 "二",《梦溪笔谈》作"三"。

〔二四〕 "九",《梦溪笔谈》作"七"。

〔二五〕〔二六〕 "银蛾"、"每遇",《全唐诗》、王建《宫词》、《唐诗纪事》均作"银鹅"、"每遍"。

〔二七〕 "绘",疑当作"缯"。

〔二八〕 "蹯",原刻误"桥",依《旧唐书》校改。

〔二九〕 按:《太平御览》卷五六七、《册府元龟》卷五七〇并作"舞曲有舞芝栖"。

〔三〇〕〔三一〕〔三三〕 "咙莽第"、"强者则见"、"咙聪网摩",原刻作"陇莽第"、"强则见"、"咙聪纲摩",均据《新唐书》卷二二二校改。

〔三二〕 按:《新唐书》二二二下作"十曰野鹅,谓飞止必双,徒侣毕会也"。无"骠云□□"四字,盖宋时已佚其骠音,胡氏盖准其馀十一曲之例而加"骠云□□"也。

〔三四〕 "和",原刻脱,据《隋书·音乐志》校补。

〔三五〕 "疆",原刻误"壃",依《隋书·音乐志》校改。

〔三六〕 "朝天曲",《隋书》作"天曲"。

唐音癸签卷十五

乐通四

总论

往代之诗乐,征其文观之,其兴衰可见也。乐之所感,微则占于音,章则见于词。微于音者,圣人察之;章于词者,贤人畏之。沈亚之

《诗》讫于周,《离骚》讫于楚,自后诗之流为赋、颂、铭、赞、文、诔、箴、诗、行、咏、吟、题、怨、叹、章、篇、操、引、谣、讴、歌、曲、词、调,名二十有四,皆诗人六义之馀也。繇操而下八名,皆起于郊祭、军宾、吉凶、苦乐之际。在音声者,因声以度调,审调以节唱,句度短长之数,声韵平上之差,莫不繇之准度。而又别其在琴瑟者为操、引,采民甿者为讴、谣,备曲度者总得谓之歌、曲、词、调,斯皆繇乐以定词,非选词以配乐也。繇诗而下九名,皆属事而作,虽题号不同,悉谓之为诗。后之审乐者,往往采取其词,度为歌曲,盖选词以配乐,非繇乐以定词也。〔一〕元稹

古之论乐者,一曰古雅乐,二曰俗部乐,三曰胡部乐。古雅

乐更秦乱而废,汉世惟采荆、楚、燕、代之讴,稍协律吕,以合八音之调,不复古矣。晋、宋、六代以降,南朝之乐多用吴音,北国之乐仅袭夷虏。及隋平江左,魏三祖清商等乐存者什四,世谓为华夏正声,盖俗乐也。时沛国公郑译复因龟兹人白苏祇婆善胡琵琶,而翻七调,遂以制乐。唐人因而用之,以定律吕。繇是观之,汉世徒以俗乐定雅乐,隋氏以来,则复悉以胡乐定雅乐。唐至玄宗,始以法曲与胡部合奏,夷音、夷舞,进之堂上,而雅乐之工,以坐立伎部不堪者充之,过为简贱至此,宜乎正声沦亡,古乐之不可复矣。吴莱 马端临云:隋、唐燕乐,西戎之乐居大半。郑夹漈以为音未有不自西出,此固一说。愚则以为自晋氏南迁之后,戎狄乱华,如苻氏出于氐,姚氏出于羌,皆西戎也,亦既奄有中原,而以议礼制度自诡。及张氏据河右,独能得华夏之旧音。继以吕光、秃发、沮渠之属,又皆西戎也。盖华夏之乐,流入于西戎;西戎之乐,混入于华夏,自此始矣。隋既混一,合南北之乐,而为七部伎,所谓清商三调者,本中华之乐,晋室播迁,而入于凉州;张氏亡而入于秦;姚氏亡而入于江南;陈亡而复入北:其转折如此。则其初固本不尽出西戎生,要不可不辨。

近时乐家,多为新声,其音谱传移,类以新奇相胜,故古曲多不存。顷见一教坊老工言,惟大曲不敢增损,往往犹是唐本,而弦索乐家,守之尤严。言凉州者,谓之护索,取其音节繁雄。言六幺者,谓之转关,取其声词闲婉。元微之诗云:"凉州大遍[二]最豪嘈,录要散序名茏捻。"护索、转关,岂所谓豪嘈、茏捻者耶?唐起乐皆以丝声,竹声以之合乐,乐家所谓"细抹将来"者是也。故王建《宫词》云:"琵琶先抹绿腰头,小管丁宁侧调悠。"近世以管色起乐,而犹存"独抹"之语,盖诵袭弗悟尔。《蔡宽夫诗话》

词曲

古乐府者,诗之旁行也。词曲者,古乐府之末造也。倚声制词,起于唐之季世。[三]《困学纪闻》

古乐府诗,四言、五言,有一定之句,难以入歌,中间必添和声,然后可歌,如妃呼豨、伊何那之类是也。唐初歌曲,多用五七言绝句,律诗亦间有采者,想亦有剩字剩句于其间,方成腔调。其后即以所剩者作为实字,填入曲中歌之,不复别用和声,则其法愈密,而其体不能不入于柔靡矣,此填词所繇兴也。宋沈括考究所始,以为始于王涯。又谓前此贞元、元和间为之者已多云。遯叟　朱子云:古乐府只是诗,中间却添许多泛声。后来人怕失了那泛声,逐一声添个实字,遂成长短句,今曲子便是。荆公云:古之歌者,皆先有词,后有声,故曰"歌永言,声依永"。如今先撰腔子,后填词,却是永依声也。

世所盛行宋、元词曲,咸以昉于唐末。然实陈、隋始之。盖齐、梁月露之体,矜华角丽,固已兆端。至陈、隋二主,并富才情,俱涵声色,所为长短歌行,率宋人词中语也。炀之《春江》、《玉树》等篇尤近,至望江南诸阕,唐、宋、元人沿袭至今,词体[四]滥觞,实始斯际。自文皇以鸿裁硕藻,拨六朝馀习而力反之,子昂、太白,相望并兴;逮少陵氏作,出经入史,划绝淫靡;有唐三百年之诗,遂屹然羽翼商、周,驱驾汉、魏。藉令非数君子砥柱其间,则《花间》、《草堂》,将踵接于武德、开元之世,讵宋、元而后显哉?盖六朝、五代一也,障其澜而上,则诗盛而为唐;制其流而下,则词盛而为宋。余因是知陈、李、少陵,厥功于艺苑甚伟;而欧阳、王、苏、黄、秦诸君子,弗能弗为三叹而致惜也。胡应麟《庄岳委谭》

诗至于唐而格备,亦至于唐而体穷。故宋人不得不变而之词,元人不得不变而之曲。胡应麟《诗薮》。　王元美云:《三百篇》亡,而后有骚赋;骚赋难入乐,而后有古乐府;古乐府不入俗,而后以唐绝句为乐府;绝句少宛转而后有词;词不快北耳而后有北曲;北曲不谐南耳,而后有南曲。

律调

凡乐,每调皆具七声,而乐家惟取其起调毕曲之律以名之;

盖以起调之字之声为主,中间逗遛曲折,虽行乎均内七声,末复归于本律,谓以六声赞助,以成其调,其实一声也。朱晦庵

拍

曲之有拍,盖以为乐节也。牛僧孺尝字之为乐句,大为韩公所赏。明皇尝遣黄幡绰造拍板谱,于纸上画两耳以进云:"但有耳,无定节奏也。"遯叟

叠

旧传阳关三叠,然今歌者,每句再叠而已。通一首言之,又是四叠。皆非是。或每语三唱以应三叠之说,则丛然无复节奏。尝得古本《阳关》,其声宛转凄断,不类向之所闻,每句皆再唱,而第一句不叠。乐天诗云:"相逢且莫推辞醉,听唱《阳关》第四声。"注:"第四声,劝君更尽一杯酒。"以此验之,若第一句叠,则此句为第五声;今为第四声,则第一句不叠,审矣。东坡

遍

曲有大遍,有小遍。元稹诗:"逡巡大遍凉州彻。"所谓大遍者,有序、引、歌、㽮、嘬、哨、催、攧、衮、破、行、中腔、踏歌之类,凡数十解。有数叠者,裁截用之,则谓之"摘遍"。今人大曲,皆是裁用,悉非大遍也。《梦溪笔谈》

破

唐人以曲遍中繁声为入破;陈氏《乐书》以为曲终者,非也。如水调歌凡十一叠,第六叠为入破,当是曲半调入急促,破其悠长者为繁碎,故名破耳。起于天宝间有此名,卒兆安、史乱,家国

破，《五行志》以为非祥兆，然竟不可革云。逊叟

犯

乐府诸曲，自古不用犯声，以为不顺也。唐自天后末年，剑气[五]入浑脱，始为犯声之始。剑气[六]宫调，浑脱角调，以臣犯君，故为犯声。明皇时，乐人孙处秀善吹笛，好作犯声，时人以为新意而效之，因有犯调。五行之声，所司为正，所歆为旁，所针为偏，所下为侧。故正宫之调，正犯黄钟宫，旁犯越调，偏犯中吕宫，侧犯越角之类。陈旸

解

自古奏乐，曲终更无他变。隋炀帝以清乐雅淡，曲终复加解音，至唐遂多解曲，如火凤用移都师解，柘枝用浑脱解，甘州用吉了解，耶婆娑鸡用屈柘急遍解之类。《古今乐录》云：伧歌以一句为一解，中国以一章为一解。王僧虔云：古曰章，今曰解。作诗有丰约，制解有多少。是解本章什通名，非仅言其卒章之乱也。自隋、唐曲终解曲盛行，遂将解字当卒章字用；而章解之解，别称叠、称遍，不复更称解矣。逊叟。下同。

唐人乐府不尽谱乐

古人诗即是乐。其后诗自诗，乐府自乐府。又其后乐府是诗，乐曲方是乐府。诗即是乐，《三百篇》是也。诗自诗，乐府自乐府，谓如汉人诗，同一五言，而"行行重行行"为诗，"青青河畔[七]草"则为乐府者是也。乐府是诗，乐曲方是乐府者，如六朝而后，诸家拟作乐府铙歌《朱鹭》、《艾如张》，横吹《陇头》、《出塞》等，只是诗；而吴声《子夜》等曲方入乐，方为乐府者是也。

至唐人始则摘取诗句谱乐，既则排比声谱填词。其入乐之辞，截然与诗两途，而乐府古题，作者以其唱和重复沿袭可厌，于是又改六朝拟题之旧，别创时事新题，杜甫始之，元、白继之。杜如《哀王孙》、《哀江头》、《兵车》、《丽人》等，白如《七德舞》、《海漫漫》、《华原磬》、《上阳白发人》、讽谏等，元如《田家》、《捉捕》、《紫踯躅》、《山枇杷》诸作，各自命篇名，以寓其讽刺之指，于朝政民风，多所关切，言者不为罪，而闻者可以戒。嗣后曹邺、刘驾、聂夷中、苏拯、皮、陆之徒，相继有作，风流益盛。其辞旨之含郁委宛，虽不必尽如杜陵之尽善无疵，然其得诗人诡讽之义则均焉。即未尝谱之于乐，同乎先朝入乐诗曲，然以比之诸填词曲子仅佐颂酒赓色之用者，自复霄壤有殊。郭茂倩云："自风雅之作，以至于今，莫非讽兴当时之事，以贻后世之审音者。倪采歌谣，以被声乐，则新乐府其庶几焉。"斯论为得之，惜无人行用之尔。

校记

〔一〕 所引元稹之文，见《元氏长庆集》卷二十三《乐府古题序》。"自后诗之流为赋……"，集作"是后诗之流为二十四名"。"名二……馀也"，集作"皆诗人六义之馀而作者之旨"。

〔二〕 "遍"，原刻误"篇"，依元集校改。

〔三〕 按：《困学纪闻》卷十八原文作："致堂云：古乐府，诗之旁行也；词曲者，古乐府之末造也。陆务观云：倚声填词，超于唐之季世。"胡氏删去胡、陆二名，遂使王应麟转述之语，成为自创，失却原意。

〔四〕 "词体"，《少室山房笔丛·庄岳委谭》作"词曲"。

〔五〕〔六〕 "剑气"，当作"剑器"。说见卷十三注一九。

〔七〕 "畔"，原作"边"，依《乐府诗集》卷三八校改。《饮马长城窟》注"一作边"，《古诗十九首》则只作"畔"也。

唐音癸签卷十六

诂笺一

【蔚蓝】《度人经》:诸天名也。隐语无义理可解,非青蓝之蓝。杜甫梓州金华道观诗:"涪右众山内,金华紫崔巍。上有蔚蓝天,垂光抱琼台。"借作颜色字,为药宫写貌[一]。遯叟。下同。

【十枝】初唐人咏日,用"十枝"字,谓扶桑九日居下枝,一日居上枝也,出《山海经》。扶桑,严忌《哀时命》作榑桑,音同。李白诗:"游榑桑兮挂左袂。"

【黄云】沈佺期改年观赦诗:"六甲迎黄气,三元降紫泥。"《望气经》云:"黄云四出,主赦。"黄气,黄云也。华盖象云,六甲乃华盖杠傍星名,故用之。

【景云】《孝经援神契》:天子孝,景云出游。崔融《则天挽歌》:"空馀天子孝,松上景云飞。"

【濯枝雨】苏味道《单于川对雨》诗:"还从濯枝后,来应洗兵辰。"《风土记》:六月大雨,为濯枝雨。洗兵,用《六韬》周伐殷遇雨事。

【香云香雨】雨未尝有香也,而李贺诗:"依微香雨青氛氲。"

元微之诗:"雨香云淡觉微和。"云未尝有香,而卢象诗云:"云气香流水。"此杨用修语也。陈晦伯驳之,谓云雨未尝无香,引《拾遗记》,员峤山石,烧之成香云,湿润成香雨为证。诗人写物,正不必问其有出处与否。若以员峤有香云香雨方敢用之,则诗亦大拙钝矣,晦伯何足以难用修乎?

【鲤鱼风】李贺诗:"门前流水江陵道,鲤鱼风起芙蓉老。"九月风也。

【石尤风】陈子昂:"宁知巴峡路,辛苦石尤风。"戴叔伦:"知君未得去,惭愧石尤风。"司空文明:"无将故人酒,不及石尤风。"唐人屡用之,而无其解。洪容斋意其为打头逆风。今观宋孝武《丁督护歌》:"愿作石尤风,四面断行旅。"则亦如岭峤飓风,四面俱具之类,非仅打头逆风明矣。

【格泽】储光羲诗:"格泽为君驾。"《大人赋》:"建格泽之长竿〔二〕。"注云:格泽气,如炎火状,起地上至天,详《汉书·天文志》。

【中和节】唐以正月晦日为一节。孝和朝有晦日行幸诸诗。后德宗以前世上巳、九日皆大宴集,而寒食多与上巳同时,欲于二月立节,于是李泌请废正月晦,以二月朔为中和节。帝乃著令,与上巳、九日为三令节,中外皆赐缗钱,宴会,君臣赓赋为多。

【重三】张说《三月三日》诗:"暮春三月曰重三。"五月五日曰重五,九月九日曰重九,则三月三日亦宜曰重三也。郑良孺〔三〕。下同。

【耗磨日】张说有《耗日饮酒》诗:"耗磨传兹日。"又云:"流传耗磨辰。"俗谓正月十六日为耗磨日,是日官司不开仓库,故说诗有"还将不事事"语。

【小岁日】过腊一日,俗谓小岁日,行拜贺礼,见崔寔《月

令》。卢照邻"人歌小岁酒",此也。[四]

【五更点】夜更,五五相递为二十五点。唐李郢诗"二十五声秋点长"是也。韩退之诗:"鸡三号,更五点。"尤末更足五点之证。今更点头末更之二,并去初更之二配之,起宋世避"寒在五更头"之谶而然,不足二十五点之旧矣。

【北斗城】《三辅黄图》:长安故城,城南为南斗形,城北为北斗形,故号斗城。何逊《咸阳》诗"城斗疑连汉",杜"秦城近斗杓","秦城北斗边","北斗故临秦",以此。《荠隐笔记》

【虾蟆陵】唐人屡用入诗。白乐天:"自言本是京城女,家在虾蟆陵下住。"谢良辅:"取酒虾蟆陵下,家家守岁传卮。"齐己:"翠楼春酒虾蟆陵,长安少年皆共矜。"其地在长安城东南,与曲江近,为妓女及名酒所出之处。《长安志》曰:常乐坊内家东有大冢,俗呼为虾蟆陵,曲中出美酒,长安称之,相传是董仲舒墓,门人至此下马,故名。一云:汉武幸芙蓉园,至此下马,谚讹为虾蟆陵矣。详《国史补》。遡叟。下同。

【汉武泉】赵嘏有《经汉武泉》诗:"芙蓉池苑起清秋,汉武泉声落御沟。"汉武泉者,即曲江之源,在长安城南,东汇为曲江。隋恶曲之名,称芙蓉池。至唐引黄渠之水涨曲江,复故名。别于其南起芙蓉苑,而泉为滨江农家湮塞,遂不著。宋程大昌撰《雍录》最详核,于曲江独遗此泉,惟张礼《游城南记》备其本末云。

【中南】《文苑英华》,太宗有《望中南山》诗。或疑终南之误,非也。《毛诗·秦风·终南》注:终南山,即周之中南山。潘岳《关中记》云:以其山在天之中,居都之南,故曰中南。彭叔夏《辨证》

【东蒙峰】杜诗云:"故人昔隐东蒙峰,已佩含景苍精龙。故人今居子午谷,独在阴崖结茅屋。"东蒙乃终南山峰名。种明逸

《东蒙新居诗》亦云:"登遍终南峰,东蒙最孤秀。"南士不知,故注杜诗者妄引颛臾为东蒙主,以为鲁地。《稗海》

【䍐务山】唐末卢龙幕客马彧与镇州幕客韩定辞以学问相试。彧《赠定辞》诗:"别后䍐务山上望,羡君时复见王乔。"䍐务山,地志无考。今按,《颜氏家训》:柏人城北有一孤山,古书无载者,唯阚骃《十三州志》以为舜纳于大麓即此山,今犹有尧祠在焉。俗或呼为宣务山,或呼为虚无山,莫知所出。赵郡土族有李穆叔、季节兄弟,及李普济为有学问,并不能定乡邑此山。余曾为赵州佐,见太原王邵读柏人城西古碑,碑是汉桓帝时柏人县民为县令徐整所立,铭曰:"土有䍐务山,王乔所仙。"方知此䍐务山也。䍐字无所出,务字依诸字书,即厖丘之厖也。厖字《字林》一音亡付反。今依附俗名,当音权务耳。入邺为魏收说之,收大嘉叹。值其为赵州庄严寺碑,铭曰:"权务之精。"即用此也。今或诗作䍐务,与《家训》异。考韵书,整整碧务通作厖,前高后下丘名也。谟袍、耳由、亡付三切俱通。遯叟。下同。

【五松山】在南陵铜井西,初不知何名。李白以其山有松,一本五干、苍翠异恒,题今名。诗云:"征古绝遗老,因名五松山。"人皆知白改九子为九华,不知更有改五松事。

【卢龙山】《图经》:金陵城西北有狮子山,临大江,晋中宗以形势同塞上卢龙,易名为卢龙山。李白《三山望金陵》诗:"卢龙霜气冷,鸡鹠月光寒。"正指此也。元人注李集,以此卢龙为北平郡山,殊可笑。昭代王弇州《登金陵卢龙山》诗:"似闻司马江东日,分得卢龙塞上山。"

【西塞山】有两西塞山。"西塞山前白鹭飞,桃花流水鳜鱼肥。"此吴兴之西塞也。"势从千里奔,直入江中断。岚横秋塞雄,地束江流满。"此韦江州所咏武昌之西塞也。绝不相混。宋陆游误合为一，王弇州复曲为之说云："武昌西塞，峭壁洪涛，不类志和词中景色。其北岸遥山人家处，故当于此渔钓。"不知志和生平室居在越州，舟居多在苕、霅间，未闻其从楚江泛宅也。本传所载甚明，两公顾弗考耳。吴兴西塞，即今慈湖镇道山矶是。

【女坟湖】白乐天诗："女坟湖北武丘西。"《文苑英华辨证》云："女坟，真娘墓也。"此非是。皮、陆《女坟湖》诗自注："吴王葬女之所。"按《吴越春秋》："阖闾葬女阊门西郭，舞白鹤市中，令万人随观。"即其事也。

【向吴亭】在润州官舍。杜牧之《润州》诗："向吴亭东千里秋。"陆龟蒙诗："秋来懒上向吴亭。"[五]今刻牧之集者，改为句吴亭，失之矣。《孔氏杂说》

【御亭】庾信诗："御亭一回望，风尘千里昏。"王维送元中丞："东南御亭上，莫问有风尘。"盖翻庾诗也。御亭，吴大帝所建，在晋陵。后太守李袭誉用庾诗望字，改为望亭。李嘉祐有《自苏台至望亭驿》诗。遯叟

【万岁楼】孟浩然、王昌龄、皇甫冉俱有登万岁楼诗。京口子城西南月观在城上者，或云即万岁楼。土人以为南唐时节度使每登此楼西望金陵，嵩呼遥拜。其实非也。《京口记》云：晋王恭所作。《稗海》

【三河】唐诗："天子三河募少年。"又："节使三河募年少[六]。"谓河内、河东、河西，近长安畿辅地也。杨用修以黄河、析支河、湟中河解之，远矣。此三河那得有少年募？弇州

【五津】蜀江自湔县至犍为有五津，曰白华津、万里津、江首津、涉头津、江南津。出《华阳国志》。王勃《送杜少府之任蜀州》："风烟望五津。"用此。杨用修

【陵阳】《城冢记》：吴太子和陵，在吴兴郡城北西陵山，故吴兴旧有陵阳之称。许浑《雪溪宴别》云："谁堪从此去，云树满陵阳。"李涉在维扬见吴兴刘全白员外之爱姬名宋态者，作诗云："陵阳夜宴使君筵，解语花枝在眼前。"皆指此。宋牟巘寓居吴兴，因名其诗曰《陵阳集》。今人多不知之。遯叟

【云根】杜诗："穿水忽云根。"钱起："奇石云根浅。"贾岛："移石动云根。"诗人多以云根名石，以云触石而生也。六朝人先用之。宋孝武《登乐山》[七]诗："屯烟扰风穴，积水溺云根。"陈晦伯

【槽】今黄河舟子称水落为归槽。槽本马槽，象渠形言之也。白诗："江铺满槽水。"元诗："江流初满槽。"元自注：槽为楚语。遯叟。下同。

【沓潮】刘禹锡连州诗："屯门积日无回飙，沧波不归成沓潮。轰如鞭石矻且摇，亘空欲驾鼋鼍桥。"《番禺记》：两水相合曰沓潮。盖风驾前潮不得去，后潮之应候者复至，则为沓潮，海不能容而溢。吾乡亦有此谚云。

【市㟁】杜："市㟁瀼西巅。"市井泊船处，夔人呼为市㟁。水横通山谷处，夔人谓之瀼。杜有《瀼西寒望》诗。

【亥市】顾况诗云："亥市风烟接。"张籍诗云："江村亥日长为市。"按，洪氏《隆兴职方乘》云：岭南村落有市，谓之虚，以其不常会，多虚日也。西蜀曰痎，言如痎疾，间而复作。江南恶以疾称，因止曰亥。独徐筠《水志》云：荆吴俗以寅申巳亥日集于市，故名亥市。其说较洪氏为雅。[八]

【金潾】张籍《蛮中》诗："铜柱南边毒草春，行人几日到金潾。"今本潾作麟，误也。金潾乃交趾地名，《水经注》所谓"金潾清渚"是也。[九]

校记

〔一〕 按:胡氏之说本于陆游《老学庵笔记》,吴景旭《历代诗话·己集四》有辨识,以为《度人经》作"郁鑰",不当牵混为一,可参看。

〔二〕 "长",《汉书·司马相如传》作"修"。

〔三〕 按:"郑良孺"当为"程良孺",此条见于《读书考定》卷二,原文如下:"余言五月五日曰重五,九月九日曰重九,则三月三日亦宜曰重三。观张说文集《三月三日》诗'暮春三月日重三',《曲水侍宴》诗'三月重三日'为可据。"(《读书考定》依上海图书馆藏万历四十一年刊本,下同)。

〔四〕 按:《读书考定》卷二小岁条云:"子美有《小至》诗,说者谓冬至前一日为小至。《岁时杂咏》卢照邻《年日述怀》云:'人歌小岁酒,花舞大唐春。'是以元日为小岁。以此观之,子美'小至'即冬至也。周甸曰:冬至阴极,故曰小至。"胡氏所云与程氏大相径庭,不知何据。

〔五〕 "向吴",《四库》文津阁本均作"向湖"。

〔六〕 "年少",《四库》本作"少年"。

〔七〕 "乐"上《全宋诗》卷一有"作"字。

〔八〕 按:吴景旭《历代诗话·庚集六》有"亥市"条,较胡氏为详明,可参看。

〔九〕 按:"亥市"条后,此条前,南京图书馆藏顺治刻本前有"双与堂藏板"扉页者,于第八页九页之间,补刻一页,板心高于他页一公分,较他本多三条,照录如下。

〔二庭〕唐诗:"二庭归望断,万里客心愁。"二庭者,沙钵罗可汗建庭于淮合水,谓之东庭;吐陆建牙于镞曷山,谓之北庭。二庭以伊列水为界。郑良孺。下同。

按:当作"程良孺",此条见《读书考定》卷三,"东庭"作"南庭"。"界"下尚有:"所谓南单于北单于也。近有注唐诗者云,二庭未详。如此未核,何以注为?"

〔瓠芦河 苜蓿烽〕岑参《塞上》诗:"苜蓿烽边逢立春,瓠芦河上泪沾巾。"《西域记》云,寒外无驿邮,往往以烽代驿,玉门关外有五烽,苜蓿烽其一也。又云,瓠芦河下广上狭,洄波甚急,深不可渡,上置(按:上六字原刻漫漶不可识,据《读书考定》卷三校补)玉门关,即西域之咽喉矣(程作"也")。

〔拂云祠〕唐朝万军与突厥以河为界,北岸有拂云词。突厥每犯边,必先谒祠祷解,然后料兵度而南。事见《张仁愿传》。李益:"汉将新从虏地来,旌旗半上拂云堆。单于每近沙场猎,南望山阴哭始回。"山阴既所谓北岸者是也。君虞正以拂云在虏地,吾兵夺之,虏望而哭,故足雄耳,岂浪用汉事哉?古人作边词,未许不知地理者轻读。遯叟。下同。

又按:《四库》文津阁本亦无此三条。

唐音癸签卷十七

诂笺二

【洞案】郑谷诗:"端简炉香里,濡毫洞案边。"宋景文云:"凡朝会排正仗,吏供洞案,设前殿两螭首间。案上设燎香炉,修注官夹案立,其名为洞。人多不知。予疑通朱漆为案,故名洞云。"景文此解恐未是。洞洞,敬也。案列于中,以起人敬,或其取义欤?遯叟。下同。

【斗班】元微之诗:"斗班云汹涌,开扇雉参差。"朝班,左右合为斗班。《武后纪》:御殿日,昧爽,宰相两省官斗班于香案前,俟扇开,通事赞拜。正元诗所云也。唐《百官志》:尚辇局,大朝会扇一百五十六,常朝不全设,惟左右扇三。许浑有《秋日候扇》诗,盖即所谓俟扇开赞拜者,今本作候朝,浅人所改。

【勘契】元《酬乐天待漏》诗:"未勘银台契,先排浴殿关。"唐制,殿门启闭,设鱼契对较。鱼契者,刻檀为鱼,金饰鳞鬣。别刻檀板为坎,足以容鱼。一置门使所,一留宫中。发钥较勘相同,始开,谓之勘契。银台者,银台门也。学士院在银台门内,浴堂殿又在蓬莱殿东。未开银台门,已召对浴堂殿,先排关而入,言其近君之密也。刘邺亦有《待漏》诗："玉堂帘外漏迟迟,明月初沉勘契时。"

【药树】唐正衙宣政殿庭皆植松。开成中,诏入合赐对官班退立东边松树下是也。殿门外复有药树。元微之诗云："松间待制应全远,药树监搜可得知？"自魏晋以来,凡入殿奏事官,以御史一人立殿门外搜索而后许入,谓之监搜御史,立药树下,至唐犹然。大和中始罢之〔一〕。《石林燕语》

【罘罳】余见前辈诗语称罘罳,及余时有所作诗,俱似殿阁檐角网。今考《汉书·文帝纪》:未央宫东阙罘罳灾。崔豹注云:罘罳,屏也,复也。颜师古云:连阙曲覆重刻垣墉之处,其形罘然〔二〕。一曰屏。刘熙《释名》云:罘罳,在外门。罘,复也。臣将入请事,于此复重思也。《古今注》云:罘罳,复思也。合板为之,亦筑土为之,每阙殿舍皆有焉,郡国亦树之。合诸说观之,大抵是屏墙之类。段成式云:士林间多呼殿榱为复护,雀网为罘罳,误。据此,其非檐角网可知矣。第所释之义,终未明耳。《宛委馀编》

【白间】杜诗："当丁陷玉座,白间剥画虫。"《文选·景福殿赋》云："皎皎白间,微微〔三〕列钱。"注:白间,窗也。《墨庄漫录》

【琼砌】蔡衡仲一日举温庭筠华清宫诗"涩浪浮琼砌,晴阳上彩斿"之句问予曰:涩浪何语也？予曰:子不观《营造法式》乎？宫墙基自地上一丈馀叠石凹入如崖嵃状,谓之叠涩。石多作水纹,谓之涩浪。衡仲叹曰:不通《木经》,知涩浪为何等语耶！因语予曰:古人赋景福、灵光、含元者,一一皆通《木经》也。〔四〕《升庵外集》

【彤骑】褚亮诗："彤骑出禁中。"盖谓伍百服赤帻唱骑出禁中也。《中华古今注》:汉制,伍百服赤帻缥衣韦靽,率其伍以导

引。郑良孺〔五〕

【夕烽】杜:"夕烽来不近,每日报平安。"唐兵部烽式云:"寇贼不满五百人,放烽一炬;得蕃界事宜,知欲南入,放两炬;蕃贼五百骑以上,放三炬;千人放四炬;馀寇万人亦四炬。其放烽一炬,至所管州县镇止。两炬以上者,并至京。元放烟火处即录状驰驿奏闻。若依式放烽至京讫,贼回者放烽一炬报平安。凡放烽,报贼者,三应三灭;告平安者,两应两灭。"遯叟

【过马】韩偓诗云:"外使进鹰初得按,中官过马不教嘶。"有自注云:上每乘马,必中官驭以进,谓之过马。即乘之,蹩踥嘶鸣也。今北都使宅尚有过马厅,盖唐时方镇亦僭效之,因而名厅事云。《春明退朝录》

【六印】杜《瘦马行》:"细看六印带官字。"考《唐六典》:凡在牧马,以小官字印印右膊,以年辰印印右髀,以监名印印尾侧。二岁以飞字印印左髀膊。细马次马以龙形印印项左。送尚乘者,印三花及飞字印。外又有风字印。官马赐人者,以赐字印。配诸军及充传送驿者,以出字印。印凡八,此云六印,意赐、配者不在数耳。遯叟

【十家】唐女妓入宜春院,谓之内人,亦曰前头人,谓在上前也。骨肉居教坊,谓之内人家,有请俸。其得幸者,谓之十家。郑嵎《津阳门诗》:"十家三国争光辉。"盖家虽多,亦以十家呼之。三国,秦、韩、虢国也。郑良孺〔六〕

【拔河戏】中宗清明节幸梨园,命侍臣为拔河戏,韦承庆等应制献诗。其法以大麻絙,两头系十馀小索,每索数人执之以挽,力弱为输。玄宗亦行之,有诗,谓俗传此戏必致年丰云。遯叟

【白打钱】王建诗:"寒食内人长白打,库中先散与金钱。"韦庄诗:"内官初赐清明火,上相关〔七〕分白打钱。"齐云论:白打,蹴

鞠戏也，两人对踢为白打，三人角踢为官场。又丁晋公有白打大蹀躞。《焦氏笔乘》

【两省】杜甫《退朝》诗："宫中每出归东省。"赠岑参诗："君随丞相后，我往日华东。"按唐制，宣政殿前东廊曰日华门，门东，门下省在焉；西廊曰月华门，门西，中书省在焉。两省遗、补，以东西分左右。时杜为左拾遗，岑为右补阙，故其诗云云。政事堂设中书省中，宰相共议政事于此。故岑之出，又为随丞相后也。遯叟。下同。

【黄阁】杜赠严武诗："扈圣登黄阁，明公独妙年。"武时为给事中。王伯厚云："给事中，属门下省。开元中改为黄门省，故名黄阁。"此非是。《汉旧仪》：宰相听事阁曰黄阁。给事分判省事，得借称黄阁也。诗题称严为阁老。《六典》云：中书舍人在省，以年深一人为阁老，判本省杂事。给事之在东省，其判事与中舍对秩，抑又可借称阁老矣。伯厚又引《通鉴》，王涯亦尝称给事中郑肃[八]、韩佽为阁老，此为得之。

【三署礼闱】唐人赠省郎诗多用三署及礼闱。如沈佺期"三署有光辉"，"分曹值礼闱"之类。官之有郎，自秦始。秦置三署，诸郎隶焉。故称郎者，犹本所始。汉制，尚书郎主作文书起草，更直建礼门。《尔雅》：宫中门谓之闱。兹去建称礼，盖省文。梁武诏：礼闱凌替，郎置备员。建礼之称礼闱，旧矣。

【哀乌】《汉书·天文志》：五帝坐后聚十五星为哀乌，郎位。《晋志》亦作依乌。所谓郎官上应列宿者，此也。储光羲赠韦昭应诗："有我哀乌郎。"正用此。近刻储集者，不知所出，改哀乌为哀凤，殊堪捧腹。

【御史擢省郎】唐御史以擢省郎为美迁。故苏味道有贺故人崔、马二御史拜省郎诗，极致艳羡之意。盖其时迁转之法自如此。御史职虽雄紧,于唐尚未为尊也。司空图为分司御史,卢携赠之诗曰:"姓氏司空贵,官衔御史卑。老夫如且在,不用叹屯奇。"可证。小说有改卑字为尊者,亦见今日官削,妄疑之耳。试检《旧唐书》司空本传自明。

【翰林院】唐翰林院本内供奉艺能技术杂居之所,以辞臣待书诏其间,乃艺能之一尔。开元以前,犹未有学士之称。或曰翰林待诏,或曰翰林供奉。如李太白犹称供奉。自张垍为学士,始别建学士院于翰林院之南,则与翰林院分而为二,然犹冒翰林之名,盖唐有弘文馆学士、丽正殿学士,故此特以翰林别之。其后遂以名官,讫不可改。俗称翰林学士为銮坡者,盖唐德宗时,尝移学士院于金銮坡上,故称銮坡。唐制学士院无常处,驾在大内,则置于明福门;在兴庆宫,则置于金门;不专在翰林院。然明福、金门,不以为称,不常居之尔。《石林燕语》

【粗官】"寄语长安旧冠盖,粗官到底是男儿。"宣武节度王彦成诗也。"粗官寄与真抛却,赖有诗情合得尝。"忠武节度薛能诗也。唐人旧俗,不历台省出领廉车节镇者,呼为粗官。然能故历台省者,何云云?大率时情重内轻外,厌薄戎旃,虽以节使之尊,自目乃尔。遯叟。下同。

【一麾】《笔谈》谓今人守郡用颜延年"一麾乃出守",误自杜牧始。此说亦未为是。观《三国志》:拥麾守郡。《文选》:建麾作牧。此语在牧之前久矣。汉制,太守车两幡,所谓麾也。唐人如杜子美、柳子厚、刘梦得皆用之。谓之误不可。

【五马】唐人咏太守,多用五马。如"人生五马贵","五马烂生光"之类甚多。或引诗"孑孑干旄","良马五之",以太守此州长之建旄为解,则本篇"四之""六之",又何独不用也?宋庞机先云:古制,朝臣乘驷马车。汉时,太守出,则增一马。《遯斋闲览》及《学林新编》引之,然不如潘子真之说为确。子真云:礼,天子六马,左右骖。三公九卿驷马,右〔一〇〕骖。汉制,九卿秩中二千石,亦右骖。太守则驷马而已。其有功德加秩中二千石者,亦右骖。故以五马为太守之美称云。胡仔〔一一〕

【中和乐职】《王褒传》:益州刺史王襄使褒作中和、乐职、宣布三诗。此是监司领朝廷德化,无与太守事。今人颂太守治政,往往用之,似失考。中和者,言政教隆平,得中和之道。乐职者,谓百官万姓,乐得其常道。宣布者,谓德化周洽遍四海。各为篇名。张曲江任洪州日有诗曰:"乐职在中和。"此语尤谬。《野客丛谈》

【鹤俸】皮日休《新秋即事》:"酒坊吏到常先见,鹤俸符来每探支。"注云:吴都有鹤料。案,殊未详鹤俸之说。曾旼〔一三〕彦和博学之士,有次韵赵仲美诗云:"宁羡一囊供鹤料,会看千里跃龙媒。"注云:唐幕府官俸,谓之鹤料。《墨庄漫录》。按,窦友封为元相武昌幕府,有诗云:"邑人兴谤易,莫遣鹤支钱。"

【驱鸡】荀悦《申鉴》曰:睹孺子之驱鸡,而见御民之术。孺子之驱鸡急则惊,缓则滞,驯则安。〔一二〕此泛言治术,然其用之县令,则始韦苏州之"驱鸡尝理邑"。后许浑亦有"遯迹驱鸡吏"之句。遯叟。下同。

【簿尉】杜送高适诗:"脱身簿尉中,始与捱楚辞。"韩愈诗:"判司卑官不堪说,未免捶楚尘埃间。"杜牧诗:"参军与县尉,尘土惊劻勷。一语不中治,笞棰身满疮。"据此,唐时卑官,不免笞挞,正与今代同。史称代宗命刘晏考所部刺史有罪者五品以上劾治,六品杖讫奏闻,岂但簿尉已哉!

【帖职】皇甫曾《赠国子柳博士兼领太常博士》诗:"博士本秦官,求才帖职难。"以兼官为帖职也。

【员外检校等名】太宗定官额,其后复有员外置,又有特置、同正员、检校、兼守、判知之类。又有置使之名,或因事而置,事已则罢;或遂置而不废。其名类颇多。节使幕僚至检校中丞,往往而是。末叶镇帅无不检校台司,如薛能诗"旧将已为三仆射"之类,踰滥至此。

【官称别名】唐人好以它名标榜官称,今漫疏一二于此。太尉为掌武,司徒为五教,司空为空土,侍中为大貂,散骑常侍为小貂,御史大夫为亚台,为亚相,中丞为独坐,为中宪,侍御史为端公、杂端,殿中为副端,谏议为大坡、大谏,补阙为中谏,又曰补衮,拾遗为小谏,给事郎为夕郎、夕拜,知制诰为三字,起居郎为左螭,舍人为右螭,又并为修注,吏部尚书为大天,礼部为大仪,兵部为大戎,刑部为大秋,工部为大起,吏部郎为小天,选郎为省眼,礼部郎为小仪,为南省舍人,今曰南宫,刑部郎为小秋,祠部为冰厅,屯田为田曹,水部为水曹,太常卿曰乐卿,少卿为少常、奉常,鸿胪为客卿,大理为棘卿,评事为廷平,将作监为大匠,少监为少匠,秘书监为大蓬,少监为少蓬,左右司为都公,太子庶子为宫相。宰相相呼为堂老,两省相呼为阁老。尚书丞郎为曹长,御史拾遗为院长,下至县令曰明府,丞曰赞府、赞公,尉曰少府、少公、少仙云。《容斋四笔》

校记

〔一〕 按:《苕溪渔隐丛话后集》卷十六引《文昌杂录》,较此处尤明畅,可参阅。"魏晋"原作"晋魏",径乙。

〔二〕 《汉书》注作"其形罜罳然"。

〔三〕 "微微",《文选》作"离离"。

〔四〕 按:通读条文,条目似应改为"涩浪",《升庵诗话》、胡应麟《少室山房笔丛·艺林学山》并作"涩浪"。《木经》,他书皆作《水经》,《四库》

文津阁本亦作《水经》。徐𤊹《笔精》卷六有《木经》条,可参证。

〔五〕 按:"郑"为"程"之误。此条见《读书考定》卷七,原文如下:"褚(原刻作'诸',据《全唐诗》径改)亮诗'彤骍出禁中',盖五伯戴红帽以唱骍,自唐已然。宋人贺甲科归第'黄榜开天上,彤骍出禁中'本此。"据此,则《中华古今注》云云为胡氏所增,非程氏语也。

〔六〕 按:"郑"当为"程",此条见《读书考定》卷七。

〔七〕 "关",各书所引多作"闲",《笔乘》卷三、《读书考定》卷十八"白打钱"条亦作"闲"。(两书条文全同,未详孰为后先)《全唐诗》注云"一作关"。

〔八〕 "肃",原刻误"萧",据新、旧《唐书》校改。

〔九〕 按:沈诗题为《苏员外味道晚夏寓直省中见赠》共六韵:"并命登仙阁,分曹值礼闱……明朝题汉柱,三署有光辉。"胡氏颠倒韵次。

〔一〇〕 "右",原刻作"左",详下文意当作"右",故据《苕溪渔隐丛话前集》卷六校改。

〔一一〕 按:此条引自《苕溪渔隐丛话前集》卷六,原共四节,胡仔分别引自《漫叟诗话》、《邈斋闲览》、《学林新编》及《潘子真诗话》。胡氏经过删节,遂将《漫叟诗话》所云作为胡仔之语,殊失原意。又"庞机先",《丛话》作"庞几先"。

〔一二〕 按:此见《申鉴·政体第一》:"睹孺子之驱鸡也,而见御民之方。孺子驱鸡者,急则惊,缓则滞。方其北也,遽要之则折而过南;方其南也,遽要之则折而过北。迫则飞,志闲则此之,流缓而不安则食,不驱之驱,驱之至者也。志安则循路而入门。"

〔一三〕 "曾旼",原作"曾文",据《四部丛刊三编》本《墨庄漫录》卷六校改。《四库》卷五作"曾旼",卷六作"曾文",以字"彦和"考之,当以"旼"为正。

唐音癸签卷十八

诂笺三

【麻纸】唐中书制诏有四:封拜敕书用简,以竹为之;书旨而施行者曰发曰敕,用黄麻纸;承旨而行者曰敕牒,用黄藤纸;赦书皆用绢。黄纸始贞观间,或曰取其不蠹也。纸以麻为上,藤次之,用此为重轻之辨。又将相除徙,内出制,不繇中书,独用白麻纸,因谓之白麻。杜诗:"黄麻似六经。"举其概而言。《石林燕语》

【绯鱼】白乐天为中书舍人,六品,着绿,其诗有"白头犹未着绯衫"。后与元微之同加朝散,登五品,始易绯,赠元诗有"青衫脱早差三品[一],白发生迟校二年[二]"。其自江州司马除忠州刺史,借服色绯鱼,有诗:"鱼缀白金随步跃,鹘衔瑞草[三]绕身飞。"后除尚书郎,复有《脱刺史绯》诗云:"便留朱绂还铃阁,却着青袍待玉除[四]。无奈娇痴三岁女,绕腰啼哭觅银鱼。"唐百官服色,视阶官之品;宋视职事官,此为异。蔡宽夫

【蜜印】权德舆《哭刘尚书》诗:"命赐龙泉重,追荣蜜印陈。"蜜印者,谓赠官刻蜡为印,悬绶以赐也。不知起何时。始见《晋·山涛传》:涛薨,敕赠司徒蜜印紫绶,侍中貂蝉,新沓

侯[五]蜜印青朱绶。唐人文笔中亦多用此。刘禹锡《为人谢追赠表》云："紫书忽降于九重，蜜印加荣于后夜。"有改作密者，误。遯叟

【衙】今监司郡守初上事，既受官吏参谒，至晡时，僚属复伺于客次，胥吏列立庭下通刺，曰衙，以听进退之命。礼不知起何时。岑参为虢州上佐，有《衙郡守》诗，此也。洪迈[六]

【玉帐】杜子美《送严公入朝》云："空留玉帐术，愁杀锦城人。"又《送卢十四侍御》云："但促银壶箭，休添玉帐旗。"玉帐乃兵家厌胜方位，其法出黄帝遁甲，以月建前三位取之。如正月建寅，则巳为玉帐，于此置军帐，坚不可犯，主将宜居。《云谷杂记》

【东选南选】唐贞观初，以京师米贵，令东人选者集洛州，谓之东选。高宗时，以岭南五管，黔中都督府得即任土人，而官或非其才，乃遣郎官御史为选补使，谓之南选。其后江南、淮南、福建，因岁水旱，亦时遣选补使就选，废置不恒。老杜《送魏司直》诗："选曹分五岭，使者历三湘。"谓魏充南选也。铨选何事，可便宜越万里外行乎？杜戒魏"雅节在周防"，又云"嫌疑陆贾装"，则一时掌南选使，概可知矣。遯叟。下同。

【进士科故实】唐进士初止试策。调露中，始试帖经，经通，试杂文，谓有韵律之文，即诗赋也。杂文又通，试策。凡三场。其后先试杂文，次试论，试策，试帖经为四场。第一场杂文放者，始得试二、三、四场。其四场帖经被落，仍许诗赎，谓之赎帖。至于制举试策，元以罗非常之才，乃问策外，亦试诗赋，其觭重如此。唐试士重诗赋者，以策论惟剿旧文，帖经只抄义条，不若诗赋可以尽才。又世俗偷薄，上下交疑，此则按其声病，可塞有司之责。虽知为文华少实，舍是益汗漫无所守耳。说详《选举志》。今代重经义，亦此意也。

举场每岁开于二月。每秋七月，士子从府州觅解纷纷，故其

时有"槐花黄,举子忙"之谚。

府州解送,最重京兆、同、华。京兆解送上十人,谓之等第,多成名,不则往往牒贡院请放落之由。同、华解首运者,亦无不捷。咸通中,李建州频为京兆参军,主试,出月中桂诗,张乔擅场,频以许棠老于场屋,改荐棠为首,棠因而登第。《国史补》云:外府不试而解,谓之拔解。京兆盖试而升者。

其时虽有国子监,郡县学,而人不为重。玄宗尝敕天下罢乡贡,悉繇国子监郡县学举送,然竟不能改。咸通中,温飞卿任太学博士,主秋试,以邵谒诗为工,榜于堂,仍请之礼部,谒竟不得第而死。太学解送成事之难,与外府无异。

举子麻衣通刺,称乡贡。繇户部关礼部各投公卷,亦投行卷于诸公卿间。旧尝投今复投者曰温卷。礼部例得采名望收录。凡造请权要,谓之关节。激扬声价,谓之往还。士成名多以此。按麻衣色白,故其时称举子为白衣公卿。宋朝制同。今代洪武初亦然,后乃稍易玉色。《七修类稿》云。

试场在都省,亦称都堂,及称东堂。试夜给烛三条。韦承贻《都堂纪事》:"三条烛尽钟初动,九转丹成鼎未开。"

榜放于礼部南院,张院东别墙。陈标诗所云"春官南院粉墙东"者是也。岁每三十人为率。李山甫诗:"麻衣尽举一双手,桂树只生三十枝。"言得者之少而难如此。东都举,永泰及大和初元亦一行,据杜紫微《东都登第诗》"三十三人走马回",合两都又当六十馀人矣。盖间举之事。诗家咏登第多用淡墨榜事,指榜头礼部贡院四字也。或云:文皇以飞帛[七]书之。或云:象阴注阳受之状。或云:值书史醉,字体浓淡相间,反致其妍,后遂相沿。众说不一。

关试,吏部试也。进士发榜敕下后,礼部始关吏部。吏部试判两节,授春关,谓之关试,始属吏部守选。其燕集之名凡九,以关试后曲江亭闻喜一宴为盛。发榜后称新及第进士，关试后称前进士。唐进士，今乡贡之称。前进士，乃今进士称也。《摭言》云：进士及第后，知闻或遇未及第时题名处，则为添前字。故唐人登第诗有"名曾题处添前字，送出城人乞旧衣[九]"之句。乞衣，亦见张籍诗。当时下第举子丐利市猥习，可悯笑者。

先辈原以称及第者。观诸家诗集中题有下第献新先辈诗可见。后乃以为应试举子通称。

又有必先之称。《乾䐞子》载阎济美与卢景庄同应举，阎称卢云：必先声价振京洛。《云溪友议》：刘禹锡纳牛僧孺卷曰：必先期至矣。《太平广记》：郑光业入试，有一人突入铺，欲其相容，呼必先、必先不置。必先似云名第必居先，与先辈同一推敬意。韩仪与关试后新人诗，有"休把新衔恼必先"句，此必先又谓下第同人也。

【家庆】唐人与亲别而复归，谓之拜家庆。卢象诗云："上堂家庆毕，愿与亲恩迩。"孟浩然诗云："明朝拜家庆，须着老莱衣。"[九]《韵语阳秋》

【传席】今人家娶妇，舆轿迎至大门，则传席以入，弗令履地。然唐人已尔。乐天春深娶妇家诗云："青衣转毡褥，锦绣一条斜。"《辍耕录》。下同。

【暖屋】今之入宅与迁居者，邻里醵金治具，过主人饮，谓之曰暖屋，或曰暖房。王建《宫词》："大仪前日暖房来。"则暖屋之礼，其来尚矣。

【胜常】王广津《宫词》云："新睡起来思旧梦，见人忘却道胜常。"胜常，犹今妇人言万福也。前辈尺牍有云尊候胜常者，胜字当平声读。《老学庵笔记》

【秩】白公诗："已开第七秩，饱食仍安眠。"又："年开第七秩,屈指几多人?"年六十二所作。其"行开第八秩"诗自注:"俗谓七十以上为开第八秩。"盖以十年为一秩云。秩字于古无考。礼:年九十曰有秩。岂所本欤?《芥隐笔记》

【门子】储光羲《贻太学张筠》诗:"璧池乔门子。"门子,嫡子之将代父当门者,盖公子也。见《选补亡诗》引《周礼》郑注。郑良孺[一〇]

【骹儿】高崇文诗:"那个骹儿射雁落。"鄙语呼人曰骹儿也。《北梦琐言》。

【丫头】吴中呼女子之贱者为丫头。刘宾客《寄赠小樊》诗:"花面丫头十三四,春来绰约向人时。"《辍耕录》

【练师】《唐六典》:道士有三号,曰法师,曰威仪师,曰律师。其德高思精者,谓之练师。女道士亦同。今诸家诗题止称女道士为练师,不知何故?遜叟。下同。

【莫徭卢亭】顾况《酬漳州张使君》诗:"薛鹿莫徭洞,网鱼卢亭洲。"地理志:莫徭,夷蜑名。自云其先祖有功,常免徭役,故以为名。薛鹿,既杀鹿。集韵,䃱与杀同音同义,此省为薛也。卢亭者,居海岛,赤身无衣,常下海捕鱼,能伏水中三四日不死,相传为卢循子孙,亦名卢馀。漳郡唐初所开,固当以此入咏。

【龙户马人】韩退之诗:"衙时龙户集,上日马人来。"龙户,在儋耳珠崖,其人目睛皆青碧,善伏水,盖即所谓昆端奴也。马人者,马文渊遗兵,居对铜柱,言语饮食,与中华同,号曰马留。事见俞益期《笺》。恐即此。《宛委馀编》

【白题】《史记·功臣表》:颍阴侯斩胡白题将一人。服虔注:白题,胡名。梁有白题国入贡,裴子野引以证,人服其博识。白题出处止此。欲求其所以名白题,无说也。杜《秦州诗》:"马骄朱汗落,胡舞白题斜。"借为题额之题属对,意指当时胡旋等舞，入自秦西北，桐衫珠帽，有似白额者而言，正诗家使字巧法，非真谓白题当如此解也。读者善会其意始得。宋注纷纷曲证，失之远矣。逊叟

校记

〔一〕〔二〕〔四〕 "三口"、"二年"、"待玉除"，《白集》、《全唐诗》卷四四二及《苕溪渔隐丛话前集》卷二十一均作"三日"、"九年"、"侍玉除"。

〔三〕 "瑞草"，一隅草堂本《白香山诗集》、《全唐诗》卷四四〇均作"红绶"，《苕溪渔隐丛话前集》卷二十作"瑞草"。

〔五〕 "新沓侯"，《晋书·山涛传》作"新沓伯"。

〔六〕 此条见洪迈《容斋三笔》卷第十四"衙参之礼"条，有删改。岑参诗题为《衙郡守还》，《全唐诗》卷一九八同。

〔七〕 按："飞帛"，《唐摭言》卷十五《杂记》同。"帛"书体通作"白"，《书断》有"飞白"无"飞帛"。黄伯思《东观馀论》卷上"论飞白法"条，可参考。间有用"帛"者，如欧阳修《御书阁记》既作"飞帛"。

〔八〕 按：《唐摭言》卷三作"乞旧诗"，《诗话总龟》前集卷二十八同。证之唐人行卷偷诗之习，似应以"乞旧诗"为是。不知胡氏何据。又按张籍诗亦未见"乞衣"字样。《全唐诗》卷三八五《送李馀及第后归蜀》云："十年人咏好诗章，今日成名出举场。归去唯将新诰牒，后来争取旧衣裳。"或即胡氏所本欤？

〔九〕 "家庆"，《四部丛刊》本《孟浩然集》卷三《蔡阳馆》诗作"嘉庆"，《全唐诗》注"一作家"。按：颜延之《秋胡诗》："上堂拜嘉庆，入室问何之。"刘履《选诗补注》卷七："嘉庆，谓母也。"

〔一〇〕 按："郑"为"程"之误，此条见《读书考定》卷七，原文如下："束皙补亡诗《白华篇》'粲粲门子，如磨如错'，注曰：'嫡子之代父当门者。'盖公子也。唐文人入太学门下，亦称门子。储光羲《贻大学张筑》诗'璧池丞门子'，韩非子'门子好辩'，此是门徒也。若今时官衙门子，为应门之鄙称矣。'

唐音癸签卷十九

诂笺四

【上头】今世女子初笄曰上头。花蕊夫人《宫词》："年初十五最风流,新赐云鬟使上头。"入诗遂为雅语。遯叟。下同。

【入月】《黄帝内经》:月事以时下。谓天癸也。《史记》:程姬有所避,不愿进。注:天子诸侯群妾,以次进御,有月事止不御,更不口说,以丹注面目,的的为识,令女史见之。王建《宫词》:"密奏君王知入月,唤人相伴洗裙裾。"语虽情致,但天家何至自洗裙裾?密奏云云,更不谙丹的故事矣。

【时世妆】唐妇人妆名时世头。《因话录》:西平王治家整肃,不许时世妆梳。白乐天《时世妆歌》:"圆鬟无鬓堆髻样,斜红不晕赪而状。〔一〕"然亦有作"时势"者。权德舆诗:"丛鬓愁眉时势新。"元微之《教闺人妆束》诗:"人人总解争时势,都大须看各自宜。"岂时人避庙讳改世为势乎?抑以松鬓危髻,取势颇高,改势字貌之乎?正不如作时世为雅切耳。

【男子拜】世谓妇人立拜,起于武后。其实不然。周天元时,命内外命妇拜天台,皆执笏俯伏如男子。可见以前妇人无俯伏者，惟下手立拜耳。王建《宫词》有云："临上马时齐赐酒，男儿跽拜谢君王。"知当时宫女不作男子拜矣。本朝命妇入朝，赞行四拜，皆下手立拜；惟谢拜赐时，一跪叩头，遵古礼也。于慎行《笔麈》。古者妇人肃拜，两膝齐作虚坐，手至地而头不下，今以古妇人之拜为揖，故加之拳曲而跪。

【靥饰】《说文》：靥，颊辅也。《洛神赋》："明目善睐，靥辅承权。"自吴宫有獭髓补痕之事，唐韦固妻少时为盗刃所刺，以翠掩之，女妆遂有靥饰，其字二音，一音琰，一音叶。温飞卿词："绣衫遮笑靥，烟草双飞蝶。"此音叶。又云："粉心黄蕊花，靥眉山两点。"此音琰。杨升庵

【缠足】张邦基《墨庄漫录》云：妇人之缠足，传记皆无所出。独齐东昏有凿金为莲花帖地，令潘妃行其上一事，见《南史》，而不言其足若何。又云：古乐府、六朝词人体状妇人眉目、唇口、腰肢、手指无不有，独无一言称缠足。唐之杜牧、李商隐之徒亦然。仅韩偓《香奁集》有咏屧子一诗："六寸肤圆光致致。"唐尺短，以今校之，亦自小，然亦不言其弓也。惟《道山新闻》云：李后主宫嫔窅娘纤丽善舞，后主作金莲，高六尺，莲中作品色瑞莲，令窅娘以帛绕脚，令纤小屈上作新月状，著素袜舞其中，回旋有凌云之态。唐镐咏之曰："莲中花更好，云里月长新。"繇是人皆效之，以纤弓为妙。以此知札脚自五代始也。《辍耕录》

愚谓缠足事始虽不见史传，然善读史者，自当以意求之。从来妇人足履之制，惟《晋书》之《五行志》附见两言云：男子履方头，妇人圆头。而《唐·车服志》为尤详，其言云：后妃大礼着舄，燕见用履，命妇服用舄履亦同；而民俗不尽遵用。武德初，妇人曳线鞾。开元中用线鞋。侍儿则着履。夫鞋鞾同圆头之式，圆头适足小之用，而履舄之方而贵者，反令贱者蹑之，详绎时风，

缠足自寓,亦何必明白言之,始谓史书有载哉?大抵有男女来,便分男女体态。婀娜细步,纤小玉趺,古人定蚤凿此窍,不待今日。其渐变渐妍,或至五代始作弓样则有之。若谓缠束非始古人,待古人亦太村且拙矣。"钿尺裁量减四分,纤纤玉笋裹轻云。五陵年少欺他醉,笑把花前出画裙。"杜牧有诗。"新罗绣行缠,足趺如春妍。"见晋清商曲。"纤纤作细步,精妙世无双。"见汉《焦仲卿妻》诗。云古无诗,亦失考。遯叟

【宝袜】袜,女人胁衣也。隋炀帝诗:"锦袖淮南舞,宝袜楚宫腰。"卢照邻诗:"倡家宝袜蛟龙被。"谢偃诗:"细风吹宝袜,轻露湿红纱。"是也。或谓起自杨妃,小说伪书,不可信。崔豹《古今注》谓之腰彩,注引《左传》袙服,谓日日近身衣也。知古已有之矣。《升庵诗话》

【轻容】纱之至轻者,有所谓轻容,出《唐类苑》,云:轻容,无花薄纱也。王建《宫词》云:"缣罗不著爱轻容。"元微之有寄白乐天白轻容,乐天制而为衣,而诗中容字乃为流俗妄改为庸,又作庸榕,盖不知其所出。《齐东野语》

【屠苏】周王褒诗:"飞甍雕翡翠,绣桷画屠苏。"屠苏,本草名,画于屋上,因草名以名屋。杜诗云:"愿随金騕褭,走置锦屠苏。"此屠苏,屋名也。后人又借屋名以名酒,孙思邈有屠苏酒方。又大帽形类屋,亦名屠苏。《南史》:谣云"屠苏障日覆两耳"是也。《升庵诗话·补遗》

【荣】韩退之诗:"前荣馔宾亲。"沈括云:礼,洗当东荣。屋翼谓之荣。东西注屋则有之,未知前荣何在。今考《文选》王元长《曲水诗序》注:荣为屋檐。檐一名樀,一名宇,即屋之四垂也。又谓之楣,又谓之梠。则屋凡有檐处皆可谓之荣矣。故李华《含元殿赋》有风交四荣之说。张祜法云桧诗:"谢家双植本

南荣。"南荣,正前荣耳。《艺苑雌黄》,参。

【勾栏】韵书:木为之,在阶际。《古今注》:汉顾成庙槐树设扶老钩栏,其始也。王建《宫词》、李长吉《宫娃歌》,俱用为宫禁华饰。自晚唐李商隐辈用之倡家情词,如"帘轻幕重金钩栏"之类,宋人相沿,遂专以名教坊,不复他用。《汉书》注:卖隶妾纳阑中。以为曲中丽饰称,可;以为寓简贱意专称,亦可。遯叟

【屈戌】今人家窗户设铰具,或铁或铜,名曰环纽,即古金铺之遗意,北方谓之屈戌,其称甚古。梁简文诗:"织成屏风金屈戌。"李商隐诗:"锁香金屈戌。"李贺诗:"屈膝铜铺锁阿甄。"屈膝当是屈戌。《辍耕录》

【葳蕤锁】韩翃诗:"春楼不闭葳蕤锁,绿水回通宛转桥。"《封禅书》:纷纶成蕤。张揖[二]曰:乱貌。《录异传》载建安中河间鬼妇遗葳蕤锁与人别,其锁以金缕相屈伸。古乐府《乌夜啼》:"欢下葳蕤锁,交侬那得住?"陈晦伯

【泥窗】蜀人谓糊窗为泥窗。花蕊夫人宫词云:"红锦泥窗绕四廊。"非曾游蜀,亦所不解。《老学庵笔记》

【绿沉】杜甫诗:"雨抛金锁甲,苔卧绿沉枪。"薛苍舒注引车频《秦书》,云苻坚造金银绿沉细铠,以绿沉为精铁。按,《北史》:隋文帝尝赐张奫绿沉甲、兽文具装[三]。《武库赋》云:绿沉之枪。唐郑概联句有"亭亭孤笋绿沉枪"之句。《续齐谐记》云:王敬伯夜见一女,命婢取酒,提一绿沉漆盒。王羲之《笔经》:有人以绿沉漆竹管见遗,亦可爱玩。萧子云诗云:"绿沉弓项纵,紫艾刀横拔。"恐绿沉如今以漆调雌黄之类,若调绿漆之,其色深沉,故谓之绿沉,非精铁也。姚宽《丛语》。杨升庵云:《邺中记》:石虎造象牙桃枝扇,或绿沉色,或木鸡色[四],或紫绀色,或郁金色。盖画工设色名也。

【退红】唐有一种色,谓之退红。王建《牡丹》诗云:"粉光深

紫腻,肉色退红娇。"王贞白《倡楼行》云:"龙脑香调水,教人染退红。"《花间集》:"床上小熏笼,昭州新退红。"盖退红若今之粉红,髹器亦有作此色者。今无之矣。绍兴末,缣帛有一等似皂而淡者,谓之不肯红,亦退红之类也。《老学庵续笔记》

【琼可为白】谢惠连《雪赋》:"庭列瑶阶,林挺琼树。"善注:琼,赤玉也。琼树恐误。按,琼之为赤玉,见《说文》。但《毛诗传》言琼非一,惟云玉之美者,非以为玉色名。《诗传》在《说文》前,尤可据。谢盖用《诗传》,不用《说文》耳。陈张正见:"睢阳生玉树,云梦起琼田。"隋王衡:"璧台如始构,琼树似新栽。"以及李贺:"白天碎碎堕琼芳。"李义山:"已随江令夸班树,又入卢家妒玉堂。"并从谢作白用,似不为误。遯叟

【隐囊】古人呼车靷之俗名。颜师古曰:靷,韦囊,在车中,人所冯伏也。今谓之隐囊。王右丞诗:"隐囊纱帽坐弹棋。"盖取车中靷为坐弹棋耳。《颜氏家训》曰:梁全盛日,贵游子弟,驾长檐车,跟高齿屐,坐棋子方褥,冯班丝[五]隐囊。名之曰囊,意其物视褥为高,故用之冯、亦用之坐也。郑良孺[六]

【尼师坛】张希复与段成式同赋宣律师袈裟云:"共覆三衣中夜寒,披时不镇尼师坛。无因盖得龙宫地,睡里尘飞叶相残。"梵语尼师坛,此云随坐衣,唐言坐具也。《翻译名义》云:元佛初度五人及迦叶兄弟,并制袈裟左臂坐具在袈裟下。后度诸众,徒侣渐多,年少此丘,仪容端美,入城乞食,多为女爱,由是制衣角在左肩,后为风飘,听以尼师坛镇上。此覆中夜外[七]镇也。遯叟

【越窑】许浑诗:"沉水越瓶寒。"又:"越瓶秋水澄。"陆龟蒙诗:"九秋风露越窑开,夺得千峰翠色来。"越窑为诸窑之冠,至钱王时愈精,臣庶不得通用,谓之秘色[八],即所谓柴窑者是。俗

云:"若要看柴窑,雨过青天色。"与许、陆诗正同。《留青日札》

【暖簧】笙簧必用高丽铜为之,靛以绿腊。簧暖则字正而声清越,故必用焙而后可。陆天随诗曰:"妾思冷如簧,时时望君暖。"乐府亦有簧暖笙清之语。《齐东野语》

【虾蟆更】周遵道《豹隐纪谈》:内楼五更绝,桫鼓交作,谓之虾蟆更,外方谓之攒点。郝天挺云:江南以木柝警夜曰虾蟆更。张蠙《钱塘夜宴》诗:"觱篥调高山阁迥,虾蟆更促海城寒。"详诗意,郝说为近。逻叟。下同。

【夜半锺】张继:"夜半钟声到客船。"欧公以半夜非鸣钟时为语病。《庚溪诗话》谓:于鹄诗:"定知别后宫中伴,遥听缑山半夜钟。"温庭筠:"悠然旅榜频回首,无复松窗半夜钟。"皇甫冉:"夜半隔山钟。"陈羽:"隔水悠悠午夜钟。"唐人屡用。《诗眼》引《南史》齐武帝景阳楼,有三更五更钟;丘仲孚读书,以中宵钟为限;阮景仲为吴兴守禁夜半钟;云实有半夜钟,用之不妨。愚谓继诗特言其早,见行役劳耳。胡元瑞云:诗流借景立言,惟在声律之调,兴象之合,区区事实,彼岂暇计?无论夜半是非,即钟声闻否未可知也。尤为得解。

【三翼】元微之诗:"光阴三翼过。"《越绝书》及《水战兵法内经》有大翼、中翼、小翼舟名,盖战船之轻捷者。张景阳《七命》:浮三翼,戏中沚。梁元帝:"白华三翼舸","三翼自相追。"张正见:"三翼木兰船。"并用此。郑良孺[九]

【五两】太白:"扁舟敬亭下,五两先飘飘。"权德舆:"晓风摇五两。"张祜:"南风吹五两。"王维:"恶说南风五两轻。"出郭景纯《江赋》:"觇五两之动静。"凡候风,以鸡羽重五两,系五丈旗颠,立军营中綍船上候之,楚谓之五两。《留留青》

【欢帆】余生长泽国,每阴舟子呼造帆曰"欢",称牵船之索曰"弹平声子",使风之帆为去声。意谓俗谚耳。及观唐乐府有诗云:"蒲帆犹未织,争得一欢成?"而钟会呼捉船索为"百丈",赵氏注云:百丈者,牵船篾,内地谓之宣音弹。韩昌黎诗云:"无因帆江水。"而韵书去声内亦有扶帆刱者。是知方言俗语,皆有所据。陆放翁入蜀,闻舟人祠神,方悟杜诗"长年"、"三老"、"摊钱"之语,亦此类也。《齐东野语》

【活船】白太傅诗:"暑退衣服干,潮生船舫活。"吴中以水长船动为船活。采入诗中,便成佳句。《闲耕馀录》

【弹棋】戏之有弹棋,始汉武,以代蹴鞠之劳。其法用石为局,中隆外庳,黑白棋各六枚,先列棋相当,下呼上击之,以中者为胜。李颀《弹棋歌》:"蓝田美石青如砥,黑白相分十二子。联翩百中皆造微,魏文手巾不足比。缘边度陇未可嘉,鸟跂星悬正复斜。回飙转指速飞电,拂四取五旋风花。"按,魏文帝《弹棋赋》:"缘边间造,长斜迭取。"丁廙赋:"风驰火燎,令牟取五。"梁元帝《谢弹棋局启》:"凤峙鹰扬,信难议拟;鸟跂星悬,何曾仿佛!"顾诗多本此。魏文善此技,用手巾拂之,无不中。唐顺宗在春宫日,甚好之,时多名手。至长庆末,好事家犹见有局,衔多解者。今则不传矣。遐叟

【六赤叶子】李洞有《赠龙州李郎中先梦六赤后打叶子诗》。六赤,古之琼畟,今之骰子也。叶子者,如今之册叶。唐人藏书,皆作卷轴,后苦卷轴难数卷舒,多以叶子写之,如吴彩鸾《唐韵》、李郃《彩选》之类是也。骰子格本备检用,故亦以叶子写之,因以为名。唐世士人宴聚,盛行叶子格,五代、宋初犹然,后渐废不传,见欧阳《归田录》。杨用修以叶子为纸牌,失之矣。陈晦伯

校记

〔一〕 "堆",一作"椎"。"赪",《白集》及《全唐诗》并作"赭"。

〔二〕 "揖",原刻误"楫",依《史记》注校改。

〔三〕 "具装",原刻作"贝装",依《北史·张齑传》校改。

〔四〕 "木鸡色",《升庵诗话》卷十二"绿沉"条作"木兰色"。

〔五〕 "班丝",《颜氏家训》作"斑丝"。班古通斑也。

〔六〕 按:"郑"当为"程"。程书原文如下:"用修、元美皆不识隐囊之制,或引梁代衣冠风流之具,或引唐诗隐囊之句,皆以意度,不知此汉唐人呼车獤之俗名耳。颜师古曰:獤,韦囊,在车中,人所冯伏也。今谓之隐囊。用修所引王右丞诗'隐囊纱帽坐弹棋'者,唐人取车中獤地而弹棋,亦箕踞自得之意。用修引《颜氏家训》曰:梁全盛日,贵游子弟贺长檐车,跟高齿屐,坐棋千方褥,冯班丝隐囊。夫曰坐是坐褥,曰冯是手所冯,其为车中之物明矣。元美亦引《颜氏家训》曰:梁全盛日,贵游子弟,无不熏一衣剃面,傅粉施朱,驾长檐车,同上。又曰:观此可以意度,不知将度其为何物也?"

〔七〕 "外",各本均漫漶无从辨认。依《四库》文津阁本校补。

〔八〕 "秘色",原刻作"秋色",依《侯鲭录》校改。

〔九〕 按:"郑"当为"程",此则见《读书考定》卷二十七,节录于下:"《文选》张景阳《七命》'浮三翼,戏中沚',其事出《越绝书》,李善注颇言其略,盖战舰也……而昔之诗人乃以为轻舟。梁元帝云'白华三翼舸',又云'三翼自相追';张正见云'三翼木兰船';元微之云'光阴三翼过'。其他亦鲜用之者。"又按:梁元帝诗见全梁诗卷三,题为《别荆州吏民》,此联为"日华三翼舸,风转七星斿"。以"日"对"风",字当作"日",胡氏沿程书之误。

唐音癸签卷二十

诂笺五

【酒名春】东坡云:唐人酒多以春名,今具列一二:金陵春_{李白诗:堂上三千珠履客,瓮中百斛金陵春}。竹叶春_{杜甫诗:山杯竹叶春}。[一]曲米春_{杜:闻道云安曲米春,才倾一盏便醺人}。抛青春_{韩愈诗:百年未满不得死,且可勤买抛青春}。梨花春_{白居易诗:青旗沽酒听梨花}[二]。注:杭人酿酒,听梨花时熟,号为梨花春。若下春_{乌程有若下春。刘禹锡诗:鹦鹉杯中若下春}。石冻春_{富平有石冻春。郑谷赠其宰诗云:易博连宵醉,千缸石冻春}。土窟春_{出荥阳}。烧春_{出剑南}。并见唐《国史补》。松醪春_{见唐裴铏《传奇》}。

【销肠酒】郑谷诗:"险事消肠酒,清欢敌手棋。"《拾遗记》:张华以西羌蘗渍北胡麦为醇酒,大醉不摇荡,令人肝肠烂,当时谓之消肠酒。郑诗似用此。

【蓝尾酒】元日饮屠苏酒,从小者起以至老,名蓝尾酒。唐人多入诗用。按《时镜新书》:晋有问董勋者,曰:"俗以小者得岁,故贺之;老者失岁,故罚之。"意即"阑"字,取阑末之意,借用蓝耳。侯白《酒律》[三]又言:此酒巡匝到末,连饮三杯以慰之,亦名"婪尾"。唐人《河东记》载申屠澄遇老翁妪留饮,澄让曰:"始自主人翁,即巡,澄当媭尾。"则知媭为自谦之辞,如俗云贪杯然。与蓝又另一解矣。并方言,而各有其义。逊叟。下同。

【火前】白乐天《茶》诗:"红纸一封书后信,绿井十片火前春。"齐己诗:"高人爱惜藏岩里,白甄封题寄火前。"火前者,寒食禁火之前也。今世俗多用谷雨前茶,称为雨前。《学林新编》云:茶之佳者,造在社前,其次火前,其下则雨前。

【皋卢】叶大味苦涩,似茗而非。南越茶艰致,煎此为饮以代之,非佳品也。皮日休有"石盆煎皋卢",取其名之僻入句耳。详《本草》及《南越志》。

【云子】杜诗:"饭抄云子白。"葛洪丹经用云子,碎云母。今蜀中有碎砾,细长而圆者,白云子石也。杜以饭粒似之,故云。《许彦周诗话》

【麸炭】白乐天诗云:"日暮半垆麸炭火。"麸炭语留传不一。《北梦琐言》:优人安辔新嘲李茂贞烧京阙云:京师但卖麸炭,便足一生。逊叟。下同。

【五粒松】松以粒言,旧矣。唐诗如"松暄翠粒新"义山,"翠粒照清露"梦得,"松斋一夜怀贞白,霜外空闻五粒风"鲁望。又李贺有《五粒小松歌》。岂古人本其初著有似乎粒,故言粒欤?乃亦有称鬣者。按松穗皆双股。栝松三股,种传自高丽,所谓华山松者,每穗五股,称五鬣松。松穗初生,少可言粒,多至五亦言粒,于体物未惬矣。段成式云:五粒者,当言鬣。甚得之。非谓凡粒皆可通呼鬣也。

【桤】杜集有乞桤木诗,又有"桤林碍日吟风叶"句。韵书不收桤字,无音。郑氏注曰:五来反。若然,当作呆字。尝见前辈读若欹韵,颇以为疑。后见剑南诗有"著书增木品,搜句觅桤栽"。又荆公诗云:"濯锦江边木有桤,小围封殖伫华滋。"益信

欹音为然。榿惟蜀有之,不才木也。或谓即榕云。《齐东野语》

【木绵树】大可合抱,高数丈。花红似山茶,而蕊黄色,瓣极厚。春初叶未舒时,花开满树,望之烂然如锦,又如火之烧空。既结实,大似酒杯,絮茸茸如细毳,半吐于杯之口,所获与江南草本岁艺者异。唐王叡诗:"纸钱飞出木绵花。"盖其盛开之时,正与春社相值。又李商隐:"木绵花飞鹧鸪啼。"[四]则花尽叶长,春已老矣。《西事珥》。下同。

【桄榔树】李德裕诗:"桄榔树叶暗蛮溪。"桄榔身似棕榈,而色绿,似竹,亦有丝自裹,高七八丈,亭亭直上,叶大如掌,皆攒于树之杪,甚浓密。其杪抽丝蔓千百条,长丈馀,垂下如缕,蕤蕤可玩。南中树,此种形之最异者。张九龄诗:"里树桄榔出。"谓其特高,出群木之表也。

【桂】张九龄诗:"兰蕊春葳蕤,桂花秋皎洁。"段成式云:桂花三月生,黄而不白。曲江云"桂花秋皎洁",妄矣。[五]按《图经》:桂有三种,菌桂、牡桂及单名桂。宾、宜、韶、钦诸州,种类亦各不同。有三月、四月生花,全类茱萸者。亦有八、九月生花者,今东南桂皆然。其花色黄白之外,亦有丹者。成式安得据所见,遂谓曲江为妄乎?遯叟。下同。

【牡丹】余观唐人牡丹入诗,不但中、晚,即初、盛概有。欧公不知何故谓篇什为少。此花移植于武后,赋句于婉儿,谱《清平调》于太真。有此三名雌为之破天荒,虽矢音不多,已占尽一代风流矣。宁待"买栽"、"看到"等语出,始云盛哉!郑樵谓芍药见于《风》、《雅》,最古;牡丹晚出,依芍药得名,故其初曰木芍药,亦如木芙蓉之依芙蓉以为名。而为唐人所重,贵游竞趋,至今弥甚,遂使芍药为洛谱衰宗矣。

【玉蕊花】唐人甚重玉蕊花。唐昌观花发,致仙女下降。

元、白、刘梦得、张籍、王建与严休复[六]有唱和诗。李德裕出牧润州，招隐山观有此花，因有忆翰林院玉蕊之作。但不详其花之状若何。后见《周益公集》有《玉蕊辨证》一卷，云尝从招隐致得一本，条蔓如荼蘼，种之冬凋夏茂，柘叶紫茎，久之根株合抱成树。花苞初甚微，经月渐大，暮春方八出。须如冰彩，上缀金粟。花心复有碧筒，状类胆瓶。其中别抽一英，出众须上，散为十馀，犹刻玉然。花名玉蕊以此。益公又以为人多与琼花、玚花相混。琼花即八仙花，玚花即山矾花，亦名米囊花。并白，而实与玉蕊异云。

【合昏】杜子美《佳人》诗云："合昏尚知时，鸳鸯不独宿。"合昏，既合欢，叶至暮即合，今夜合花是。《墨庄漫录》

【杜鹃】润州鹤林寺杜鹃，今俗名映山红，又名红踯躅者。此花在江东，弥山亘野，殆与榛莽相仍。而说者以为外国僧钵盂中所移，上玄命三女下司之，已踰百年，终归阆苑。盖物以希见为珍，不必果异种也。王建宫词云："太仪前日暖房来，嘱向昭阳乞药栽。敕赐一窠红踯躅，谢恩未了奏花开。"虽宫禁中其重如此。《容斋一笔》

【荳蔻】杜牧之诗云："娉娉袅袅十三馀，荳蔻梢头二月初。"不解荳蔻之义。阅《本草》：荳蔻花作穗，嫩叶卷之而生，初如芙蓉，穗头深红色，叶渐展，花渐出，而色微淡。南人取其未大开者，谓之含胎花。言尚小，如妊身也。姚宽《丛语》

【折麻】《楚词》云："折疏麻兮瑶华，将以遗兮离居。"瑶华，谓麻之华白也。谢灵运诗云："瑶华未堪折，兰苕已屡摘。路阻莫赠问，何以[七]慰离析。"沿《楚辞》意，用于离居。唐人骆宾王思家诗云："旅行悲泛梗，离恨断疏麻。"钱起题辋川诗云："折麻定延伫，乘月期相寻。"用并同谢。至于起《赠赵给事》诗乃云：

"不惜瑶华报木桃。"则以瑶华为玉,误矣。《韵语阳秋》

【拗花】南方谓折花曰拗花。唐李贺诗:"试问酒旗歌板地,今朝谁是拗花人?"又《古乐府》:"拗折杨柳枝。"《辍耕录》

【鞠尘】唐人咏柳,如刘禹锡之"龙墀遥望鞠尘丝",使鞠尘字者极多。《礼记·月令》:荐鞠衣于上帝,告桑事。注云:如鞠尘色。《周礼·内司服》:鞠衣。郑玄[九]云:鞠衣,黄桑服也,色如鞠尘,象桑叶始生。此用之柳,又象其花絮之穗耳。姚宽《丛语》。下同。

【栗皱】杜甫诗云:"尝果栗皱开。"或作雏字,殊不可解。《集韵》:皱,侧尤切,革纹蹙也。《汉上题襟》周繇诗云:"开栗弋之紫皱。"贯休云:"新蝉避栗皱。"又云:"栗不和皱落。"即栗蓬也。

【诃梨勒】包佶《诃梨勒叶》诗:"茗饮惭调气,梧丸喜伐邪。"按《本草》:诃梨勒树似木梡,花白,子似栀子,主消痰下气等疾。来自南海舶上,广州亦有之。茗亦能下气。此言其功胜茗。梧丸,谓入用丸如梧子也。今医家所用诃梨勒,是其子,不闻用叶者。应是《本草》失收耳。遯叟

【相思子】《笔丛》谓唐人骰子近方寸,凡四点当加绯者,或嵌[九]相思子其中。温庭筠诗云:"玲珑骰子安红豆,入骨相思知也无?"相思子既今红豆也。愚按,岭南闽中有相思木,岁久结子,色红,如大豆,故名相思子,每一树结子数斛,非即红豆也。岂飞卿姑借用耶?[一〇]《徐氏笔精》

【红蓝】蓝,《说文》:染青草也。所谓青出于蓝者是也。白乐天诗:"老丝练绿红蓝染,染成红线红于蓝。"李益诗:"蓝叶郁重重,蓝花石榴色。少女归少年,光华自相得。"此则红花也,本非蓝,以其叶似蓝,因名为红蓝。《本草图经》云。遯叟。下同。

【蓪草】王叡诗:"蓪草头花柳叶裙。"李咸用咏《红薇》诗:"画出看还欠,蓪为插未轻。"蓪草作花,古已有之矣。

【嘉草】柳子厚《种白蘘荷》诗:"庶氏有嘉草,攻襘事久泯。"《本草》:"蘘荷叶似初生甘蕉,根似姜芽。中蛊者服其汁,卧其叶,即呼蛊主姓名。"庶氏以嘉草除蛊毒。宗懔谓嘉草即此也。陈晦伯

【席萁】王建诗:"单于不向南牧马,席萁遍满天山下。"顾非熊诗:"席萁草断城池外,护柳花开帐幕前。"李长吉:"秋净见旄头,沙远席萁秋。"秦韬玉:"席萁风紧马豽豪。"唐人屡用之。《酉阳杂俎》云:"席萁,一名寨芦,生北胡地。"盖可为帘,亦可充马食者。《五代史》云:契丹地有息鸡草,尤美而本大,马食不过十本而饱。意席萁既息鸡,一物而音讹耳。刘会孟注贺集,以席萁为箕踞之义,杨升庵驳之为寨上地名,并误。遯叟

【笪箣】亦曰筹箣,旧云出思牢国。又一名涩勒。质薄而空,大者腧二寸,涩可挫爪,久则以浆水渍之,还复快利。坡诗:"倦看涩勒暗蛮村。"谓此。李商隐有《射鱼》诗云:"思牢弩箭磨青石,绣额蛮奴三虎力。"则此物亦中箭材矣。《西事珥》

【駃騠】白居易《武丘留别诸妓》云:"清管曲终鹦鹉语,红旗影动駃騠嘶。"《广韵》:駃騠,蕃大马也。音薄寒。亦有直作薄寒者。遯叟。下同。

【黑暗】杜诗:"黑暗通蛮货。"〔一〕段成式以为南人称象牙白暗,犀角黑暗。杜盖用方言,而不详暗之义。考《本草图经》云:犀文有倒插,有正插,有腰鼓插,其类极多,足为奇异。波斯呼犀角为黑暗,言难识别耳。

【鹧鸪音】《岭南录异》云:鹧鸪,吴、楚之野悉有,岭南偏多。臆前有白圆点,背上间紫赤色。大如野鸡,多对啼,其鸣自呼,钩

辀格磔。李群玉山行闻鹧鸪诗云:"方穿诘曲崎岖路,又听钩辀格磔声。"《韦庄集·鹧鸪》诗:"懊恼泽家非有恨,年年常忆凤城归。"旧注:懊恼泽家,鹧鸪音。有此不同。

【唤起催归】韩退之诗:"唤起窗全曙,催归日未西。无心花里鸟,更与尽情啼。"山谷曰:吾每哦此诗,而了不解其意。自谪峡川,时春晚,忆此诗方悟之。唤起、催归,二鸟名;若虚设,故人不觉耳。唤起声如络纬,圆转清亮,偏于春晓鸣,亦谓之春唤。催归,子规鸟也。《冷斋夜话》

【拨谷】太白乐府:"拨谷飞鸣奈妾何。"拨谷,即布谷。牝牡飞鸣,以翼相拂。佩之,夫妻相爱。见《尔雅》注及《本草》。遯叟。下同。

【乌鬼】杜峡中诗有"家家养乌鬼,顿顿食黄鱼"之句。解乌鬼者,其说不一,有引元微之诗"病赛乌称鬼",云南人染病,竞赛乌鬼,为杜诗之证,似乎为确,然于养字终说不去,对下联亦无情。至有谓乌鬼为祀神之猪,尤可笑。毕竟是鸬鹚,方与食黄鱼可通,联法为合耳。若谓今峡中称鸬鹚无此名,因生他辨,方言今古不同者多,可一概论耶!

【稚子】杜诗:"笋根稚子无人见。"姚宽引杜牧诗:"小莲娃欲语,幽笋稚相携。"孔平仲引唐人食笋诗:"稚子脱锦褓,骈头玉香滑。"证稚子为笋。然作此解,与下凫雏句亦不成联法。僧赞宁谓竹根有鼠,大如猫,名竹豚,亦名稚子。稚既雉字,字画小讹。《桐江诗话》又谓笋生正雉哺子之时,言雉子之小,在竹间人不能见。二说依稀近之。虽未必果是,然犹不失解诗之法。

【西施鱼】李义山诗:"西施因网得。"又:"网得西施赠别人。"[一二]考东坡《异物志》:鱼有名西施者,美人鱼也。出广中大海,食之令人善媚。屠用明

【箼】陆鲁望寄吴子华诗:"到头江畔寻渔事,织作中流万尺箼。"箼,取鱼具也。《酉阳杂俎》:晋时钱塘有人作箼,年取鱼亿计,号万尺箼。石梁绝水曰洪,射洪之得名是也。以竹为鱼梁,从竹为箼。此字《唐韵》不收。郑良孺〔一三〕

【鱼论斗】《前汉·货殖传》:水居千石陂。〔一四〕言养鱼一岁收千石。唐皮日休《钓侣》诗:"一斗霜鳞换浊醪。"注云:吴中卖鱼论斗,酒乃论斤。《芥隐笔记》

【凤子】韩偓诗:"鸿儿唼喋雌黄嘴,凤子轻盈腻粉腰。"崔豹《古今注》:蛱蝶大者为凤子。《西清诗话》

【蟢子】权德舆诗:"昨夜裙带解,今朝蟢子飞。铅华不可弃,莫是藁砧归?"韩翃诗:"少妇比来多远望,应知蟢子上衣巾。"俗说:裙带解,有酒食;蟢子缘人衣,有喜事。其来盖远。《东山》"蟏蛸"疏云:蟏蛸,小蜘蛛长脚者,俗名蟢子,荆州、河南名喜母,着人衣,主有亲客至。久入《三百篇》注脚矣。遯叟

校记

〔一〕 杜诗题为《送惠二归故居》,见仇注卷十八,此联为:"崖蜜松花熟一作白,一作古,山杯一作村醪竹叶新一作春。"注云:"竹叶,酒名。黄注:韩诗'且可勤买抛青春',坡公历引唐时以春名酒者为证,不知春之为义,因酒熟于春而名之也。"按:此联上句"熟"字,下旬即以"新"字为切。"竹叶于人既无分","竹叶"即酒名,见《文选》张景阳《七命》"乃有荆南乌程,豫北竹叶",不必加春字,坡说未允。

〔二〕 "听梨花",《全唐诗》及《白集》均作"趁梨花"。

〔三〕 按:《容斋四笔》卷九"蓝尾酒"条云:"侯白滑稽之语,见于《启颜录》。《唐·艺文志》:白有《启颜录》十卷,《杂语》五卷,不闻有《酒律》之书也。"可参考。

〔四〕 义山此首七绝题为《李卫公》,《全唐诗》卷五四〇、《玉溪生诗详注》卷二此句皆作"木绵花暖鹧鸪飞"。

〔五〕 此数句《酉阳杂俎·续编》卷九原文："卫公言桂花三月开,黄而不白。大庾诗皆称桂花耐日。又张曲江诗'桂花秋皎洁',妄矣。"

〔六〕 "严休复",原刻作"严复休",依《唐诗纪事》卷四十六乙正。

〔七〕 "何以",《全宋诗》卷三作"云何",诗集注本同。

〔八〕 "郑玄",胡氏原刻沿姚宽之误作"郑司农",据《周礼·内司服》注校改。《周礼》注中"司农"专称郑众。

〔九〕 "嵌",原刻依《笔丛》、《笔精》作"篏",明以前字书未见,依文义径改。"知也无",《温集》作"知不知"。

〔一〇〕 此句《笔精》卷一原文作："惟和兄子歌云:'红豆落深坑,到底相思子。'亦沿温语之误。"(《碧琳琅馆丛书》本)

〔一一〕 按:今本杜诗不见此句。苏轼《送乔施州》诗有"鸡号黑暗通蛮货,蜂闹黄连采蜜花"之句,所谓王十朋注亦未引所出。《苕溪渔隐丛话前集》卷九引《洪驹父诗话》,《冷斋夜话》卷一均云杜诗此句,胡氏殆未细考而沿其误。段成式之说见《酉阳杂俎·前集》卷十六:"或云犀角通者是其病。然其理有倒插、正插、腰鼓插,倒者一半已下通,正者一半已上通,腰鼓者中断不通,故波斯谓牙为白暗,犀为黑暗。"

〔一二〕 "赠别人",《玉溪生诗详注》卷一及《全唐诗》均作"别赠人"。

〔一三〕 按:"郑"当作"程",此条见《读书考定》卷二十六"万尺箦"条,"射洪"句作:"射洪、吕梁洪是也。"

〔一四〕 此句《汉书·货殖传》作"水居千石鱼陂"。

唐音癸签卷二十一

诂笺六

【杨炯】"祅星六丈出,渗气七重悬。"上句用天文书,五残、六贼、司诡、咸汉四星,并去地可六丈,所山非其方,其下有兵冲不利。下句用纬书。《春秋文耀钩》:楚有苍云加蜺,围轸七盘。又汉高困平城,亦有月晕围参毕七重之事。"二月河魁将,三千太乙军。"上句用六壬占,六壬,十二月将,二月卯合戌将曰河魁。下句用太乙占。太乙星,天帝神,主知兵革。汉武尝画铲旗,奉之指所伐国。《艺文志》有其兵法。

【骆宾王】送人入蜀:"海客乘槎渡,仙童驭竹回。"上用严君平卜肆事,下用介象令人骑竹自吴往蜀事。曹能始《蜀中诗话》以驭竹为费长房葛陂事,引《寰宇记》葛陂在蜀温、双间为据。按《后汉书·长房传》注,葛陂在豫州新蔡境,与蜀无涉。

《代郭氏答卢照邻》:"迢迢芊路望芝田,渺渺函关限蜀川。"芊是蜀事,芝是商洛事。时卢在秦中,郭在蜀中,二语当句作对,言相望情。误本芊作芋,改者愈谬,遂不可通。杨用修以宕渠古賨国姓芊,改为芊,合芝田不成句矣。蹲鸱又增一馂羊帖乎?

【陈子昂】《乞推禄命》诗:"非同墨翟问,空滞杀龙川。"事出《墨子》。墨子之齐,日者语之曰:"帝今日杀龙北方,先生之色墨,不可以北。"墨子果不遂而反。

又赠晖上人诗:"四十九变化,一十三死生。"一出《法华经》,一出《道德经》。虽算博士未如其工也。《法华经》随喜分第五十人义:三藏四门众四十八人,合最初最后五十人。最伎第五十人但自解,不化佗[一]。其四十九人,师弟子展转相授,自行化佗。

【杜审言】送李嗣真使河东诗:"子月开阶统,房星受命年。"时则天改唐为周,遣使,故所用皆姬周受命事。子月,周正朔。周兴,五星聚房,出《春秋元命苞》。天子必有神灵符纪,开阶立隧,孔演图之文。[二]

【沈佺期】赠韦舍人诗:"一经传旧德,五字擢英材。"上用韦氏事,下用晋中书郎虞松事。"五字"用之中舍,唐人尤多。狱中咏燕:"不如黄雀语,能雪冶长猜。"似以冶长缧绁之释鷯鸟语,与《论语正义》不同。《正义》云:旧说冶长解鸟语,故系之缧绁。今以其不经去之。《海录》引旧疏,止载鸟语,馀不详,无从证佺期异同之故,记之俟博洽者。

【宋之问】《宿云门寺》诗:"樵路郑州北,学井阿岩东。"州疑作洲,学井疑是舜井。孔灵符《会稽记》:郑弘于若耶溪遇神人,以溪中采薪为难,愿朝南风,暮北风,后果然。周处《风俗记》:馀姚,舜之馀族所封也,故有历山、舜井。宋诗用郑洲、舜井,蹉句对法。

【李峤】《还洛》诗:"将交洛城雨,稍远长安日。"交字用《东京赋》"总风雨之所交"。"陶甄荷吹万,颂叹归明一",用荀子"明一者皇"。

《中宗降诞日长宁公主满月侍宴》诗:"大火乘天正,明珠对月圆。"中宗以十月生,是月日躔大火之次。日,君象,故以为此。人但知下句之工,不知上句之大。史称中宗十一月诞,似误。内殿柏梁体诗题称十月诞辰,可证。"祚新金篋里",用虞舜金绳玉柙符命事。初复辟,故云新。"歌奏玉筐前",用有娀氏女玉筐覆燕遗二卵事。本娀[三]女作歌，此借为侍宴者奏歌，又使事家点合之妙。

峤与李乂皆有《送沙门玄奘三僧还荆门应制》诗，此是江陵白马寺玄奘，中宗时与景、俊二师同召至京，归乡终本寺，非贞观中求法奘师也。详《高僧传》。

【郑愔】长宁公主东庄诗："公门袭汉环，主第称秦玉。"主嫁弘农杨慎交，用先世太尉公事，今本环为瓌，误。

【张九龄】《和御制送张说赴朔方》诗："为奏薰琴倡，仍题瑶剑名。"薰倡故为帝言，然考是时实炎月。题剑用汉肃宗赐尚书韩棱等宝剑事，时说正官尚书。其精切如此。

【王维】樱桃诗："中使频倾赤玉盘。"用《拾遗录》汉明帝宴群臣，大官进樱桃，以赤瑛为盘事。

《老将行》："耻令越甲鸣吾君。"本《说苑》齐雍门狄语。《说苑》云：越甲至齐，雍门狄请死之，曰：昔者王田于囿，左毂鸣，车左请死之，曰：吾见其鸣吾君也。今越甲至，其鸣君岂左毂之下哉！维用用成语也，有改为鸣吾军者妄。

《送杨长史赴果州》诗："官桥祭酒客，山木女郎祠。"蜀道艰险，行必有祷祈。女郎，其丛祠之神；客，既祷神之行客也。合两句读之，深无限远宦跋涉之感。有辨女郎为何许人者，都是说梦。元人注：女郎为女仙谢自然。曹能始以自然贞元间人，不合，谓是张鲁女；更以祭酒字信客为鲁。如此解诗，诗何可通！

辋川诗："来者复为谁，空悲昔人有。"辋川旧为宋之问别业，摩诘后得之为庄。昔人似指之问，非为昔人悲，悲后人谁居此耳。总达者之言。

【孟浩然】陪张始兴泛江："洗帻岂独古，濯缨良在兹。"帻坏水洗傅墨，虽良刺史事，后汉扬州刺史巴祗然用以唤濯缨作对，亦大费纽合矣。孟不善用实乃尔！

【李颀】《题璿公山池》云:"远公遯迹庐山岑,开山幽居祇树林。"弇州公以开山声调不协,欲改为开士。此元人郝天挺《唐诗鼓吹》注中说也。吾谓远公既指璿公,开山即就上庐山衍下做到山池上,意义实然,虽不叶,不可改也。不然,一人耳,既拟之远公矣,复泛称为开士,可乎?

【李白】《赠潘侍御论钱少阳》:"虽无二十五老者,且有一翁钱少阳。"用介子推事。《说苑》:介子推年十五相荆,仲尼使人往视,廊下有二十五俊士,堂上有二十五老人。

《越女词》:"东阳素足女,会稽素舸郎。相看月未堕,白地断肝肠。"月堕,狎语比语也,出谢监逸诗。谢东阳溪中赠诗:"明月在云间,迢迢不可得。"答云:"但问情若何〔四〕,月就云中堕!"

《梁甫吟》:"手接飞猱搏雕虎,侧足焦原未言苦。"出张衡《思玄赋》,赋又出《尸子》。赋云:执雕虎而试象兮,跕焦原而跟止。《尸子》云:中黄伯曰:余左执太行之獶,而右搏雕虎,唯象之未与〔五〕试焉。又曰:莒国有石焦原者,广六十步,临百仞之溪,莒国莫敢近,有以勇见莒子者,独却行齐踵焉。

《草大还》篇:"髣髴明窗尘,死灰同至寂。捣冶入赤色,十二周律历。赫然称大还,与道本无隔。"并用《参同契》语。《参同契》云:岁月将欲终,毁性伤年年。形体为灰土,状若明窗尘。捣冶并合之,驰入赤色门。又云:周旋十二节,节尽更须亲。〔六〕色转更为紫,赫然成还丹。

白有《邯郸才人嫁为厮养卒妇》诗,此谢朓旧题也,盖设为其事,寓臣妾沦掷之感耳。杨用修以为此卒即御赵王武臣归者。果此卒也,才人亦不枉矣,何诗为?《正杨》〔七〕辨之,未及此,总固哉说诗者。

太白《秦女卷衣》,即梁吴均《秦王卷衣》题也。其事莫详。吾谓此非嬴秦,或苻秦耳。《晋载记》:秦苻坚灭燕,得慕容冲,有龙阳姿,爱幸之,与其姊清河公主并宠,宫人莫进。《长安引》"一雌复一雄,双飞入紫宫"歌之。均本辞:"秦帝卷衣裳,持此赠龙阳。"白所拟亦云："顾无紫宫宠,敢拂黄金床。"似皆谓此。若嬴秦安得有男宠事？白亦不应作"天子居未央"语矣。记之俟通识者。后罗隐《秦望山》诗有"霸主卷衣才二世",晚末人传误,不足凭。

　　白《丁都护歌》所咏云阳水道舟行艰碍之苦,盖为齐澣所开新河作也。按润州旧不通江,澣开元中为刺史,始移漕路京口塘下,直达于江,立埭收课。江北瓜步,亦开新河。但瓜步岸庳,入江为易,白尝有诗美之。京口岸高,水浅浊,用牛曳舟为难,故白有此歌以言其苦。其名《丁都护歌》者,初宋高祖既京口开东府,有女,其夫见杀,呼督护丁旴问收殡事,每问辄叹息呼之,人因写为歌。白感其土俗之事,即用其土之古歌名以为歌也。旧注全不知此,特备抉出。本歌称督护,白改云都护者,《宋书·乐志》亦称旴为直都护,[八]可通用耳。

　　太白《蜀道难》一诗,新史谓严武镇蜀放恣,白危房琯、杜甫而作,盖采自范摅《友议》。沈存中、洪驹父驳其说,谓为章仇兼琼作。萧士赟注又谓讽幸蜀之非,说不一。按白此诗,见赏贺监,在天宝入都之初,乃玄宗幸蜀、严武出镇之前,岁月不合。而兼琼在蜀,著功吐蕃,亦无据险跋扈之迹可当此诗。皆傅会不足据。《蜀道难》自是古曲,梁、陈作者,止言其险,而不及其他。白则兼采张载《剑阁铭》"一人荷戟,万夫趑趄。形胜之地,匪亲弗居"等语用之,为恃险割据与羁留佐逆者著戒。惟其海说事理,故苞括大,而有合乐府讽世立教本旨。若第取一时一人事实之,反失之细而不足味矣。诸解者恶足语此？

　　太白《古风》六十首,[九]第一首自咏诗业"志在删述";第二首"蟾蜍薄太清",即咏玄宗宠武妃、废王皇后事,殊觉不伦。及谈结语"沉叹终永夕,感我涕沾衣",始知白自有深指在。彼盖谓当世相如是我,赋长门悟主,我事耳。作是观,吟脉才有伦次。

又按《古风》六十篇中,言仙者十有二,其九自言游仙,其三则讥人主求仙,不应通蔽互殊乃尔。白之自谓可仙,亦借以抒其旷思,岂真谓世有神仙哉!他诗云:"此人古之仙,羽化竟何在?"意自可见。是则虽言游仙,未尝不与讥求仙者合也。时玄宗方用兵吐蕃、南诏,而受箓、投龙,崇尚玄学不废,大类秦皇、汉武之为,故白之讥求仙者,亦多借秦、汉为喻。白他诗又云:"穷兵黩武今如此,鼎湖飞龙安可乘?"其本指也欤!

《山人劝酒》琴曲,咏四皓出佐太子事,末云:"浩歌望嵩岳,意气遥〔一○〕相倾。"嵩岳非商颜地,用此者,明皇时卢鸿一〔一一〕、王希夷诸人皆隐居嵩山,时蒙征召顾问。太子瑛之废,诸人并无一言救止如四皓,致不满意耳。

古《豫章行》,咏白杨生豫章山,秋至为人所伐。太白亦有此辞,中间止著"白杨秋月苦,早落豫章山"两句。首尾俱作军旅丧败语,并不及白杨片字,读者多为之茫然。今详味之,如所云"吴兵照海雪",及"老母与子别,呼天野草间","楼船若鲸飞,波荡落星湾",皆永王璘兵败事也。盖白在庐山受璘辟,及璘舟师郡湖溃散,白坐系寻阳狱,并豫章地,故以白杨之生落于豫章者自况,用志璘之伤败,及己身名隳坏之痛耳。其借题略点白杨,正用笔之妙,巧于拟古,得乐府深意者。萧、杨二家注,何曾道着一字来!

校记

〔一〕 "伦",原刻误"陀",径改。

〔二〕 按:《太平御览》卷七六《皇王部一》引《春秋演孔图》(或作"孔演图"):"天子……必有神灵符纪,诸神扶助,使开阶立隧。"

〔三〕 "娀",原刻误"娥",依《吕氏春秋·音初》以及《宋书·乐志》校改。

〔四〕 "若何",《全宋诗》卷三谢灵运《东阳溪中赠答二首》作"若为"。

〔五〕 按:《文选·思玄赋》注"未与"下有"吾心"二字,则当读为"唯象之未与,吾心试焉"。《后汉书·张衡传》注作"唯象之未试,吾或焉"。又按《太平御览》九一〇"㺒"作"夒",疑误。

〔六〕 按:其中尚有"气索命将绝,休死亡魄魂"二句,胡氏截去。

〔七〕 "杨",原刻误"阳",依书名径改。正杨,正杨升庵之失也。

〔八〕 按:《宋书·乐志》称昕为"府内直督护",《旧唐书》同,不作"直都护"。

〔九〕 按:王琦注《李太白文集》卷二《古风五十九首》,各本皆然。此或胡氏误记,或举成数而言,非确为六十首也。

〔一〇〕 "遥",一本作"还"。

〔一一〕 "卢鸿一",见《旧唐书》一九二卷,《新唐书》一九六卷作"卢鸿",实即一人。《资治通鉴考异》以为当作"鸿"。胡应麟《少室山房笔丛·丹铅新录》"卢鸿一"条以"鸿"为误,震亨似从其说。

唐音癸签卷二十二

诂笺七

【杜子美】《龙门奉先寺》:"天阙象纬逼,云卧衣裳冷。"宋人以阙为实字,属对不切,欲改为阅,又有欲改为窥者。龙门号双阙,自有据。此古诗,何论对法乎?介甫诸公,枉费雌黄到此。

《宴王使君宅》:"留欢卜夜闲"。或谓闲为杜公家讳,必阑字之误,如失韵何?考宋卞氏本自作"上夜关",盖投辖之意,合上"泛爱容霜鬓"读之,殊稳帖。

《北征》:"天吴及紫凤,颠倒在短褐。"刘子威以天吴、九凤,同出《山海经》,欲改紫为九。又引王中行说,吴当作莘,以字书无此字为疑。中行字知复,宋人,以博学闻。按《诗》"不吴不敖"之吴,空胡切,《说文》徐注云:"作音华者谬。"则世故有读作华者矣。王所云音莘,当作华字,或笔误,或古自有此别体耳。诗第取声律可讽。吴字作空胡切读,欠响;读若华,即响。用紫凤,响;用九凤,抑又欠响。然则紫凤自可无改。而吴之读为华,王说亦尽自有会,无可疑也。

"披垣竹埤梧十寻,洞门对雪长阴阴。"黄山谷以下有"青春深"句,不宜有雪,当是画壁上雪,即牵强;张伯成以西北地寒,积阴处深春雪间未消,又认做真雪,说不去。此雪字自为梧竹清阴下耳。

《送李秘书赴蜀幕》:"石出倒听枫叶下,橹摇背指菊花开。"下句注者多不得其解。今按,《十道记》:荆州有菊潭,芳菊被涯,所谓饮其水者多寿,即此也。李从荆州上峡,故云背指。又橹摇用荆州故事,令贴切,非泛泛言时物也。倒听句既奇,非此背指险绝语对之不称。十四字具许大神力,岂容草草读过!

《竹桥》:"天寒白鹤归华表,日落青龙见水中。"《异苑》:太康二年冬,大雪,南州人见二白鹤语桥下曰:今兹寒不减尧崩年也。旧注作丁令威化鹤事,误。桥可称龙,出《楚辞》"麾蛟龙以梁津"。本竹桥,故又用费长房葛陂竹化为龙事,云龙见水中也。

《出峡》诗:"五云高太甲,六月旷抟扶。"五云、太甲,出王勃"华盖西临,藏五云于太甲",益州夫子庙堂碑语。黄帝象五色云作华盖。星之有华盖,以象华盖名之。其杠旁六星,曰六甲。文人笔藻,尊名之为太甲。凡云西行不雨。言西临,言藏者,勃以华盖当云,言云之不雨,喻夫子道之不行也。杜用此,盖即借为蜀中故事。若云回望西蜀,五云空高,况已之不得志于蜀而去耳。下句是言此去南徙,未有抟扶风力可借。一言蜀,一言出蜀后。用事虽灾,而调故灵活,此其所以为老杜欤!按,勃华盖二语,段成式以为张燕公尝问僧一行,不能解。王伯厚虽有杠旁之解,而不敢决太甲之即六甲,皆缘从星象中生解,不悟其虽言星,实言云也。通读勃碑下文雷雨句,意义自明,而杜所以引用之旨,亦豁然矣。

《刘贡父诗话》以杜诗"功曹非复汉萧何"为误用。王定国引《高祖纪》孟康注:萧何为主吏。主吏,功曹也。叶石林甚韪之。然诗如此,亦僻矣。杜修可曰:《吴志》:虞翻为孙策功曹,策曰:孤有征讨事,卿复以功曹为吾萧何,守会稽耳。时子美有京兆功曹之命,故以之自况。

《杜位宅守岁》诗,称位为阿戎。按,阮籍与王戎父浑为友,尝谓浑曰:"共卿语,不如与阿戎谈。"后人以位为甫从弟,不应用父子事,妄改阿戎为阿咸。此必宋初人所改。东坡与子由诗便有"欲唤阿咸来守岁"之句矣。正不知呼人为阿戎,必父前可呼,想其时位恰有父在,故云。此自可意而得,何以疑而改为?

杜公《蜀中答裴迪逢早梅见忆》诗:"东阁观梅[一]动诗兴,还如何逊在扬州。"《梁书》:建安王伟刺扬州,逊为水曹行参军兼记室。逊集有《扬州法曹梅花盛开》诗。时迪在蜀依王侍郎,杜有诗与迪云:"风物悲游子,登临忆侍郎。"自注:王侍郎时为蜀牧。东阁云者,拟王也。裴依王,何依建安,而何恰有梅诗,故用相比。今人咏梅辄曰何水部,岂知老杜初拈出时,切确不可移易如此!扬州非今扬州。《广陵志》因伪苏注收为彼地故实,袭误久矣。古扬州治建业。其治广陵者,南兖州也。附识。[二]

子美赠重表侄王评事诗,言己之曾老姑嫁为王之高祖尚书妇,与房、杜交,识秦王潜龙时,反复数百言甚备。尚书疑指王珪,然史自言珪母李,房、杜微时知其必贵耳,非杜亦非妻也。[三]更珪初为太子僚,与秦王水火,长流后召用,廷臣犹加以仇雠之目,元非太宗素交。此必另一人,虽显贵,史失传耳。古今从龙勋旧,为史传所漏者多矣,何独此!

《饮中八仙》,内苏晋无一事可考。旧注云:苏珦子。又云:许公之子。许公止一子,名善。珦子即同名,彼说直有时誉,不闻嗜酒,且前卒,总非也,当从阙疑。焦遂止袁郊《甘泽谣》载其与陶岘诸人为山水游一事,馀无见。旧注伪造醉吃一则,云出

《唐史拾遗》,近《天中记》亦误收入《酒部》,不可不辨。

贺沈东美除膳部郎诗内称沈为通家,又有礼同诸父等语。旧注以东美为沈既济之子。杜氏与既济家无旧契,此必云卿之与甫祖必简同官修文者可当耳。久怀此说,未敢决。后读《太平广记》东美家有狐怪事一则,注云:太子詹事佺期之子。益为豁然。《广记》四百四十八卷

寄刘使君伯华,叙其先世,当是刘宪后人。宪仕天后朝,以推按来俊臣贬,俊臣败,转凤阁舍人,故云"翠虚捎魍魉,丹极士鹓鹏"。景龙中,宪选直修文馆学士,时文馆宠赉甚盛,故又有"雕章五色笔,紫殿九华灯","宴引春壶酒,恩分夏簟冰"等句。刘辰翁既不悉其为宪,即亦不忆有《景龙文馆记》〔四〕内事,浪读冰字为凝,欲改酒字为满对之,殊太妄率。

《天育骠骑歌》:"伊昔太仆张景顺,考牧攻驹阅清峻。遂令大奴字天育,别养骥子怜神骏。"旧注以大奴为王毛仲,非也。景顺官太仆少卿、秦州监牧都副使,毛仲即起自奴隶,时以霍国公领内外闲厩,景顺实为之属,尝对玄宗云:"臣禀仲之令。"〔五〕其语见张说《监牧颂德碑》中,可考。此大奴,第牧马监奴耳。

"一辞故国十经秋,每见秋瓜忆故丘。今日南湖采薇蕨,何人为觅郑瓜州?"自注:"郑秘监审。"刘辰翁以瓜州为金陵瓜步,此非郡望,可呼人乎?况审,繇之子,郑州人,非升州人也。审尝仕为袁州刺史,或又刺陇右之瓜州,史失载耳。然因瓜忆瓜州退宦,亦太谑,非诗之正。

《答杨梓州》:"闷到杨公池水头,坐逢杨子镇东州。却向清溪不相见,回船应载阿戎游。"杨子,谓梓州也。阿戎,谓梓州之子。公到梓州,不得见杨,聊与其子游,因寄杨此诗耳。杨公池定是古迹,以与梓州姓同,取巧用之。或疑杨公必梓州父,既可

笑;或又欲改杨公池为房公池,合读之何味?旧注皆梦说也。

《丽人行》:"杨花雪落覆白蘋,青鸟飞去衔红巾。"注者作春游景色解,大愦愦!此诗纪杨氏诸姨与国忠同游事,非苟作也。《广雅》:杨花入水化为萍。《尔雅翼》:蘋根生水底,不若小浮萍无根漂浮。国忠实张易之之子,冒杨姓,乃与虢国通,不避雄狐之诮,是无根之杨花落而覆有根之白蘋也。又"杨白花,飘荡落南家",为北魏淫词,用之真切于此者。青鸟,西王母使者。飞去衔红巾,则几于感帨矣。咏时事不得不隐晦其词,然意义自明。惜从来无与发覆者。

《哀江头》:"一箭正中双飞翼。"诸家不得其解。如黄山谷、杨用修射雉等说,皆可笑之极。不知双飞翼正指上第一人之同辇者而言,谓贵妃也。本緣军士逼缢,而托之随辇才人箭射而堕,总不敢斥言其事而为之辞。诗为君父咏,应如是也。读下句即接"明眸皓齿今何在"云云,其义自明,何假多说乎?唐制,巡幸,宫人扈从者骑而挟弓矢,见武宗朝王才人传。想明皇时蚤已然。盖实有其事而借用之。

"黄昏胡骑尘满城,欲往城南望城北。"有作忘城北,又有作忘南北者,讫无定本。今按,曲江在都城东南。《两京新记》云:其地最高,四望宽敞。灵武行在,正在长安之北。公自言往城南潜行曲江者,欲望城北,冀王师之至耳。他诗:"都人回面向北啼,日夜更望官军至。"即此意。若用忘字,第作迷所之解,有何意义?且曲江已是城南矣,欲更往城南,何之乎?

《哀王孙》起语:"长安城头头白乌,夜飞延秋门上呼。"延秋门,帝西幸所出门也。梁侯景克建业,修朱雀等门,人心不忘梁,有童谣云:"白头乌,拂朱雀,还与吴。"引用正寓复兴之望。乌得云呼者,《说文》:乌,孝鸟也。孔子曰:乌,盱呼也。取其助气,故以为乌呼。刘孝威咏《乌生八九子》云:"氄毛不自暖,张翼强相呼。"杜诗无一字无来历如此。

鄜州省家:"远愧梁江总,还家倚黑头。"旧注及刘辰翁评注皆云:总,梁臣,后历陈入隋,放还江都。杜以其仕三朝失节,揭梁字愧之。今考总放还时,年已七十馀,故其诗亦自有"白首入辇辕"之句,何言黑头?此自就总初陷侯景时事自比耳。按总传:初,总年少,仕梁,有名。景陷台城,避难崎岖,还会稽郡山阴都阳里。公遘禄山难,已近五十,叹己乱后还家,不及总尚是黑头时为可愧;非以总为堪愧,下梁字学《春秋》笔法也。

杜之去国,以救房琯。琯之贬,虽以陈涛之败,实因诸王分镇之策,深中肃宗之忌,为谗者所构而致。集中诗为琯伤者不一,伤琯正伤己也。而尤莫详于《荆南述怀》之三十韵,中间"盘石圭多剪",为琯之建策原,"凶门毂少推",又若为琯之自将咎,最一篇警策所在。其"汉庭和异域,晋史坼中台。霸业寻常体,宗臣忌讳灾"等语,似又举和亲回纥事,较分镇抑扬论之;若曰琯去位始有和亲事,国体损而宗臣以忌讳斥矣。无非宛转为琯出脱,明己之救琯者,未为不是。生平出处,一大关目,莫备此篇,无一字不深厚悱恻,读之如起少陵与之晤语。向来诸家,句句错解,埋没至宝到今,殊可太息。

代宗避吐蕃幸陕,仓卒中百官少有至者。杜咏其事,有"狼狈风尘里,群臣安在哉"之句。公意中大有昔年灵武追驾之感,言随主患难者少,以叹己之尝效忠,未蒙报礼。若仅为当日群臣刺讽,有何意味?

校记

〔一〕 "观梅",《杜集》作"官梅"。

〔二〕 本条"扬州"之"扬",除条末注中"今扬州"外,原刻均作"杨",

依《杜集》径改。

〔三〕 按:吴景旭《历代诗话·己集》六"王珪母妻"条引《野客丛书》及《庚溪诗话》,以为王珪母李妻杜,妇姑皆贤。说颇详明,可参看。

〔四〕 按《文苑英华》卷七九七有权德舆《昭文馆太学士壁记》一文,即胡氏所指者。

〔五〕 按:张说《陇右监牧颂德碑序》:"上顾谓太仆少卿监牧使张景顺曰:'吾马繁育,君之力也。'对曰:'帝之力也,仲之令也。臣何力之有?'"

唐音癸签卷二十三

诂笺八

【韦应物】《睢阳感怀》诗盛称张巡忠烈,且云:"宿将降贼庭,儒生独全义。"儒生谓巡,宿将则谓许远也。当时城陷,巡遇害,贼议生致一人洛阳,乃以远行,远卒不屈,中途死。巡子去疾,欲专以为父功,上书谓远心有向背,请追夺官爵。诏下尚书省,以二人忠烈并著,不可妄轻重,议乃罢。然时论犹纷纭不齐。至元和中,韩愈为文力辩之,始定。苏州此诗,正作于议论未定之前,不可为二人定评也。

【顾况】有《囝》诗一章,略曰:"囝生闽方,闽吏得之,乃绝其阳。""郎罢别囝,吾悔生汝。""人劝不举","果获是苦。囝别郎罢,心摧血下。隔地绝天,及至黄泉,不得在郎罢前。"囝音蹇。闽俗呼子为囝,呼父为郎罢。此为唐阉宦作也。唐宦官多出闽中小儿私割者,号"私白",诸道每岁买献之于朝,故当时号闽为中官区薮,备载《唐书·宦官传》。〔一〕时中贵人初秉权作焰,况诗若怜之,亦若简贱之,寓有微意在。

【刘长卿】《过贾谊宅》:"秋草独寻人去后,寒林空见日斜时。"初读之似海语,不知其最确切也。谊《鵩赋》云:"四月孟夏,庚子日斜","野鸟入室,主人将去。"日斜、人去,即用谊语,略无痕迹。徐兴公

【李益】《听晓角》:"无限塞鸿飞不度,秋风吹入小单于。"大角曲名有《小单于》详前《乐通》,此借云吹入小单于处去,与李白"江城五月落梅花"同一用法也。

【元白】白诗:"鞍马呼教住,骰盘喝遣输。长驱波卷白,连掷采成卢。"注:骰盘、卷白波、莫走鞍马,皆酒令。又:"打嫌调笑易,饮讶卷波迟。"注:抛打曲有《调笑令》,饮酒曲有《卷白波》。元诗:"能唱犯声歌,偏精变筹义。""叫噪掷骰盘,生狞摄觥使。"又:"曲庇桃根盏,横讲捎云式。"又:"筹箸随宜放,投盘止罚啀。红娘留醉打,觥使及醒差。"注:《舞引红娘》,抛打曲名;酒中觥使,席上右[二]职。读两家诗句,唐饮客章程可概见。

【孟东野】孟诗用字之奇者,如《品松》:"抓挐指爪脯。"脯,均也。《寒溪》:"柧棱吃无力。"柧,棱木,即觚。榆即筊。言畏寒,觚筊寒吃无力。《峡哀》:"踔猲猿相过。"踔,足蹋也。犬食曰猲,借以状猿之行。《冬日》:"冻马四蹄吃,陟卓难自收。"陟卓,崎岖独立之貌。又好用叠字,如"暽暽家道路",暽暽,即晔晔。"抱山冷痠痠",痠痠,即兢兢。至"嵩、少玉峻峻,伊、雒碧华华","强强上声揽所凭"诸类,又自以意叠之,几成杜撰,总好奇过耳。孟佳处讵在是!

【李贺】《宋书》:废帝景和二年,铸二铢钱,形式转细,无轮郭,如今之剪凿者,谓之来子钱。李贺:"榆穿来子眼,柳断舞儿腰。"谓榆荚似此小晓也。

《拟庾肩吾还自会稽歌》:"脉脉辞金鱼,羁臣守迍贱。"金鱼,旧以鱼袋释,梁无其制也。庾乃简文宫僚。《东宫旧事》:中

庶子掌门钥，钥施悬鱼。云辞金鱼，自指旧署言耳。

《上云乐》："八月一日君前舞。"旧注引《齐谐记》八月一日赤松子采柏药事为解，此非也。一日当作五日。《上云乐》乃俳乐献寿之辞。以千秋名节，始玄宗。玄宗以八月五日生，是日燕乐为盛。故贺拟辞用之。他帝既无有此月一日生者，故知字误也。

【卢仝】《月蚀诗》，《新书》言其讥切元和逆党，考之不合。按此诗叙有年月云"元和庚寅"，则吐突承璀讨王承宗无功而归之岁也。初，宪宗信用承璀，令典神策，拜大帅，专征。及败衄，仍不加罪，宠任如故，有太阴养蟾蜍为所食之象，故取以此讽。"恒州阵斩郦定进，项骨脆甚春蔓菁"。定进者，承璀骁将，初交战即被杀，师因气折无功，详见《承宗传》，此正实纪其事处。其云"官爵奉董秦"者，秦，史思明降将，归正赐属籍封王，后竟附朱泚为逆。是时承宗蒙赦复官爵，正与秦同。仝以其反复必叛，故又借秦为此。通阅前后，为承璀而作甚明。若云逆党，则构逆时去此尚远，安得预为讥切乎？韩集亦载此诗，删改过半，题云《效玉川子作》，谦不敢当改也。然此诗粗纵，至竟不可名诗。或如送穷、乞巧等制入文类，于体为惬。惜韩公更少此一改耳。

【刘禹锡】《文宗挽歌》："圣情悲望处，兄日下西山。"人君兄日姊月，出《春秋感精符》。武宗以弟及，故用之。今本作沉日，是浅学所改。又刘有公主下嫁诗"天母亲调粉，日兄怜赐花"云。

宋吴复斋云：禹锡与柳子厚诗，有"柳家新样元和脚"之句。脚字人多不晓。高于勉尝举以问山谷，山谷云："取其字制之新。"有徐仙者，学山谷书，陈无己赠诗，亦有"肯学黄家元祐脚"之句。愚谓脚字即当会样字意解之自明。

【张祜】集有《孟才人》诗,序称才人以歌笙获宠武宗。帝疾亟,为帝歌《河满子曲》,甫发声,肠断而绝。事与其人,《后妃传》无之。传惟载王才人者,武宗宠之,欲立为后,弗果;帝大惭,即自经于幄中。王弇州疑而欲合为一,然所引李卫公《两朝献替记》,王才人自以骄妒忤旨,不良死;若孟才人以义死,故一时诗人咏之,其各是一人明矣。

【贾岛】《桑乾》绝句,谢枋得注云:"旅寓并州十年,一旦别去,岂能无情?故望并州以为故乡也。"读之不觉失笑。此岛自思乡作耳。其意恨久客并州,远隔故乡,今非惟不能归,反北渡桑乾;还望并州,又是故乡矣,岂念并州哉!念咸阳之不得归云耳。谢注有分毫相似否? 王世懋《艺圃撷馀》

【杜牧】有绝句云:"杜诗、韩笔愁来读,似倩麻姑痒处搔〔三〕。"称文为笔,始六朝人。《沈约传》云:谢玄晖善为诗,任彦升工于笔,约兼而有之。又梁简文帝与湘东王书论文章之弊,亦分诗与笔为言。牧所本也。

【许浑】《靖恭里感事》诗,题不明斥为何人。其句云:"乾坤三事贵,华夏一夫冤。"此惟退相可以当之。文宗朝,宋申锡谋去宦官,反为宦官所构,谪死。考本传有王守澄欲遣骑就靖恭里屠申锡家语,知此诗为申锡作无疑。

浑《凌歊台》诗:"湘潭云尽暮山色,巴蜀雪消春水来。"以地里考之,湘潭当作江潭。按凌歊台在今当涂黄山,直踞大江之上,西望大江上源,则博望山与梁山,称为天门者,两崖中豁,楚、蜀远通,其水真有从巴蜀雪消而来之势;稍东,直瞰牛渚矶,矶水深黑不测,是云江潭。而潭上诸山,叠叠环峙,薄暮岚消山见,则暮山云尽而出,尤对岸真景之的的者。宋人郭功甫《姑熟》诗:"牛渚对峙凌歊台,长江倒挂天门开。"从来题咏者,大都不出此二景,而浑独善写之,最为工尽。若湘潭去此甚远矣,可因字之偶误,遂谓浑诗果尔乎?昔贤如用修、弇州,并不疑湘字为讹,欲改暮山山字从烟,那有是处?用修又袭方回之说,以宋祖裕节俭,浑"三千歌舞"句为诬,讥浑无史学,不知宋二武皆称祖。武吏高祖,孝武帝世祖。《地志》称孝武登此台置离宫,而《本纪》亦载其幸南豫州者再,校猎姑熟者一,与《地志》合。是尝嗤高祖裕为田舍翁者,三千歌舞宜有之,无史学竟属何人耶?"百年便作万年计",又似约略孝武后人借南苑三百年痴想,概入之以尽宋事,要使宽展耳。古作者使事,别有深会在,未可轻议。

【李商隐】昔楚襄王与宋玉游高唐之上,见云气之异,问宋玉。玉曰:昔先王梦游高唐,与神女遇,玉为高唐之赋。先王,谓怀王也。宋玉是夜梦见神女,寤而白王,王令玉言其状,使为《神女赋》。《文选》玉王二字各误,后人遂云襄王梦神女,其实非也。古乐府诗有之:"本是巫山来,无人睹容色。惟有楚怀王,曾言梦相识。"李义山亦云:"襄王枕上原无梦,莫柱阳台一片云。"足以互证。《西溪丛语》

古乐府《青溪[四]小姑曲》云:"开门白水,侧近桥梁。小姑所居,独处无郎。"唐李义山诗:"神女生涯元是梦,小姑居处本无郎。"小姑,蒋子文第三妹也。杨炯《少姨庙碑》云:"虞帝二妃,湘水之波澜未歇;蒋侯三妹,青溪之轨迹可寻。"《升庵诗话》

莫愁者,郢州石城人。今郢有莫愁村,画工传其貌,好事者多写寄四远。古词"莫愁在何处?莫愁石城西。艇子打两桨,催送莫愁来"者是也。李义山《马嵬》诗:"如何四纪为天子,不及卢家有莫愁。"此莫愁者,洛阳人。梁武帝《河中之水歌》"洛阳女儿名莫愁……十五嫁为卢家妇……卢家兰室桂为梁,中有郁金苏合香"者是也。古有两莫愁在。《容斋三笔》[五]

《利州江潭作》自注：感梦[六]金轮所。《蜀志》：则天父士彟为利州都督，泊舟江潭，后母感龙交娠后。然史不载其事。虽建寺赐真容，不闻别有祠设，岂后欲讳之耶？"自携明月移灯疾，欲赴行云散锦遥。"言龙衔珠为灯，而散鳞锦以交合。龙性淫，义山为代写其淫，工美得未曾有。散锦，本木华《海赋》中语。

　　以锦瑟为真瑟者痴；以为令狐楚青衣，以为商隐庄事楚、狎绹，必绹青衣亦痴。商隐情诗借诗中两字为题者尽多，不独《锦瑟》。胡元瑞云：《锦瑟》一篇，是义山有感而作，大概《无题》中语，但首句略用锦瑟引起耳。宋人认作咏物，以"适怨清和"字面附会穿凿，遂令本意懵然。且至"此情可待成追忆"处更说不通。学者试尽屏此等议论，只将题面作青衣，诗意作追忆读之，当自踊跃。

　　【张乔】《文苑英华》载乔《七松亭》一诗，有"已比子真栖谷口，岂同陶令卧江边"之句，题不著为何人作。考《唐史》，郑少师薰退居隐岩，手植七松，自号七松处士，云异代可与五柳先生作对。乔诗盖为薰作。陶令一联，亦政用薰语也。乔咸通中应举，薰以其诗苦道真，尝延之门下，见《郑谷集注》，可互证。

　　【陆龟蒙】《杂讽》云："红蚕缘枯桑"，"童麛来触犀"，"歌[七]鹅惨于冰"，"赤舌可烧城"。皆用《太玄》语。《困学纪闻》

　　【唐彦谦】叶梦得《石林诗话》以杨大年、刘子仪喜唐彦谦题汉高帝庙云："耳闻明主提三尺，眼见愚民盗一坏[九]。"语皆歇后。如三尺律、三尺喙皆可，何独创乎？愚按，《汉·高帝纪》曰："吾以布衣，提三尺取天下。"又《韩安国传》："高帝曰：提三尺取天下者，朕也。"皆无剑字，唯注曰：三尺，谓剑也。出处即如此，则诗家用其本语，何为不可？《庚溪诗话》

　　【司空图】《耐忍居士歌》："咄。诺。休，休；莫，莫。"[九]咄，拒物之声。诺，敬言也。图隐身不出，其本怀。姑为拟议之辞，先叱之,随诺之,因以休休莫莫自决耳。与呫嗟二字自不同。刘贡父及王楸各有辨,俱不明,聊为正之。

【附订讹】沈佺期《答魑魅》诗即作魑魅问,不应托影答辞。宋之问"紫禁仙舆诘旦来。"《左传》:"诘朝相见。"谓明早也。今以为今日。李迥秀:"诘旦重门闻警跸。"误亦同。陈子昂"吾闻中山相,乃属放麑翁。"秦西巴乃孟氏之臣,非中山相。李白绕朝赠士会策,指方策之策也。白"临行相赠绕朝鞭",误以鞭为策。"山阴道士如相见,应写黄庭换白鹅。"误以《道德经》为《黄庭经》。[一〇]醉过东山,引"浩浩洪流"之咏,误以嵇康诗为谢安诗。[一一]杜甫《诸将》诗用玉鱼金盌,本沈炯"茂陵玉盌,遂出人间"语,以上有玉鱼字,遂易作金盌。"何颙好不忘"[一二],"细学何颙免兴孤",凡两用于佛寺,当是周颙,因周妻何肉语,失忆其姓而误。卫鹤乘轩,指轩车之轩,云"轩墀曾宠鹤",误。乘槎至天河,海上客也,"奉使能随八月槎",误为汉之张骞。刘越石为胡骑所围,中夜奏胡笳,贼流涕解围去,"胡骑中宵堪北走",误用为笛诗。又"赠尔秦人策,莫鞭辕下驹",误与李白同。顾况燕作巢,避戊己,见《博物志》,验之信。况四言"燕燕于巢,缀缉维戊",误用。张籍"卫青不败由天幸,李广无功为数奇。"《史记》天幸乃霍去病,非卫青。又《汉书音义》,数音朔,则亦不可与天属对。[一三]《成都曲》:"锦江近西烟水绿,新雨山头荔枝熟。万里桥边多酒家,游人爱向谁家宿?"似未尝至成都者。成都无山亦无荔枝,然此诗自不碍其风致。白乐天《长恨歌》云:"峨眉山下少人行,旌旗无光日色薄。"峨眉在嘉州,与幸蜀路全无交涉。刘禹锡《踏歌行》:"为是襄王故宫地,至今犹是[一四]细腰多。"《墨子》云:"楚灵王好细腰。"《韩非子》云:"楚庄王好细腰。"凡两见,不闻襄王。杜牧"珊瑚破高齐,作婢舂黄糜。"按,李询得珊瑚,其母令青衣而舂,无糜字。牧趁韵撰造,非事实。又有诗:"甘罗昔作秦丞相。"《史记》:罗年十二,事秦相文信侯,后封上卿,未尝为秦相。《北史·彭城王浟传》云:"昔甘罗为秦相,未闻能书。"《仪礼疏》云:"甘罗十二相秦。"未必至五十。知此谬循袭已久。李商隐《史记》载秦始皇封泰山,风雨暴至,休树下,封其树为五大夫。五大夫者,秦官名,第九爵也。商隐《五松驿》诗:"独下长亭念故秦[一五],五松不见见舆薪。"名驿者误,商隐复误。虽然,前此庾信已有"山封五树松"句矣。许浑《冀州记》:缑氏仙人庙者,昔王侨为柏人令,于此登仙。浑诗:"王子求仙[一六]月满台。"又:"可怜缑岭登仙子,犹自吹笙醉碧桃。"则以王侨为王子乔。《金陆怀古》:"石燕拂云晴亦雨,江豚吹浪夜还风。"石燕出零陵,非出金陵。其物遇雨则飞,止还为石,晴何缘得飞?取对偶工致,而非其实。**陆龟蒙**《药名》诗云:"乌啄蠹根回。"乃是乌喙,非乌啄也。又:"断续玉琴哀。"药名止有续断,无断续。

校记

〔一〕 按:《新唐书》卷二〇七《宦者上》云:"是时诸道岁进阉儿,号私白,闽、岭最多,后皆任事,当时谓闽为中官区薮。"胡氏误记为《旧唐书》。

〔二〕 "右",原刻作"古",据《全唐诗》及《唐诗纪事》校改。

〔三〕 "搔",原刻误"抓",依《樊川诗集》校改。

〔四〕 "青溪",原刻沿《升庵诗话》之误作"清溪",今据《乐府诗集》校改。

〔五〕 此则见洪迈《容斋三笔》卷十一"两莫愁"条。"河中之水歌",胡氏删节太甚,洪引文有关部分如下:"河中之水向东流,洛阳女儿名莫愁。莫愁十三能织绮,十四采桑南陌头。十五嫁为卢家妇,十六生儿字阿侯。卢家兰室桂为梁,中有郁金苏台香……"

〔六〕 "梦",《玉溪生诗详注》卷二作"孕",为是。

〔七〕 "歌",《困学纪闻》卷十八、《甫里集》及《全唐诗》并作"鹍"。

〔八〕 "坏",一作"抔"。

〔九〕 按:《全唐诗》卷六三四司空图《题休休亭》一作《耐辱居士歌》,作:"咄。诺。休,休,休;莫,莫,莫。"

〔一〇〕 按:此事胡氏盖本黄伯思《东观馀论》以白为误,实则黄说尚待商榷。洪迈《容斋四笔》卷五"黄庭换鹅"条,吴景旭《历代诗话·庚集》"换鹅"条,对此均有详证。兹节录洪说以供参考:"案张彦远《法书要录》载褚遂良《右军书目》,正书有《黄庭经》云,注:六十行,与山阴道士。真迹故在。又武平一徐氏《法书记》云,武后曝太宗时法书六十馀函,有《黄庭》。又徐季海《古迹记》:《大王真书》三卷,以《黄庭》为第一。皆不云有《道德经》。则知乃晋传误也。"

〔一一〕 按:"浩浩洪流"乃嵇康《兄秀才公穆入军赠诗十九首》第十二首首句(见《嵇康集》卷一)。李白《东山吟》(或作《醉过谢安东山》)用《世说新语·雅量》篇事:"桓公伏甲设馔,广延朝士,因此欲诛谢安、王坦之。王甚遽,问谢曰:'当作何计?'谢神色不变,调文度曰:'晋祚存亡,在此一行。'相与俱前。王之恐状,转见于色;谢之宽容,愈表于貌,望阶趋席,方作洛生咏,讽'浩浩洪流'。桓遂(宜从《晋书》作"惮")其旷远,乃趣解兵。"白诗之落句云:"彼亦一时,此亦一时,'浩浩洪流'之咏何必奇?"白尝以谢安自况,此句言外之意,谢公雅量,己亦具之耳。且云"浩浩洪流"之咏,咏者讽咏之咏,谢安洛下书生咏著称于时,非谓创作也。李白实未指此诗为谢安作,胡氏失于细考。未免厚诬古人。

〔一二〕 按:此句仇注卷十二作"周蔡作周旧作何颙好不忘",则蔡兴宗本杜集原不误。

〔一三〕 按:二句见王维《老将行》,非张籍诗,本书卷二十一亦置《老将行》于王维条下,可证此处为抄胥之误。又《全唐诗》及《王右丞集》均作"缘数奇"。

〔一四〕 "是",《全唐诗》及《刘宾客集》均作"自"。

〔一五〕 "故秦",《全唐诗》及《玉溪生诗详注》均作"过秦"。

〔一六〕 "求仙",一本作"吹箫"。

唐音癸签卷二十四

诂笺九

【镇】六朝人诗用镇字,唐诗尤多,如褚亮"莫言春稍晚,自有镇开花"之类。《韵书》:镇,压也,亦安之也。盖有常之义。约略用之代常字,令声俊耳。遯叟

【生】李白戏杜甫云:"借问别来太瘦生,只为从前作诗苦。"〔一〕太瘦生,唐人语也。至今犹以生为语助,所谓可怜生、作么生之类。《谈苑》

【泥】俗谓柔言索物曰泥,乃计切,谚所谓软缠也。杜子美诗:"忽忽穷愁泥杀人。"元微之《忆内〔二〕》诗:"泥他沽酒拔金钗。"非烟传诗:"脉脉春情更泥谁?"杨乘诗:"昼泥琴声夜泥书。"又元邓文原《赠妓》诗有"银灯影里泥人娇"。后人用者不一。《升庵外集》

【踏】李贺《感讽》诗:"县官踏飧去,簿吏复登堂。"《礼记》:毋嘬炙。嘬,大歠也。又《说文》:舐,歠也,若犬之以口取食。并托合切。今转用俗字达合切为踏,见暴吏践躏小民无顾恤之意。遯叟。下同。

【嗺】公宴合乐，每酒行一终，伶人必唱嗺酒，然后乐作。此唐人送酒之辞，本作碎音，今多为平声。文士亦或用之。叶石林引王仁裕诗"淑景易从风雨去，芳樽须用管弦嗺"为证。然仁裕本集自云"淑景即随风雨去，芳樽宜命管弦开"，而下联仍有催韵。石林不知据何本也。

【底】颜师古《刊谬正俗》〔三〕云："'或问俗谓何物为底丁儿反，底义何训？'答曰：'此本言何等物，其后遂省，但直云等物耳。等字本音都在反，又转音丁儿反。'""应瑗诗云：'文章不经国，筐篚无尺书。用等称才学，往往见叹誉。'言其用何等才学见叹誉而为官。以是知去何而直言等，其言已旧。今人不详所本，乃作底字。"老杜："文章差底病。"差底，犹何底之意也。

【煞】罗邺诗："江似秋岚不煞流。"不甚流也。煞〔四〕音近厦，今京中谚犹然。《升庵外集》

【差】韩愈《咏海诗》："飓风有时作，掀簸真差事。"韩偓诗："而今若有逃名者，应被品流呼差人。"差，异化切，怪也。遯叟

【挨】今俗谓相抵曰挨。乐天诗："坐挨桃叶妓"，"日醉挨香枕"。挨音乌皆反，正挨字。《野客丛书》

【相】杜："恰似春风相欺得。"白："为问长安月，谁教不相离？"相，思必切，读若瑟，今北人皆呼相为厮，是也。遯叟

【请】白："当时绮季不请钱。"姚合："每月请钱共客分。"叶平声读。

【司】武元衡："惟有白发张司马。"白："四十著绯军司马。"并入去声伺字韵。

【磷】《论语》："磨而不磷。"力刃切。杜"此道未磷缁"，"但取不磷缁"，皆作平声。

【十】白："绿涨东西南北水，红栏三百九十桥。"十作平声，

读若谌。

【予】孟浩然《送辛大不及》:"日暮独愁予。"[五]用《楚辞》"目眇眇兮愁予",从上声读。

【与】杜《简郑广文》:"赖有苏司业,时时与酒钱。"与字有四音,本音余吕切者,读之不响,作于改切读飨。黄山谷改作乞字,音丘既切读,正不必也。

【中兴之中】《诗·蒸民》序:"任贤使能,周室中兴焉。"中,陆德明《释文》:"张仲反。"故老杜诗云"新数中兴年",又"百年乖死中兴时",诗人留意音训如此。

【中酒之中】今言中酒之中,多以为平声,祖《三国志》"中圣人、中贤人"之语。齐己柳诗曰:"秾低似中陶潜酒,软极如伤宋玉风。"按,《前汉·樊哙传》:"军士中酒。"注:"竹仲反。"己公或祖此。

【蒲萄】白:"烛泪粘盘累蒲萄。"蒲,叶入声读。

【枇杷】白:"况对东溪野枇杷。"张祜:"生摘枇杷酸。"枇,并叶入声。

【琵琶】白:"四弦不似琵琶声。""忽闻水上琵琶声。"张祜:"宫楼一曲琵琶醉。"琵,亦并叶入声也。

【亲家】男女两姻家相谓曰亲家,俗作去声呼,见《唐·萧嵩传》。卢纶《王驸马花烛诗》:"人主人臣是亲家。"亦用此音。

【嫖姚】霍嫖姚,《汉史》服虔注:"音飘飖。"颜师古注:"嫖,频妙切。姚,羊召切。"唐人入诗,多用平声。前此庾信、王褒诸人,亦俱作平声用,以虔元有此音故尔。然颜音为确。按宋景文云:"古人诗用事简而当,亦不以字害句,故音韵清浊,随宜改易,直取意顺则已。至唐人以律格自拘,不复敢用。惟白乐天往往有之。"晏丞相殊尝许之曰:"诗人乘语俊,当知用字。读诸家诗,当以宋说参观。"

【忽地】王建诗:"杨柳宫前忽地春。"忽地,犹言忽底,盖以地为助辞。逊叟

【格是】乐天诗云:"江州去日听筝夜,白发新生不愿闻。如今格是头成雪,弹到天明亦任君。"元微之诗云:"隔是身如梦,频来不为名。怜君近南住,时得到山行。"格与隔二字义同,格是犹言已是也。《容斋一笔》[六]

【至竟】唐人多言至竟,如云到底也。杜牧云"至竟息亡缘底事"、"至竟江山谁是主"之类。《戒庵漫笔》

【朅来】唐人诗多用朅来二字。《楚辞》:"车既驾兮朅而归,不得见兮心伤悲。"《韵书》:朅,却也,去也;又发语辞。张衡:"回志朅来从玄谋。"刘向:"朅来归耕永自疏。"与《楚辞》所用之朅,皆去字之义。颜延年《秋胡诗》:"朅来空复辞。"兼发语辞用。后人入诗,多从颜作虚字。杨用修引《吕氏春秋》胶鬲问武王"朅去朅至",欲作盍字解,恐未合。逊叟。下同。

【匹如】白乐天:"匹如元是九江人。"匹如,犹言比如、譬如也。后来坡老常用之入小牍及诗。

【遮莫】《艺苑雌黄》云:遮莫,盖俚语,犹言尽教也。自唐以来有之,故当时有"遮莫你古时五帝,何如我今日三郎"之说。然词人亦稍有用之者。杜诗云:"久拚野鹤如双鬓,遮莫邻鸡下五更。"李太白诗:"遮莫根枝长百丈[七],不如当代多还往;遮莫亲姻连帝城,不如当代自簪缨。"有用为禁止之辞者,误。

【宁馨】唐张谓诗:"家无阿堵物,门有宁馨儿。"以宁为去声。刘梦得《赠日本僧智藏诗》:"为问中华学道者,几人雄猛得宁馨?"以宁为平声。《王衍传》:"何物老妪,生宁馨儿!"又《南史》:"宋王太后怒废帝,谓侍者取刀来剖我腹,那得生宁馨儿?"今吴人语音尚用宁馨字为问,犹言何若也。东坡诗:"六朝文物

馀丘垄,空使英雄笑宁馨。"坡与张谓作去声读者为是。《纬略》

【阿那】李白:"万户垂杨里,君家阿那边?"李郢:"知入笙歌阿那朋?"阿那,犹言若个也。遯叟。下同。

【里许】戴叔伦:"秋风里许杏花开。"许,里之助辞。

【诸馀】王建诗:"朝回不向诸馀处。""若教更解诸馀语。"诸馀,犹他也。又有用众诸者,意亦略同。

【他时】常谈以为前日,亦可以言后日。杜诗:"今日江南老,他时渭北童"是也。《史记》:"异日韩王纳地效玺。"《汉书》:"异时算轺车。"皆指前日言。郑良孺《诗话》[八]

【斟酌】杜:"斟酌嫦娥寡,天寒奈九秋。"又:"经过忆郑驿,斟酌旅情孤。"斟酌,犹约略之意。遯叟。下同。

【料理】杜:"诗酒尚堪驱使在,未须料理白头人。"料理,出《王徽[九]之传》。六朝歌谣有"皂荚相料理"之语。

【处分】唐人用处分二字,分,去声,今人读为平声者误。刘禹锡和令狐楚闻思市乡曲"沧海西头旧丞相,停杯处分不须吹",及白居易"处分贫家残活计"可证。

【禁当】杜:"数日不可更禁当。"禁,平声读。

【斩新】杜:"斩新花蕊未应飞。"非斩字不能形容其新,在可解不可解之间。

【上番】杜:"无数春笋满林生,柴门密掩断人行。会须上番看成竹,客至从嗔不出迎。"番,甫患切,数也,递也,更也。似用意屡屡看之,犹谚上紧之意,见毛晃《韵书》。字本去声,韩退之用作平声,云:"且叹高无数,庸知上几番。"翻案故借别音示巧,非真谓当作平声读也。

【朣胧】古乐府《秦女休行》:"朣胧击鼓赦书下。"朣胧,鼓声也。唐人所用字不同。沈佺期:"笼僮上西鼓。"柳子厚:"笼铜鼓报衙。"第取其音之同耳。即秦女本曲,见《太平御览》者亦作陇橦,各异。

【欸乃】欸,叹声也,读若哀,乌来切;又应声也,读若霭,上声,倚亥切;又去声,于代切;无袄音。乃,难辞,又继事之辞,无霭音。今二字连读之,为棹船相应声。柳子厚诗云"欸乃一声山水绿"是也。元次山有湖南欸乃歌,刘蜕有湖中霭乃歌,刘言史《潇湘》诗有"闲歌暖乃深峡里",字异而音则同。后人因柳集中有注云"一本作袄霭",遂即音欸为袄,音乃为霭。不知彼注自谓别本作袄霭,非谓欸乃当音袄霭也。黄山谷不加深考,从而实之;其甥洪驹父又辩为当作努霭,杜撰尤甚;毛晃取入韵中,至误。后人沿袭不察。霭乃、袄霭既有两本,不妨并行,岂必比而同之,以为一音乎?黄公绍《韵会》

【阑干】刘方平诗:"北斗阑干南斗斜。"权德舆诗:"铜壶漏滴斗阑干。"曹唐诗:"南斗阑干北斗稀。"并出曹子建"月落参横,北斗阑干"。《韵书》:阑干,横斜貌。象斗之将没也。又"苜蓿长阑干","玉容寂寞泪阑干",亦当以横斜为解。而泪之阑干,不但言其横流,更有借用汍[一○]澜之意。逯叟

【温暾】南人方言曰温暾者,乃怀暖也。唐王建《宫词》:"新晴草色暖温暾。"又白乐天诗:"池水暖温暾。"则古已然矣。《辍耕录》。又李商隐诗:"疑穿花逶迤,渐近火温驣。"亦暖气之意。

【鲫溜】孙炎作反切俚语数百种,谓就为鲫溜,谓团曰突栾,谓精曰鲫令,谓孔曰窟笼,不可胜举。唐卢仝诗云:"不鲫溜钝汉。"今人言不慧者为不鲫溜,此俚人反语也。《宋景文公笔记》

【夭邪】唐诗:"钱塘苏小小,人道最夭邪。"又:"长安女儿双髻鸦,随风趁蝶学夭邪。"夭音歪。《升庵外集》

【乖角】犹言乖张也。唐人咏《焚书坑》诗:"祖龙算事浑乖

角,将为诗书活得人。"或云乖角犹乖觉,盖反言之。遯叟

【僵僜】李白诗:"五月造我语,知非僵僜人。"僵僜,言痴也。祝穆。　按史司马相如赋:"仡以僵僜。"丑吏、鱼吏二切,又音态碍,注:"不前也。"虽似俗语,其来已久。

【冬烘】唐人言冬烘,是不了了之语,故有"主司头脑太冬烘,错认颜标作鲁公"之语。人以为戏谈。今蜀人多称之。《避暑录话》

【藉在】杜:"白头无藉在。"《千金翼论》云:"老人之性,必恃其老,无有藉在。"如云无赖藉也。杜注

【龙钟】老杜诗:"何太龙钟极,于今出处妨。"薛苍舒注:"龙钟,竹名,谓其年老如竹之枝叶摇曳不自矜持。"说即可笑。唐李济翁《资暇录》云:"钟即涔蹄,足所践处。龙致雨上下,所践之钟,固淋漓溅淀矣。"尤穿凿难通。惟《苏鹗演义》云:"龙钟,不昌炽、不翘首貌,如鬖参、拉搭、斛棘之类。"似为近之,然未有实据。考《埤苍》:"躘踵,行不进貌,古字从省,躘因作龙,踵又借作钟。"此自有正解,何烦曲为之说乎。遯叟。下同。或云:龙钟、潦倒,二合音也。龙钟,切癃字。潦倒,切老字。

【麻荼】李涉:"今日颠狂任君笑,趁愁得醉眼麻荼。"似即眼花之意。

【纥梯纥榻】崔涯《嘲妓》诗,用纥梯纥榻四字写其著屐声,此俗语至今有之,然亦有所本。《楚辞·卜居》:"将突梯滑稽,如脂如韦,以絜楹乎?"晦庵注:"突梯,滑达貌。"纥梯,盖即突梯。纥榻,亦即纥达也。自屈原来已有此方言矣。

【得得】犹特特也。王建:"亲故应须得得来。"贯休:"万水千山得得来。"〔一一〕

【举举】韩退之送陆畅:"举举江南子。"方崧卿云:唐人以人

214

有举止者为举举。

【枨枨】王叡:"枨枨山响答琵琶。"

【恰恰】王绩:"年光恰恰来。"杜:"自在娇莺恰恰啼。"

按,诗中用俗语,皆有所本。如《困学纪闻》所摘:"分付"出《汉·原涉传》,"区处"出《黄霸传》,"自由"出《五行志》,"相于"出《晋·后妃传》,"消息"出《魏·少帝纪》,"郑重"出《王莽传》,"分外"出《魏》程晓上疏,"娄罗"出《南史·顾欢传》,"本分"出《荀子》,"措大"出《五代·汉世家》,"本色"出《唐·刘仁恭传》,"商量"出《易·卜·商兑》注,"传语"出《后汉·清河王庆传》,"收拾"出《光武纪》,"寻思"出《刘矩传》,"世情"出《墨子》,"尔来"出孔明《出师表》,"阿谁"出《蜀·庞统传》,"罢休"出《史记·孙[一二]武传》,"安排"出《庄子》,"如今"出《杕杜》笺,"可人"出《杂记》,"年纪"出《光武纪》,"留连"出《后汉·刘陶传》,"已分"出《魏文帝书》,"新鲜"出《太玄》。有举之不能尽者,姑识此以例其馀。

又事有俚俗沿用者,附辨于后:

桃李 郑良孺《诗话》[一三]云:世因唐人"桃李悉在公门"一语,遂谓门人为桃李,祇若列在门墙者耳,不知中有报答之义。晋赵简子谓阳虎曰:"惟贤者为能报恩,不肖者不能。植桃李者,夏得休息,秋得其食。植蒺藜者,夏不得休息,秋得刺焉。今子之所得者蒺藜也。"唐人刺裴度诗:"不栽桃李种蔷薇","荆棘满庭君始知"。正用此。

椿萱 王弇州云:今人以椿萱拟父母,当是元人传奇起耳。大椿氏八千岁为春秋,以拟父犹可。萱引《诗》语"言树之背",殊不切。观唐元微之诗"萱近北堂穿土早",宋丁会之"草解忘忧底事",则唐、宋人必不以萱拟母也。乔梓,所谓乔仰而高,梓俯而卑,周公之所以挞伯禽也,却久。

登科之为折桂 《避暑录》云:世以登科为折桂,此谓郤诜对策东堂,自云桂林一枝也。自唐以来用之。温庭筠诗云:"犹喜故人新折桂,自怜羁客尚飘蓬。"其后以月中有桂,故又谓之月桂。而月中又言有蟾,故又改桂为蟾,以登科为登蟾宫。用郄诜事固已可笑,而展转相讹复尔。文士亦或沿袭因之,弗悟也。

又为迁莺 遯叟云:《诗》:"伐木丁丁,鸟鸣嘤嘤。出自幽谷,迁于乔木。"郑笺云:"嘤嘤,两鸟声。"正文与注,皆未尝及黄莺。初唐人韦元旦有"迁木早莺求"。韦嗣立有"多愧春莺曲,相求意独存"。孙处玄《黄莺》诗:"高风不借便,何处得迁乔?"于是直以嘤鸣迁木者为黄莺,递相组织,用之登第进士,如"眼看龙化门前水,手放莺飞谷口春"之类,不一而足,至今犹相沿云。

兄弟用夜雨对床 遯叟云:"宁知风雨〔一四〕夜,复此对床眠。"此韦苏州示甥诗也。后东坡与子由诗引此情至之语,后人仿效,遂用为兄弟故事,至今无异同。又如乐天招张司业:"能来同宿否?听雨对床眠。"郑都官赠僧:"每思闻净话,夜雨对绳床。"何尝只为兄弟用耶?

僧用碧云 《野客丛书》云:《文选》有江淹拟汤惠休诗曰:"日暮碧云合,佳人殊未来。"今人遂以为真休上人诗,用之僧家,此误自韦已然。如韦庄诗曰:"千斛明珠量不尽,惠休虚作碧云词。"许浑《送僧南归》诗曰:"碧云千里暮愁合,白雪一声秋思长。"曰:"汤师不可问,江上碧云深。"权德舆赠惠上人诗云:"支郎有佳思,新句凌碧云。"孟郊《送清远上人》诗曰:"诗夸碧云句,道证青莲心。"张祜《赠高闲上人》诗曰:"道心黄蘗长,诗思碧云秋。"惟韦苏州《赠皎上人》诗云:"愿以碧云思,方君怨别辞。"似不失本意。《西溪丛语》云,柳子厚《闻彻上人亡寄杨侍郎》云:"空花一散不知处,谁采金英〔一五〕与侍郎?"盖用惠休菊问《赠鲍侍郎》云"玳枝兮金英,绿叶兮紫茎"也。刘禹锡《送义舟师》诗云:"如莲半偈心常悟,问菊新诗手自携。"本此。用碧云似又不如问菊确也。

校记

〔一〕 此诗见唐孟棨《本事诗》,王琦注《李太白文集》收入卷三十诗文拾遗。《唐摭言》十二亦载此诗,作:"借问因何太瘦生,只为从来作诗苦。"

〔二〕 按:元诗题为《遣悲怀三首》见《全唐诗》卷四百四。卷四三七白居易有《见元九悼亡诗因以此寄》,一隅草堂本题为《感元九悼亡诗,因为代答三首》。元为悼亡,非忆内也。胡氏盖沿杨升庵之误。

〔三〕 "刊谬正俗",通称"匡谬正俗",宋人避赵匡胤讳改。

〔四〕 "煞",原刻作"杀",依上文径改。

〔五〕 "愁",原刻作"悲"。按:《四部丛刊》本《孟浩然集》卷一题为《送辛大之鄂渚不及》:"送君不相见,日暮独愁绪。"《全唐诗》卷一百五十九文同。句下注云:"一作余,《楚词》曰目眇眇兮愁予。余、予《唐韵》并有上声,或改作绪,非。""悲"应为"愁"之误,今据改。

〔六〕 《容斋随笔》卷二条目作"隔是"。

〔七〕 "丈",原刻误"尺",依李集校改。

〔八〕 按:当为"程良孺",见《读书考定》卷二,条目作"他日",全文如下:"他日、异日,常谈只以为后日,而不知亦皆可以言前日。《史记·秦纪》'他时秦地不过千里',又《始皇纪》'异日韩王纳地效玺',《汉书·食货志》'异时算轺车',杜诗'今日江南老,他时渭北童','令节成吾老,他时见汝心':皆指前日也。又杜诗'客愁殊未已,他日始相辞','他时如按县,不得慢陶潜',唐彦谦诗'异日谁知与仲多',温庭筠诗'还恐添成异日愁':皆指后日也。"

〔九〕 "徽",原刻误"微",依《晋书》及《世说新语》校改。

〔一〇〕 "汝",原刻误"泛",依《诗经》校改。

〔一一〕 按:《唐诗纪事》卷七十五贯休诗此联云:"一瓶一钵垂垂老,千水千山得得来。""万"当为"千"。

〔一二〕 "孙",原刻误"孔",依《史记》校改。

〔一三〕 按:当作"程良孺"。

〔一四〕 "雨",《全唐诗》及韦集均作"雪",后人引用多作"雨"。

〔一五〕 "英",原刻作"花",《柳河东集》作"英",证以下文惠休诗"玳枝兮金英",以"英"为是,据改。

〔补〕 210页倒数5行,"频",底本作"颜",据袁庆述《〈唐音癸签〉校例及记》(《古汉语研究》2000年第3期)改。

217

唐音癸签卷二十五

谈丛一

四子轶事,不少概见,惟杨盈川有呼朝士为麒麟楦一事。"当时自谓宗师妙,今日唯观对属能。"义山自咏尔时之四子。"尔曹身与名俱灭,不废江河万古流。"杜少陵自咏万古之四子。尝怪陈射洪以拾遗归里,何至为县令所杀。后读《沈亚之上郑使君书》云:武三思疑子昂排摈,阴令邑宰拉辱,死非命。始悟有大力入主使在,故至此。排摈不知云何。子昂,故武攸宜幕属也,衅所生必自此始矣。游凶人间,得自免故难哉!

杜必简未见替人之谑,非侮宋也。宋与杜差肩交,正挹宋深聊戏耳。宋祭杜文云:"君之将亡,赠言宛转;命子诫妻,既恳且辨。"其见待之庄实如此。

延清张仲之一事,吾不能为之解。云卿弄词丐宠,其犹在末减耳。两人者,一憯尽,一以寿终,抑天道有然。

燕公铉业且未论如何,得士子一联,手题政事堂赏借,今宰相有此胜韵否?

曲江公《浈阳峡》诗:"惜此生遐远,谁知造化心。"读此欲笑,柳子厚一篇《小石城山记》,盖被此老缩入十个字中矣。柳尝谓"燕公文胜诗,曲江诗胜文",见采掇素向云。

孟襄阳伴直,从床底出见明皇,有诸乎?果尔,不逮坦率宋五远矣。令人主一见意顿尽,何待诵诗始决也!

宋人以荆公《四家诗》不选太白,嫌其羡说富贵,多俗情。而近代王弇州亦谓其上皇西巡一歌"地转锦江成渭水"等句,不异宋人东狩钱塘封事,讥论尤切。夫白亦诗酒自娱,跌宕一生者耳,安能顾语忌,拘教义,为是屑屑者哉?诗人各自写一性情,各自成一品局,固不得取锦袍豪翰,强绳以瘦笠苦藻,必同籥吹为善也。

太白永王璘一事,论者不失之刻,即曲为讳,失之诬。惟蔡宽夫之说为衷。其言云:太白非从人为乱者。盖其学本出从横,以气侠自任。当中原扰攘时,欲藉之以立奇功耳。其诗曰:"空名适自误,迫胁上楼船。"又云:"南风一扫胡尘净,西入长安到日边。"亦可见其志矣。大抵才高意广如孔北海之徒,固未必有成功,而知人料事,尤其所难。议者或责以璘之猖獗而欲仰以立事,不能如孔巢父、萧颖士察于未萌,斯可矣;若其志亦可哀矣。斯言也,起太白九原,傥亦心服。

杜子美傲诞,好自夸标其诗,尝向郑虔言之。虔狎云:"汝诗可已疾。"会虔妻痁作,语虔:"去[一]读吾'子璋髑髅血模糊,手提掷还崔大夫',立瘥矣。如不瘥,读句某;未间,更读句某;如又不瘥,虽和、扁不能为也。"余每诵此,觉此老称诗豪举态跃跃目前,为绝倒。是出《语林》,唐撰也。本朝人岂不悉郑远谪,无从取蜀诗举似,要以借同心期人曲模高讶生面,正所谓颊添三毛,不必有之而愈肖者。后人拈公诗"气劇屈、贾垒,目短曹[二]、刘墙"等为公大言自负证,太实相,那能使吟子得真杜影子看。

千载仅有杜诗,千载仅有杜公诗遘耳。凡诗,一人有一人本色,无天宝一乱,鸣候止写承平;无拾遗一官,怀忠难入篇什,无杜诗矣。故论杜诗者论于杜世与身所遘,而知天所以佐成其诗者实巧。

杜陵之依严武,契分不薄。醉斥武父名一事,《旧史》云不为忤,《新史》云武衔之,欲杀而免。《新史》本唐小说,以武贻杜诗有"莫倚善题鹦鹉赋"之句也。洪容斋独以为武决不肯自比黄祖。杜集中诗,为武作者几三十篇,意并殷至,没后哭归榇及《八哀诗》尤痛,似决无欲杀事,不如《旧史》足据,其言甚辨。虽然,武,伉暴人也,于幕客他可忍,肯并忍其呼父名,恬不介意乎?言欲杀过,言不为忤亦过。重以武有杀章彝之事,杜尝依彝梓州,最厚且久,处其际不尤难言哉!荆南追述诗"结舌防谗柄,探肠有祸胎",情稍见矣。杀机时动,幸不犯杀锋,《新史》殆非全诬。若赠答追挽诗中无一语介介,则甫之厚,而亦风人之义也。

王摩诘与储光羲并有受伪署一事。储不闻昭雪;王昭雪后,宦路稍亨,或以棣尊故。人生一死自难,何敢轻议!虽然,未若李华也。华自伤隳节,力农,甘贫槁终身,征召不起,较摩诘知所处矣。

高適,诗人之达者也,其人故不同。甫善房琯,適议独与琯左;白误受永王璘辟,適独察璘反萌,豫为备。二子穷而適达,又何疑也?

岑嘉州罢郡佐幕日,正崔宁跋扈、杜相委榛时也。嗣后镇帅往往阻命,参佐自拔匪易,蜀事渐非矣。思深哉,招蜀客北归一辞乎!蚃智徵焉,劝忠寓焉,是不当仅以诗人目者。

王绩之诗曰:"有客谈名理,无人索地租。"隐如是,可隐也。

陶潜之诗曰："饥来驱我去……叩门拙言辞。"如是隐，隐未易言矣。白乐天之诗曰："冒宠已三迁，归朝始二年。囊中储馀俸，园外买闲田。"如是罢官，官亦可罢也。韦应物之诗曰："政拙忻罢守，闲居初理生。""聊租二顷田，方课子弟耕。"罢官如是，恐官正未易罢耳。韦与陶千古并称，岂独以其诗哉！

韦左司："身多疾病思田里，邑有流亡愧俸钱。"仁者之言也。刘辰翁谓其居官自愧，闵闵有恤人之心，正味此两语得之。若高常侍"拜迎官长心欲碎，鞭挞黎庶令人悲"，亦似厌作官者，但语微带傲，未必真有退心如左司之一向淡耳。

大历诗家，包佶最有功名。德宗西狩日，佶领租庸盐铁，问道遣贡行在，王室赖以纾难。

十才子如司空附元载之门，卢纶受韦渠牟之荐，钱起、李端入郭氏贵主之幕，皆不能自远权势。考刘长卿尝为鄂岳观察吴仲孺诬奏系狱，朝遣御史就推得白。仲孺正令公婿，岂长卿生素刚婞，不屑随十才子后，曳裾令公门下软？亦可微窥诸人之品矣。仲孺之为郭氏婿，见《令公夫人墓志》中。

诗道须前后辈相推引。李、杜两大家，不曾成就得一个后辈来，殊可惜。惟昌黎公有文章官位声名，任得此事。公又实以作人迪后担子一身肩承，史称其奖借后辈，称荐公卿间，寒暑不避。而会其时，所曲成其业与其身名如孟郊、李贺、贾岛其人者，又皆间出吟手，能偕公翻斗新异，换夺一世心眼传后。以故继诸人而起者，复灯灯相继续不衰，追颂公亦因不衰。终唐三百年，求文章家一大龙门，非公其谁归？韩门诗派之众且远，详见宋张洎《论张籍格律》中。

或问余："退之，道学人也。史讥其作《毛颖传》近戏，白乐天谓其病没由服丹药，而张籍祭以诗，亦有'坐出二侍女，合弹琵琶筝'句,似稍蓄声伎者,然欤否耶?"余曰:"退之亦文士雄耳。近被腐老生因其辟李[三]、释,硬推入孔家庑下,翻令一步那动不得。"

柳子厚污王叔文党,坐贬荒远,不得昭雪以死。惟范仲淹论之,以为观子厚述作,涉道非浅,如叔文果狂甚,必不交。叔文人望轻,然传称知书,好论理道,其引刘、柳等决事禁中,如议罢中人兵权,牾俱文珍辈,又绝韦皋私请,欲斩支使刘辟,意非忠乎?会顺宗病笃,皋衔私恨,揣宪宗意;请监国而诛叔文,子厚辈名为党人者,岂复见雪?史书因其成败书之,无所裁正耳。此论亦恕亦确。然则韩志柳墓,何无一言为此事辩乎?曰:当愈时,叔文未可原,而其说尚未可尽也。

李贺之见格进士举,元稹修怨也。韩愈之为贺作《讳辨》以辨者,虽才贺,实与稹素分径,激而为之说也。稹党李逢吉,与裴度左;愈受裴度知,与稹及逢吉左,愈集有刺逢吉诗可考。道固不同。初稹以诗投贺,贺诮明经出身,不当言诗,因结憾,倡犯讳事阻其进,事见《剧谈录》。[四]

程明道尝言刘叉一生只有两事:作《冰柱》、《雪车》二诗,以遂身后之名;取韩退之金,以济生前之困。可谓简而当矣。余每读此,欲绝倒。

孟郊、贾岛,皆以诗穷至死,而平生尤自喜为穷苦之辞。孟有《移居》[五]诗云:"借车载家具,家具少于车。"乃是都无一物耳。又谢人惠炭云:"暖得曲身成直身。"人谓非其身备尝之,不能道此句也。贾云:"鬓边虽有丝,不堪织寒衣。"就令堪织,能得几何?又其《朝饥》诗云:"坐闻西床琴,冻折两三弦。"人谓:"其不止忍饥而已,其寒亦何可忍也?"此欧公语。虽近谑,写二子穷态颇尽。

乐天平生诗文既高，立朝议论，忠直而有用；为郡守，所至有遗爱；处谪地，不少挫屈；于牛、李二党，虽与之从游，不为所污，亦不致为所忮贾祸。晚年优游分司，有林泉声伎之奉。尝自叙其乐，谓"本之于省分知足，济之以家给身闲，文之以觞咏弦歌，饰之以山水风月"，一皆实录。又深明佛理，洞究性原，而其所得者，全名高寿，禄位亦不为不贵，是真可慕羡者。倪思乐天非不爱官职者，每说及富贵，不胜津津羡慕之意。读乐天诗，使人惜流光，轻职业，滋颓惰废放之念，非《蟋蟀》风人"无已太康，职思其居"之义也。罗大经《鹤林玉露》合此两家评，足尽白氏矣。

唐诗人生素享名之盛，无如白香山。初疑元相白集序所载未尽实，复阅《丰年录》："开成中，物价至贱，村路卖鱼肉者，俗人买以胡绡半尺，士大夫买以乐天诗。"则所云交酒茗，信有之。又从《酉阳杂俎》得札青事，有刺乐天诗意于身，诧白舍人行诗图者；是又人体肤且为所涅矣，岂但疥墙壁已哉！因叹此老得名至此，岂不折尽一生福来？鹭无他亏，而祸酷斩胙，将无造物者有意为之缺陷耶？

梦得《靖安佳人怨》，及白氏大和九年某月日感事诗，为武相伯苍、王相广津作者，实〔六〕并衔宿怨故。刘先于叔文时斥武，宜武有补郡见格之报。白尝因覆策事救王，王固不应下石评白母大不幸事，令白有江州谪也。事各有曲直，而怨之浅深亦分。在风人忠厚之教，总不宜有诗。然欲为两人曲讳，如坡公之说，则政自不必耳。

刘禹锡妓有为李逢吉夺去，请以诗不得者。又有是李绅妓，赠以诗，绅因转赠者。小说非必尽实。然以一人诗，干赔既冤，白赚亦太幸，殊堪卢胡。

刘禹锡播迁一生，晚年洛下闲废，与绿野、香山诸老，优游诗酒间,而精华不衰,一时以诗豪见推。公亦自有句云:"莫道桑榆晚,为霞尚满天。"盖道其实也。公自贞元登第,历顺、宪、穆、敬、文、武凡七朝,同人凋落且尽,而灵光岿然独存,造物者亦有以偿其所不足矣。人生得如是,何憾哉?

杜牧之门第既高,神颖复隽,感慨时事,条画率中机宜,居然具宰相作略。顾回翔外郡,晚乃升署紫微,堤筑非遥,甑裂先兆。亦繇平昔诗酒情深,局量微嫌疏躁,有相才,乏相器故尔。自牧之后,诗人擅经国誉望者概少,唐人材益寥落不振矣。

紫微与元、白待张祜一案,几成诗狱。初,杜与白论诗不合,而祜亦常觅解于白,失其意。后彭阳公荐祜诗于朝,元复左袒白,奏罢之。紫微守秋浦,因激而为祜称不平,与祜交偏厚,赠祜诗有"不羡人间万户侯"〔七〕句,而于元、白,盛称李戡欲用法治其诗之说。使诸公仕路相值,岂有幸哉! 独惜一祜诗,受镝于斯,因受盾于斯,匪拜诗赐紫微,拜诗祸紫微矣。叹贤达成心难化至此!

温、李皆游令狐相之门,交皆不终。温不终以平昔狼藉,口语不慎,故恨尚浅;李不终以其忘家恩,受赞皇党人辟,从宦涂门户起见,恨较深。温扬子院一诉,仅置不理;李《九日》感旧诗,至并所题厅闭之不处,情可知已。士君子出身一有倚托,后便去就两难。李错处不在忘恩,正在受恩初耳。然亦见当时党祸之烈,其微蔓亦如此。温、李诗皆轻艳。李集中情诗尤多,然妻死,府主选乐籍一人赠之,自云栖志禅玄不纳,有谢启辨生平篇什中无赖事非实。信尔,当非仅挑达一生者。

薛大拙在晚隽中,自负甚高,名誉亦甚盛;但屑屑较量官位,有"旧将已为三仆射,贱身犹是六尚书"之叹。且自鄙节帅为粗官,若不可一日居者。尝令其幼子具橐鞬见客,云:"与渠消灾。"生当用武之世,贱薄武人若尔,安得不祸及乎?

皮、陆以萍合唱和吴中,因而齐称。是时皮已登第,陆尚困举场。然后来皮不免于难,陆以散人扁舟五湖三泖间,终享隐居之乐,所得又视皮孰多也?

校记

〔一〕 按:《学海类编》本胡氏《唐诗谈丛》"去"作"云",不如"云"刻画生动。

〔二〕 "曹",原刻误"萧",依《杜集》校改。

〔三〕 "李",《谈丛》作"老"。

〔四〕 按:《剧谈录》此说不足信。元稹年长于李贺十一岁。而又早达:"十五两经擢第,二十四调判入第四等,授秘书省校书郎。二十八应制举才识兼茂明于体用科,登第者十八人,稹为第一,元和元年四月也。制下,除右拾遗。"(《旧唐书》元稹、白居易传)其时李贺尚未成年。《唐摭言》卷十云李贺:"年未弱冠,丁内艰。他日举进士,或谤贺不避家讳,文公特著《讳辨》一篇,不幸未登壮室而卒。"不言元稹。韩愈《讳辨》云:"贺举进士有名,与贺争名者毁之曰,贺父名晋肃,贺不举进士为是,劝之举者为非。"元稹早已成名,无与贺争名之理。李贺死于元和中,元稹为礼部知贡举在长庆初,李贺已早卒。《剧谈录》之说纯属无稽,胡氏亦失之深考。又清人王士禛《古夫于亭杂录》辨此事曰:"案元擢第既非迟暮,于贺亦称前辈,讵容执贽造门,反遭轻薄?小说之不根如此。"(转引自《四库全书总目·子部小说家类》)录以备参。

〔五〕 此诗《四部丛刊》本《孟东野诗集》卷九题作"借车"。

〔六〕 "实"下,《谈丛》有"有"字。

〔七〕 按:冯注《樊川诗集》卷三《登池州九峰》一作《九华楼寄张祜》七律结语:"谁人得似张公子,千首诗轻万户侯。"

唐音癸签卷二十六

谈丛二

杜甫诗中每自称潜夫，顾况诗中每自称悲翁，可作对。

唐诗人别号概有之，如皮日休之间气布衣，不迂乎！元次山既号猗玗子[一]矣，复四易其号为浪士、漫郎、漫叟、聱叟，不太繁乎！皆可发一笑者。

人知老杜官拾遗，不知太白亦尝征拜拾遗；世以草堂属杜，乃李诗亦恰号《草堂集》。两大家巧合如此。李以拾遗征在殁后，故史不著，范传正墓碑记之。

太白每自比相如，少时苏颋所品目也。其荐，以玉真公主，见魏颢序。逸而出，以张垍，亦见范碑云。

老杜宴集，往往赞人食味，如"且食双鱼美，谁看异味重"之类，不一而足。至"华筵直一金"，直与估价，过矣。酸穷可怜，于法自当得贫。

苏涣以盗始，以盗终，其人何如人哉！杜称为静者，寄诗望其致主尧舜，屡赞不已，殊可怪。湖南后交游益寥落，穷途倾盖，许与遂至过滥耳。"即今漂泊干戈际，屡貌寻常行路人"，岂独为曹将军言哉！

李赠杜止一诗,杜忆李有数诗,意尤恳至。李阔略,杜缱绻,同调也。疑李轻杜者非是。

大历才子及接开、宝诸公相倡和者,未可缕指。钱起、司空曙之于王维,戎昱之于杜甫,其尤著者。

唐人诗谱入乐者,初、盛王维为多,中、晚李益、白居易为多。

以时事入诗,自杜少陵始;以名场事入诗,自孟东野始。

韩退之多悲,诗三百六十,言哭泣者三十首;白乐天多乐,诗二千八百,言饮酒者九百首。<small>方勺云。</small>

白公好以年几入诗,不止百十处,后东坡亦然。

诗不改不工,老杜所谓"语不惊人死不休"是也。今人第哂白香山诗率易,不知其诗亦非草草就者。宋张文潜尝得公诗草真迹,点窜多与初作不侔云。

诗人慕同调,挹师资,多不胜企羡情。昔人以得文友诗敌,其适遗形,其乐忘老,非虚也。罗绍威慕罗江东诗,用魏人沈、任集中作贼语,号己诗为《偷江东集》,大是可儿。

王毂举生平得意句,市人为之罢殴;李涉赠"相逢莫避"诗,夜客为之免剽。唐爱诗识诗人何多！

人嗜吟,便有一种痴兴,好以诗举似人,博人赞美。雍陶亟揖游客,周朴狂追士人,岂伊真昧见罔,抑亦聊寄赏怀。

方采山云:"诗有态乎哉？乃杜有'诗态忆吾曹'也。'赋诗新句稳,不觉自长吟',此其态也欤？可也。'诗成觉有神','兴来纵笔摇五岳',以此言态,态乃惭矣。今之态甚乎哉！"此言有为而发,然实中诗人通病。

诗有偶然到处,虽名手极力搜索,亦不能加。杨汝士不知于此道何如,能令白公托言冷淡生活阁笔？元笑白善全其名,夫岂惟古人之能全其名哉？亦其能服善，不若今人强颜争胜，甘出丑无忌耳。元稹镇武昌，尝命从事周复唱酬，复辞稹："某偶以大人往还获一第，实不能诗赋。"稹叹曰："质实如是，贤于能诗远矣。"今天下安得有此等人！

"诗未有刘长卿一句，已呼阮籍为老兵；笔语未有骆宾王一字，已骂宋玉为罪人。"此皇甫湜为元和时人叹也。嗟乎，今才搦管，便骂前辈者多矣。湜在，当何如致忾！

余尝与客品摘唐贤诗，客辄以为无庸是。此岂欲为死人请，正思[二]我亦以此待彼耳。牛僧孺未第时，以诗谒刘中山，中山为之飞笔点窜，牛唯唯占谢，而心实衔之，至作相后才吐。中山公愧悔，至以之戒子孙。王建云"人怪考诗严"，此怪字正古今通病也。诗非同调，岂可浪与言哉！

晚唐人集，多是未第前诗，其中非自叙无援之苦，即訾他人成事之由。名场中钻营恶态，伎懱俗情，一一无不写尽。

唐士子应举，多遍谒藩镇州郡丐脂润，至受厌薄不辞。如平曾"三缣恤旅途"之恨，张汾"二千贯出往还"之夸，鄙秽种种。至所干投行卷，半属诒辞，概出赝剿，若小说所称"百钱买自书铺"、"并荆南表丈一时乞取"者，真堪令人捧腹。士风凌夷至此，总科举为之流弊也。

《唐实录》载韦执谊从兄夏卿为吏部侍郎，执谊为翰林学士，受财为人求科第，夏卿不应，乃探出怀中金以纳夏卿袖，夏卿摆袖引身而去。岂当时鬻科价尚廉，可第从怀中赍携耶？然纳袖法今竟通行。

进士科初采名望，后滋请托，至标榜与请托争途，朋甲共要津分柄，如所云"欲得命通，问瑝[三]、嵎、都、雍"等谚，更可骇诧矣。呜呼，今日得无类之！按朋甲，唐人有画图，画举子七十八人，列二队，指呼纷纭,如相嘲竞者,意诸甲必各有脉路与朝贵通,成就人,故气力足以奔走同辈,令人队耳。若搅场十恶,又是一种无赖举子,礼部得而黜之者,非其伦也。

王弇州讥唐举子津私禁脔,自比优伶;关节幸珰,身为军吏。岂知更有从朱三乞荐表后复逃去,自洁如殷文珪者哉?名场险行一至此。

乐帅子高鸡泊杀王铎一事,李山甫导之也。史言山甫数举进士被黜,怨中朝大臣,故有此举。考《铎传》,咸通典试,而小说山甫罢举,亦在咸通中,山甫被黜即铎也,岂泛怨哉?举子主司至此涂地尽,而唐事益不可为矣。

韦庄在中朝时尝奏诗人不第者十五人,殁者赠官,存者补赐进士第。嗟乎,彼谓一第足重人哉!庄亦攉是科者耳,建僭号而俨然为之相,何取进士第!

刘梦得尝爱张文昌"朝衣暂脱见闲身"之句,及自为诗,有云:"沉舟侧畔千帆过,病树前头万木春。"若不胜宦途迟速荣悴之感,曲为之拟者。嗟乎!人所繇不能真脱朝衣长享闲者,正以此耳。思之能无浩叹!

尝语客曰:"读韩偓'黄金散尽教歌舞,留与他人乐少年',声伎不必蓄;读白乐天'多少朱门锁空宅,主人到老不曾归',园亭不必置。"客曰:"如此,太吃亏了。"因一笑。

唐人仕宦,每重内轻外,如"领郡辄无色","欲把一麾江海去",见诸诗不一。至州县亲民吏,尤视为轻,铨曹不甚加意。薛保逊有文云:尝于灞上逆旅,"见数物象人,诘之,口辄动,皆云:'江淮岭表州县官也。'呜呼,天子生民,为此辈笞挞"。治之不古,此尤其大端欤!

韦应物《答故人见谕》诗:"时风重书札,物情敦货遗。机杼十缣单,慵疏百函愧。尝负交亲责,且为一官累。"唐时仕路,亦蚤复重此事,令人以守正为忧。私觊行则公道不明,礼际盛则剥取必横,以酿乱实隐而大。

"一出纵知边上事,举朝谁信语堪听?"此李涉《连云堡》诗也。边上事,做不得,说不得,今古一揆。

杜诗云:"任转江淮粟,休添苑囿兵。由来貔虎士,不满凤凰城。"最曙天下大计矣。人主守在四夷,区区添兵京城,足救缓急乎?

椓人可畏,主兵柄尤可畏。唐人讽切及此辈者,自况之《囚》诗,居易之《司天台歌》,李商隐之《有感》二律外,无闻焉。即其诗旨,亦靡弗谲而晦也。使天下不敢言,而犹欲恃之以保危祚,何怪乎终为令孜诸奴所误哉!

黄巢之乱,礼闱试士,出《至仁伐至不仁》赋题,士子有"错把黄巢比武王"之诮。[四]而其时主兵出讨巢者,且携姬妾行,致幕客有"夫人北来,不如降巢"之谑。始知末世人心肝大抵多同。

唐初及第人多从赤尉或幕辟入台省,渐跻枢要,非回旋数十年,不能致相位。迨末季崔昭纬登第七年相,柳璨登第四年相矣。国事逾亟,仕路乃逾捷,有国者之殷鉴也。

世多以歇后郑五为笑柄,郑五未可笑也。渠尝有诗题中书堂云:"侧坡蛆蜦蜦,蚁子竞来拖。一朝白雨中,无钝无喽啰。"言国运且衰,旦夕有愚智同尽之祸也。若今人处此,则一切讳言矣。

唐有殷安者,尝谑其子堪为宰相,曰:"汝肥头大面,不识今古,噇食无意智,不作宰相而何?"我谓:肥头大面,能噇食,犹盛时有福气宰相也;若末世只无意智不识今古七字,勾做宰相矣。记僖、昭时有白衫举子乞而歌于市云:"执板高歌[五]乞个钱,尘中流浪且随缘。直饶到老长如此,犹胜危时弄化权。"嗟乎,使下第举子,宁为乞丐,无为宰相,天下安得不亡?

余每识韩偓临殁遗所藏召对烛跋,及颜荛、朱葆光诸人正旦岳祠号恸望拜旧阙事,为泪落。至读罗昭谏请钱镠举兵讨梁,又不禁发上冲冠矣。当年误国者,不知几何人,亦又不知易面向何处去。独留此数老,为忠义硕果,亦王泽之犹存,而诗教之未尽坠地也。

校记

〔一〕 按:《四库》文津阁本亦作琦玗子,而《元次山年谱》与《唐国史补》卷上同作"猗玗子",以元三十八岁逃难居猗玗洞而自号也。

〔二〕 "愳",见《康熙字典》,即"惧"字。

〔三〕 "瑝",原刻作"皇",依《北梦琐言》及《太平广记》校改。

〔四〕 按:事见《唐摭言》卷十三:"崔澹试以《至仁伐至不仁》赋,时黄巢方炽,因为无名子嘲曰:'主司何事厌吾皇,解把黄巢比武王。'"胡氏原刻及《四库》文津阁本均作"至仁伐不仁",《全唐诗》同。然《孟子·尽心下》原有"至"字,故据《唐摭言》校补。

〔五〕 按:《全唐诗》引《侯鲭录》指刺敬翔,"高歌"作"狂歌"。

唐音癸签卷二十七

谈丛三

　　有唐吟业之盛,导源有自。文皇英姿间出,表丽缛于先程;玄宗材艺兼该,通风婉于时格。是用古体再变,律调一新;朝野景从,谣习寖广。重以德、宣诸主,天藻并工,赓歌时继;上好下甚,风偃化移,固宜于嗢遍于群伦,爽籁袭于异代矣。中间机纽,更在孝和一朝。于时文馆既集多材,内庭又侬奥主,游燕以兴其篇,奖赏以激其价。谁鬯律宗,可遗功首?虽猥狎见识,尤作兴有属者焉。

　　太宗作诗,每使虞世南和;世南死,即灵座焚之。开元帝制《春雪[一]》、《春台望》等诗,舍人蔡孚称美,请示百僚,编国史。孚撰《偃松篇》,帝亦令群臣尽和之。后德宗作诗,每示韦绥。尝示以《黄菊歌》,绥方疾,遽和进,勒令颐养,勿复尔。人主尚急知音如此。文宗宸藻不知何如,《稗史》称其尝以所制示郑相覃,覃奏乞留圣虑万机,意不悦。覃出,复示李相宗闵,宗闵叹服不已,一句一拜,怀而出之。上笑谓之曰:"勿令适来阿父子见。"始知此道受谀不受砭,明知面谩,总不着恼,虽天子正与人同尔。历朝诸帝与群下赓唱篇目，正史不概具。今从《实录》、《会要》、《类要》、《文馆》、《集贤》、《两京》等记，《遗事》、《语林》及《册府元龟》、《玉海》诸类书抄缀于后备考，用见风之本自上云。

神尧 翠华殿赋诗武德七年四月宴王公亲属　内殿赋诗八年五月宴五品以土及外戚

太宗 中华殿赋诗贞观二年十二月宴突利可汗及三品以上　两仪殿赋柏梁体五年破突厥，宴突利可汗　幸庆善宫赋诗六年闰八月宴三品以上，又九月宴从臣　积翠池赋诗十一年十月宴五品以上，各赋一事，帝得尚书　定州赋诗十九年征辽班师至州赋　幸灵州赋诗二十年八月，时北荒悉平，诗勒石　又玄武门宴群臣、正日临朝、太原守岁、经战地、幸陕、还陕并有诗，群臣属和。

高宗 安乐川赋诗显庆五年十二月校猎，宴侍臣蕃客　狩陆浑赋诗龙朔元年十月　咸亨殿赋柏梁体仪凤三年七月宴近臣诸亲　又七夕玄圃宴、重九宴并有诗。

中宗 景龙二年七夕两仪殿九日登慈恩塔闰月九日登总持浮图十月幸三会寺十一月十五日诞辰二十一日安乐公主出降十二月幸荐福寺立春宴二十一日幸临渭亭三十日幸长安故城　三年人日清晖阁登高晦日幸昆明池二月八日送沙门玄奘等归荆州十一日幸太平公主南庄七月幸望春宫送节度张亶[二]八月幸安乐公主西庄九日幸临渭亭十一月安乐公主入新宅十五日诞辰、长宁公主满月十二月十二日幸温泉宫十四日幸韦嗣立山庄十五日幸白鹿观十八日幸秦始皇陵　四年正月五日蓬莱宫宴吐蕃使人日重宴大明宫八日立春内殿赐彩花晦日幸浐水二月一日送金城公主三日幸司农王光辅庄二十一日宴桃花园三月一日清明幸梨园拔河戏三日祓禊渭滨十一日宴昭容院四月一日幸长宁公主庄六日幸兴庆池观竞渡、过窦希玠宅，以上并赋诗命侍

233

臣和或止命侍臣赋。

玄宗　开元初丽正院赐学士宴　十年送道士司马承祯　十三年登封礼毕洛城酺宴　宴两相礼官丽正学士送许景先等为各州刺史及送裴宽、萧嵩、张嘉贞、崔日知、宇文融、王晙、张说诸重臣并采访朝集等使　十四年幸宁王宅　十五年端午宴武成殿十二月登骊山石瓮寺　十七年左相张说、右相宋璟、太子少傅源乾曜上官宴东堂，又同宴乐游园，又御春明楼、临右相园亭　十八年八月五日千秋节御花萼楼受贺　二十三年张守珪献捷饮至　二十五年花萼楼设宴　天宝二载[三]送太子宾客贺知章，又送张暐还乡　四载幸朝元阁，又花萼楼宴毗伽可汗妻　十载御朝元阁观庆云　十四载宴群臣勤政楼，并赋诗。

肃宗　饯李光弼镇泗州赋诗乾元二年

德宗　宴麟德殿贞元四年三月　中和节宴麟德殿十四年　中和节赐宴曲江六年，又十七年　上巳赐宴曲江亭六年　九日赐宴曲江亭四年、十年、十一年、十三年、十八年　又九月十八日追赏重阳、幸章敬寺、饯张建封归镇，并赋诗。

文宗　幸龙首池赋喜雨诗开成元年　夏日与五学士联句三年上巳宴曲江赐裴度诗四年

宣宗　重阳宴群臣诗　太液亭饯宰臣崔铉镇淮南诗

唐才人艺士行卷歌篇，不知何缘多得传彻禁掖，如韩翃、冯定、戎昱、钱起诸诗句之类，人主往往能举之。岂一代崇尚在此，尝私采之外庭资乙览故耶？兴起诗教，又不独在情洽赓歌一节也。

唐人诗集，多出人主下诏编进。如王右丞、卢允言诸人之在朝籍者无论；吴兴昼公，一[四]释子耳，亦下勅征其诗集置延阁。更可异者，骆宾王、上官婉儿，身既见法，仍诏撰其集传后，命大臣作序，不泯其名。重诗人如此，诗道安得不昌？征昼公集牒云："敕浙西观察使牒湖州当州皎然禅师集牒：得集贤殿御书院牒，前件集库无本交阙进奉，牒使请速写送院讫垂报者。牒州写送使者，故牒。贞元八年正月十日牒。"载宋刻昼公集后，可证。

唐试士初重策，兼重经。后乃觭重诗赋。中叶后，人主至亲为披阅，翘足吟咏所撰，叹惜移时。或复微行，咨访名誉，袖纳行卷，予阶缘。士益竞趋名场，殚工韵律。诗之日盛，尤其一大关键。

唐时风习豪奢，如上元山棚，诞节舞马，赐酺纵观，万众同乐。更民间爱重节序，好修故事，彩缕达于王公，粔籹〔五〕不废俚贱。文人纪赏年华，概入歌咏。又其待臣下法禁颇宽，恩礼从厚。凡曹司休假，例得寻胜地燕乐，谓之旬假，每月有之。遇逢诸节，尤以晦日、上巳、重阳为重。后改晦日，立二月朔为中和节，并称三大节。所游地推曲江最胜。本秦之陼洲，开元中疏凿，开成、大和间更加淘治。南有紫云楼、芙蓉苑，西有杏园、慈恩寺。环池烟水明媚，中有彩舟；夹岸柳阴四合，入夏则红蕖弥望。凡此三节，百官游燕，多是长安、万年两县有司供设，或径赐金钱给费。选妓携觞，幄幕云合，绮罗杂沓，车马骈阗，飘香堕翠，盈满于路。朝士词人有赋，翼日即留传京师。当时倡酬之多，诗篇之盛，此亦其一助也。

唐词人自禁林外，节镇幕府为盛。如高适之依哥舒翰，岑参之依高仙芝，杜甫之依严武，比比而是。中叶后尤多。盖唐制，新及第人，例就辟外幕。而布衣流落才士，更多因缘幕府，躐级进身。要视其主之好文何如，然后同调萃，唱和广。《摭言》称：李固言在成都，有李珪、郭圆、袁不约、来择诸诗人从公，为一时连幕之盛。惜其诗不传。惟裴度开淮西幕，有韩愈、李正封郾城联句诗;徐商帅襄阳,有周繇、段成式、韦蟾、温庭皓《汉上题襟诗集》;崔璞领吴郡,皮日休为从事,有吴士陆龟蒙、司马都、郑璧、魏朴、颜萱及陇西李縠、南阳张贲,共撰《松陵集》,尚有存者。其人故掌签之遗秩,其诗亦应教之绪篇也欤?

唐朝士文会之盛,有杨师道《安德山池宴集》。预宴赋诗者有岑文本、刘洎、褚遂良、许敬宗、上官仪及师道兄续。于志宁宴群公于宅。其人有岑文本、杜正伦、令狐德棻、刘孝孙、许敬宗、封行高,各赋一字。高正臣晦日置酒林亭、晦日重宴及上元夜效小庾体等诗。晦日置酒,有陈子昂、王勔、张锡、解琬、长孙正隐、崔知贤、高绍、高球、郎馀令、王茂时、周思钧、周彦晖、周彦昭、弓嗣初、高峤、刘友贤、徐皓、陈嘉言、韩仲宣、高瑾二十人,同用华字。重宴,思钧、彦晖、嗣初、嘉言、仲宣、峤、瑾七人,同用池字。上元夜,知贤、嘉言、仲宣、瑾,同用春字。 并吟流之佳赏,承平之盛事。师道尚桂阳主,官侍中;主亦工为诗。志宁天策学士,后入相,爱宾客,好接引后进。正臣官卫尉卿,善书,陈子昂为其晦日诗序,称为渤海宗英,平阳贵戚,其豪盛可知。开元、天宝间,宁、薛诸王驸马豪贵家,多好客,时王维诗名为盛,无不拂席迎之。肃、代而后,勋绩富贵称郭令公;元和以来,裴令公尤为烜赫。郭少子暧[六]尚代宗女升平主,贤明有才思,尤喜诗人,钱起、李端十才子,俱以能诗出入其门。每宴集赋诗,主坐视帘中,诗之美者,赏百缣。端中宴诗成,有"荀令"、"何郎"之句,众称绝妙;或谓宿构,起请以己姓为韵试之,复有"金埒"、"铜山"之句。暧[七]大喜,出名马金帛为赠。裴居守洛都,筑园,名堂绿野,时出家乐,与白居易、刘禹锡、李绅、张籍、崔群诸诗人游燕联句,缠锦既奢,笺霞尤丽。所云"昔日兰亭无艳质,此时金谷有高人"者,至今可追想其盛。他林泉社会,文字雅饮,虽诗篇同诧,而人地非匹,未足为豪,羌可无缀。

唐至开元而海内称盛,盛而乱,乱而复,至元和又盛。前有青莲、少陵,后有昌黎、香山,皆为其时鸣盛者也。咸通而后,奢靡极,衅孽兆,世衰而诗亦因之气萎语偷,声繁调急,甚者忿目偏吻,如戟手交骂者有之。王化习俗,上下交丧,而心声随焉,岂独士子罪哉!王弇州云:"灵武回天,功推李、郭;椒香犯跸,祸始田、崔。是则然矣。不知僖、昭困蜀、凤时,温、李、许、郑辈得少陵、太白一语否?有治世音,有乱世音,有亡国音,故曰声音之道与政通也。大力者为之,故足挽回颓运;沉几者知之,亦堪高蹈远引。"旨哉言矣。

校记

〔一〕 按:《全唐诗》题为"喜雪",无"春雪"。

〔二〕 "张𧦴",新、旧《唐书》并作"张仁𧦴"。

〔三〕 按《旧唐书·玄宗纪》:天宝二年十二月乙酉,太子宾客贺知章请度为道士还乡。天宝三载正月庚子,遣左右相已下祖别贺知章于长乐坡,上赋诗赠之。又《唐诗纪事》卷十七载御制诗并序云:"天宝三年,太子宾客贺知章,鉴止足之分,投归老之疏……正月五日,将归会稽,遂饯东路。"据此,"二载"当作"三载"。

〔四〕 "一",原刻漫漶,依《谈丛》校补。

〔五〕 "粔籹",原刻作"籹粔",依《谈丛》乙正。

〔六〕〔七〕 "暧",原刻误"曖",依《谈丛》及《唐国史补》、《唐书》等校改。

唐音癸签卷二十八

谈丛四

唐人一时齐名者，如富、吴，嘉谟、少微。苏、李，前味道、峤，后颋、乂。燕、许，燕国公张说、小许公苏颋。萧、李，颖士、华。韩、柳，愈、宗元。四杰，王、杨、卢、骆。四友，杜审言、李峤、崔融、苏味道，称文章四友。三俊，元稹、李德裕、李绅。皆兼以文笔为称。其专以诗称有沈、宋，佺期、之问。钱、郎，起、士元。时人语"前有沈、宋，后有钱、郎"，是也。又钱、郎、刘、李，合刘长卿、李嘉祐称之，亦时人语。鲍、谢，防、良辅。元、白，稹、居易。刘、白，合刘禹锡称。温、李，商隐、庭筠。贾、喻，岛、凫。出顾云文。皮、陆，日休、龟蒙。吴中四士，贺知章、刘眘虚、包融、张旭。一云无眘虚，有张若虚。庐山四友，杨衡、符载、崔群、宋济。三舍人，王涯、令狐楚、张仲素。大历十才子，卢纶、吉中孚、韩翃、钱起、司空曙、苗发、崔峒、耿湋、夏侯审、李端。咸通十哲等目。许棠、张乔、喻坦之、剧燕、任涛、吴罕、张蠙、周繇、郑谷、李栖远、温宪、李昌符，谓之十哲，实十二人。至李、杜、王、孟、高、岑、韦、孟，王、韦、韦、柳诸合称，则出自后人，非当日所定。按，杨凭有诗云："直用天才众却瞋，应欺李、杜久为尘。"凭，大历中人也。知两公身没未几，世已有并称矣，但至韩公始大定耳。王、孟以下诸合称，则宋人论诗所定也。

诗才迟速，天分有限。贾岛三年十字，迟自可传；王璘半日万言，速更何取？必也捷成为贵，杨师道之当筵立构，王子安之覆被起书，李太白之颊面四绝，〔一〕温飞卿之叉手八韵，敏与工兼，才斯称异尔。

诗人夙慧者，权德舆三岁，能变四声。又四岁，能赋诗。五岁令狐楚、能词章。林杰，口占王霸坛诗。六岁王勃、善文词。杨牢，题弹棋局。七岁李百药、能属文。骆宾王、《咏鹅》。杜甫、咏凤凰。李泌、知为文。李贺，以长短之制名动京师。八岁刘晏、献《封泰山颂》。杨嗣复，知属文。九岁王维、知属辞。元稹，工属文。十岁李白，通诗书。十二岁李乂，工属文。十三岁杨收。善文咏。又苏颋、史称其幼咏死兔及嘲尹字，不知是几何岁。白居易生七月即识之无二字。及汪先、范氏子之类尤多。其或夭折，或富贵寿考，亦皆不可一律论。

科名之高者，崔元翰京兆解头，礼部状头，宏词及制科三等敕头，咸首捷。武翊黄府选为解头，及第为状头，宏词为敕头，时谓武氏三头，章孝标赠翊黄诗"花锦文章开四面，天人科第占三头"是也。又张又新时亦号三头。

诗人年高者，贺知章八十六，秦系、罗隐并八十馀，员半千九十四，丘为九十六，萧德言九十七。而王季文、刘商、施肩吾、陈陶、黄损世皆传其仙去，尤不可以年甲计者。且未论真否，贵稳吟胆，使无预愁。惟卢升之师资孙思邈，复主其家，四十上不免小厄，孤负与活神仙相处一番耳。

胡元瑞尝考唐人父子兄弟文学并称，及诸家生平遘遇穷达之不同，载《诗薮·外编》。读者观其人而论其世，家之盛者，固可慕；遇之穷者，犹可引而自慰也。爰稍增订，录左方。

父子则薛收、薛元超，李百药、李安期，褚亮、褚遂良，许叔牙、许子儒，宋令文、宋之问，赵武孟、赵彦昭，敬播、敬之弘，陈子昂、陈光、沈佺期、沈东美、贾曾、贾至、苏瓌、苏颋、李適、李季卿、崔日用、崔宗之、萧嵩、萧华、李善、李邕、张说、张均、崔良佐、崔元翰、杜甫、杜宗武、房融、房琯、郑繇、郑审、萧颖士、萧存、独孤及、独孤郁、张毅夫、张祎、郏纯、郏士美、樊泽、樊宗师、裴倩、裴均、归崇敬、归登、刘禹锡、刘承雍、路泌、路随、李怀远、李景伯、于休烈、于肃、张荐、张又新、李端、李虞仲、韦表微、韦蟾、韦贯之、韦澳、段文昌、段成式、皇甫湜、皇甫松、苗晋卿、苗发、李程、李廓、李泌、李繁、韦绶、韦温、崔群、崔亮、杨凌、杨敬之、崔璩、崔涣、温庭筠、温宪、章孝标、章碣、刘迺、刘伯刍、刘三复、刘邺、郑亚、郑畋、李碏、李沆。又张文琮二子：戬、锡，韦安石二子：陟、彬，包融二子：佶、何，王景三子：之咸、之贲、之涣，吕渭四子：温、恭、俭、让，穆宁四子：賨、赞、员、赏，窦叔向五子：常、群、牟、庠、巩，刘知几六子：贶、𬭎、秩、汇、迅、迥。

兄弟则孔绍安、孔绍新，盖文懿、盖文达，马敬淳、马敬潜，秦景通、秦炜，路纪、路鼓，崔湜、崔液，席豫、席晋，周思茂、周思钧，杜易简、杜审言，韦承庆、韦嗣立，来济、来恒，崔日知、崔日用，薛曜、薛稷，王维、王缙，皇甫曾、皇甫冉，崔敏童、崔惠童，元结、元融，蔡希周、蔡希寂，李渤、李涉，畅当、畅诸，柳公绰、柳公权，许康佐、许尧佐，杨虞卿、杨汝士，柳中庸、柳中行，李翰、李观，冯宿、冯定，李逊、李建，吴通微、吴通玄，郑仁规、郑仁表，柳浑、柳识，唐临、唐皎，周繇、周繫。三人者，自前王之涣兄弟外，张文琮、张文瓘、张文收，沈佺期、沈全交、沈全宇，乔知之、乔侃、乔备，李乂、李尚一、李尚贞，杨凭、杨凌、杨凝，韦绶、韦繶、韦纯，苏冕、苏弁、苏衮，白居易、白敏中、白行简，韦述、韦迅[二]、韦逌。四人者，自前吕、穆二家外，杨发、杨假、杨收、杨严。五人者，张知骞、知玄、知晦、知泰、知默，及前窦氏连珠。六人者，王勮[三]、王勔、王勃、王助、王劼、王劝,及前刘贶兄弟。七人者,赵夏日、赵冬曦、赵和璧、赵安贞、赵居贞、赵颐贞、赵汇贞。八人者,贺德仁、贺德基,刘知柔、刘知几等同号高阳里。此外如崔蕊等兄弟四人,崔瑶等五人,崔邠等六人,崔琯等八人,并载唐史。又闽人林藻一家兄弟九牧,载《地志》。然率以爵位显。大抵兄弟齐名,声实相副者,三人则已盛矣。四五以上,惟王、窦二氏庶几。自馀张、赵诸人,虽当时并有名字,亦未必尽然,姑录以备数。若三罗同姓通谱,原非真属连枝,所不概入。

祖孙则孔绍安、孔日新,姚思廉、姚璹,岑文本、岑羲,员半千、员俶,杜审言、杜甫,张鷟、张荐,许敬宗、许彦伯,韦嗣立、韦弘景,杜佑、杜牧,郑絪、郑颢,唐次、唐彦谦,殷侑、殷盈孙,唐临、唐绍,冯宿、冯涓,高士廉二孙球、瑾。魏微、谟,于志宁,休烈,狄仁杰、兼谟,李敬玄、绅之类,以世次稍远不录。

父子祖孙三世者,徐齐聃子坚,坚子峤;武平一子就,就子元衡、儒衡;崔融子禹锡,禹锡子巨;李栖筠子吉甫,吉甫子德裕;钱起子徽,徽子可复、可及、珝;柳芳子冕、登,登子璟;柳公绰子仲郢,仲郢子璞、璧、珪、玭;郑馀庆子澣,澣子处诲、从谠。又陆馀庆孙海,海孙长源。四世者,王播子起,起子龟,龟子荛;卢纶子简能、简辞、弘正、简求,简能子知猷,简辞子贻殷,弘正子虔灌、简求子汝弼、嗣业,嗣业子文纪。内卢氏尤文彩与官爵同盛,史称郁为鼎门云。

开元以前,词人鲜弗达者;天宝以后,才士鲜弗穷者。即间有之,然弗数见也。第今制作行世,则景龙、垂拱,百不二三;大历、元和,十尝[四]五六。造物乘除亦巧矣。辄据唐人杂说,类次数条,以见其概云。

《唐书》云:太宗以海内渐平,锐意经籍,开文学馆以待四方才俊,与选者杜如晦、房玄龄、虞世南、陆德明、于志宁、苏世长、褚亮、姚思廉、孔颖达、李玄道、李守素[五]、蔡允恭、颜相时、薛收、盖文达、苏旭、薛元敬、许敬宗。后收卒,以刘孝孙补之。世谓十八学士,拟于登瀛洲焉。

右唐初太宗世显者。天策所收颜师古、褚遂良等,尚不止此。

又云:景龙二年,中宗于修文馆置大学士四员,学士八员、直学士十二员。李峤、宗楚客、赵彦昭、韦嗣立为大学士,李适、刘宪、崔湜、郑愔、卢藏用、李乂、岑羲、刘子玄为学士,薛稷、马怀素、宋之问、武平一、杜审言、沈佺期、阎朝隐、韦安石、徐坚、韦元旦、徐彦伯、刘允济为直学士。

右高和世显者。先是,武氏修《三教珠英》,征天下文士二十六人,徐彦伯为首,馀率前诸学士,张说、王无竞、富嘉谟亦与焉。

《玄宗纪》:开元元年夏,郭元振同三品。秋、张说为中书令。冬,以姚崇同三品,卢怀慎同平章事。四年冬,宋璟为黄门监,源乾曜、苏颋同平章事。八年春张嘉贞,十四年夏李元弦,二十一年春韩休,冬裴耀卿、张九龄俱同平章事。

右玄宗开元中宰相至十数人,皆文学士也。先是,又有魏知古等。古今词人之达,莫盛此时。继之林甫、国忠,虽天资险狯,然俱以不学称,唐治乱判矣。《席豫传》云:豫与韩休、许景先、徐安贞、孙逖、张九龄先后掌纶诰。又苏颋、苏晋、贾曾、贾至、齐澣、王丘、李乂等,并以文学为中书舍人。

右二则,初、盛间词人显者。

《贺知章传》云:神龙中,知章与越州贺朝、万齐融,扬州张若虚、邢巨,湖州包融,俱以吴、越之士,文词俊秀,名扬于士京。朝[六]止山阴尉,齐融昆山令,若虚兖州兵曹,巨监察御史,融遇张九龄，引为怀州司户、集贤直学士。数子人间往往传其文，独知章最贵。神龙中，有尉氏李澄之，善五言诗，蹉跌不偶，六十馀为参军卒。又《唐新语》云：长寿中，荥阳郑蜀宾诗知名，年老甫授一尉，之官未几卒。二事甚类。

右初、盛间穷而间有达者。

《国史补》云：开元以后，位卑而名著者：李北海邕、王江宁昌龄、李馆陶、郑广文虔、元鲁山德秀、萧功曹颖士、张长史旭、独孤常州及、崔比部、梁补阙肃、韦苏州应物。右载《唐诗纪事》。崔比部、李馆陶不列名。按是时诗文有重望而不甚显者，崔则崔颢、崔曙，李则李翰、李华，舍四人外无赫〔七〕称。必居二于此。

《明皇杂录》云：天宝末，刘希夷、王泠〔八〕然、王昌龄、祖咏、张若虚、张子容、孟浩然、常建、李白、刘昚虚、崔曙、杜甫，虽有文章盛名，皆流落不偶。

右二条，盛唐诗人穷者。李、杜，古今流落之魁，然置诸人中，觉犹为显达也。一笑。

《丹阳集》云：润州：延陵有包融、储光羲，曲阿有丁仙芝、缑氏主簿蔡隐丘、监察御史蔡希周、渭南尉蔡希寂、处士张彦雄、张朝、校书郎张晕、吏部常选周瑀、长洲尉谈戬，句容有殷遥、硖石主簿樊光、横阳主簿沈如筠，江宁有右〔九〕拾遗孙处玄、处士徐延寿，丹徒有江都主簿马侹、武进尉申堂构，十八人皆有诗名。

右亦多盛唐间人，吴、扬所产也。殷氏叙其履历，但一二稍显。自馀布衣冗秩，旁午篇中，岂此方当时遂无贵且文者耶？

《卢纶传》云：纶与吉中孚、韩翃、钱起、司空曙、苗发、崔峒、耿湋、夏侯审、李端，号大历十才子。纶户部郎中，起考功郎中，发都官员外，峒右补阙，湋右拾遗，审侍御史，宦俱不甚显。独中孚侍郎，翃知制诰，差著。而端竟终杭州司马。时秦系、刘方平布衣,顾况司户,于鹄从事,张南史参军,厄尤甚焉。

右中唐诗人之穷者。嗣是权、武、裴、元、韩、白诸公骤显,元和遂以中兴。继之郊寒、岛髡、籍盲、仝柱,二李贺、观、欧阳并天,其穷益又甚矣。

《剧谈录》云:自大中、咸通之后,每岁试春官者千馀人,其间有名,如何植、李玫、皇甫松、李孺犀、梁望、毛涛、贝庥、来鹄、贾随,以文章称;温庭筠、郑渎、何涓、周钤、宋耘、沈驾、周繇,以词赋显;贾岛、平曾、李陶、刘得仁、喻坦之、张乔、剧燕、许琳、陈觉,以律诗著;张维、皇甫川、郭鄩、刘延晖,以古风名。皆厄于一第。然其间数公,丽藻英词,播于海内,与虚薄窃联名级者,殆不可同年语矣。

右晚唐诗人穷者,如此其众,又过于前。然司马、罗隐辈,尚不止是。今制作多不传,徒空名寄于简册,虽颇胜当时华要,亦可悲也。

唐举子不中第者,《语林》、《剧谈》所纪外,又有来鹏、宋济、严惮、王璘、李洞、胡曾、张祜、江为、卢汪〔一〇〕、孙定、许碏〔一一〕。碏〔一二〕后为羽流。

欧阳澥、李山甫、司马礼等,大率皆晚唐。而盛唐则老杜以不第献赋,其他孟浩然等虽布衣,然非举子也。诸人生不成名,今纪载〔一三〕又将没没,余惜而详著之。

王弇州尝为文章九命之说,备载古今文人穷者。今摘唐诗人,稍加订定录后。

一、贫困:杜甫、浣花蚕月,乞人一丝两丝。郑虔、履穿四明雪,饥〔一四〕拾山阴橡。苏源明、爇薪照字,垢衣生藓。王季友、卖履自给。阳城、屑榆作粥,不干邻里。贾岛、叹鬓丝如雪,不堪织衣。孟郊、苦寒惧敲石无火。卢仝、长须赤脚,灌园自资。周朴。寄食僧居,不能娶妇。二、嫌忌:张九龄、李邕、萧颖士、见忌李林甫。颜真卿、见忌元载。武元衡、见忌王叔文。韩愈、见忌李逢吉。李德裕、见忌李宗闵。白居易、见忌李德裕。张祜、元、白并沮其进。温庭筠、李商隐、见忌令狐绹。韩偓。见忌崔胤。三、玷缺：四杰、轻浮。沈、宋、险狯。李峤、浮沉致责。苏味道、模棱充位。张说、大肆苞苴。贺知章、纵心沉湎。王维、郑虔、储光羲、李华、陷身逆虏。柳宗元、刘禹锡、躁事权臣。刘长卿、怨怼多忤。严武、骄矜无上。李白、见辟狂王。秦系、出妻获谤。崔颢、数弃伉偶。元稹、改节奥援。李德裕、树党掊击。李益。感恩藩镇。四、偃蹇：四杰、内盈川仅至命长。李、杜、沦落吴、蜀孟浩然、以禁中忤旨，放还终老。薛令之、以首蓿致嫌夯官。萧颖士、及第三十年才为记室。沈千运、穷老五十年以死。王昌龄、诗名满世，栖迟一尉。贾岛、温飞卿、皆以龙鳞鱼服，颠踬不振。孟郊、公乘亿、温宪、刘得仁、潘贲之徒。老困名场，仅得一第，式方镇一辟，憔悴以死。至其诗所谓："鬓毛如雪心如死，犹作长安下第人。""十上十年皆下第，一家一半已成尘。""一领青衫消不得，着朱骑马是何人？"又有揶揄路鬼，憔悴波臣、猕猴骑士牛、鲇鱼上竹竿之喻。噫，其穷甚矣！五、流贬：流徙则李义府、郑世翼、卢藏用、沈佺期、宋之问、元万顷、阎朝隐、郭元振、崔液、李善、李白、吴武陵，贬削则杜审言、杜易简、韦元旦、杜甫、刘允济、李邕、张说、张九龄、李峤、王勃、苏味道、崔日用、武平一、王翰、郑虔、萧颖士、李华、王昌龄、刘长卿、钱起、韩愈、柳宗元、李绅、白居易、刘禹锡、吕温、陆贽、李德裕、牛僧孺、杨虞卿、李商隐、温庭筠、贾岛、韩偓、韩熙载、徐铉。六、刑辱：杜审言。为州僚构系，赖孝子得伸。温庭筠、被逻卒殴缚，诉镇帅不理。刘长卿、李太白、吴武陵、并先就刑囚，才赴贬所。王无竞、李邕、卢崇道。俱身受敕杖，然后殒亡。七、夭折：范摅子、七岁能诗，十岁卒。林杰、六岁能文，十七岁卒。李贺、二十六。王勃。二十九。八、无终：张蕴古、刘祎之、李福业、王勮、〔一五〕王勔、范履冰、苗神客、陈子昂、王昌龄、李邕、王涯、舒元舆、卢仝、姚汉衡、剧燕、路德延、汪台符、郭昭庆、钟谟、潘佑以冤;郑愔、宋之问、崔湜、萧至忠、薛稷、苏涣、江为、宋齐丘以法;骆宾王、张巡、颜真卿、温庭皓、周朴、孙晟以义;王无竞、刘希夷以仇;薛能、皮日休以乱;卢照邻以水;伊璠以猛兽。九、无后:杨炯、绝后,葬兄弟手,宋之问有文冥之。李太白、萧颖士、有子而独,孙女流落,俱为俗人妻。崔曙、一女名星。〔一六〕白居易、一侄曰龟。王维、四弟,无子。阳城、三昆,不娶。崔珏、张又新。皆有二子,而崔子并见法,张子并没于水。

弇州云:古人谓诗能穷人。夫贫老愁病,流窜滞留,人所不谓佳者也,然而入诗则佳;富贵荣显,人所谓佳者也,然而入诗则不佳。是一合也。泄造化之秘,则真宰默仇;擅人群之誉,则众心未厌。故呻占推琢,几于伐性之斧;豪吟纵挥,自傅爱书之竹。矛刃起于兔锋,罗网布于雁池。是二合也。循览往匠,良少完终,为之怆然以慨!

校记

〔一〕 按:自《乐史》以来,说部诸书皆言李白宿醒未解,以水沃面,立赋《清平调》三首。惟欧阳炯《花间集》叙云:"在明皇朝,则有李白应制《清平乐》词(鄂本、汤本作"调")四首。"胡氏或由此致误。

〔二〕 "韦迅",新、旧《唐书》作"韦迪"。

〔三〕〔一五〕 "王勮",原刻及《谈丛》均误"王剧",依《唐书》校改。

〔四〕 "尝",《诗薮》作"常",义似长。

〔五〕 "李守素",原刻作"李守",据新、旧《唐书》及《唐诗纪事》校增。

〔六〕 原刻衍"万"字,据本书卷二十九校删。

〔七〕 "赫",《诗薮》作"赫赫"。

〔八〕 "泠",原刻作"冷",依《谈丛》校改。

〔九〕 "右",《旧唐书》本传及《诗薮》均作"左"。

〔一〇〕 "卢汪",《全唐诗》亦作"卢汪",而《唐诗纪事》卷六十六作

"卢注"。

〔一一〕〔一二〕 "碏",原刻作"　",《谈丛》作"瑳"并误,今依《唐诗纪事》卷七十五、《全唐诗》卷八百六十一校改。

〔一三〕 "今纪载",《诗薮》作"今失纪载",义长。

〔一四〕 "饥",当依《谈丛》作"饥(饑)"。古人用"饥(饑)",专指饥馑也。

〔一六〕 按:《唐诗纪事》卷二十"崔曙"条云:"明年卒,惟一女,名星星。"

唐音癸签卷二十九

谈丛五

唐人作诗本事,诸稗说所载,资解颐多矣。其间出自傅会,借盾可攻者,盖亦有焉。爰摘一二左方,馀可概云。

灵隐长明灯下骆、宋续吟事,人以举义者不死快,信之。虽然,非实也。此无论骆之元有与宋往还诗,宋之亦有叙四子之殁文字,不至不识面孔。宋文载《文苑英华》祭文类。即此诗属对合掌,体拗涩,那得宋句在内?好事者第偷取骆集冒之宋,添作一段话耳。但细看本诗自辨。

戎昱为京兆尹李銮所知,欲妻以女,嫌姓僻,令改,不可而止。后宪宗尝举其和亲诗而忘其人,顾左右:"是姓名稍僻者。"左右举昱对,帝颔之。昱姓固僻,然其《上崔中丞》诗:"千金未必能移性,一诺从来拟杀身。"求知激切之辞,与改姓事无涉也。范摅欲傅合为一,并易诗中移性为移姓,使昱一生作诗,下一嫌字不得,不大苦乎!高获对光武:"臣受性父母,不可改之于陛下。"见范《史》。

说者谓王建作《宫词》,为王守澄所持,献诗末句有"不是当家频向说,九重争得外人知"句,守澄惧而止。今观诗全篇并叙枢密内庭恩宠秘密事,故以是结之,益致艳诧意,言非自向人说,人那得知耳。此岂挟制语哉？唐时诗人于宫禁事皆尽说无忌,杨阿环、孟才人尚入篇咏,建词有何嫌,必制人以自全也？

李涉井栏砂赠诗一事,或有之,至此盗归而改行,八十岁后遇李汇征,自署姓名为韦思明,备诵涉他诗,沥酒酹涉,则《云溪友议》所添蛇足也。唐人好为小说,或空造其事而全无影响；或影借其事而更加缘饰。即黄巢尚予一禅师号,为伪造一诗实之,况此小小夜劫乎？

小说,令狐绹曾以旧事访温庭筠,庭筠诮其出《庄子》不知,绹怒之,卒不登第,庭筠诗"因知此恨人多积,悔读《南华》第二篇"谓此。考庭筠诗原为哭亡友作,云："终知此恨难消遣,辜负《南华》第二篇。"叹己不能齐物,如庄周之忘哀也。温之尝诮令狐相未必虚,而此诗则何尝为令狐发也耶？

有云：曹唐寓江陵寺亭沼间,得句："水底有天春漠漠,人间无路月茫茫。"明日还坐沼上,见素裳女子步咏前句,迫讯之,遽没,数日唐殂。考此乃唐刘阮《游仙诗》"洞里有天"云云,元不说水底,人改之以就所云池沼者。诗谶故有之,然率然自出胸臆,故验。可〔一〕须人点窜代为之欤？

唐诗人名误者,王绩,《艺文志》误作勣,《纪事》又误以为有此两人,皆非是。

卢鸿一,《新唐书》本传去一字,单名鸿,误。〔二〕

贺朝、万齐融。贺、万,姓也。《旧唐书》以贺名朝万,而分齐融为姓名,误。今从梁肃《越州开元寺碑》、李华《润州鹤林寺碑》改正。

张祜之祜,人多作祐字者。小说,张子小名冬瓜,或以讥之,答云：冬瓜合出瓠子。则张之名祜不名祐,可知矣。

喻凫、喻坦之，两人也。《品汇》爵里考，以坦之即凫之字，混为一人。今考宋陈《直斋书录》，各有其集。《文苑英华》两人诗亦分载，调各不同。而谢皋羽《睦州诗派》，载新定之以诗鸣于唐者二人，实并列焉，尤文献在本乡足据者也。

李白，蜀人，非今山东人也。山东李白之说，出于杜诗。云山东者，乃当时关东海称，《战国策》：顿弱语秦始皇，山东战国有六。意白时正寓关东故耳。《旧史》传白，不书郡望，援杜句直书为山东人，史例之变，然实非以其尝家任城而云山东也。齐、鲁之称山东，自元始。于唐此地尚隶河南，未有今山东称。今《东省通志》据杜诗径收白为山东人，而蜀杨用修起争之，以白尝自比谢安称"东山李白"，并欲改杜诗之山东为东山，用概绝东省借白之疑端。抑知白东山、山东两称，原各不相蒙者乎！

韦应物正史无传，赖《国史补》数语，足存其生平为人及官阀之概。当时仕只苏州刺史而止，未尝又别为他官。沈明远为补传，较《国史》尤详备，而刺苏而后，复有江淮盐铁转运守太仆少卿兼御史中丞一衔，则采自刘禹锡举自代状，其搜补亦云勤矣。今考《白乐天集》有书与元稹论应物云："其诗身后人始知贵。"此书作元和中，而刘之状称大和六年，则应物殁已久矣，当另是同姓名一人耳。苏州正不藉卿衔重，何庸诬之！

唐中叶僧道内殿供奉，并有法号之赐，至末季滥觞极矣。偶检得杜光庭、释贯休两头衔，录之以资一噱。

杜光庭衔　唐引驾传真天师、特进检校太傅、光禄大夫行尚书户部侍郎、崇真馆大学士、上柱国、彭城郡蔡国公、引教大师、金门羽客、文章应制、内殿供奉、三教谈论、广成先生、食邑五千户、实封一千六百户赐紫某。出《道藏》

贯休衔　大蜀国龙楼待诏、明因辨果功德大师、翔麟殿引

驾、内供奉、经律论道门选练教授、三教玄逸大师、守两川僧录大师、食邑三千户、赐紫大沙门某。《画苑》

灵澈一游都下,飞语被贬。广宣两入红楼,得罪谴归。贯休在荆州幕,为成汭递放黔中。修睦赴伪吴之辟,与朱瑾同及于祸。齐己附明宗东宫谈诗,与宫僚高辇善,东宫败,几不保首领。毕竟诗为教乘中外学,向把茅底只影苦吟,犹恐为梵网所未许,可挟之涉世,同俗人俱尽乎?

唐名缁大抵附青云士始有闻,后或赐紫,参讲禁近,阶缘可凭,青云士亦复借以自梯。如陆希声、韦昭度以澈、昝两师登庸,尤其可骇异者。君子于此,嗟世变已。

从来羽士解化,未有不以为得仙者,其诗亦往往非真。如《真仙通鉴》所载李升与元、白共饮诗,云房先生传亦有之。黄损得仙归,所题诗"门前鉴湖"云云,即贺季真诗。盖皆好事者所缀合也。尝疑许逊晋人,至唐显;吕岩唐人,至宋显,定属伪托。顾举世信之,不能夺耳。

女子能诗者有矣,惟宋尚宫姊妹五人为异。下此威、光、裛三人,亦所罕觏,恨失其姓。尚宫,宋之问后裔也,见《云溪友议》"陆畅《催妆诗》"一则内。又如吉中孚张氏,孟昌期孙氏,元稹裴氏,杜羔刘氏,元载王氏,彭伉张氏,李拯卢氏,并作合有缘,无惭对撰,尤为人世有数夫妇。第未知镜中影艳,雅副韵藻否耳?为一笑。

唐人杂体诗见各集及诸稗说中者,有五杂俎、始于汉,颜真卿与昼公诸人有拟。两头纤纤、汉人有"两头纤纤月初生"古辞。唐王建有拟。建又有拟古谣"一东一西陇头水",亦两头纤纤之类。 盘中诗、始汉苏伯玉妻寄夫诗,写从中央周四角屈曲成文,名盘中。至窦滔妻苏氏,益行为璇玑图。天宝二载,范阳卢母王氏撰回文诗八百十二字,字数与璇玑图同。又会昌中有张睽为边将不归，妻侯氏作诗，绣作龟形寓意，上之朝，乞夫归。皆盘中之类。**离合**、字相拆合成文，始汉孔融。唐权德舆有离合诗，时人多和之。**回文**、晋傅咸有回文反复诗，温峤有回文虚言诗，唐人刘宾客及皮、陆倡和，并有回文诗。**集句**、亦始傅咸。昭宗时有同谷子者，集五子之歌讥时政。**风人诗**、此与藁砧体不同。藁砧语如隐谜，理资笺解，此则以前句比兴引喻，后句即覆言以证之。或取诸物，如《子夜歌》："搞门不安横，无复相关意。"或取之同音，如《懊侬歌》："桐树不结花，何由得梧子。"微旨所寄，无假猜推而知。唐人以其近于诗之南箕北斗，可备采风，故命为风人诗。张祜、皮、陆为多。**回波词**、其词先以回波二言引端，三句，句六言。〔三〕始则天朝，盛于中宗时。佞者歌以丐宠，而忠者亦效以寓规焉。**大言、小言、了语、不了语**，宋玉有大言、小言赋，晋人效之，为了语、危语。唐颜真卿有大言、小言，雍裕之有了语、不了语。真卿又有乐语、馋语、滑语、醉语诸联句。昼公更有暗思、远意、乐意、恨意，亦此类也。**县名、州名、药名、古人名、四气、四色、字谜等类**，县名起齐竟陵王子良，州名起梁范云。唐皮、陆有县名离合诗。药名起齐王融及梁简文，唐张籍、皮、陆有药名离合诗。古人名诗，未详起于何人，唐权德舆及皮、陆并有古人名诗。四气亦起王融、范云，唐雍裕之有四气、四色等诗。字谜起鲍照井字等谜，唐苏颋有尹字谜，李太白有许云封谜。**又有故犯声病，全篇字皆平声、皆侧声者，又一句全平、一句全侧者，全篇双声、全篇叠韵者，律诗有侧句并用韵故犯鹤膝者，缕举不尽**。皮、陆有全篇平侧诗。温庭筠与皮、陆又并有全篇叠韵诗。王融："园蘅炫红蘤，湖荇熞黄乖。"梁武帝："后牖有朽柳。"侍臣和云："梁王长康强。"此纯用叠音诗也。杜子美："卑枝低结子，接叶暗藏〔四〕莺。"白乐天："量大嫌甜酒，才高笑小诗。"此间用叠音，随其语意所到辄就成之者也。纯用涉于戏，间用更于篇法中增一巧，诗料入二老神炉中，顽铁无不成金耳。上下双用韵，章碣"东南路尽"一律，正韵押天、船、眠、边，上四句又押畔、岸、看、算，此正八病中之鹤膝。章自号为变体诗云。

  以上并体同俳谐，然犹未至俚鄙之甚也。其最俚鄙者，有贺知章之轻薄，祖咏之浑语，贺兰广、郑涉之咏字，萧昕之寓言，李纾之隐语，张著之机警，李舟、张彧之歇后，姚岘之讹语影带，李直方、独孤申叔、曹著之题目，黎瓘之翻韵，见《国史补》及《云溪友议》诸书,皆古来滑稽馀派,欲废之不得者。

韵牒始段成式。段押句好押穷韵、恶韵;其平声好韵不僻者,书竹简,称为韵牒。又有递联,细班竹为之,以白金锁首,如茶挟形,分客以免互送之烦,今韵牌之类是也。

诗笺始薛涛。涛好制小诗,惜纸幅长剩,命匠狭小为之,时谓便,因行用。其笺染潢作十种色,故诗家有十样蛮笺之语。

诗筒始元、白。白官杭州,元官越州,每和诗,入筒中递之。白有诗云:"为向两州邮吏道,莫辞来去递诗筒。"

或问:"诗板始何时?"余曰:"名贤题咏,人爱重为设板,如道林寺宋、杜两公诗,初只题壁,后却易为板是也。"又问:"今名胜处少有宋、杜句,而此物正不少,奈何?"余曰:"亦有故事。刘禹锡过巫山庙,去诗板千,留其四;薛能蜀路飞泉亭,去诗板百,留其一。有此辣手,会见清楚在。"

校记

〔一〕 "可",《谈丛》作"何"。

〔二〕 参见卷二十一注〔二〕。胡氏依《丹铅新录》卷三,以"鸿"为误,而《资治通鉴》卷二一二注引《考异》,据《旧唐书·本纪》以为"一"字衍文。新版二十四史从之。

〔三〕 按:沈佺期《回波乐》词云:"回波,尔时佺期,流向岭外生归。身名已蒙齿录,袍笏未复牙绯。"若以首六字作一句读,则为六言四句。胡氏盖去首六字言之也。

〔四〕 "藏",《杜集》各本及《全唐诗》皆作"巢"。

唐音癸签卷三十

集录一

唐人集见载籍可采据者：一曰《旧唐书·经籍志》；一曰《新唐书·艺文志》；一曰《宋史·艺文志》；一曰郑樵《通志·艺文略》；一曰尤氏《遂初堂书目》；一曰马端临《文献经籍考》，端临所引书又二，一曰晁公武《读书志》，一曰陈《直斋书录解题》。此数书者，唐人集目尽之矣。今校除重复，参合有无，依世次先后，具列卷目左方备考。

帝王

太宗四十卷 高宗八十六卷 则天《垂拱集》一百卷《金轮集》十卷 中宗四十卷 睿宗十卷 玄宗卷亡 德宗卷亡 濮王泰二十卷

初唐

陈叔达十五卷 窦威十卷 褚亮二十卷 虞世南三十卷 萧瑀一卷 沈齐家集十卷 薛收十卷 杨师道十卷 庾抱十卷 孔颖达五卷 王勔[一]五卷 郎楚之三卷 魏徵二十卷 许敬宗八十卷 于志宁四十卷 上官仪二十卷[二] 李义府四十

卷颜师古六十卷岑文本六十卷刘子翼二十卷殷闻礼一卷陆士季十卷刘孝孙三十卷郑世翼八卷崔君实十卷李百药三十卷孔绍安五卷高季辅二十卷温彦博二十卷李玄道十卷谢偃十卷沈叔安二十卷陆楷十卷曹宪三十卷萧德言二十卷潘求仁三卷殷芊三卷萧钧三卷袁朗十四卷杨续十卷王约一卷许恭十卷任希古十卷凌敬十卷〔三〕王德俭十卷徐孝德十卷杜子松十卷宋令文十卷陈子良十卷颜顗十卷刘颖〔四〕十卷司马金十卷郑秀十二卷耿义褒七卷杨元亨五卷刘纲三卷王归一十卷马周十卷薛元超三十卷高智周五卷褚遂良二十卷刘祎之七十卷郝处俊十卷崔知悌五卷李安期二十卷唐觊五卷张太〔五〕素十五卷邓玄挺十卷刘允济二十卷骆宾王十卷卢照邻二十卷杨炯《盈川集》三十卷王勃三十卷狄仁杰十卷李怀远八卷卢受采二十卷苏味道十五卷薛耀二十卷王适二十卷乔知之二十卷郎馀庆十卷卢光容二十卷崔融六十卷阎镜机十卷李峤五十卷《杂咏诗》十二卷乔备六卷陈子昂十卷元希声十卷李適十卷沈佺期十卷徐彦伯前集十卷后集十卷宋之问十卷杜审言十卷谷倚十卷富嘉谟十卷吴少微十卷刘希夷十卷诗集四卷徐鸿诗一卷张柬之十卷桓彦范三卷韦承庆六十卷闾丘均二十卷郭元振二十卷崔湜诗一卷赵彦昭诗一卷魏知古二十卷阎朝隐五卷苏瓌十卷员半千十卷李乂五卷姚崇十卷丘悦十卷刘子玄三十卷卢藏用三十卷令狐德棻三十卷许彦伯十卷刘洎十卷来济三十卷杜正伦十卷李敬玄三十卷裴行俭二十卷崔行功六十卷张文琮二十卷曲崇裕二十卷刘宪三十卷薛稷三十卷武平一诗一卷宋璟十卷蒋俨五卷赵弘智二十卷贺德仁二十卷许子儒十卷蔡允恭二十卷张昌龄二十卷杜易简二十卷颜元孙三十卷姚璹七卷杜元志十卷杨仲昌十五卷崔液十卷苏颋三十卷外集二卷张说三十卷〔六〕徐坚十卷元海十卷李邕七十卷王澣十卷张九龄二十卷康国安十卷孙逖二十卷赵冬曦卷亡毛钦一三卷王助《雕虫集》一卷

盛唐

王维十卷苑咸卷亡康希铣二十卷张均二十卷权若讷十卷白履忠十卷鲜于向十卷康玄辨[七]十卷严从三卷陶翰卷亡崔国辅卷亡高适二十卷贾至二十卷、别集十五卷张孝嵩十卷储光羲七十卷苏源明三十卷李白《草堂集》二十卷杜甫六十卷、小集六卷、外集一卷、补遗五卷、又八卷岑参十卷卢象十二卷萧颖士十卷、新集三卷崔颢一卷綦毋潜一卷祖咏一卷李颀一卷孟浩然三卷包融一卷李华前集十卷、中集二十卷李翰三十卷王昌龄五卷邵说十卷裴倩五卷《溢城集》五卷元结十卷刘汇三卷丘为卷亡独孤及《毘陵集》二十卷颜真卿《吴兴集》十卷、《庐江》[八]《临川集》各十卷李岘一卷樊泽十卷崔良佐十卷汤贲十五卷刘迥五卷武就五卷于休烈十卷张谓诗一卷常建诗一卷王季友诗一卷阎防诗一卷刘方平诗一卷

中唐

元载十卷李泌二十卷崔祐甫三十卷常衮十卷刘太真三十卷于邵四十卷归崇敬二十卷窦叔向七卷顾况十五卷[九]张继诗一卷张南史诗一卷苏涣诗一卷柳郑[一〇]诗一卷郑常诗一卷卫准诗一卷陈蜕诗一卷鲍防集五卷、《杂感诗》一卷韦应物诗十卷刘长卿诗十卷钱起诗十二卷李端诗三卷司空曙诗二卷包何诗一卷包佶诗一卷郎士元诗一卷皇甫冉诗一卷皇甫曾诗一卷秦系诗一卷卢纶诗十卷崔峒诗一卷吉中孚诗一卷韩翃诗五卷耿湋诗二卷严维诗一卷李嘉祐诗一卷李益诗一卷《从军诗五十首》戎昱诗五卷畅当诗二卷许经邦诗一卷杨凝二十卷杨凌卷亡吴德光十卷杨衡诗一卷章八元诗一卷曲信陵诗一卷林藻诗一卷林蕴一卷陈羽诗一卷朱湾诗四卷于鹄诗一卷朱放诗一卷张碧《歌行集》二卷雍裕之诗一卷长孙佐辅《古调集》一卷杨炎十卷陆贽二十卷柳浑十卷郑馀庆五十卷韦渠牟[一一]诗十卷张建封集二百三十篇,无卷张荐三十卷崔元翰三十卷罗让三十卷张登诗六卷

陈诩诗十卷戴叔伦诗十卷刘商诗十卷陆迅十卷柳冕诗四卷姚南仲十卷郑絪三十卷李吉甫二十卷李绛二十卷武元衡十卷权德舆五十卷、《童蒙集》十卷裴度二卷令狐楚《漆奁集》一百三十卷韩愈四十卷张籍诗七卷王建诗十卷孟郊诗十卷卢仝《玉川子诗》一卷刘叉诗一卷贾岛《长江集》十卷、小集三卷李贺诗五卷欧阳詹十卷李观三卷李翱十卷樊宗师二百九十一卷皇甫湜三卷柳宗元三十卷吕温十卷杨巨源诗一卷鲍溶诗五卷韦武十五卷齐抗二十卷刘言史歌诗六卷白居易《长庆集》七十五卷元稹《长庆集》一百卷、小集十卷刘禹锡四十卷窦常十八卷窦巩诗一卷穆员十卷羊士谔一卷张仲方三十卷吴武陵诗一卷武儒衡二十五卷韦贯之三十卷符载十四卷郗纯六十卷李道古《文奥》三十卷董侹《武陵集》卷亡温造八十卷李涉诗一卷陆畅诗一卷刘轲一卷李约诗一卷费冠卿诗一卷施肩吾诗一卷徐凝诗一卷沈亚之九卷殷尧藩诗一卷皇甫镛十八卷王仲舒十卷李虞仲四卷蒋防一卷白行简二十卷熊孺登一卷姚合诗十卷张祜诗十卷周贺诗一卷庄南杰《杂歌行》一卷王叡《联珠集》五卷段文昌三十卷牛僧孺五卷韦处厚七十卷李程一卷杜元颖一卷王涯十卷舒元舆一卷李德裕二十卷、外集十卷、《姑臧集》五卷李绅《追昔游诗》三卷王起一百二十卷刘栖楚二十卷崔咸二十卷袁不约诗一卷滕珦卷亡郑澣三十卷冯宿四十卷刘伯刍三十卷李甘一卷李敬方诗一卷朱庆馀诗一卷裴夷直诗一卷章孝标诗一卷顾非熊诗一卷薛莹《洞庭诗集》一卷李廓诗一卷刘三复十三卷封敖八卷皇甫松一卷欧阳衮二卷陈商十七卷柳仲郢二十卷来泽三卷

晚唐

杜牧《樊川集》二十卷李商隐《玉溪生诗》三卷、《樊南集》四十卷段成式七卷温庭[一二]筠《握兰集》三卷、《金筌集》十卷、诗五卷许浑《丁卯集》二卷李群玉诗三卷、后集五卷李远诗一卷雍陶诗十卷喻凫诗一卷喻坦之一卷潘咸诗一卷方干诗十卷赵嘏《渭南集》三卷、《编年诗》二卷卢肇《文标集》三卷丁棱

诗一卷姚鹄诗一卷刘威诗一卷孟迟诗一卷马戴诗一卷项斯诗一卷郁浑《百篇集》一卷刘得仁诗一卷储嗣宗诗一卷司马札诗一卷孙樵三卷魏谟十卷刘绮庄十卷李善夷《江南集》十卷韩琮诗一卷崔珏诗一卷李郢诗一卷刘沧诗一卷李频诗一卷郑嵎《津阳门诗》一卷于武陵诗一卷于邺诗一卷朱景玄诗一卷曹邺《古风诗》二卷刘驾《古风诗》一卷聂夷中诗二卷于濆《古风诗》一卷郑諴卷亡邵谒诗一卷王逖《咏史诗》一卷胡曾集十卷张乔诗二卷许棠诗一卷许郴诗一卷李昌符诗一卷周繇诗一卷来鹏诗一卷陈黯三卷曹唐诗三卷周慎辞五卷李山甫诗一卷罗邺诗一卷薛逢诗十卷薛能诗十卷、《繁城集》一卷沈栖远十卷刘邺《甘棠集》三卷刘蜕十卷郑畋五卷、又《凤池稿》六十卷公乘亿《珠琳集》一卷郑賨十卷高骈诗一卷顾云《凤策联华》三卷、《杂稿》四十三卷章碣诗一卷崔橹《无讥集》四卷崔涂诗一卷秦韬玉《投知小录》三卷周朴诗一卷张为诗一卷罗虬《比红儿诗》一卷皮日休《文薮》十卷、集十七卷、诗一卷陆龟蒙诗编十卷、《笠泽丛书》三卷司空图《一鸣集》三十卷韩偓《香奁集》一卷、《翰林集》一卷郑谷《云台编》三卷、《宜阳集》三卷唐彦谦诗三卷李洞诗一卷唐球诗一卷李咸用《披沙集》六卷吴融诗四卷吴蜕《一字至七字诗》二卷陆希声《颐山集》一卷陆宸七卷朱朴诗四卷张玄晏二卷高蟾诗一卷袁皓《碧池书》三十卷羊昭业十五卷郑良士《白岩集》十卷钱珝《舟中录》二十卷王驾诗六卷吴仁璧诗一卷孙郃小集三卷、《文纂》四十卷郑准《渚宫集》一卷褚载诗三卷王贞白诗七卷曹松诗三卷王希羽诗一卷裴说诗一卷齐夔一卷康骈《九华杂编》十五卷黄璞十卷谭正夫一卷沈光五卷程晏七卷王秉五卷刘干一卷陈光诗一卷王德舆诗一卷杨绪《潜阳杂题诗》三卷韦霭诗一卷罗浩源《庐山杂咏诗》一卷谢蟠隐《杂感诗》二卷陆元皓《咏刘子诗》三卷赵抟歌诗二卷周濆一卷张友正一卷张安石《涪江集》一卷蒋吉一卷郑渥诗一卷任翻诗一卷严郾诗二卷郑巢诗一卷苏拯诗一卷周昙《咏史诗》八卷孙元晏《六朝咏史诗》一卷、《览北史》三卷张次宗十卷吕述《东平小集》三卷薛廷珪一卷王虬十卷陈蟠隐五卷文丙诗一卷《郑氏贻孙集》四卷《养素先

258

生贻荣集》三卷

闰唐

李琪《金门集》十卷罗绍威《偷江东诗》五卷、《政馀集》一卷冯道诗集十卷李愚《白沙集》十卷和凝《游艺集》五十卷王仁裕诗集十卷、杂集六十二卷杜荀鹤《唐风集》十卷罗衮二卷王毂诗三卷崔拙二卷贾纬《草堂集》三十五卷梁震一卷张沈《一飞集》三卷符蒙诗一卷李雄《鼎国诗》三卷卢士衡诗一卷熊皦《屠龙集》五卷高辇《昆玉集》一卷、《丹台集》三卷李瀚十卷王朴十卷扈载十卷孙开物十六卷孟贯诗一卷谭用之诗一卷刘兼诗一卷李后主煜集十卷、集略十卷、诗一卷　以下南唐殷文圭《冥搜集》二十卷、《登龙集》十五卷、又《杂集》六十卷杨夔集五卷、《冗书》十一卷周延禧《百一集》二十卷宋齐丘集六卷李建勋二十卷沈彬《闲居集》十卷沈颜《聱书》十卷、《陵阳集》五卷江文蔚三卷孙鲂诗五卷韩熙载五卷左偃《钟山集》一卷熊皎《南金集》二卷江为一卷成彦雄《梅岭诗集》五卷陈陶十卷潘佑《荥阳集》二十卷孙晟五卷徐铉三十卷徐锴十五卷孟宾于《金鳌诗集》二卷章震《肥川集》十卷郭昭度《芸阁集》十卷李为光《斐然集》五卷孟拱辰《凤苑集》三卷李明诗五卷郭鹏诗一卷李叔文诗一卷朱存《金陵览古诗》二卷李中诗三卷伍乔一卷韩溉诗一卷韦庄《浣花集》二十卷　以下蜀张蠙诗二卷冯涓集十三卷、《龙吟集》三卷、《长乐集》一卷卢延让诗一卷牛峤歌诗三卷王超《洋源集》十卷、《凤鸣集》三卷毛文晏《昌城后寓集》十五卷、《西阁集》十卷杨九龄十卷李昊二十卷罗隐《歌诗》十四卷、《甲乙集》三卷、外集诗一卷　以下吴越丘光庭三卷皮光业诗一卷李宏皋二卷　以下湖南刘昭禹诗一卷廖匡图诗二卷廖凝诗二卷廖邈诗二卷韦鼎诗一卷孙光宪《纪遇诗》十卷、《杂集》五十五卷翁承赞诗一卷　以下闽徐夤《探龙集》五卷、别集五卷黄滔十五卷崔道融《申唐诗》三卷、《东浮集》九卷[一三]林宽诗一卷刘乙一卷谢壁诗四卷、《咏高士诗》一卷。郑夹漈云：不详何代人。下同王周诗一卷朱邺诗三卷杨弇诗一卷贺兰明吉一卷徐融一卷韦说诗一卷李翥《鱼化集》一卷张琳十卷徐昊八卷宗严一卷杨士达《拟讽谏集》五卷戚同文《孟诸集》二十卷王振诗一卷倪明基诗一卷孙该诗一卷蔡融诗一卷王嘏一卷程逊十卷郑宾《行宫集》十卷崔邁二卷赵旸诗一卷李锴诗一卷李殷《古风诗》一卷王棨诗一卷张鼎诗一卷张韦诗一卷李慎诗一卷马幼昌四卷沈文昌二十卷李松《锦囊集》三卷、别集一卷陈九畴五卷杨怀玉《忘筌集》三卷王俠十卷乔讽十卷李洪茂十卷李尧夫《梓潼集》二十卷勾令言《玄舟集》十二卷童九龄《潼江集》二十卷涂昭良八卷沈松《钱金集》八卷程简之《金缕集》十二卷程柔《安居杂著》十卷乔舜《拟谣》十卷方纳《远华集》一卷张杰诗一卷戴文《回文诗》一卷熊惟简《湘西诗集》三卷左绍冲三卷章郾诗一卷冀访《咏史》十卷杜辇《咏唐史》十卷赵容《刺贤诗》一卷阎承琬《咏史》三卷、《六朝咏史》六卷童汝为《咏史》一卷龚霖诗一卷蔡昆诗一卷黄寺丞诗一卷 以下失名皮氏《玉笋集》一卷李氏《金台凤藻集》五十卷《芦中诗集》二卷失姓名

方外

僧惠颐八卷玄范二十卷法琳三十卷灵澈十卷皎然十卷灵一一卷怀浦一卷无可一卷栖白一卷尚颜《荆门集》五卷子兰一卷齐己《白莲集》十卷、外编十卷贯休三十卷虚中《碧云集》一卷修睦《东林集》一卷处默诗一卷可朋《玉垒集》十卷昙域《龙华筑》十卷聱光诗一卷自牧《括囊集》十卷楚峦诗一卷无愿一卷应之一卷智遁一卷康白诗十卷王梵志诗一卷寒山子诗七卷庞蕴《诗偈》三卷,三百馀篇智闲《偈颂》一卷,二百馀篇道士吴筠十卷主父果诗一卷郑遨《拟峰集》二卷杜光庭《广成集》一百卷、《壶中集》三卷

宫闱[一四]

上官昭容集二十卷花蕊夫人《宫词》一百首女道士李季兰诗一卷鱼玄机诗一卷薛涛诗一卷

右诸集帝王八集,三百六卷初唐一百五十二家,二千六百五十五卷盛唐四十九家,五百六十卷中唐一百六十四家,[一五]二千四百四十五卷晚唐一百三十七家,七百六十九卷闰唐一百四十三家,一千二百二十九卷方外、宫闺[一六]三十八家,三百二十八卷总计集六百九十一家,八千二百九十二卷。内晚唐许郴,闰唐孟贯、刘兼三家,出宋刻《百家唐诗》,嘉靖中云间朱氏重刻。集之晚出而非伪者,故并附。

按,《旧唐书·艺文志·集部》止载开元以上,未全。《新书》志全载,而有伦次。《宋志》通载五代,其目为多,然亦详于近而略于前,晚唐与唐志相当外,犹溢出数家;若盛唐、中唐,较唐志亡其半;初唐十亡八九,几于无存;而闰、晚之间,世次尤为错乱难据。延阁签帙,随手簿录,史官漫不经意故也。《郑志》出《宋志》之前,抄合唐二志成书,混乱时有。尤、晁、陈三氏,但录一时民间存者,亡者不载。尤无所发明,同之夹漈。晁、陈考订为详,评骘亦确,但披目寥寥,不胜散亡之恨。此则诸家集录之概,可得论次者也。

自宋严沧浪称唐诗有八百家,后人傅会,漫云千家。今合诸家集录,实数如此,即七百亦不满。其中诸集,有单行诗者,有不分诗文概称集者,亡佚寖远,难可悉稽。约略此八千卷,文笔定四占其三,诗大抵为卷二千止矣。余以千卷签唐音,在亡之数,其犹幸相半也乎!

又同人倡和有《珠英学士集》武后时崔融集修《三教珠英》,学士李峤、张说等诗五卷。《大历年浙东联倡集》志不详何人,疑鲍防、吕渭与严维诸人倡和诗也。二卷。《诸朝彦过顾况宅赋诗》一卷集贤院壁记诗李吉甫、武元衡、常衮《题咏集》二卷。《寿阳倡咏[一七]集》裴均,十卷。《渚宫倡和集》前人,二十卷。《荆潭倡和集》裴均、杨凭,一卷。《盛山倡和集》韦处厚与元稹等十人诗,十二题一卷。《断金集》李逢吉、令狐楚酬倡,一卷。《三舍人集》王涯、令狐楚、张仲素五七言绝句,一卷。《三州倡和集》元稹、白居易、崔玄亮,一卷。《元白继[一八]和集》一卷。《汝洛集》刘禹锡、白居易倡和,[一九]一卷。《刘白倡和集》三卷《洛中集》令狐楚、刘禹锡倡和,一卷。《彭阳倡和集》前人,三卷。《吴蜀集》刘禹锡、李德裕倡和,一卷。《汉上题襟集》段成式、温庭[二〇]筠、崔珏、余知古、韦蟾等襄阳幕府倡和诗什及书笺,十卷。《松陆集》皮日休在吴郡幕府与陆龟蒙酬倡诗,六百五十八首,十卷。《僧广宣与令狐楚倡和诗》一卷。《僧灵澈酬倡诗》十卷《岘山倡咏》[二一]集八卷,疑颜真卿与刘全白等倡和诗。《唐名贤倡和集》二十卷,[二二]《宋志》存四卷。《荆夔咏[二三]和集》一卷。《翰林歌辞》一卷。以上三编失撰人名。

饯送诗有《朝英集》开元中张孝嵩出塞,张九龄、韩休、崔沔、王翰、胡皓、贺知章所撰送行歌诗,三卷。《贺监归乡诗集》一卷。《送白监归东都诗》一卷。萧昕[二四]《送邢桂州诗》一卷。《谢亭诗》李逊镇襄阳,以送行诗笔于亭,一卷。《送毛仙翁诗集》牛僧孺、韩愈等赠,一卷。

题咏胜境有《九华山诗录》唐僧应物编,一卷。《麻姑山诗》一卷。《雁荡诗》一卷。《惠山诗》一卷。《庐山瀑布诗》一卷。《岳阳楼诗》一卷。道林寺诗《袁皓集》,二卷。《云门寺诗》一卷。《庐山简寂观诗》一卷。《青城山丈人观诗》二卷。《虎丘寺题真娘墓诗》刘禹锡等二十二人,一卷。《道涂杂题诗》采唐人道涂间诗,一卷。

一方人士诗有《丹阳集》开元中,丹阳进士殷璠汇次润州包融、储光羲、丁仙芝、蔡隐丘、蔡希周、蔡希寂、张彦雄、张朝[二五]、张晕、周瑀、谈戭、殷遥、樊光、沈如筠、孙处玄、徐延寿、马俋[二六]、申堂构十八人诗,前各有评,一卷。《池阳境内诗》一卷。《江夏古今记咏》一卷。《宜阳集》袁州刘松集其州天宝以后诗四百七十篇,六卷。《泉山秀句集》黄滔集闽人诗,自武德尽天祐末,三十卷。

家集有《李氏花萼集》李乂、尚贞、尚一。二十卷。《韦氏兄弟集》

韦会,弟弼。二十卷。《窦氏联珠集》窦群、常、牟、庠、巩。五卷。《廖氏家集》湖南廖匡图编,一卷,匡图弟兄子侄匡凝[二七]、邈、融等并工诗。

省试诗有《前辈咏题诗集》采开元至大中省试咏诗三百五十篇,四卷。《中书省试咏题诗》一卷。《同题集》柳玄撰,十卷。《文场秀句》王起编,一卷。《临沂子观光集》梁王毂集礼部所投诗,三卷。

僧诗有《五僧诗集》鸿渐等,一卷。《十哲僧诗》清江等,一卷。《三十四僧诗》吴僧法钦集二百馀篇,三卷。《弘秀集》宋宝祐中李龏编唐僧皎然以下五十二人诗五百首,十卷。以诸僧名弘才秀,故名。自序云:禅馀风月,客外山川,千古下一目可见。李唐缁流名什,实[二八]赖此得存。内无本、清塞、僧鸾返初;宝月,齐朝僧;惠偘、梁朝僧;惠标,陈朝僧;误入者,并宜删。

道家诗有《洞天集》汉乾祐中王贞范集道家神仙隐逸诗,五卷。

妇人诗有《瑶池新集》唐蔡省风集唐世能诗妇人李秀兰至程长文二十三人诗什一百十五首,一卷。

校记

〔一〕 "勣",新、旧《唐书》及《宋志》均作"绩",按:此为王勃叔祖父字无功者,当从各史作"王绩"为是。

〔二〕 "二十卷",新、旧《唐书》均作"三十卷"。

〔三〕 "十卷",新、旧《唐书》均作"十四卷"。

〔四〕 "颖",《新唐书》作"颍"。

〔五〕 "太",新、旧《唐书》作"大"。

〔六〕 "三十卷",《新唐书》、《宋志》并作"二十卷"。

〔七〕 "辨",《新唐书》作"辩",《旧唐书》不载。

〔八〕 "江",《新唐书》作"陵",《旧唐书》不载,《宋志》仅云"《颜真卿集》十五卷"。

〔九〕 此据《宋志》,《新唐书》作"二十卷"。

〔一〇〕 "郯",《宋志》作"倓",《新唐书》不载。

〔一一〕 "渠牟",原刻误为"牟渠",依《新唐书》乙正。

〔一二〕〔二〇〕 "庭",原刻作"廷",依《新唐书》校改。

〔一三〕 "申",原刻漫漶,依《新唐书》校补。《宋志》仅著"《崔道融集》九卷"。

〔一四〕〔一六〕 "闺",原剔误"闰",依本书卷三十一校改。

〔一五〕 按:实为一百六十五家。

〔一七〕 "咏",《诗薮》作"和"。

〔一八〕 "继",《诗薮》作"倡"。

〔一九〕 《新唐书》作"裴度、刘禹锡倡和",《宋志》不注。

〔二一〕 "咏",《诗薮》作"和"。

〔二二〕 《新唐书》、《宋志》"贤"并作"公",《新唐书》为"二十二卷"。

〔二三〕 "咏",《诗薮》作"倡"。

〔二四〕 "昕",原刻作"欣",依《宋志》及本书卷二十九校改。

〔二五〕〔二六〕"张朝"、"马侹",原刻作"张潮"、"马挺",依《唐诗纪事》、《诗薮》及本书卷二十八校改。

〔二七〕 "匡凝",《全唐诗》卷七四〇作"廖凝",字熙绩,图之弟。

〔二八〕 "实",原刻作"宝",依文义径改。

唐音癸签卷三十一

集录二

唐人选唐诗,其合前代选者,有《续古今诗苑英华集》唐僧惠净辑,自梁至唐初刘孝孙止,十卷。《丽则集》集《文选》以后至唐开元词人诗,唐李氏撰,不著名,五卷。《诗人秀句》总章中元思敬撰,二卷。《古今诗人秀句》吴兢[一]同越僧玄监撰,二卷。皎然訾其所选不精,多采浮浅之言,无益诗教。《玉台后集》天宝中李康成续徐陵《玉台新咏》,自陈、隋至唐初沈、宋、四杰而下,附以己作,十卷。

选初唐有《正声集》孙季良撰,三卷。唐《新语》云:以刘希夷诗为集中之最。《奇章集》录李林甫至崔湜百馀家诗奇警者,不知撰人姓名,四卷。《搜玉集》自四杰至沈、宋三十七人,诗六十三篇,不详撰人名,一卷。

合选初、盛唐有《国秀集》国子进士芮挺章撰,所载李峤、沈、宋讫祖咏、严维九十人诗二百二十篇,三卷。楼颖序称其遣谪芜秽,登纳菁英,成一家之言。

选盛唐有《河岳英灵集》殷璠撰,三卷。上卷常建、李白、王维、刘眘虚、张谓、王季友、陶翰、李颀、高适,中卷岑参、崔颢、薛据、綦毋潜、孟浩然、崔国辅、储光羲、王昌龄、贺兰进明,下卷崔曙、王湾、祖咏、卢象、李嶷、阎防,二十四人,诗二百三十四首,品藻各冠篇额。自序:"诸人皆河岳英灵,故便以为号。如名不副实,才不合道,纵权压梁、窦,终无取焉。"《箧中集》元结撰,结以近代诗人拘限声病,惟吴兴沈千运独挺流俗,能与人异,取其诗及同时相效者五六人,为编一卷。《起予集》大历中曹恩撰,五卷。

选中唐有《南薰集》窦常集韩翃至皎然三十人诗,分西掖、南宫、外台为目,人各系事系赞,三百六十篇,三卷。《御览诗》宪宗敕学士令狐楚纂进,一卷。又名《选进集》。所载代、德两朝暨元和初诸家,凡三十人诗三百馀首,内惟李益、卢纶、杨凝居多,其诗皆妍艳短章,原题亦多以嫌讳有所改易。取资宸瞩,非允艺裁。《中兴间气集》高仲武集,二卷。起自至德元年,终大历末年,钱、刘而下二十六人五言诗一百四十首,七言附之。仿河岳英灵,人各冠之以评。自序:"但体格风雅,理致清新,则朝野通载,格律兼收"云。《极玄集》姚合撰,二卷。所载大历才子及刘长卿、郎士元等十五人,袜子皎然等四人诗,而冠以王维、祖咏,凡二十一人诗一百首。自题云:"此皆诗家射雕手也。"

合选则《唐诗类选》大中时,太子校书顾陶集。序云:"国朝以来,杜、李挺生,莫得而间。其亚则昌龄、伯玉、云卿、千运、应物、益、适、建、况、鹄、当、光羲、郊、愈、籍,合十数子,得苏、李、刘、谢之风骨,抑退浮伪流艳之辞。其律体切语对,绝声病,则有沈、宋、燕公、九龄、严、刘、钱、孟、司空曙、李端、二皇甫之流,首妙于新韵,守章句不失其正。"选凡一千二百三十二首,二十卷。《又玄集》光化中,韦庄撰。序云:"自国朝大手名人,至今之作者,或百篇内纪一章,或全集中征数首。金盘饮露,唯采沆瀣之精;花界食珍,但享醍醐之味。"一百五十人诗三百首,三卷。《文章龟鉴》倪宥集前人律诗,卷亡。

五代人选唐诗有《国风总类》王仁裕,五十卷。《拟玄集》十卷,《诗纂》三卷,并梁陈康图集。《续正声集》后唐王贞范编,五卷。《续又玄集》南唐刘吉编,十卷。《烟花集》蜀后主王衍集艳诗二百篇,五卷。《名贤才调集》蜀监察御史韦縠编唐人诗一千首,每一百首为一卷,随手成编,无伦次。其所宗者虽李青莲及元、白,而晚唐人诗十居其七八。《备遗缀英》伪蜀王承范集,二十卷。外有《李戡诗选》三卷。檀溪子[二]《联璧诗集》三十二卷。无名氏《正风集》十卷。《垂风集》十卷,张籍等诗。《名贤绝句诗》一卷。以上四集,并未详何代人撰,附记。

右唐人自选一代诗,其鉴裁亦往往不同。殷璠酷以声病为拘,独取风骨。高渤海历诋《英华》、《玉台》、《珠英》三选,并訾璠丹阳之狭于收,似又端主韵调。姚监因之,颇与高合,大指并较殷为殊。详诸家每出新撰,未有不矫前撰为之说者,然亦非其好为异若此。诗自萧氏选后,艳藻日富,律体因开,非端重风骨裁甄,将何净涤馀疵,肇成一代雅体?逮乎肄习既壹,多乃征贱,自复华硕谢旺,闲婉代兴,不得不移风骨之赏于情致,衡韵调为去取,此《间气》与《极玄》视《英灵》所载,各一选法,虽体气斤两,大难相追,亦时运为之,非高、姚两氏过也。观当日诡异寔〔三〕盛,晚调将作,二集都未有收,于通变之中,先型仍复不失,则犹斤斤禀殷氏律令,其相矫实用相救尔。郑谷尝有诗云:"殷璠裁鉴《英灵》集,颇觉同才得契深。何事后来高仲武,品题《间气》未公心?"似非深知仲武者。然正见唐人于诗选重此两编,故独举为评榷。凡撰述惬人意,必久传。他选亡佚有间,此数选独行世,可推已。业吟者将求端唐选定趋,盍尚论于斯!胡元瑞云:芮挺章《国秀》不取李颀七言律,姚武功《极玄》不录王维五言绝,殷璠《河岳英灵》不称龙标七言绝,当时月且乃尔!愚谓诸家选岂必尽允,要论其去取大凡,窥唐人指趣耳。元录〔四〕徒绳其细。宋人以诸选多不载杜甫、李白,为有意尊之,此又非也。《国秀》成于天宝三载,白入长安未久,甫则漂泊东都齐鲁间,名尚未起,何从知而尊之?《英灵》之选稍后,故有白仍无甫。他《南薰》、《御览》、《间气》、《极玄》,例皆选中叶之诗,盛时诸家多不入,不独李、杜也。惟顾陶《类选》,则取冠李、杜;韦縠《才调》,更有李无杜,才若有意独尊之者。盖议论久始有定,而其初不可以是概矣。

自宋至今,唐诗总集,有选家,又有编辑家。唐诗至后代多亡佚,故有编辑家也。兹录其稍著者。【宋】《文苑英华》太平兴国中学士李昉等奉诏撰,一千卷,内诗二百三十卷,六朝人居其一,唐人居其九。平南周氏谓:中晚唐如权德舆、李商隐、罗隐、顾云等,有全卷收入者。杨文公以为出杨徽之之手。唐人诗得传,实藉此书为多。《乐府诗集》郓州郭茂倩辑自汉魏讫唐乐府。其唐人拟古题,皆以类附。题之昉于唐者,特为近代曲词、新乐府词二目括之。合百卷,唐实居其大半矣。《万首唐人绝句》洪迈编,五言二十五卷,七言七十五卷。每卷百首,共百卷。[五]上寿皇重华宫,赐札褒美。洪意存务博,随得随录,不暇诠次。宋人诗如李九龄、李慎言、郭震、滕白、王岳、韩浦、王初之属,多浑入。其尤不深考者,梁何逊称其字仲言,亦列于内,为昔人所讥。然唐人绝句一体诗较复多存,此公搜采功,不可废也。《唐诗纪事》临邛计敏夫编,八十一卷。序云:"唐人以诗名家,灭没失传,不可胜数。寻访三百年间文集、杂说、传记、遗史、碑记、石刻,宦游四方,残篇遗墨,一联一句,悉收采缮录,凡一千一百五十家。篇什之外,其人可考,即略纪大节,庶读其诗,知其人云。"按,计氏此书,虽诗与事迹评论并载,似乎诗话之流,然所重在录诗,故当是编辑家一巨撰。收采之博,考据之详,有功于唐诗不细。外如王棨、庄南杰、李[六]善夷、李咸用,诸并有集诗;李康成、殷瑶、芮挺章、高仲武之工品藻,而李、芮亦自有诗,并皆遗漏。又如李元操[七]之为隋李孝贞字,漫附开元中;僧隐丘琪树诗之为《丹阳集》中蔡隐丘诗,误去蔡字作僧;晋释帛道猷诗误作昙翼,列僧中:皆当是正。亦其编录浩繁,故偶尔失检,不足为疵也。【国朝】《百家唐诗》华亭朱警刊,初唐二十一家,盛唐十家,中唐二十七家,晚唐四十二家。警自序:先人藏有宋刻,成遗志,翻刻行世,而以徐献忠所撰诗品冠其端。《初唐诗纪》黄德水编,十六卷。吴琯补成六十卷。《盛唐诗纪》吴琯编,一百十卷。初,德水将编《唐诗纪》,续冯惟讷《汉魏六朝诗纪》,才initial事初唐而亡。琯新安宗室,寓白下,客吴江俞安期、江都陆弼、同郡谢陛得黄遗稿,劝琯补成全唐。仅成初盛而不克终,客散去,草草付梓。唐人诗有单存只简,亦有巨帙尚完者,多寡不伦,难用冯氏前例,以世代诠纪。虽琯欲终之,固知诸客未易卒业。至于遗漏之多,开卷即失一高祖诗,他何论!此皆唐诗编辑家之巨者。他编丛杂,不具论。

选诗【宋】《唐百家诗选》王荆公选,二十卷。初,宋敏求尝取其家所藏唐人一百八家诗,择其佳者一千二百四十六首为一编,荆公因再有所去取,遂行世。严沧浪云:"荆公《百家诗选》,盖本于唐人《英灵》、《间气集》,其明皇、德宗、薛稷、刘希夷、韦述之诗,无少增损,次序亦同。孟浩然止增其数篇。储光羲后,方是荆公自去取。前卷读之甚佳,非其选择之精,盖盛唐人诗,无不可观者。至于大历以后,其去取深不满人意。又如李、杜、韩、柳,以家有其集,不载可也。沈、宋、王、杨、卢、骆、陈拾遗、张燕公、张曲江、贾至、王维、独孤及、韦应物、孙逖、祖咏、刘眘虚、綦毋潜、刘长卿、李长吉诸公,皆大名家,而此集无之。荆公当时所选,当据宋之所有耳。其序方言'观唐诗者,观此足矣',岂不诬哉!今人但以荆公所选,敛衽而莫敢议,可叹也。"荆公又有杜韩欧李《四家诗选》,以韩次杜;又入本代欧阳公,置青莲之前,识者怪其不伦。《文粹》姚铉选,内诗十三卷,又皆古体也。选赋遗律赋,选唐诗遗律诗,强以古绳今,未为通鉴。【金元】《唐诗鼓吹》金元好问选唐七言律九十五人五百八十馀篇,十卷,以声调宏壮震厉,同军乐之有鼓吹,故名。内初盛唐仅张说、崔颢、王维、李颀、高适、岑参数篇,馀并元和以后人诗,杜牧之、李义山、陆鲁望及五代谭用之独多,而宋人胡宿诗亦误入。意遗山偶录,以备检阅。乡人郝参政天挺尊事遗山,遂注释行世耳。郝注尤芜谬不堪读。《瀛奎律髓》元初歙人方回,取唐五七言律诗,合宋人所作,分门类,每门一卷,共四十九卷,并加注释。中间评榷引证,亦有合者。但分门各冠小引,及以《瀛奎》为两代取义,总痴绝人勾当尔。《三体唐诗》元周伯弼选唐人五律七律绝句三体诗,二十卷,内晚唐为多。其论绝句有实接、虚接、前对、后对、拗体、侧体,论律诗以景物为实,情思为虚,有一实一虚,有四实四虚,前虚后实易谐,前实后虚难继说,亦似近之。要种种自学究事。其注出高安释圆至,较注《鼓吹》者略胜云。《唐音》元杨士弘选,十五卷。《始音》一卷,《正音》十四卷,《馀响》附之。〔八〕内五言古诗,独取盛唐;七言古诗、五言律绝,兼取中唐;七言律绝,兼有晚唐。序云:"自五朝来,正音流靡,四子一变,而开唐音之端。然其律调初变,未能皆纯,故列为《唐诗始音》。"又云:"唐诗至开元、天宝间,始浑然大备,遂成一代之风。是编专取盛唐者,欲以见其音律之纯,系乎世道之盛。故自大历以降,虽有卓然成家,或沦于怪,或迫于险,或迫于庸俗,或穷于寒苦,或流于靡丽,或过于刻削,皆不及录。其遗风之变而仅存者,略附焉。"【国朝】《唐诗品汇》洪武中新宁高棅选,九十卷。初,棅以杨氏唐音分始音、正音、馀响,独得唐人三尺,遂因其目,又详分之为正始、正宗、大家、名家、羽翼、接武、正变、馀响、傍流,一体之中,各以此九目区辨其人,叙次其诗。大抵正始为唐初四子与其前后诸人之诗,与杨之始音同。正宗则五古为陈子昂、李白,七古亦李白,五律为李、孟、王、岑、高,七律李、孟、王、岑、高外,有崔颢、贾至、李颀、祖咏、张谓,五绝李、王、孟外,有崔国辅,七绝李与王昌龄。而诸体皆以杜甫为大家。开、天、大历诸贤不入正宗者,皆为名家,及为羽翼,皆杨之所谓正音。而贞元后多为接武,元和、开成后多为馀响。正变一目则五古为韩愈、孟郊,七古为愈与王建、张籍、李贺,五律为贾岛、姚合、许浑、李商隐、李频、马戴,七律亦商隐、浑及刘沧。傍流则释道宫闺诗。各立序论,以弁其端。多于杨选数倍,又为《拾遗》十卷附后。《唐诗正声》楘编《品汇》,得诗五千七百六十九首,虑博而寡要,杂而不纯,又拔其尤一千十首,汇是编。自序:"声律纯完,世外自然之奇宝。"《唐诗选》李攀龙选,十三卷。序云:"唐无五言古诗,而有其古诗。陈子昂以其古诗为古诗,弗取也。七言古诗惟杜子美不失初唐气格,而纵横有之。太白纵横,往往强弩之末,间杂长语,英雄欺人耳。至如五七言绝句,实唐三百年一人,盖以不用意得之,即太白亦不自知其所至,而工者顾失焉。五言律、排律,诸家概多佳句。七言律体,诸家所难,王维、李颀,颇臻其妙,即子美篇什虽众,憒焉自放矣。作者自苦,亦惟天实生才不尽。后之君子乃兹集以尽唐诗,而唐诗尽于此。"外选家尚多,兹亦不具。

　　自宋以还,选唐诗者,迄无定论。大抵宋失穿凿,元失猥杂,而其病总在略盛唐,详晚唐。至杨伯谦氏始揭盛唐为主,得其要领;复出四子为始音,以便区分,可称千古伟识。惟是所称正音、馀响者,于前多有所遗,于后微有所滥。而李、杜大家,猥云示尊,未敢并骘,岂非唐篇一大阙典?高廷礼巧用杨法,别益己裁,分各体以统类,立九目以驭体,因其时以得其变,尽其变以收其详,斯则流委既复不紊,条理亦得全该,求大成于唐调,此其克集之者矣。高又自病其繁,有《正声》之选。而二百年后,李于鳞一编复兴,学者尤宗之。详李选与《正声》,皆从《品汇》中采出,亦云得其精华。但高选主于纯完,颇多下驷谬入;李选刻求精美,幸无赝宝误收。王弇州以为于鳞以意轻退作者有之,舍格轻进作者无是也。良为笃论。顾欲以是尽唐,侈言此外无诗,则过矣,宜有识者之不无遗议尔。夫尽唐宜何如,亦惟用《品汇》之例,稍润色焉而可。诗在唐一代,体数变矣。取数变之体,统列一卷之内,自衰盛相形,妍丑互眩,两存既嫌尾或秽貂,尽弃又惜炧堪续月,故必各自为域,庶两无夺伦。此《品汇》之分编者,即繁杂得奏全勋；而诸选之合辑者，纵精严难免觭弊也。高所诠九目，强半允惬，惟律诗正变一目内，许浑、李频、马戴平调不足称变，或尚有杜牧、薛能、李洞诸人足择。五古则夷中、邺、驾辈，似亦可附郊、愈末，以终变风。斯皆可商者。其最陋五言排律连卷录省试诗，何所取义？而大谬在选中、晚必绳以盛唐格调，概取其肤立仅似之篇，而晚末人真正本色，一无所收；李、杜两家，尤多为宋人之论所囿，不能别出手眼，有所去取。药此众病，更于初、盛十去二三，益如之；于中唐十去四五，益二三；于晚唐十去七八，益三四，唐选其有定本乎！假我数年，亮可卒业。

校记

〔一〕"吴兢"，《新唐书·艺文志》、《宋史·艺文志》及《诗薮》并作"元兢"，惟皎然诗式作"吴兢"。

〔二〕"檀溪子"下，《宋史·艺文志》有"道明"二字。

〔三〕"寔"，原刻误"寝"，径改。

〔四〕"元录"，疑当作"元瑞"，蒙上而评之也。

〔五〕按：洪书先列七绝七十五卷，次五绝二十五卷共万首，最后尚有六言绝句一卷，实为一百零一卷。其后明人赵宧光删其复重，补其罅漏，按时代编次为四十卷，共一万零四百七十七首。

〔六〕"李"，原刻误"季"、依《新唐书》及《宋史》校改。

〔七〕"操"，原刻误"采"，依《隋书》、《新唐书》校改。

〔八〕按：《四库全书总目·集部·总集类三·唐音》十四卷"云："凡《始音》一卷、《正音》六卷、《遗响》七卷，而士弘自记称十五卷，盖《遗响》有一子卷也。"《湖北先正遗书》影印明嘉靖顾璘批点本《唐音》亦十五卷，卷一曰《始音》，卷二至十四皆曰《正音》，卷十五曰《遗响》。与胡氏为近。然"序云……"不载。

《唐音癸签》卷三十二

集录三

诗话在集部，与文史同类，用以标成法，榷往篇，备琐闻，一切资长吟功，此焉在，不可无录。第作者篇目泛滥，多杂揉小说家言中，难以区析。今但据唐、宋各志及焦氏《国朝经籍志》所载诗话一目诸书，稍加评骘列后，遗者俟博识补焉。

【唐人诗话】《诗品》一卷，李嗣真撰。《评诗格》一卷，李峤撰。《诗格》一卷，元兢、宋约撰。又一卷，王维撰。又二卷，《诗中密旨》一卷，并王昌龄撰。《诗式》五卷，《诗议》一卷，并皎然撰。《金针诗格》三卷，《文苑诗格》一卷，并白居易撰。《诗格》一卷，《二南密旨》一篇，凡十五门，并贾岛撰。《大中新行诗格》一卷，王起选。《诗例》一卷，姚合撰，亦名《极玄律诗例》。《炙毂子诗格》一卷，王叡撰。《文章玄妙》一卷，任藩言撰。《缘情手鉴诗格》一卷，李弘宣撰。《主客图》一卷，张为撰。立诗家六人为主，馀分入室、升堂、及门为客。白居易广大教化主，上入室杨乘，入室张祜、羊士谔、元稹，升堂卢仝、顾况、沈亚之，及门费冠卿、皇甫松、殷尧藩、施肩吾、周元范、况元膺[一]、徐凝、朱可名、陈标、童翰卿。孟云卿高古奥逸主，上入室韦应物，入室李贺、杜牧、李馀、刘猛、李涉、胡幽贞，升堂李观、贾驰、李宣古、曹邺、刘驾、孟迟，及门陈润、韦楚老。李益清奇雅正主，上入室苏郁，入室刘畋、僧清塞、卢休、于鹄、杨洵美、张籍、杨巨源、杨敬之、僧无可、姚合，升堂方干、马戴、任蕃、贾岛、厉玄、项斯、薛涛，及门僧良义、潘诚、于武陵、詹雄、卫准、僧志定、喻凫、朱庆馀。孟郊清奇僻苦主，上入室陈陶、周朴，及门刘得仁、李溟。鲍溶博容宏拔主，上入室李群玉，入室司马退之、张为。武元衡瑰奇美丽主，上入室[二]赵嘏、长孙佐辅、曹唐，升堂卢频、陈羽、许浑、张萧远，及门张陵、章孝标、雍陶、周祚、袁不约。各录其诗一二联，如近世所云诗派者然。《集贾岛句图》一卷，李洞撰。《国风正诀》一卷，郑谷撰。《玄机分明要览》一卷，《风骚指格》一卷，并僧齐己撰。《流类手鉴》一卷，僧虚中撰。《诗体》一卷，倪宥撰。《雅道机要》二卷，前卷不知何人，后卷徐夤撰。《本事诗》唐孟棨撰，纂词人缘情感事之诗，叙其本事，凡七类，为一卷。《续本事诗》二卷，伪吴处常子依孟棨类续篇。《抒情集》二卷，卢瓌撰。

　　以上诗话，惟皎师《诗式》、《诗议》二撰，时有妙解，馀如李峤、王昌龄、白乐天、贾岛、王叡、李弘宣、徐夤及释齐己、虚中诸撰，所论并声病对偶浅法，伪托无疑。张为《主客》一图，妄分流派，谬僻尤甚。唐人工诗，而诗话若此，有不可晓者。

　　【宋元人诗话】《宾朋宴语》三卷，丘昶撰。昶，南唐进士，仕宋。著此书十五篇，叙唐以来诗赋源流。《风骚要式》[三]一卷，徐衍述。《诗格要律》一卷，王梦简撰。《诗格》一卷，沙门神彧撰。《处囊诀》一卷，僧保暹撰。《诗评》一卷，僧德淳撰。《诗中旨格》一卷，王玄撰，亦名拟皎然十九字。《诗律大格》一卷，徐蜕撰。《诗鉴》一卷，许文贵撰。《诗式》十卷，僧辞远撰。《杨氏笔苑句图》一卷，黄锡编。盖杨亿大年所尝举者，李义山、唐彦谦之句为多。　又《续句图》一卷。《续金针诗格》一卷，梅尧臣撰。《吟窗杂咏》三十卷，莆田蔡传撰。取诸家诗格诗评之类集成之。又为吟谱，凡魏、晋而下能诗之人。皆略具本末，总为此书。今本蒙以陈学士应行之名，分五十卷。《诗苑类格》三卷，李淑撰。《诗点化秘术》[四]一卷，任传撰。《风雅拾翠图》[五]一卷，僧惟凤撰。《诗林句范》[六]五卷。《骚雅式》[七]一卷。《吟体类例》[八]一卷。《律诗洪范》[九]一卷，徐三极撰。《风骚格》五

273

卷,阎东叟撰。《寡和图》[一〇]三卷,僧定雅撰。《古今名贤警句图》一卷,蔡希蘧撰。《潜溪诗眼》一卷,范温元实撰。《天厨禁脔》三卷,惠洪撰。《韵语阳秋》二十卷,葛立方撰。《渔隐丛话》六十卷,《后集》四十卷,胡仔撰。仔自号苕溪渔隐。《声律发微》一卷,胡源撰。《艺苑雌黄》二十卷,严有翼撰。《王禹玉诗话》一卷,王珪撰。《六一诗话》一卷,欧阳修撰。《续诗话》一卷,并司马光撰。《中山诗话》三卷,刘攽撰。《东坡诗话》二卷,苏轼撰。《后山诗话》二卷,陈师道撰。《归叟诗话》六卷,王直方撰。《石林诗话》二卷,叶梦得撰。《许彦周诗话》一卷,许顗撰。《南宫诗话》一卷,叶凯撰。《艇斋诗话》一卷,曾季狸撰。《西清诗话》三卷,题无名子撰。或曰,蔡絛使其客为之也。《环溪诗话》一卷,吴沆集。《庚溪诗话》二卷。《叶正则诗话》二卷。《碧溪诗话》十卷,黄彻常明撰。《观林诗话》一卷,吴聿撰。《洪驹父诗话》一卷。驹父名刍。《蔡宽夫诗话》二卷。《吕东莱诗话》一卷。吕祖谦也。《山阴诗话》一卷,李兼撰。《李希声诗话》一卷。希声名錞。《后村诗话》一卷,刘克庄撰。《诚斋诗话》一卷,杨廷秀撰。《隐居诗话》一卷,魏泰撰。《竹坡诗话》一卷,周紫芝少隐撰。《二老堂诗话》一卷,周必大撰。《珊瑚钩诗话》三卷,张表臣撰。《续广本事诗》五卷,聂奉先撰。《诗人玉屑》二十卷,内《品藻唐人诗》二卷。魏庆之撰。《沧浪诗话》一卷,严羽撰。《全唐诗话》六卷,尤延之撰,从《纪事》中摘编者。《诗话总龟》前集四十八卷,后集五[一一]十卷,阮[一二]阅编。《古今诗话录》七十卷。李颀[一三]撰。《新集诗话》十五卷。不知集者姓名。《唐宋名贤诗话》二十卷。《诗谈》十五卷。《吟谱》一[一四]卷,元陈绎曾撰。《诗林要语》一卷,范梈[一五]德机撰。《诗学禁脔》一卷,不知撰人。[一六]《诗家一指》一卷。《古今诗法》一卷,杨载仲弘撰。《诗法源流》一卷。《刘会孟七家诗评》评王维、李白、孟浩然、杜甫、韦应物、孟郊、李贺七家诗。

宋人诗不如唐,诗话胜唐。南宋人及元人诗话,又胜宋初人。如严之《吟卷》，刘之《诗评》，解会超矣。馀虽不免芜杂，遇所独得，未少起予片益在。胡元瑞评诸家云："欧、陈率是记事；司马君实大儒，是事别论；刘贡父滑稽渠率；王直方拾人唾涕；叶梦得非知诗，臆或有中；吕本中自谓江西衣钵，所记甚寥寥；唐子西虽有致语，未可尽凭；葛常之头巾亹亹，读之患其难竭；许彦周迂腐老生；洪觉范诞妄浮屠，在彼法当堕无间狱；竹坡、西清，种种芜胜；《渔隐》、《总龟》、《玉屑》，但类次前闻；《珊瑚钩》独评己作，尤堪抵掌。"取快讥吻则然，不乃近于夸酷？惟论严氏谓："如西来一苇，划除荆棘，独畅玄风。"论辰翁谓其"玄鉴邃览，往往绝人，虽道越中庸，自是教外别传，骚场巨目。"〔一七〕此则语堪千载，我无以易之矣。元瑞又云：辰翁评诗有妙理。如杜："日月低秦树，乾坤绕汉宫。"云此语投赠中有气，若登高览胜则俗矣。王维《早朝》："九天阊阖开宫殿，万国衣冠拜冕旒。"云帖子语颇不痴重。如此类皆有深致。余每谓千家注杜，犹五臣注选；辰翁解杜，犹郭象解庄。既与作者语意不尽符，而玄言玄理，往往角出，尽拔骊黄牝牡之外。昔人苦杜诗难读，辰翁注尤不易省也。

【国朝诗话】《瞿宗吉诗话》三卷。《冰川诗式》四卷。《都玄敬诗话》二卷。《南溪诗话》二卷。《怀麓堂诗话》一卷。《黄勉之诗法》八卷。《蜩笑集》一卷。陈石亭《拘虚诗谈》一卷。《杨升庵诗话》二卷。又《诗话拾遗》二卷。皇甫汸《解颐新语》八卷。徐昌谷《谈艺录》一卷。《名贤诗评》二十卷。王元美《艺苑卮言》八卷。又《艺苑卮言》四卷。以上据《焦氏经籍志》录入。焦志各书颇备，于诗话一类独寥寥。岂以本朝人著撰，论尚未定，不欲滥载耶？容更采补。胡应麟《诗薮》内编、外编、杂编，二十卷。

明兴，说诗者以博推杨用修，以雅推徐昌谷，以儁推王弇州。用修之书，搜隐摘奇，往往任胸援引，非必尽确，后贤訾驳正未已。昌谷所论，止于五言，不及近体，习汉魏者之偏撰，习唐音者之朴学也。弇州《卮言》,通论文笔,唐诗特其一二,其论初、盛诸家,尽多解颐,至中、晚,草草塞白矣。尝疑之,未敢置喙,后见其末年自悔者曰:"吾为此书时,年未四十,语不甚切而伤獧,未为定论,恐误人。"乃益爽然服叹此老之未易窥也。胡《诗薮》自《骚》、《雅》、汉、魏、六朝、三唐、宋、元以迄今代,其体无不程,其人无不骘,其程且骘,亦无弗衷。唐诗,其论诗中之一也,而论定于是。元美才地高,书所腹也。元瑞见地实,书所目也。即元美亦称其上下千古,周密无漏而刻深,成说诗一家言。此可征矣。吾尝谓近代谈诗,集大成者,无如胡元瑞。其别出胜解者,惟郑继之《老杜诗评》,可与刘辰翁诸家诗评并参。前见评汇中。吟人从此入,庶不误歧向尔。弇州自评《艺苑卮言》语,见所书李西涯乐府后。其与胡元瑞书又云:"仆故有《艺苑卮言》,是四十前未定之书。于鳞尝讥中多俊语,英雄欺人。意似不满,仆亦服之。第渠所弃取,却未尽快人意。得足下《诗薮》,则古今谈艺家尽废矣。"其言信然。

唐人诗集,多出后人补编,故多遗漏。其编次之序,又各人自为政,故本多不同。至注释尤难言之。他不暇缕举,即李、杜二大集,经多手改编并注,可商者正夥,附志后以例其馀。

李太白集,其存日魏颢有编,临终时又手授李阳冰编次为序。至宋朝,乐史、宋敏求复为之增益。白罹永王祸后,旧稿散落。阳冰序云:"避地八年,著述十丧其九。"乐与宋从异代搜辑,真有功于李者。敏求本所增者,沿旧目相从,是犹存阳冰所次未紊也。其后曾南丰校书,始取而考其作之先后,重为之次,阳冰之旧,遂不复存。太白诗闲适、游览居多,罕及时事,安能如杜诗一一得其岁月次第之?且读白诗,与读杜诗自各一法,舍旃白诗中灵笔妙趣,顾作诗时日是求,何为?曾虽号为文章大家,吾未敢韪之。至其体例,先古风,次乐府,又仍次古风,尤所不解。注者有春陵杨齐贤、章贡萧士赟[一八]两家，萧讥杨事辞不求所本，多取唐广德后事及宋儒诗词为解，乃萧之解李，亦无一字为本诗发明，却于诗外，旁引传记，累牍不休，注白乐府引郑夹漈说尤谬。郑于乐府之不可考者，概分门类为遗声。李乐府从古题本辞本义妙用夺换而出，离合变化，显有源流。不溯之此为注，乃引郑勉强不通之说塞白耶！此等书第当付之祖龙，顾方行世未有议者，可叹也！

太白集亦大有伪诗搀入。东坡以集中《归来乎》、《笑矣乎》及《赠怀素草书》数诗为曾子固所误入。又以所见富阳国清院、彭泽唐兴院太白所题诗皆非是。严沧浪亦以白集中《少年行》浅近浮俗为伪作，及《文苑英华》中《望月》、《对雨》、《望夫石》、《归旧山》诸诗皆不类，为后人假名。坡云："太白豪俊，语不甚择，往往有临时卒然之句，故使妄庸敢尔。虽然，白卒就语，亦自有不衫不履意在。床头捉刀人故自有真，假托者终不似也。"

杜甫集编自唐人樊晃晃与韦损、柳识同时，润州刺史也，见《高僧·朗然传》。其后五代孙光宪，宋初郑文宝、孙仅各有编，今无考。宝元初，翰林王洙原叔始分古体、近体二类，考其岁月以次之。其合古律为编，始自黄长睿及吾邑鲁冷斋先生訔。冷斋序云："骚人雅士，同知祖尚少陵，同欲模楷声韵，同苦其意律深严难读也。余谓少陵老人，初不事于艰涩左隐有病人，其平易处有贱夫老妇所可道者，至其深纯宏妙，千古不可追迹，则序事稳实，立意浑大，遇物写难状之景，纾情出不说之意，借古的确，感时深远，若江海浩漾[一九]，风云荡汩，蛟龙鼋鼍出没其间，而变化莫测，风澄云霁，象纬回薄，错峙伟丽，细大无不可观。离而序之，次其先后，时危平，俗嫩恶，山川夷险，风物明晦，公之所寓舒局，皆可概见；如陪公杖履而游四方，数百年间，犹对面语，何患于难读耶？名公巨儒，谱叙注释是不一家，用意率过，异说如猬。余因旧集，略加编次。古诗近体，一其先后。摘诸家之善，有考于当时事实及地里岁月，与古语之的然者，聊注其下。若其意律，乃诗之六经，神会意得，随人所到，不敢易而言之。叙次既伦，读之者如亲

277

瞿艰棘虎狼之惨为可惊愕,目见当时甿庶被削刻、转涂炭为可悯。因感公之流徙,始而适,中而瘁,至于为少年辈侮忽以讫死,可伤也。嘉泰中,建安蔡梦弼据冷斋本为会笺,岁月可疑者明著其莫可考,附卷后。嘉定中,临川黄鹤父子始取分体旧本,于题下确定其岁月,犹未敢便更其次也。元大德中,庐陵高楚芳者,刘辰翁门下士,则直据黄氏,并其次尽易之,居然不疑,今行世本是也。初原叔编年,第约略诗中语,求其时以为次,非真有确然可据之岁月。中间牵合虽多,而阙疑之意尚存。自概定于黄鹤,紊改于高氏,高又附辰翁批评以行,于是耳食者奉若杜陵手撰,次序颠倒,不复知原本为何矣。读杜诗者,即不可不稍知其岁月,然亦何至每首必定以所作之年,强为穿凿,而终失于不可通乎?宋徐居仁、方温叟各有《门类杜诗》一编,似厌诸家拘挛,为之破除者。今传世亦有编体者,不知其本否?惜义例亦未见妥。老杜一生诗,境遇转困,格律亦转老,其孰为东都、长安,孰为秦川、蜀中,孰为夔府、湖南,明眼人覆卷可按。若未到此处,且未许看杜诗在,与分别时次何益?大可省此葛藤也。

宋人注杜诗者,王原叔、宋次道、崔德符、鲍钦止、王禹玉、王深父、薛梦符、薛苍舒、蔡天启、蔡致远、蔡伯世、王彦辅、苏东坡、徐居仁、谢任伯、吕祖谦、高元之、赵子栎、赵次翁、杜修可、杜立之、师古、师民瞻、蔡梦弼、郭知[二〇]达,非一家,皆无可观,以诸注半出学究手,其托名人以行者皆伪也。杜集虽编自王原叔,而原叔实未尝注。洪驹父云:邓慎思撰。内以粲可为诗僧,虎头为僧像,可笑者不一。东坡杜诗故事,乃闽人郑印所为,造伪古人名,伪古人事,增减杜诗见句附合之,而不能言所自出之书。朱晦庵、洪容斋、严沧浪诸公皆详辨之。今行世千家注中,尚淘汰未尽。祝和父、陈晦伯类书中亦误引一二,流传乱真,盖最可恨者。祝《事文类聚》,如学士类萧梁之碧山学士；陈《天中记》，如陶侃之海山使者、胡奴，不一而足。又焦弱侯《笔乘》亦引阮孚看囊钱、崔浩诗瘦等，皆伪苏注所误也。陆务观云："近世注杜诗者数十家，无一字一义可取。欲注杜诗，须去少陵地位不大远，乃可下语。今诸家徒欲以口耳之学，揣摩得之，不如勿注可也。"此言诚然。但吾观诸家，并口耳之学尚未敢言耳。注杜律单行有《元虞集注》，实豫章张性所撰也，学究气正同宋人。刘将孙曰："注杜者，谓少陵诗史，谓少陵一饭不忘君，因深求之字句间，强傅以时事曲折，第知肤引以为忠爱，不自知陷于险薄。凡注诗尚意者，易蹈此弊，而杜集为甚。诸后来忌诗、妒诗、疑诗开诗祸，皆起此而莫之悟，此不得不为少陵辨者。"将孙，辰翁子也。

坡公论李、杜二集，谓杜集较李集伪撰为少，此殆不然。宋宝元初本杜诗一千四百五篇，至皇祐中王介甫竟增入二百馀篇，自为序曰："予令鄞，客有授予古之诗所不传者二百馀篇，予知非人所能为，实甫也。自《洗兵马》而下，序而次之"云云。今其诗皆杂入集中，但即看此《洗兵马》一篇，已较然不可溷真，固易鉴别也。《江南逢李龟年》"岐王"、"崔五"〔二一〕云云，岐王薨于开元十四年，崔五〔二二〕涤亦卒于开元中，时子美方十五岁，天宝后子美又未尝至江南，他人诗无疑。七言古《杜鹃行》二篇，其一见《司空曙集》。五言律"酒渴爱江清"，见《畅当集》；《哭长孙侍御》，载《中兴间气集》，杜诵作。绝句《虢国夫人》，《张祜集·灵台》之第二篇。推此，知他集误入者自复不少。

杜诗即不无误字，然本无误而后人以意妄改者亦有之。宋蔡兴宗者，为杜诗正异，颇以意改定其字。朱晦庵嫌其未尽，欲改"风吹沧江树""树"字为"去"，"鼓角满天东""满"字为"漏"。以漏天对上句烧栈，犹可也。"风吹沧江树，雨洒石壁来"，正谓风吹树、雨随来耳，若第云吹江去，岂复成句哉？亦恐天下无此逆风雨也。近代杨升庵更好改杜诗,如航为艇、照为点,不一而足。后贤因之为然为疑未休。用修当年何不以推敲功改己诗,暇与此老改诗乎?改航为艇,说始山谷、杨实之,直谓见古本如是。"关山同一照,乌鹊自多惊"。杨附会坡公词"一点明月窥人"句,云本之此。照与惊偶俪相当,孰稳易辨也。又如"把君诗过目"作"把君诗过日",[二三]"愁对寒云雪满山"作"愁对寒云白满山","娟娟戏蝶过闲幔"作"娟娟戏蝶过开幔","曾闪朱旗北斗闲"作"曾闪朱旗北斗殷","因知贫病人须弃"作"不知贫病关何事","握节汉臣回"作"秃节汉臣同","新炊间黄粱"作"新炊闻黄粱"。[二四]诸家欲为此老更弦者甚众,恨无从起此老问之。

唐诗不可注也。诗至唐,与选诗人异,说眼前景,用易见事,一注诗味索然,反为蛇足耳。有两种不可不注:如老杜用意深婉者,须发明;李贺之谲诡、李商隐之深僻,及王建《宫词》自有当时宫禁故实者,并须作注,细与笺释。建《宫词》正如郑嵎《津阳门诗》,非嵎注不知当时事。今杜诗注既如彼,建与贺诗有注与无注同,而商隐一集迄无人能下手,始知实学之难,即注释一家,亦未可轻议也。元遗山有诗云:"望帝春心托杜鹃,佳人锦瑟怨华年。诗家总爱西昆好,独恨无人作郑笺。"盖谓义山诗用事颇僻,惜无人注释也。乃遗山《鼓吹》一选,郝天挺所注义山诗,尤芜谬不通。门墙士亲受诗教者尚如此,可望之他人?友人屠用明尝劝予为《义山集》作注,以便后学,余笑谓用明曰:"彼自祭鱼獭,今又欲我拾獭残耶?"

唐人诗既多出后人补辑,以故篇什淆错,一诗至三四见他集中,是正为难。其显而易见,习误不察者,无如释广宣《红楼》、《道场》二律之作沈佺期诗,钱珝《江行绝句百首》之混入其祖起集中。广宣之误,始高氏《品汇》,自后历选者因之。钱氏家集之误,则宋钱蒙仲已先为之淆矣。举斯二则,可例其馀。至《老牛歌》之称白乐天,《佛骨诗》之称郑司徒,《五丈夫》诸律之出李玫,杨太真数绝之出韦瓘,毛仙翁送行诗轴,徐凝、贾岛奖褒赠篇,非好事而姑为托撰,即有为而借以隐名,尤难胜纪,读者详之。广宣,元和、长庆两朝并以诗为内供奉,诏居安国寺红楼,有诗名《红楼集》,见白乐天诸家诗题可考,故红楼应制之诗,以支遁、昙摩为此,云"自怜深院得翱翔"。其再入道场纪事,则在宪宗晏驾、穆宗御极,内殿作功德之时,故有"南方归去再生天"及"见辟乾坤新定位"等句,而以"两朝长在圣人前"结之。其诗载《文苑英华》甚明,不知何缘近代诸刻尽作沈詹事,李于鳞选亦然。)且红楼本睿宗在藩舞榭,玄宗开元八年舍建安国寺立院,详段成式《游长安诸寺记》,及程大昌《雍录》,计此时詹事已前卒矣,安得有红楼题诗乎? 钱珝,起之曾孙也。[二五]起释褐校书,终尚书考功郎。珝官历中书舍人,掌纶诰,后坐累贬抚州司马。其《江行绝句百首》正赴抚时涂中所作也。珝有他文,载《英华》中,云:"夏六月获谴佐郡,秋八月自襄阳浮舟而下。"今其诗有"润色非东里,官曹更建章";"去指龙沙路,徒悬象阙心";"岘山回首望,如别故乡人";及"好日当秋半","九日自佳节"等句。其官,其谪地,其经涂,其时日,无匆与珝合者,起无是也。后人重起名,借篇贻厥,为到公[二六]增美耳。宋鲍钦止尝疑起集有珝诗杂入,葛立方亦疑集中《同程九早入中书》、《和王员外雪晴早朝》二律非起作。吾谓《雪晴早朝》声调还应属起,至《早入中书》一篇,起未为此官,与《江行百首》,并当归珝为是。

校记

〔一〕 "况元膺",《诗人主客图》及《唐诗纪事》并作"祝元膺"。

〔二〕 按:此处《唐诗纪事》有"刘禹锡,入室"五字。《诗人主客图》"武元衡"下亦作:"上入室一人,刘禹锡。"原刻误脱。

〔三〕〔四〕〔五〕〔六〕〔七〕〔八〕〔九〕〔一〇〕 《诗薮》列入《唐人诗话》。按惟凤为宋初九僧之一,当以震亨为是。

〔一一〕 "五",原刻误"三"。

〔一二〕 原刻衍"一"字。《四库全书总目》云明人妄加。

〔一三〕 "顾",原刻漫漶,依《四库》文津阁本校补。

〔一四〕 "一",原阙,依《四库》文津阁本校补。

〔一五〕 "椁",原刻误"杼"。范椁附见《元史》一百八十一《虞集传》,云:"范椁字亨父,一字德机。"《四库全书总目·集部·别集类》二〇同。

〔一六〕 按:旧本题元范德机撰,《四库全书总目·集部·诗文评类存目》讥其必为伪托。

〔一七〕 按：此节取自《诗薮·杂编》卷五，全文如下："宋人诗话，欧、陈虽名世，然率纪事，间及谐谑，时得数名言耳。刘贡父自是滑稽渠帅，其博洽可睹一斑。司马君实大儒，是事别论。王直方拾人唾涕，然苏、黄遗风馀韵，赖此足征。叶梦得非知诗者，亿或中焉。吕本中自谓江西衣钵，所记甚寥寥。唐子西录不多，其中颇有致语，亦不可尽凭。葛常之二十卷独全，头巾氲氲，每患读之难竭。高似孙小儿强作解事，面目可憎。许彦周迂腐老生，朱少章湮没无考。洪觉范浮屠谈诗，而诞妄垒出，在彼法当堕无间狱中。陈子象掇拾遗碎，时广见闻。张表臣独评自作诗，大堪抵掌。自馀竹坡、西清等种种胜芜。惟杨大年《谈苑》，纪载差博核可采。南渡人才，远非全宋之比，乃谈诗独冠古今。严羽卿崛起烬馀，涤除榛棘，如西来一苇，大畅玄风。昭代声诗，上追唐汉，实有赖焉。惟自运不称，故诸贤略之。刘辰翁虽道越中庸，其玄见邃览，往往绝人，自是教外别传，骚场巨目。刘坦之虽识非高邈，风雅一编，大本卓尔；初学入手，所当亟知。三家皆唐世未有。胡元任议论时佳。若阮氏《总龟》、黄（按当为魏。魏庆之《诗人玉屑》首有黄升序，胡应麟或因而致误）氏《玉屑》，但类次前闻而已。"胡氏撮引，已觉失中，而以《渔隐》与《总龟》、《玉屑》并列，更与元瑞本之相左。

〔一八〕 "赟"，原刻误"斌"，依原书校改。

〔一九〕 "溔"，原刻误"洋"，依《杜集》校改。

〔二〇〕 "知"，原刻误"如"，依《杜集》校改。

〔二一〕〔二二〕 "五"，《杜集》作"九"。

〔二三〕 按：此诗见仇注卷十，题为《赠别郑炼赴襄阳》，仇注本作"把君诗过日俗本作目"。细加斟酌，"日"字义长。

〔二四〕 "梁"，原刻均误"梁"，依杜诗校改。

〔二五〕 按：《新唐书·钱徽传》，徽子方义，方义子珝，是珝为起曾孙。而本书卷二十八言珝为徽子，起之孙也。《统签》卷七百三十九小传亦作曾孙。但于《江行无题一百首》则注云"旧作珝祖起诗"，于《同程九早入中书》注云"误入祖起集"。此"祖"或泛指三代以上。

〔二六〕 "到公",用《南史》梁武戏到溉语。胡氏于"江竹无题一百首"下注后云:"今直改入玥集,庶往武虚名,无夺克绳后美云尔。"

唐音癸签卷三十三

集录四

唐人诗见于金石刻及自有真迹传世者，至宋尚多。如宣和内府所收藏载在《书谱》者，真迹班班可考。而金石刻收藏之富，无如欧阳文忠、赵明诚两家，目录备在。南渡后，王象之碑目，亦具一二。当时唐人篇什，赖法书以俱存者，盖亦不少矣。今按目求之，未必能全，而断墨残行，得留遗世间，为人所传宝者，当亦未尽埋灭。爰取诸书所载诗目，备列于后，冀好事者共为搜访，补余签所未备云。

《宣和书谱真迹》

太宗禊宴诗_{行书}　明皇《喜雪》诗_{隶书}　《赐裴耀卿》等诗、《送虚己赴蜀川》诗、《春台望杂言》_{行书}　代宗《南郊口号》、《守岁》诗、《秋日》诗、《重阳》诗、《秋中月夜》诗、《春日雨晴燕诸王》诗_{行书}　则天后《夜宴》诗_{行书}　褚遂良《帝京篇》_{正书}　颜真卿《潘丞竹山书堂》诗_{正书}　徐浩《宝林寺》诗_{正书}　元稹《寄蜀人》诗_{正书}　陆扆《赠訾光草书歌》_{正书}　李磎《送訾光》诗_{正书}

陆希声《赠聱光》诗正书　崔远《送聱光》诗正书　张顗《赠聱光》诗正书　今止存一联　郑賨《题经藏》诗正书　今止存一联　戎昱《草[一]梅》诗正书　许浑《今体诗上下》正书,乌丝栏。按,唐人多自书其集传后,如韩偓生时,尝手写所为诗成卷,宋嘉祐间,裔孙奕出以示人,庞颖公为漕,奏之,因得官,事见《叶石林集》。始知不独用晦然也。　杜光庭《送先辈》诗正书　卢汝弼《赠聱光》诗正书　王仁裕《送张禹偁》诗正书　李白《咏酒》诗草书　杜收《张好好诗》行书　白居易《送敏中归邠宁幕》诗行书　司空图《赠聱光草书歌》、又《赠聱光草书诗》行书　吴融《赠聱光送别诗》、《赠聱光草书歌》正书　徐凝《黄鹤楼》诗、《荆巫梦思》诗行书　薛涛萱草诸诗[二]行书　齐己《拟嵇康绝交诗》[三]、《谢人惠笔诗》、《怀楚人》诗、《渚宫书怀》诗、《送冰禅侄》诗、《寄冰禅德》诗行书　《庐岳诗》、《寄明上人》诗正书　张徐州《劝君诗》行书　失其名。诗五篇,中皆有劝君二字,欲人外形骸,轻利名,笔力清劲,势若削玉,阅之使人起物外之想。　潘佑书许坚等诗行书　孙昭祚《阳春曲》诸诗、《竹拄杖》诸诗、《朱陈村》诸诗行书　昭祚,五代时中书堂史,学欧阳询书法。　释应之即事诗行书　应之,五代时僧,笔法学柳公权。　李后主《浩歌行》行书　元宗《草堂》诸诗、《牡丹》诗、《古风》诗、《秋高》[四]诗、《招贤》诗[五]、乐府三篇《临江仙》行书　周羲《赠怀素草书歌》草书。《谱》云:羲,天成间作牧泌阳。唐无天成年号,疑误。　李霄远《隐士》诗、远《花》诗草书。《谱》云:霄远,莫详其出处,其书类亚栖,在唐有盛誉,而放逸实为知书者所病。　张仲谋《赴举有感》诗草书。《谱》云:仲谋,亡其世贯。　胡季良《题然公山房》诗、草书《大乘寺》诗、《孔山寺》诗、《昆山寺》诗行书。《谱》云:季良,不见史册。　怀素《草书歌》、《草圣诗》、《早春》诗、《自咏》诗、《寄人》诗、《忆人》诗、《游山》诗、《题酒楼》诗、《酒船》诗、《劝酒》诗、《狂醉》诗、《醉僧图》诗、《寄浩公》诗、[六]《论草圣》诗[七]、《梦游天姥山》等歌草书　　亚栖《对御草书歌》、《观智永草书歌》、《观怀素草书歌》、《观高闲草书歌》、《山寺》诗草书　　昝光《赠登第》诗草书　　贯休《梦游仙》诗行书　　释梦龟《白莲歌》、《梁园吟》、《粉团山水歌》、《襄阳曲》、《重阳诗》、《谢马鞭诗》草书。《谱》云：梦龟，天复中寓东林寺，作颠草。　　张彦远《李将军征回诗》、《惟[八]山庙》诗、《宿僧院》诗、《山行》诗八分书　　释灵该《种柳歌》八分书。《谱》云：灵该，会昌中人。

欧阳修《集古录》

《流杯亭侍宴诗》武后久视元年，幸临汝温汤留宴，群臣应制诗也。李峤序，殷仲容书。开元十年，汝水坏亭，碑遂沉废。至贞元中，刺史陆长源以为峤之文、仲容之书，绝代之宝也，乃复立碑造亭，又为记刻其碑阴。　　韩覃《幽林思》武后时，庐山林薮人韩覃撰。修为西京留守推官时，因游嵩山得此诗，爱其辞翰皆不俗，录之。　　玄宗《谒玄元庙》诗玄宗自书，岁月阙。世有玄宗书《鹡鸰颂》，与此字法正同。碑在北邙山上，洛阳人谓之老君庙也。　　崔潭《龟》诗蔡有邻书，天宝五载勒石。唐世以八分名家者四人：韩择木、蔡有邻、李潮、史惟则也。有邻之书，颇难得，而小字尤佳。　　李阳冰《阮客旧居》诗诗云："阮客房何在？仙云洞口横。人间不到处，今日此中行。"阮客者，不见其名氏，盖缙云之隐者也。岁月亦阙。　　《崇徽公主手痕诗》李山甫撰。初仆固怀恩在肃宗时，先以二女嫁回纥，怀恩上书自陈六罪，有云"二女远嫁，为国和亲"是也。其后怀恩既反，病死灵武，从子名臣降唐。大历四年，始以怀恩幼女为公主，又嫁回纥，所谓崇徽公主者即此。按，公主手痕在阴地关，唐人题咏勒石者，不止一山甫。赵录所收为多。《神女庙》诗贞元十四年，李吉甫、丘元素、李贻孙、敬骞等作。修贬夷陵令时，尝泛舟黄牛峡，至其祠下，读数子之诗，爱其辞翰，遂录之。　　韩愈《送李愿归盘谷诗》[九]盘谷在孟州济源县，贞元中县令崔刻石，后书云："昌黎韩愈，知名士也。"当时退之官尚未显，其道未为当世所宗师，故但云知名士。然当时送愿者为不少，而独刻此[一○]，盖其文章已重于时矣。　　《游道林岳麓诗》庆历中，沈传师撰并书。题云："酬唐侍御姚员外。"而二人之诗不见，不知为何人也。独此诗以字画传于世，而诗亦自佳。传师书非一体，此尤放逸可爱。按，唐侍御，名扶，其诗尚存。惟姚为无考。　　李文饶《平泉山居诗》读《山居诗》，见文饶梦寐不忘于平泉，而终不得少偿其志者，勇决者人之所难，而人事固多如此也。文饶诗亦云："自是功高临庞处，祸来名灭不由人。"诚哉是言。　　《善权寺》诗大和元年勒石。《游灵岩记》、《辨石钟山记》附。览三子之文，皆有幽人之思。迹其风尚，想见其人，至书画亦皆可喜。盖自唐以前，贤杰之士，莫不工于字书。其残篇断稿，时得于荒林败冢埋没之馀，多前世无所知名之人，而笔画有法，往往为今人所不及，甚可叹也。

《法华寺》诗越州刺史李绅撰。其后自序题云："大和甲寅岁游寺，刻诗于壁。"详自序所言，似绅自书，然以端州题名较之，字体不类。甲寅，大和八年也。薛苹唱和诗大和中勒石。冯宿、冯定、李绅，皆唐显人，灵澈以诗名后世，肯人所想见者。然诗皆不及苹，岂唱者得于自然，和者牵于强作耶？僧灵澈诗诗云："相逢尽道休官去，林下何曾见一人？"世俗相传，以为俚谚。庆历中，天章阁待制许元为江淮发运使，因修江岸，得斯石于池阳江水中，始知为灵澈诗也。澈以诗称于唐，故其与相唱和者，皆当时知名之士。包侍郎者，佶也。徐广州者，浩也。　　《玉蕊诗》沈传师、李德裕唱和。传师、宇文鼎《蒙[一一]泉》诗附，岁月未详，蒙[一二]泉今在荆门军。修贬夷陵，道荆门，裴回泉上，得二子之诗，佳其词翰，遂录之。　　《浮槎寺八纪诗》自云雁门释僧皎字广明作。诗虽非工，而所载事迹，皆图径所无，可以资博览。浮槎山在今庐州慎县，其上有泉，其味与无锡惠山水相上下，而鸿渐《茶经》及张又新等水记皆不载。及得僧皎纪浮槎八事亦无之，乃知物之晦显有时也。

赵明诚《金石录》

天后《少林寺》诗[一三]王知敬正书。永淳二年九月。　　羑原神泉诗[一四]韦元旦撰序，篆书，无姓名。垂拱元年四月。　　《流杯亭侍宴诗》李峤撰序，殷仲容正书。久视元年九月。　　《栖岩寺》诗高宗、则天撰，韩怀信正书。长安二年。　　《幸闲居寺》诗高宗、睿宗、太平公主诗，八分书，无姓名，武后诗自草书。长安四年四月。 《游仙篇》武后撰,薛曜正书。 《幽林思》韩覃撰,正书,无姓名。 《石淙诗》武后诸臣撰,薛曜正书。 《六公咏》李邕撰,胡履虚八分书,开元十一年。 明皇《行次成皋》诗史[一五]叙行书,开元十三年十月。 《尧子庙》诗[一六]于儒卿、房自谦撰,自谦正书,开元十八年三月。 《读樊丞相传》诗[一七]郑炅之撰,胡需八分书。 小鲁真人《仙解谣》鲁国清述,陈锡正书,天宝三载七月。 崔潭《龟诗》蔡有邻八分书,天宝五载十一月。 《华岳庙古松诗》卫包撰并篆书。 明皇《赐道士蔡守冲诗》并谢表批答,行书。天宝十一载九月。 李峰《途经剑门》诗程昂正书。天宝十三载。[一八]明皇《上党宫宴群臣故老诗》行书,天宝中立。 明皇《谒玄元庙诗》行书,天宝中立。 《云门山投龙诗》赵居贞撰,行书。天宝中立。 《崇徽公主手痕诗》李山甫等[一九],正书。大历四年。 《怀固[二〇]寂上人诗》颜真卿撰并正书。大历十二年十二月。[二一]《题朝阳岩诗》李舟撰并正书。大历十三年九月。李当、牛埭诗附。 《宝林寺禹庙诗》徐浩撰并正书。大历中立。 《麟德殿宴群臣诗》德宗撰,皇太子诵行书。颜防书浑瑊表附。贞元四年六月。 《仙岩四瀑布诗》路应等唱和,行书。贞元七年三月。 《秋日登戏马台诗》侯莫陈遂等。正书,无姓名。贞元七年六月。 《茶山诗》并《诗述》。《诗述》于頔撰,诗袁高撰。徐璹正书。 刘居简《归乡拜高庙诗》正书。贞元十二年十月。 顾少连张式嵩山联句正书。贞元十二年十二月。 李吉甫《神女祠诗》正书。贞元十四年正月。 任要《谒夫子庙诗》正书。贞元十四年十二月。 《送张建封还镇诗》德宗撰,太子诵行书。贞元十四年。 韦渠牟《步虚词》正书。贞元十六年十二月。《游琅琊山新寺》诗柳遂正书,无年月。钱可复元和四年四月题名附。 明皇《送李邕赴滑州》诗柏元封行书。元和五年十月。 《题巫山诗》蔡穆撰,沈幼真行书。元和五年十二月。 崔融《题东林寺》诗正书,无姓名。元和十三年二月重刻。 《感化诗》窦牟撰,正书无姓名。元和十五年二月。[二二] 《明州南楼诗》陈祐撰,胡师模八分书。

元和[二三]二年十二月。　《溪堂诗》韩愈撰,牛僧孺正书。　《题怪石诗》世传李德裕作。长庆三年二月。[二四]　《蒙泉诗》沈传师正书,宝历二年四月。宇文鼎诗。大和九年,附。[二五]　裴度白居易联句正书,无姓名。大和三年十二月。　《秋日望赞皇山诗》[二六]李德裕撰并八分书。大和四年八月。《桃源诗》刘禹锡撰,李某书,名缺。大和四年。[二七]　白居易《游济源诗》正书。大和五年九月。冯宿诗附。　《游王屋》诗白居易撰,正书。大和六年十月。　李绅《法华寺诗》正书。大和七年三月。　李绅《题少林寺诗》正书。开成元年七月。　皇甫曙《题石佛谷诗》李道夷正书。开成元年十月。李德裕《平泉山居诗》李德裕八分书。　沈传师《岳麓寺诗》行书。文宗时作。李贻孙《神女庙诗》正书,无姓名。会昌五年九月立。郑薰《雪霁开讲诗》正书,无姓名。咸通九年九月。　《宿惠山寺诗》王武陵、朱宿、窦群。正书。咸通十二年七月。　郑畋《谒升仙太子庙诗》正书,无姓名。僖宗乾符四年闰二月。　《冬日陪群公泛舟诗》谪丹阳功曹掾王某,名缺,无年月。　李阳冰题《阮客旧居》诗篆书,无姓名。　《椒陵陂》韦瓘撰,正书。　玉蕊诗唱和沈传师、李德裕。正书,无姓名。　《夏日登戏马台》诗郑遂文、卢僎撰。八分书。[二八]　《楠木歌》严武、史俊。行书,无姓名。[二九]　郗昂《光福寺诗》行书,无姓名。　严武《题龙日寺西龛石壁》诗行书,无姓名。　皇甫湜《浯溪》诗　沙门湛然《题井陉山壁诗》正书,无姓名。

王象之《舆地碑记》

　　袁高《茶山诗》湖州之顾渚山,岁修茶贡,高为之刺史,而作是诗。其后于頔得之于坏垣,为之序而刻之。今在安吉州墨妙亭。　《善权寺诗》、《灵岩瀑布记》《集古录》云：羊士谔《游善权寺》诗,康仲熊《游灵岩瀑布记》、郑薰《雪霁开讲诗》附。《善权寺诗》,元和十三年刻。李飞在常州。[三○]　崔词《谒禹庙》诗在绍兴。元和十一年刻石。又宋之问等诗附。　元威明《阳明洞天》诗在绍兴。大和三年立石龙瑞宫。　　白居易《阳明洞天》诗在绍兴。大和三年。《题法华寺》诗李绅撰,在绍兴。《法华寺诗》李绅撰,徐浩书。以大和八年刻石于绍兴。　　薛苹唱和诗唐薛苹诗,不著书人名氏。崔述等凡十七首。绍兴。　　杜荀鹤及禅月大师贯休留题在衢州龙游之石壁院。　　《石桥诗刻记》唐廷评严绥撰。在衢州。　　题梓府君庙诗在宁国。李太白、司空图撰。　　送二王诗在宁国。李后主。　　浮槎寺八纪诗《集古录》云:唐沙门僧皎撰。不著刻人名氏。凡诗八首,不著刻石年月,在庐州浮槎山下。　　唐李思聪鸡笼山诗在和州小厅东。　　江心小石诗"蛟室园青草,龙堆拥白沙。护江蟠古木,迎棹舞神鸦。破浪南风正,收帆畏日斜。云山千万叠,底处上仙槎。"王直方云:"此老杜《过洞庭湖》诗也。"李希声云:"得之于岳州江心一小石刻。"潘子真云:"元丰间有人得此石刻于洞庭湖中,而不载名氏。或以示山谷,曰:'子美作也。'"今蜀本已收入集,而不纪其诗之由,故录其详于此。　　玉蕊诗在荆门惠泉寺,唐沈传师、李德裕唱和也。　　高庙诗碑会昌五年立碑,在襄阳府治。《法华寺》诗在肇庆府,越州刺史李绅撰并书。　　《古柏行》在成都,长庆四年段文昌书。〔三一〕　　开元皇帝送赵仙甫尊师归蜀诗碑见在崇庆府新津县之宝珍观。　　杜子美两川夔峡诸诗石刻在眉州,黄庭坚书。　　郑馀庆诗刻在顺庆金泉山上。　　伪蜀刺史徐光溥诗刻在顺庆金泉山。　　王维《送杨长史赴果州》诗在顺庆郡治。　　《神女庙》诗李吉甫诗一首,以贞元十四年刻。丘元素一首,无刻石年月。李贻孙二首,会昌五年刻。敬骞一首,元和五年刻,沈幼真书。其他皆无书入名氏。在夔州巫山界。　　玄宗丹霄驿诗刻在昭州。诗云:"驿前南面架危桥,久欲登临畏路遥。今日偶然寻得到,直从平地上丹霄。"　　巫山寺碑金吾卫兵曹参军沈真撰,元和五年建,在夔州。　　杜少陵诸诗石刻少陵游蜀凡八稔,而在夔独三年。平生所赋诗凡千四百六篇,而在夔者乃三百六十有一。治平中,知州贾昌言刻十二石于北园,岁久字没灭。建中靖国元年,运判王蓬新为十碑。今碑在漕司。　　《盛山十二题》诗在开州。唐韦处厚撰,韩愈序,和者元稹、许康佐、白居易、李景俭、严暮〔三二〕、温造也。　　王徽留题唐僖宗朝丞相王徽未时,曾经阆州〔三三〕,次南部合符寺,登高念远,因赋诗。

北山老君影迹诗巴州王望山，旧名北山，山半石壁，隐山老君像，唐人为赋北山老君影迹诗。　南龛题诗石〔三四〕在巴州南二里之广福寺，唐人题咏皆刻之于石。　唐人题西龛樱桃诗在巴州西龛，其名磨灭。　严侍御暮春五言在巴州西龛寺。　史俊寄严侍御楠木诗在巴州西龛寺〔三五〕。　郗昂陪严使君暮春五言二首在巴州南龛，诗甚典丽。　羊士谔十四咏在巴州东龛。　流杯十四咏在巴州西龛寺流觞亭，唐乾元戊戌严郑公武所创。大历间，盗起遂废。开成丙辰，刺史唐元封复修。盖取羊士谔流杯十四咏〔三六〕，以自序为证云尔。

　　凡诗文题镌碑版者，即有凡作，尠伪作。缣楮所流传，经飞凫家手，真伪半矣。欧阳、赵、王三录所载唐人诗篇，并得自石本，真盖无疑。若宣和收藏诸诗真迹，则伪托间有之。逮墨刻兴，伪托尤盛。有本无此真迹，猥云从某氏临摹得者矣。好事者不察，往往据之编入其人集中，大都浅识者所为，多存逗漏可摘，具眼者一览了然，有终不得而涓者。《李白集》"天若不爱酒"一诗，出秘阁帖。淳熙中陈氏甲秀堂帖亦载之。马子才伪作也。《杜甫集·过洞庭湖》"蛟室围青草"律诗，人得之江心小石刻，黄山谷以为必甫之诗，编者遂据之收入集中。此二老集尚敢乱真杂入，况他乎？其逗漏最可笑者，如近代董玄宰《戏鸿堂帖·褚遂良书太宗〈帝京篇〉》，截去太宗原序一半，冒作遂良语气，云其迹在唐荆川家。又有欧阳询咏古一诗云："已惑孔贵嫔，又被辞人侮。花笺一向荣，七字谁曾许？不下结绮阁，空迷江令语。珊戈动地来，误杀陈后主。"江令，总，询父纥友也。纥之此，询当当坐，总以故人子，私养之，教以书记，得成名。恩义不薄，载询传甚明，乃忍出此等语耶？作伪者既漫不考，而董复信而收之，可怪也！

　　唐人诗亦有录自画卷及画壁者。诗班班在诸人集中，而画未必常存，画寿不敌诗寿也。相传唐卢鸿一《草堂图》，图各有诗，尚在人间，弘、成诸名流尝论之。今观图中十诗，俗恶无人理。又鸿一传，所居室名宁极，而此图与诗标洞玄室，抑何左耶？画吾不知，知此诗之当删而已。又坡公尝戏为摩诘之诗，以摹写摩诘之画，编诗纪者，认为真摩诘诗，采入集中。世人无识，那可与分辨？并志之，佐览者捧腹云。东坡跋王维画云：味摩诘之诗，诗中有画；观摩诘之画，画中有诗。诗曰："荆溪白日出，天寒红叶稀。山路元无雨，空翠湿人衣。"此摩诘之诗也。或曰：非也，好事者以补摩诘之遗。此活语被人作死语看，摩诘增一首好诗，失却一幅好画矣。

诸书中惟地志一类载诗为多，顾所载每详于今而略于古。或以今人诗冒古人名，又或改古人诗题，以就其地。甚有并其诗句亦稍加润色者。以故诗之伪不可信者，十居七八。遍阅诸志，惟江右之袁，刘崧逸选微存；浙省之严，翁洮遗篇略赦。此外寥寥，指难多屈矣。旧尝闻范东生辑有唐诗，问之姚叔祥，叔祥云："见其借《地志》，屹屹〔三七〕钞写。"怪谓姚："《地志》即不可不翻，那得真诗写？"后见人刻其所编《皮日休集》，有襄志八景诗在内，因为浩叹。辑唐诗非捃采难，鉴辨难。〔三八〕

校记

〔一〕 "草"，《宣和书谱》作"早"。

〔二〕 "诗"，《宣和书谱》作"书"。

〔三〕 "诗"，《宣和书谱》作"书"。

〔四〕 "秋高"，《宣和书谱》作"高秋"。

〔五〕 "诗"，《宣和书谱》作"帖"。

〔六〕 此处《宣和书谱》有"回雁诗"三字，原刻脱。

〔七〕 "论草圣诗"，《宣和书谱》作"论草书帖"。

〔八〕 "惟"，《宣和书谱》作"维"。

〔九〕 《集古录·盘谷诗》下有"序"字。

〔一○〕 "此"下《集古录》有"序"字。

〔一一〕〔一二〕 "蒙"，《集古录》作"惠"。

〔一三〕 "诗"，《金石录》作"碑"。

〔一四〕 "诗"下《金石录》有"序"字。

〔一五〕 "史",《金石录》作"艾"。

〔一六〕 "尧子庙诗",《金石录》作"老子庙碑"。

〔一七〕 "诗",《金石录》作"志"。

〔一八〕 "十三载",《金石录》作"十五载"。

〔一九〕 《金石录》无"等"字。按之上文《集古录》此条夹注,似应有。

〔二〇〕〔二一〕 "固"、"十二月",《金石录》作"圆"、"十一月"。按:《全唐诗》卷一百五十二颜真卿有《使过瑶台寺有怀圆寂上人并序》,序文如下:"真卿昔以天宝元年尉醴泉,亟过瑶台寺圆寂上人院。秩满,迁监察御史,巡覆诸陵,而上人已去一作离此寺。大历十三春二月,以刑部尚书谒拜昭陵,慨然有怀。"据此,"固"当为"圆",其年月差互,则不能定也。

〔二二〕 "二月",《金石录》作"三月"。

〔二三〕 "元和",《金石录》作"长庆"。

〔二四〕 "三年",《金石录》作"二年"。

〔二五〕 "九年",《金石录》作"元年"。

〔二六〕 "望",《金石录》作"登"。按:《全唐诗》四七五题为"秋日登郡楼望赞皇山感而成咏",当以"望"为是。

〔二七〕 "四年"下《金石录》有"十二月"三字。

〔二八〕 《金石录》下有"无姓名"三字。

〔二九〕 "严武"下《金石录》有"撰"字,末无"无姓名"三字,意为严武诗史俊书也。按之下文王象之《舆地碑记》有"史俊寄严侍御楠木诗",《全唐诗》七十五史俊有《题巴州光福寺楠木》诗,疑《金石录》误。

〔三〇〕 "李飞"下当依《舆地碑记》补"书"字。又"开"字原刻误"门",依《舆地碑记》校改。

〔三一〕 "书",《舆地碑记》作"文"。

〔三二〕 "荟",原刻误"武",据《舆地碑记》及《唐诗纪事》校改。

〔三三〕 "阆州",《舆地碑记》作"阆中",全诗已佚,无从考定。

〔三四〕 《舆地碑记》下有"刻"字。

〔三五〕 "西龛寺",《舆地碑记》作"南龛"。

〔三六〕 按:三"咏"字并当为"韵"。《全唐诗》三二二羊士谔原题云:"乾元初,严黄门自京兆少尹贬牧巴郡。以长才英气,固多暇日。每游郡之东山。山侧精舍有盘石细泉,流为浮杯之胜。苔深树老,苍然遗躅。士谔谬因出守,得继兹赏,乃赋诗十四韵刻于石壁"。羊诗为五言排律共二十八句。"咏"字误。

〔三七〕 "屹屹",疑当作"矻矻"。

〔三八〕 "辨难",原刻及《四库》文津阁本末均作"难辨"。依文义乙。否则当作"非捃采,难鉴难辨"。

唐音癸签叙录

《四库总目提要》

《唐音癸签》三十三卷 江苏巡抚采进本

　　明胡震亨撰。震亨有《海盐县图经》，已著录。所撰《唐音统签》，凡十集，此其第十集也。九集皆录唐诗，此集则录唐诗话，旧无刊版，至国朝康熙戊戌，江宁书肆乃得钞本刻行。为目有七：一曰《体裁》，凡一卷，论诗体；二曰《法微》，凡三卷，分二十四子目，自格律以及字句声调，无不备论；三曰《评汇》，凡七卷，集诸家之评论；四曰《乐通》，凡四卷，论乐府；五曰《诂笺》，凡九卷，训释名物典故；六曰《谈丛》，凡五卷，采撷逸事；七曰《集录》，凡三卷[一]，首录唐集卷数，次唐选各总集，次金石墨迹。震亨搜括唐诗，用力最剧。九签之中，惟《戊签》有刻，而所录不出御定《全唐诗》之外，亦不甚行。独诗话采撷大备，为《全唐诗》所未收，虽多录明人议论，未可尽为定评，而三百年之源流正变，犁然可按，实于谈艺有裨，特录存之，庶不没其搜辑之勤焉。

《四库简明目录》

《唐音癸签》三十三卷

明胡震亨撰。所编《唐音统签》凡十集,以十干为记,此其第十集也。前九集皆录唐诗,此集则专录诗话。凡分七目,虽多录明人议论,未可拟为定评,然缕析条分,元元本本,唐三百年诗派之源流,已约略备具矣。

郑振铎《劫中得书续记》

《唐音癸签》三十六卷[二] 十六册 明末刊本

胡震亨既辑《唐音统签》,复搜集关于唐诗之评论成《癸签》一书。其用力之劬,不下于计有功之《唐诗纪事》、尤袤之《全唐诗话》;而于明人诗话,所收尚多;尽有今日不易得见之本。余既得《唐音戊签》,复访《癸签》,久未得。后乃见一本于某肆,索价奇昂,弃之不顾。平贾孙实君顷持书单一纸,中有此书,余乃亟收得之。余欲重辑唐一代诗,立愿已久,思先集诸家评论为一集,此书亦一重要之取资渊薮也。故宫博物院所藏之《统签》一部,今未知已救出否? 如能付之重印,则此奇籍将藉为重辑之底本。不知此愿何日得遂? 清人刊《全唐诗》,其诗人传仅寥寥数语,不足为知人论世之助。季辑《全唐诗》底本,虽传语较详,然亦不甚完备。故重辑之功,仍当以此《癸签》为主而再加以展拓也。

俞大纲《纪〈唐音统签〉》

《唐音统签》一千三十三卷案:故宫图书馆藏范氏钞补本,自甲签迄壬签一千卷,癸签三十三卷,合一千三十三卷。与《四库总目》壹玖叁总集类存目叁戊签条提要所称共一千二十七卷者不符,今从范本举数。明海盐胡震亨纂,辑录有唐一代诗,卷帙浩繁,网罗宏备,为私家总集纂辑之冠。《统签》卷帙既繁,未尝全部锓版,历来通行易得,仅戊、癸二签刻本。《戊签》康熙二十四年孝辕孙成之、曾孙颀所刻,前有成之等序。《癸签》崇祯时已先有刻本,《四库总集存目》著录康熙五十七年江宁书肆刻本,仍谓旧无刊版者,实误。又提要壹玖叁戊签条,壹玖陆癸签条所述戊、癸两签外馀签无刻本者,亦误,说详下。

故宫所藏《统签》,全帙无遗阙。刻本外,钞本皆题邢村范希仁文若钞补。考文若,清初海盐人。故宫藏帙,书端间钤范氏藏书印记,其为文若自藏之本无疑。文若与胡氏子孙,同时同邑,《统签》之有刻本者,自易得之,稿本未刻者,亦可借录钞补,故此帙传世独备耳。今按,范氏《统签》藏帙之属刻本者,为甲、乙、戊、癸四签全帙;《丙签》卷捌柒至玖贰,玖陆至壹柒壹为刻本,卷玖叁至玖伍,壹柒贰至贰壹壹为钞补;《丁签》卷贰壹贰至叁贰壹,卷肆〇〇至肆玖柒为刻本,卷叁贰贰至叁玖玖,卷肆捌〇至伍伍贰钞补。馀签概系钞本。大约当时刻本,亦仅此数签,其馀实未板行,非范氏所藏有缺也。其板刻始末,除癸、戊两签有序识可考,甲、乙、丙、丁四签则皆不著锓板年月及授梓人姓名,历来著录全书者,亦不及之。《四库总目》壹玖叁总集类存目叁《戊签提要》,且误谓"《戊签》外,惟《癸签》仅有续刊,馀则缮录之本",实为大谬。今考《戊签》杨萧《序》:"先生嗣君宣子、念斋,一为博学名儒,一为二千石良吏,皆足力承先业,用付剞劂,惜乎功未半,相继捐馆。今先生文孙有令修、翁耆、韶九、思黯诸君,悉彬彬隽雅,为乡党典则,能卒业祖父书,累年分雠,孜孜靡已,而《戊签》乃于康熙乙丑(二十四年)之夏先告成焉。"是则胡氏子孙,历三世案,思黯为孝辕曾孙,见孝辕所著《读书杂录》前陈光绎《序》。以谋刊刻先人遗著，所成必不止《戊签》一种。杨氏又言《戊签》先告成，则馀签续布，成于孝辕孙曾辈，要为无疑。今诸签板刻，款式一例，笔画钩勒相同，可为左证也。

历史语言研究所藏钞本《李杜诗通》，有胡夏客识语，述及《统签》编订年月，写录如次："先大夫孝辕府君，搜辑《唐音》，结习自少，至乙丑岁始克发凡定例，大纲案，乙丑天启五年，胡氏年五十七。撰《统签》一千卷，阅十年，书成，大纲案，乙丑阅十年为乙亥，崇祯八年也。胡氏年六十七。又笺释太白、子美两大家诗，加以评论，成《李杜诗通》。写就频翻，铅黄重叠，迄于七年，〔三〕大纲案，此指崇祯十五年壬午，距《统签》脱稿、《李杜诗通》起稿之乙亥岁正七年也，与下云年七十四亦正合。时年七十四，复尽卷窜订焉。旋遘改革，频嘱小子夏客藏稿本山寺，行遁疑为僧名，或下有脱字。〔四〕不怿而卒。兵燹既过，夏客次第捧归，深幸手泽无恙。夏客感激涕零，死且不朽，将行乞四方，图尽刻《统签》全帙。风雅同好，有如子葵、子若其人者，是编与并行，可几也已。"（摘录自《历史语言研究所集刊》第七本第三分册页三五五至三五七，又三八三。）

校记

〔一〕 "凡三卷"，当作"凡四卷"，《四库全书总目》误。

〔二〕 "三十六卷"，当作"三十三卷"，此沿《明志》之讹也。

〔三〕 按：南京图书馆藏初印本作"迄于壬午"，"七年"二字误。

〔四〕 按："行遁不怿而卒"即指胡震亨死于避难中，非有脱误。俞氏夹注云云，盖未细绎原文，不足凭信也。

重版后记

本书卷三十一胡氏论选唐诗各家之利弊,而尤属意高棅之《唐诗品汇》,谓其强半允惬,末复刺其疵缪,且揭已选唐诗之计划云:

药此众病,更于初、盛十去二三,益如之;于中唐十去四五,益二三;于晚唐十去七八,益三四:唐选其有定本乎! 假我数年,亮可卒业。

计胡氏为此言时,年已六十有七。而其后复撰《李杜诗通》六十一卷,费时七载。唐诗之选当继此而为。今观胡夏客《谷水集》卷八有诗题云:"吴维中见示新诗,因借抄先大夫唐诗选本,倚韵答之。"则知胡氏所云"假我数年,亮可卒业"者终成事实。用力之勤,至堪钦佩。胡氏此选既未见著录,吴维申借抄之本亦恐不在人间。余前举胡氏著述未及此选,谨借《癸签》重版之机,予以补正,以志余过,且旌胡氏好学终始不渝老而弥笃之精神,以为后学之矜式焉。此须赘言者一也。

初版有误合二条而一者凡两见,盖手民之责,今条而分之,还其本来面目,此须申言者二也。

初版校语有未致密者,如以"黑暗通蛮货"为杜诗者,误本洪驹父,惠洪从而和之,《唐诗纪事》卷五十七"段成式条"亦误此为杜诗,非自胡氏始然。书体"飞白",亦有用"飞帛"者,如欧阳公《御书阁记》,盖旧曾附会象轻帛飘拂之势,胡氏承之。此类则前修未密,借以补苴,三也。

唐文宗建元"大和",唐宋以来有用"太和"者;扬州之扬,有作"杨"者。余前悉以原刻为准,仍其旧贯。虽免逞臆之嫌,实类守株之拙。且讹以传讹,伊于胡底!今借重版之便悉加厘正,四也。至若字画小讹、标点未当者又若干处,版面易改者改之,于文义无大碍而版面难于挖补者仍之,非求尽善,取应急需,不得不尔,读者亮之。

周本淳甲子新春书于淮阴市寓斋。